中印经典和当代作品
互译出版项目
CHINA-INDIA TRANSLATION PROJECT

# 宫廷曲调

## Raag Darbari

【印】室利拉尔·修格勒◎著
张书剑◎译

中国大百科全书出版社

图字：01-2020-0656

**图书在版编目（CIP）数据**

宫廷曲调 /（印）室利拉尔·修格勒著；张书剑译.
—北京：中国大百科全书出版社，2023.8
（中印经典和当代作品互译出版项目）
书名原文: Raag Darbari
ISBN 978-7-5202-1363-9

Ⅰ.①宫… Ⅱ.①室… ②张… Ⅲ.①长篇小说—印度—现代 Ⅳ.①I351.45

中国国家版本馆CIP数据核字（2023）第117213号

**审　　校** 姜景奎
**责任编辑** 王　瑜
**封面设计** 许润泽　叶少勇
**责任印制** 魏　婷
**出版发行** 中国大百科全书出版社
**地　　址** 北京阜成门北大街17号　　**邮政编码** 100037
**电　　话** 010-88390636
**网　　址** http://www.ecph.com.cn
**印　　刷** 中煤（北京）印务有限公司
**开　　本** 710 毫米 × 1000 毫米　1/16
**印　　张** 24.5
**字　　数** 328千字
**印　　次** 2023 年 8 月第 1 版　2023 年 8 月第 1 次印刷
**书　　号** ISBN 978-7-5202-1363-9
**定　　价** 88.00 元

# 中印经典和当代作品互译出版项目
# 中方专家组

# 总序：印度经典的汉译

## 一、概念界定

何谓经典？经，“织也”，本义为织物的纵线，与“纬”相对，后被引申为典范之作。典，在甲骨文中上面是“册”字，下面是“大”字，本义为重要的文献，例如传说中五帝留下的文献即为“五典”①。《尔雅·释言》中有“典，经也”一说，可见早在战国到西汉初，“经”“典”二字已经成为近义词，“经典”也被用作一个双音节词。

先秦诸子的著作中有不少以“经”为名，例如《老子》中有《道经》和《德经》，故也名为《道德经》，《墨子》中亦有《墨经》。汉罢黜百家之后，“经”或者“经典”日益成为儒家权威著作的代称。例如《白虎通》有“五经何谓？谓《易》《尚书》《诗》《礼》《春秋》也”一说，《汉书·孙宝传》有“周公上圣，召公大贤。尚犹有不相说，著于经典，两不相损”一说。然而，由印度传来的佛教打破了儒家对这一术语的垄断。自汉译《四十二章经》以来，“经”便逐

① “典，五帝之书也。”——《说文》

渐成为梵语词 sutra 的标准对应汉译，“经典”也被用以翻译“佛法”（dharma）[①]。随着佛教在中国的传播和发展，类似以“经典”指称佛教权威著作的说法也多了起来。[②] 到了近代，随着西学的传入，“经典”不再局限于儒释道三教，而是用以泛指权威、影响力持久的著作。

来自印度的佛教虽然影响了汉语“经典”一词的语义沿革，但这又可以反过来帮助界定何为印度经典。汉译佛经具体作品的名称多以 sutra 对应“经”，但在一般表述中，“佛经”往往也囊括经、律（vinaya）、论（abhidharma）三藏。例如法显译《摩诃僧祇律》（*Mahasanghika-vinaya*）、玄奘译《瑜伽师地论》（*Yogacarabhumi-sastra*），均被收录在“大藏经”之中，其工作也统称为“译经”。来华译经的西域及印度学者多为佛教徒，故多以佛教典籍为“经典”。不过也有一些非佛教徒印度学者将非佛教著作翻译为汉语，亦多冠以“经”之名，其中不乏相对世俗、与具体宗教义理不太相关的作品，例如《婆罗门天文经》《婆罗门算经》《啰嚩拏说救疗小儿疾病经》（*Ravankumaratantra*）等。如此，仅就译名对应来说，古代汉语所说的“经典”可与 sutra、vinaya、abhidharma、sastra、tantra 等梵语词对应，这也基本囊括了印度古代大多数经典之作。

然而，古代中印文化交流也有一定的局限性，若以现在对经典的理解以及对印度了解的实际情况来看，吠陀、梵书、森林书、奥义书、往世书等古代宗教文献，两大史诗、古典梵语文学著作等文学作品，以及与语法、天文、法律、政治、艺术等相关的专门论著都是印度经典不可或缺的部分。从语言来看，除梵语外，巴利语、波罗克利特语、阿波布朗舍语等古代语言，伯勒杰语、阿沃提语等中世纪语言，印地语、孟加拉语、乌尔都语等现代语言，以及殖民时期被引入印度并在印度生根发芽的英语都在不同的历史时期承载了印度经典的传承。

---

① “又睹诸佛，圣主师子，演说经典，微妙第一。”——《妙法莲华经》卷一《序品》（T09, no. 262, c18-19）

② “佛涅槃后，世界空虚，惟是经典，与众生俱。”——白居易《苏州重玄寺法华院石壁经碑》

## 二、古代中国对印度经典的汉译

经典翻译，是将他者文明的经典之作译为自己的语言，以资了解、学习，乃至融合、吸纳。这一文化行为首先需要一个作为不同于自己的“他者”客体具有足以令主体倾慕的经典之作，然后需要主体“有意识”地开展翻译工作。印度文明在宗教、哲学、医学、天文等方面的经典之作具有较高的知识水平，在不同时代对中国社会各阶层产生了独特的吸引力。中印文明很早就有了互通记录，有着甚深渊源，在商品贸易、神话传说、天文历法等方面已有学者尝试考证。[①]随着张骞出使西域，佛教传法僧远来东土，中印之间逐渐建立起“自觉”的往来，古代中国对印度经典的汉译也在汉代以佛经翻译的形式得以展开。

### 1. 佛教经典汉译

毫无争议，自已佚的《浮屠经》[②]以来，佛教经典汉译在古代中国对印度经典的翻译中占有主流地位。译经人既有佛教僧人，也有在家居士，既有本土学者，也有西域、印度的传法僧人。仅以《大唐开元释教录》以及《贞元新定释教目录》的统计为例，从东汉永平十年至唐贞元十六年，这734年间，先后有185名重要的译师翻译了佛经2 412部7 352卷（见表1），成为人类历史上少有的翻译壮举。

---

① 季羡林：《中印文化交流史》（北京：新华出版社，1993年）及薛克翘：《中国印度文化交流史》（北京：昆仑出版社，2008年）中部分内容均介绍了相关观点。

② 学术界关于第一部汉译佛经的认定，历来观点不一。不少学者认为，《四十二章经》是第一部汉译佛经；但有学者经过考证发现，西汉哀帝元寿元年（公元前2年）大月氏使臣伊存口授的《浮屠经》应该是第一部，可惜原本失佚，后世知之甚少。目前，学术界基本倾向于认为《浮屠经》为第一部汉译佛经，并已意识到《浮屠经》在中国佛教史及学术史上的重要地位。参见方广錩：《〈浮屠经〉考》，《法音》，1998年第6期。

表 1　东汉至唐代汉译佛经规模[1]

| 朝代 | 年代 | 历时 | 重要译师人数 | 部数 | 卷数 |
|---|---|---|---|---|---|
| 东汉 | 永平十年至延康元年 | 154 年 | 12 | 292 | 395 |
| 魏 | 黄初元年至咸熙二年 | 46 年 | 5 | 12 | 18 |
| 吴 | 黄武元年至天纪四年 | 59 年 | 5 | 189 | 417 |
| 西晋 | 泰始元年至建兴四年 | 52 年 | 12 | 333 | 590 |
| 东晋 | 建武元年至元熙二年 | 104 年 | 16 | 168 | 468 |
| 前秦 | 皇始元年至太初九年 | 45 年 | 6 | 15 | 197 |
| 后秦 | 白雀元年至永和三年 | 34 年 | 5 | 94 | 624 |
| 西秦 | 建义元年至永弘四年 | 47 年 | 1 | 56 | 110 |
| 前凉 | 永宁元年至咸安六年 | 76 年 | 1 | 4 | 6 |
| 北凉 | 永安元年至承和七年 | 39 年 | 9 | 82 | 311 |
| 南朝宋 | 永初元年至升明三年 | 60 年 | 22 | 465 | 717 |
| 南齐 | 建元元年至中兴二年 | 24 年 | 7 | 12 | 33 |
| 南朝梁 | 天监元年至太平二年 | 56 年 | 8 | 46 | 201 |
| 北朝魏 | 皇始元年至东魏武定八年 | 155 年 | 12 | 83 | 274 |
| 北齐 | 天保元年至承光元年 | 28 年 | 2 | 8 | 52 |
| 北周 | 闵帝元年至大定元年 | 25 年 | 4 | 14 | 29 |
| 南朝陈 | 永定元年至祯明三年 | 33 年 | 3 | 40 | 133 |
| 隋 | 开皇元年至义宁二年 | 38 年 | 9 | 64 | 301 |
| 唐[2] | 武德元年至贞元十六年 | 183 年 | 46 | 435 | 2 476 |

自东汉以后约 6 个世纪中，大量佛教经典被译为汉语，其历程与佛教在中国的传播历程基本同步。在这一过程中，涌现出许多重要译师，仅译经 50 部或 100 卷以上的译师就有 16 人（见表 2），其中又以鸠摩罗什、真谛、玄奘、义净、不空做出的贡献最为卓越，故此他们被称为“汉传佛教五大译师”。他们的生平事迹和具体贡献在许多佛教典籍中均有叙述，此不赘述。

① 本表主要依据《大唐开元释教录》整理而成，其中唐代的数据引用的是《贞元新定释教目录》。

② 唐代数据至德宗贞元十六年（800）为止，并不完整。但考虑到贞元年后，大规模译经基本停止，故此数据亦有相当高的参考价值，至贞元十六年，唐代已经译经 435 部 2 476 卷，足以确立其在中国译经史上的地位。

表 2　译经 50 部或 100 卷以上的译师

<table>
<tr><th>时代</th><th>朝代</th><th>人名</th><th>译经部数</th><th>译经卷数</th></tr>
<tr><td rowspan="2">三国西晋</td><td>吴</td><td>支谦</td><td>88</td><td>118</td></tr>
<tr><td>西晋</td><td>竺法护</td><td>175</td><td>354</td></tr>
<tr><td rowspan="5">东晋十六国</td><td rowspan="3">东晋</td><td>竺昙无兰</td><td>61</td><td>63</td></tr>
<tr><td>瞿昙僧伽提婆</td><td>5</td><td>118</td></tr>
<tr><td>佛陀跋陀罗</td><td>13</td><td>125</td></tr>
<tr><td>北凉</td><td>昙无谶</td><td>19</td><td>131</td></tr>
<tr><td>后秦</td><td>鸠摩罗什</td><td>74</td><td>384</td></tr>
<tr><td rowspan="3">南北朝</td><td>宋</td><td>求那跋陀罗</td><td>52</td><td>134</td></tr>
<tr><td>陈</td><td>真谛</td><td>38</td><td>118</td></tr>
<tr><td>北魏</td><td>菩提留支</td><td>30</td><td>101</td></tr>
<tr><td rowspan="6">隋唐</td><td>隋</td><td>阇那崛多</td><td>39</td><td>192</td></tr>
<tr><td rowspan="5">唐</td><td>玄奘</td><td>76</td><td>1 347</td></tr>
<tr><td>实叉难陀</td><td>19</td><td>107</td></tr>
<tr><td>义净</td><td>68</td><td>239</td></tr>
<tr><td>菩提流志</td><td>53</td><td>110</td></tr>
<tr><td>不空</td><td>111</td><td>143</td></tr>
</table>

自唐德宗之后，译经事业由于政局等多方面因素影响而受阻，此后又经历了唐武宗和后周世宗两次灭佛，佛教在中国的发展受到冲击。直到 982 年，随着天竺僧人天灾息和施护的到访，北宋朝廷才重开译经院，此时距唐德宗年间已有约 200 年，天灾息等僧人不得不借助朝廷的力量重新召集各地梵学僧，培养本土翻译人才。在此后的约半个世纪中，他们总计译出 500 余卷佛经。此后，汉地虽有零星译经，却再也不复早年盛况，古代中国对印度经典的汉译逐渐落下帷幕。

## 2. 非佛教经典汉译

佛教经典汉译占据了古代中国对古代印度经典汉译的主流，除此之外，其他一些印度经典也被译为汉语。这些文献大致可以分为两类。一类是在翻译佛教经典的过程中无意之中被译为汉语的，尤其是佛教文献中所穿插的印度民间故事等。① 一类是在翻译佛教经典之外，有意翻译的非佛教经典，例如婆罗门教哲学、天文学、医学著作等。尽管数量无法与佛教经典相提并论，但这些非佛教经典的翻译在一定程度上体现了古代中华文明对古代印度文明的关注开始逐渐由佛教辐射到印度文明的其他领域。不过从译者的宗教信仰以及对经典的选择来看，这类汉译大部分是佛教经典翻译的附属产品。

### 3. 其他哲学经典汉译

佛教自产生以来，与印度其他思潮之间既有争论，也有共通之处。因而在佛教经典的汉译过程中，中国人也逐渐接触到古代印度的其他哲学。有关这些哲学派别的基本介绍散见于包括佛经、梵语工具书、僧人传记等作品中，例如《百论疏》对吠陀、吠陀支、数论、胜论、瑜伽论，甚至与论释天文、地理、算术、兵法、音乐法、医法的各种学派相关的记载、注释和批判也可以在这些作品中找到。② 很有可能出于佛教对数论派和胜论派知识的尊重，以及辨析外道与佛法差别的需要等原因，真谛和玄奘才分别译出了数论派的《金七十论》和胜论派的《胜宗十句义论》。③ 这两部经典的汉译在一定程度上拓宽了中国知识界对印度哲学的视野，但其翻译在很大程度上受到了佛教对其他哲学派别好恶的影响，依然是在佛教经典汉译的主导思路下完成的。

### 4. 非哲学经典汉译

除宗教哲学经典外，古代印度的天文学、数学、医学在人类科

① 新文化运动以来，这一领域已有多部论著问世，此不赘述。

② 宫静：《谈汉文佛经中的印度哲学史料——兼谈印度哲学对中国思想的影响》，《南亚研究》，1985 年第 4 期，第 52~59 页。

③《金七十论》译自数论派的主要经典《数论颂》（*Samkhya-karika*），相传为三四世纪自在黑（Isvarakrsna）所作。《胜宗十句义论》的梵文原本已佚，从内容看属于胜论派较早的经典著作。参见黄心川：《印度数论哲学述评——汉译〈金七十论〉与梵文〈数论颂〉对比研究》，《南亚研究》，1983 年第 3 期，第 1~11 页。

学史上也具有重要地位，其中一些著作也被译为汉语。古代印度天文学经典多以佛教经典的形式由传法僧译出。[①] 隋唐时期，天文学著作汉译逐渐出现了由非佛教徒印度天文学家主导的潮流。据《隋书》记载，印度天文著作有《婆罗门天文经》《婆罗门竭伽仙人天文说》《婆罗门天文》。[②] 瞿昙氏（Gautama）、迦叶氏（Kasyapa）和拘摩罗氏（Kumara）三个印度天文学家氏族曾先后任职于唐代天文机构太史阁，其中瞿昙氏的瞿昙悉达翻译了印度天文学经典 *Navagraha-siddhanta*，即《九执历》。[③] 此外，印度的医学、数学、艺术经典也因其实用价值通过不同渠道被介绍到中国，其中一些著作或部分或完整地被译为汉语。

### 5. 落幕与影响

中国古代的印度经典汉译在唐代达到巅峰，此后逐渐走向低谷，无论是数量还是质量都难以达到唐代的水平。造成这一现象的原因主要有两个方面：一方面，唐代中后期，阿拉伯帝国的崛起以及唐朝与吐蕃关系的恶化阻断了中印之间两条重要的陆路通道——西域道和吐蕃道，之后五代十国以及宋代时期，这两条通道均未能恢复，只有南海道保持畅通。[④] 另一方面，中国宗教哲学的发展和印度佛教的密教化这两种趋势决定了中国对印度佛教经典的需求逐渐下降。在近千年的历程中，佛教由一个依附于黄老信仰的外来宗教逐渐在汉地生根发芽，成为汉地宗教生活不可缺少的一部分，其作为“中国佛教”的独立性日益增强。甚至权威如玄奘，也不能将沿袭至那烂陀寺戒贤大师

---

① 例如安世高译《佛说摩邓女经》、支谦等译《摩登伽经》、竺法护译《舍头谏太子二十八宿经》等。

②《隋书·经籍志》，北京：中华书局，1982 年，第 1019 页。

③ 参见 P.C.Bagchi, *India and China: A Thousand Years of Cultural Relations*. 1981, Calcutta, Saraswat Library, p.212. 此后，依然有传法僧翻译佛教天文学著作的记载，具体参见郭书兰：《印度与东西方古国在天文学上的相互影响》，《南亚研究》，1990 年第 1 期，第 32~39 页。

④ 菩提迦耶出土的多件北宋时期前往印度朝圣的僧人所留下的碑铭证明，宋代依然有僧人前往印度朝圣，且人数不少。法国汉学家沙畹（E. Chavannes）、荷兰汉学家施古德（G. Schlegel）、印度学者师觉月（P. C. Bagchi）等国外学者在这方面均有讨论，具体参见周达甫：《改正法国汉家沙畹对印度出土汉文碑的误释》，《历史研究》，1957 年第 6 期，第 79~82 页。

的“五种姓说”完全嵌入汉地佛教的信仰之中。汉地“伪经”的层出不穷也从某种角度反映了佛教的中国本土化进程。不空等人在中国传播密教虽然形成了风靡一时的“唐密”，但未能持久。究其根本在于汉地佛教的发展受到本土儒家信仰的影响，很难与融合了婆罗门教信仰的佛教密宗契合。此外，本土儒家、道家也在吸纳佛教哲学的基础上有了新的变革。至宋代，三教合一的趋势逐渐显现，源自印度但已本土化的佛教与儒家、道家的融合进一步加深，致使对印度经典的诉求越来越少。由此，义理上的因素使得中国的知识分子不再追求印度佛教的哲学思想；再者，随着佛教在印度的衰落，以及中国佛教自身朝圣体系的建立和完善，前往印度朝圣也失去了意义。

古代中国对古代印度经典的汉译始于佛教，也终于佛教。尽管如此，以佛教经典为主的古代印度经典汉译已经在中国历史上烙下了深刻的印记，其影响是持久和多方面的。在这一过程中，译师们开创的汉译传统给后人翻译印度经典留下了巨大财富：

其一，汉译古代印度经典除早期借助西域地方语言外，主要翻译对象都是梵语经典，本土学者和外来学者编写了不少梵汉工具书。

其二，一套与古代印度宗教哲学术语对应的意译和音译相结合的汉译体系得以建立。由于佛教经典的流传，很多术语已经成为汉语的常用语，广为人知。

其三，除术语对应外，梵语作品译为汉语需要克服语法结构、文学体裁等方面的限制，其实践在一定程度上影响了汉语的一些表达法。[①] 如此等等都为后人继续翻译印度经典提供了便利之处。

更为重要的是，历史上重要的译师摸索出一套大规模翻译经典的方式方法，他们的努力对于后继的翻译工作来说具有很高的参考价值。经过早期的翻译实践，鸠摩罗什译经时便开始确立了译、论、证几道基本程序，并辅之以梵本、胡本对勘和汉字训诂，经总勘方

---

① 例如汉语中常见的“所 + 动词”构成的被动句就可能源自对佛经的翻译。参见朱庆之《汉译佛典中的‘所 V’式被动句及其来源》（载《古汉语研究》，1995 年第 1 期，第 29~31、45 页）及其他相关著述。

定稿。在后秦朝廷的支持下，鸠摩罗什建立了大规模译场，改变了以往个人翻译的工作方式，配合翻译方法上的完善，大大提高了译经的效率和质量。唐代译场规模更大，翻译实践进一步细化，后世记载的翻译职司包括译主、证义、证文、度语、笔受、缀文、参译、刊定、润文、梵呗等 10 余种之多。

此外，先人还摸索出一套翻译人才的培养模式，隋代译师彦琮曾以“八备”总结了译师需具备的一系列条件，具体内容为：

> 一诚心受法，志在益人；二将践胜场，先牢戒足；三文诠三藏，义贯五乘；四傍涉文史，工缀典词，不过鲁拙；五襟抱平恕，器量虚融，不好专执，耽于道术，淡于名利，不欲高衒；六要识梵言；七不坠彼学；八博阅苍雅，粗谙篆隶，不昧此文。[①]

这八备之中，既有对译者宗教信仰、个人品行的要求，也有对梵语、汉语表达的语言技能以及对佛教义理的知识掌握等方面的要求，今天看来，依然有很大的借鉴意义。

## 三、近现代中国对印度经典的汉译

佛教在印度的衰落及消亡使中印失去了最为核心的交流主题。中国对印度经典的汉译停留在以梵语为主要媒介、以佛教经典为主要对象的时代，自 11 世纪末[②]至 20 世纪初，这一停滞状态持续了数个世纪之久。19 世纪中后期，印度士兵和商人随着欧洲殖民者的战舰再次来到中国，中印之间的交往以一种并不和谐的方式得以恢复。中印孱弱的国力和早已经深藏故纸堆的人文交往传统都不足以阻挡西方诸国强势的物质力量和文化力量，中印人文交往便在这新的格局中，借助西方列强构建起来的“全球化”体系开始复苏。

---

①《释氏要览》卷 2，T54, no. 2127, b21-29。

② 宋神宗元丰五年（1082）废置译经院，佛教经典汉译由此不再。

由于缺乏对印度现代语言和文化的了解，早期对印度经典的译介在语言工具和主题设置两个层面均在一定程度上受制于西方的话语体系。20 世纪上半叶中国对泰戈尔作品的译介便是明证。1913 年，泰戈尔自己译为英语的诗集《吉檀迦利》以英语文学作品的身份获得诺贝尔文学奖，这在当时的世界文坛引起了轩然大波，对当时正在探索民族出路的中国知识分子来说同样具有很大的震撼力和吸引力。陈独秀在 1915 年 10 月 15 日出版的《青年杂志》上刊载了自己译自《吉檀迦利》的四首《赞歌》，为此后持续了近一个世纪并且至今依然生机勃勃的泰戈尔著作汉译工程拉开了序幕。据刘安武统计，至 1949 年中华人民共和国成立止，“我国翻译介绍了印度文学作品 40 种左右（不包括发表在报刊上的散篇）。这 40 种中占一半的是泰戈尔的作品”。[①] 泰戈尔在中国受到格外关注固然始于西方学术界对他的重视，但他的影响如此之大亦在于他的作品恰好满足了当时中国在文学思想领域的需求。首先，从语言文学来看，泰戈尔的主要创作语言是本土的孟加拉语，而非印度古典梵语。这引起了当时正致力于推广白话文的中国知识分子的广泛关注，并被视为白话文替代古文的成功榜样。[②] 此外，泰戈尔的文学创作，尤其他的散文诗为当时正在摸索之中的汉语诗歌提供了一个重要的参考对象。其次，从思想上来说，泰戈尔的思想与当时作为亚洲国家“先锋”的日本截然相反，为当时正在探索民族出路的中国知识分子提供了另一个标杆。于是，泰戈尔意外地成为中印之间自佛教之后的又一重大交流主题。尽管中国知识分子对其思想和实践的评价并不一致，许多学者依然扎实地以此为契机重启了中国翻译印度经典的进程。当时中国尚未建立起印度现代语言人才培养机制，因此早期对泰戈尔作

① 刘安武：《汉译印度文学》，《中国翻译》，1991 年第 6 期，第 44~46 页。

② 胡适向青年听众强调泰戈尔对孟加拉语文学的贡献时说：“泰戈尔为印度最伟大之人物，自十二岁起，即以阪格耳（孟加拉）之方言为诗，求文学革命之成功，历五十年而不改其志。今阪格耳之方言，已经泰氏之努力，而成为世界的文学，其革命的精神，实有足为吾青年取法者，故吾人对于其他方面纵不满足于泰戈尔，而于文学革命一段，亦当取法于泰戈尔。”（载《晨报》，1924 年 5 月 11 日）

品的汉译多转译自英语。凭借译者深厚的文学功底，不少经典译作得以诞生，尤其是冰心、郑振铎等人翻译的泰戈尔诗歌，时至今日依然在中国广为流传。

与泰戈尔一同被引介到中国的还有诸多印度民间故事文学作品。[①]如前文所述，古代翻译印度经典时就有不少印度民间故事被介绍到中国，但多以佛教经典为载体。[②]近现代以来，印度民间文学以非宗教作品的形式被重新介绍过来。这在很大程度上是因为“中国缺少创作儿童文学的传统”[③]，印度丰富的民间文学正好满足了中国读者的需求。与此同时，印度民间文学与中国文学之间的关系也日益进入中国学者的视野，“中印文学比较研究”这一新的研究领域开始初露端倪。其研究领域最广为人知的课题之一便是《西游记》中孙悟空形象与《罗摩衍那》中哈奴曼形象的渊源。当时许多新文化运动的大家都参与其中，鲁迅、叶德均认为孙悟空形象源于本土神话形象“无支祁”，胡适、陈寅恪、郑振铎则认为孙悟空形象源于哈奴曼。[④]

自西方语言转译印度经典的尝试为增进对印度的认知、重燃中国知识界和民众对印度文化的兴趣起到了积极作用，许多掌握西方语言的汉语作家投身其中，其翻译作品受到读者喜爱。然而，转译的不足也显而易见，因此，对印度经典的系统汉译需要建立一支如古代梵汉翻译团队一样的专业人才队伍。

1942 年，出于抗战需要，民国政府在云南呈贡建立了国立东方语文专科学校，设有印度语科，开始培养现代印度语言人才。1946 年，季羡林自德国学成回国，在北京大学创设东语系；1948 年，金克木加盟东语系。1949 年，国立东方语文专科学校并入北京大学东

① 参见刘安武：《汉译印度文学》，《中国翻译》，1991 年第 6 期，第 44~46 页。

② 参见薛克翘：《中国印度文化交流史》，北京：昆仑出版社，2008 年，第 261~265 页。

③ 刘安武：《汉译印度文学》，《中国翻译》，1991 年第 6 期，第 44~46 页。

④ 参见鲁迅：《中国小说史略》，《鲁迅全集》第 9 卷，北京：人民文学出版社，1981 年；鲁迅：《中国小说的历史的变迁》，《鲁迅全集》第 9 卷，北京：人民文学出版社，1981 年；胡适：《〈西游记〉考证》，《胡适文存》第 2 集第 4 卷，上海：亚东图书馆，1924 年；陈寅恪：《〈西游记〉玄奘弟子故事之演变》，《金明馆丛稿二编》，上海：上海古籍出版社，1982 年；郑振铎《〈西游记〉的演化》，《郑振铎全集》第 4 卷，石家庄：花山文艺出版社，1998 年；叶德均：《无支祁传说考》，《戏曲小说丛考》，北京：中华书局，1999 年。

语系。东语系开设梵语－巴利语、印地语、乌尔都语三科印度语言专业，并很快培养出第二代印度语言专业队伍。随之，印度经典得以从原文翻译。第一代学者季羡林、金克木领衔的梵语团队翻译了印度大史诗《罗摩衍那》及以迦梨陀娑为代表的印度古典梵语文学作家的许多作品，如《沙恭达罗》《优哩婆湿》《云使》《伐致呵利三百咏》等，并启动了《摩诃婆罗多》等经典作品的翻译；旅居印度的徐梵澄翻译了《五十奥义书》[①] 及奥罗宾多创作、注释的诸多哲学著作。季羡林、金克木的弟子黄宝生等延续师尊开创的传统，完成了《摩诃婆罗多》、奥义书 [②]、《摩奴法论》、古典梵语文论、故事文学作品等一系列著作的翻译。与此同时，由第二代学者刘安武领衔的近现代印度语言团队译介了大量的印地语、乌尔都语、孟加拉语等语言的文学作品，其中尤以对印地语 / 乌尔都语作家普列姆昌德和孟加拉语作家泰戈尔的作品的汉译最为突出。[③] 殷洪元对印度现代语言语法著作的翻译以及金鼎汉对中世纪印度教经典《罗摩功行之湖》的翻译也开拓了新的领域。巫白慧等学者陆续将包括“吠檀多”在内的诸多婆罗门教哲学经典译为汉语。[④] 文献资料是学术研究的基础，这一系列经典汉译成果打破了古代中国对古代印度经典汉译中存在的“佛教主导”的局限，增加了现代视角，并以经典文献为契机，首次较为全面系统地介绍了印度文明，奠定了现代中国印度学研究的基础。由这两代学者编订的《印度古代文学史》《梵语文学史》和

---

① 参见徐梵澄译：《五十奥义书》，北京：中国社会科学出版社，1995 年。

② 参见黄宝生译：《奥义书》，北京：商务印书馆，2010 年。

③ 刘安武自印地语译出的普列姆昌德作品（集）有《新婚》（贵阳：贵州人民出版社，1982 年）、《如意树》（上海：上海译文出版社，1983 年）、《普列姆昌德短篇小说选》（北京：人民文学出版社，1984 年）、《割草的女人：普列姆昌德短篇小说新集》（长沙：湖南人民出版社，1985 年）等，加之其他学者的译介，普列姆昌德的重要作品几乎全被译为汉语。此后，刘安武又主持编译出版了 24 卷本《泰戈尔全集》（石家庄：河北教育出版社，2000 年），泰戈尔的主要作品均被收录其中。

④ 其中重要的译著成果包括巫白慧译《圣教论》（乔荼波陀著，北京：商务印书馆，1999 年）、姚卫群译《古印度六派哲学经典》（节译六派哲学经典，北京：商务印书馆，2003 年）、孙晶译《示教千则》（商羯罗著，北京：商务印书馆，2012 年）等。

《印度印地语文学史》等著作成为中国现代印度学研究的必读文献。[①]

由于印度文化的独特之处及其在历史上形成的巨大影响力，以现代学术研究的方式开展的印度经典汉译所产生的影响进一步辐射了包括语言、文学、哲学、历史、考古等多个学科领域，并形成了一些跨学科研究领域：

其一，中印文化比较研究。由胡适等老一辈学者开创的中印文学比较研究取得了新的进展，其中一部分研究形成了中印文化交流史这一新的学术研究领域；另一部分研究成为东方文学研究领域最重要的组成部分，东南亚、西亚等区域文学研究也受益于印度文学研究的开展和所取得的成就。此外，从具体作品到文艺理论的印度文学译介也从整体上进一步拓展了比较文学研究的视野。

其二，佛教研究。现代中国对印度经典汉译的范围不再局限于传统的汉语系佛教传统经典，在许多领域都取得了新的突破。在佛教文献来源方面，开拓了对巴利语系和藏语系佛教的研究。[②]由于梵语人才的培养，中国学者得以恢复梵汉对勘的学术传统。[③]对非佛教宗教思想典籍的译介也使得对佛教的认识跳出了佛教自身的范畴，对其与其他宗教思想之间的互动与联系有了更加全面的认识。

其三，语言学研究。对梵语及相关语言的研究推动了梵汉对音，以及对古汉语句法的研究。一些接受了梵语教育的汉语言学学者结合古代语料，尤其是汉译佛经，对古汉语的语音、句法等做出研究。

---

① 单就印度文学翻译而言，据不完全统计，1950–2005 年，中国翻译印度文学作品（以书计）约 400 余种，其中中印关系交好的 1950–1962 年约有 70 种，关系不好的 1962–1976 年仅有 4 种，关系改善后的 1976–2005 年则有 300 余种。不过，2005 年之后，除黄宝生、薛克翘等少数学者仍笔耕不辍外，其他前辈学人逐渐“离席”，这类汉译工作进入某种冬眠期。

② 相关成果包括郭良鋆译《佛本生故事选》（与黄宝生合译，北京：人民文学出版社，1985 年）、《经集：巴利语佛教经典》（北京：中国社会科学出版社，1998 年），以及段晴等译《汉译巴利三藏·经藏·长部》（上海：中西书局，2012 年）等。

③ 自 2010 年以来，黄宝生主持对勘出版了《入菩提行论》（北京：中国社会科学出版社，2011 年）、《入楞伽经》（北京：中国社会科学出版社，2011 年）、《维摩诘经》（北京：中国社会科学出版社，2011 年）等佛经的梵汉对勘本，叶少勇以梵藏汉三语对勘出版了《中论颂》（上海：中西书局，2011 年）。

## 四、现状和汉译例解

尽管取得了上述成就，但由于印度文明积累深厚、经典众多，目前亟待翻译的印度经典还有很多。其中，以梵语创作的经典包括四部吠陀本集、梵书、森林书、往世书、《诃利世系》、《利论》、《牧童歌》等；以南印度语言创作的经典包括桑伽姆文学、《脚镯记》、《玛妮梅格莱》、《大往世书》、《甘班罗摩衍那》等；以波罗克利特语创作的经典包括《波摩传》等；以中世纪北印度地方语言创作的经典包括《地王颂》《赫米尔王颂》《阿底·格兰特》《苏尔诗海》《莲花公主》，以及格比尔、米拉巴伊等人的作品等；以现代印度语言创作的经典包括帕勒登杜、杰辛格尔·普拉萨德、般吉姆·钱德拉·查特吉、萨拉特·钱德拉·查特吉、拉默金德尔·修格尔、默哈德维·沃尔马、阿格叶耶等著名现当代文学家的作品以及迦姆达普拉沙德·古鲁、提兰德尔·沃尔马等人的语言学著作等。此外，20 世纪以来，一些印度思想家、政治家、文学家以英语创作的作品也可列入印度现代经典之列，目前中国仅对圣雄甘地、贾瓦哈拉尔·尼赫鲁、辨喜、纳拉扬、安纳德、拉贾·拉奥、奈都夫人等人的个别作品有所译介，大量作品仍然处于有待翻译的名单之中。

这些经典汉译的背后离不开相关学者的努力。进入 21 世纪以来，中国大致有两支队伍从事印度经典汉译工作。第一支是自 20 世纪四五十年代以来成型的印度语言专业队伍，其人员构成以高等院校和研究机构从业人员为主，兼有相关外事机构从业人员，他们均接受过系统、专业的印度语言训练。第二支是 20 世纪初译介包括泰戈尔作品在内的印度文学作品的作家和出版业者，80 年代改革开放以来，越来越多接受过英语教育的人或全职或兼职地参与到印度作品的汉译工作之中。相比第一支队伍，这支队伍的人员构成较为复杂，水平也参差不齐，但在市场经济的推动下，一些能够成为市场热点的著作往往很快就翻译过来，例如两位与印度相关的诺贝尔文学奖得主——泰戈尔和奈保尔的作品一版再版，四位印度裔布克奖得主——萨尔曼·拉什迪、阿兰达蒂·罗伊、基兰·德塞、阿拉文德·阿迪加的作品也先后译出；此外，由于瑜伽的普及，包括克里希那穆提在内的一些现代宗教家的论著也借由英语转译为汉语。一方面，随着市场化改革的需求，第二支队伍日益蓬勃发展，但其翻译质量往往难以保障。另一方面，由于现行科研体制对从事翻译和研究的人员不利，第一支队伍也面临着诸多问题。如何在接下来的实践中取长补短，或者说既要尊重市场机制的要求，又要以学术传统克服市场失灵的状况，这也是需要进一步思考的问题。

应该说，印度经典汉译主要依靠第一支队伍，原文经典翻译比通过其他语言转译更为重要。20 世纪 80 年代以来，这支队伍勤勤恳恳，笔耕不辍，为印度经典汉译做出了巨大贡献，取得了丰硕成果。然而，就现状看，除黄宝生、薛克翘等极少数学人外，这支队伍的第一代和第二代学人已然“离席”，后辈学人虽然已经加入进来，但毕竟年轻，经验不足，加之现行科研体制自身问题的牵制，后续汉译工作亟需动力。好在已有些年轻人在这方面产生了兴趣，其汉译意识很强，对印度梵文原典和中世纪及现当代原典的汉译工作的理解也令人刮目。可以预见，印度经典汉译将会迎来又一个高潮，汉译印度经典的水平也将有新的提升。

从某种角度说，在前文罗列的种种有待翻译的印度经典中，印度中世纪经典尤为重要。中世纪时，随着传统婆罗门教开始融合包括佛教、耆那教等在内的异端信仰与民间的大众化宗教传统，加之伊斯兰教的进入，印度进入了一个新的“百家争鸣”时代。这一时期留下了许多经典之作，它们对后世印度的宗教、社会、文化均产生了重要影响。长期以来，中国对印度中世纪经典的译介几乎一片空白，仅有一部《罗摩功行之湖》和零星的介绍。近年来，笔者组织团队着手翻译印度中世纪经典《苏尔诗海》，并初步总结了以下心得：

第一，经典汉译并非简单的语言转换，除需要精通相关语言外，还需要译者具备与印度文化相关的背景知识，以便能够精准地理解原文含义。例如，在一首描写女子优雅体态的艳情诗中，作者直接以隐喻的修辞手法描述了包括莲花、大象、狮子、湖泊等在内的一系列自然景象和动植物，若不熟悉印度古代文学中一些固定的比喻意象，则很难把握这首诗的含义。[①] 由于审美标准不同，被古代印度诗人视为美丽的“象腿”在当今语境中已经成为足以令女子不悦的比喻。此类审美视角需要辅之以例如《沙恭达罗》中豆扇陀国王对沙恭达罗丰乳肥臀之态的称赞才能理解。

第二，古代中国对古代印度经典汉译的传统在很大程度上为现代翻译经典提供了以资借鉴的便利，譬如许多专有词在汉语中已有完全对应的词可供选择，省去了译者的诸多麻烦。但是，这也要求译者了解相关传统，并能将其中的一些内容为己所用；同时，还应避免由于古代中国对古代印度经典翻译在视角、理解上的偏差所带来的问题。例如，triguna 这一数论哲学的基本概念已由真谛在《金七十论》中译为“三德”，后来的《薄伽梵歌》等哲学经典的汉译也已沿用，新译经典中便不宜音译为“三古纳”之类的新词。此外，由于受佛教信仰的影响，一些读者在看到“三德”时往往容易将之与佛教中所说的法身德、般若德、解脱德等其他概念联系起来，对此需要给出注释加以说明以免误解。

第三，现代中国对现代印度经典的汉译虽然已经取得了不俗的成绩，但由于时间、人员等条件的限制，在翻译体例、内容理解等方面依然存在不少可改进之处。

笔者以《苏尔诗海》中黑天的名号为例予以说明。黑天是印度教大神毗湿奴最重要的化身之一，梵语经典中通常称之为 Krsna，字面义为“黑”，汉语之所以译为“黑天”，很可能是因为汉译佛经将婆罗门教诸神（deva）译为“天”，固在 Krsna 的汉语译名“黑”之后加上了“天”，大约与 Brahma 被译为“梵天”、Indra 被译为“帝释天”，以及 Sri 被译为“吉祥天”等相当。后世对相关经典文献的介绍都沿用了这一名称。然而，若实际对照各类经典，可以发

① 参见姜景奎等:《〈苏尔诗海〉六首译赏》，载《北大南亚东南亚研究》（第一卷），北京：中国青年出版社，2013 年，第 261~262 页。

现毗湿奴名号繁多。[1] 中世纪印度语言继承并发扬了这一传统，在伯勒杰语《苏尔诗海》中，黑天的名号有数十种之多，其中仅字面义为“黑”的常见名号就有四个，分别是 Krsna、Syama、Kanha、Kanhaiya。这四个名号之中只有 Krsna 是标准的梵语词，且使用最少，只用于黑天摄政马图拉之后人们对他的尊称；其他三个均为伯勒杰语词，多用于父母家人、玩伴女友对童年和少年黑天的称呼。因此，汉译中如果仅使用天神意义的“黑天”一名就违背了《苏尔诗海》所描述的黑天的成长情境。为此，结合不同名号的使用情况以及北印度农村生活的实际情况，笔者重新翻译了其他三个名号，即将多用于牧女和同伴对少年黑天称呼的 Syama 译为“黑子”，多用于父母和其他长辈对童年黑天称呼的 Kanha 和 Kanhaiya 分别译为“黑黑”和“黑儿”。此外，还有一些名号或表明黑天世俗身份，或描述黑天体态，或宣扬黑天神迹，笔者也重新进行了翻译，例如：nanda-namdana“难陀子”、madhava“摩图裔”等称呼说明了黑天的家族、家庭身份，kesau“美发者”、srimukha“妙口”等以黑天身体的某一部分代指黑天，giridhara“托山者”、manamohana“迷心者”等以黑天在其神迹故事中的表现代指黑天，等等。

结合以上几方面的思考，《苏尔诗海》汉译实际上兼具深入而系统的研究性质，包括四部分。第 ，校对后的原文。到目前为止，印度出版了多个《苏尔诗海》版本，各版本虽大同小异，但仍有差异，笔者团队搜集到影响较大的几个主要版本，并进行核对比较，最后确定一种相对科学的原文进行翻译研究。第二，对译。从经典性和文献性出发，尽可能忠实于原文，在体例选择上尽量保持诗词的形态，在内容上尽量逐字对应，特殊情况则以注释说明。第三，释译。从文献性和思想性出发，尽可能客观地阐明原文所表现的文献内容和宗教思想。该部分为散文体，其中补充了原文省略的内容并清楚地展现出情节的发展、人物的心理变化以及作品的思想内涵。

① 参见葛维钧：《毗湿奴及其一千名号》（载《南亚研究》，2005 年第 1 期，第 48~53 页）及相关著述。

第四，注释。给出有关字词及行文的一些背景知识，例如神话传说故事、民间信仰、生活习俗、哲学思想等，以及翻译中需要说明的其他问题。

试以下述例解说明：

【原文】略[①]

【对译】

此众得乐自彼时

听闻诃利[②]你之信，当时即刻便昏厥。
自隐蔽处蛇[③]出现，欣喜尽情吸空气。
鹿[④]心本已忘奔跃，复又撒开四蹄跑。
群鸟大会高高坐，鹦鹉[⑤]言称林中王。
杜鹃[⑥]偕同自家族，咕咕欢呼唱庆歌。
自山洞中狮子[⑦]出，尾巴翘到头顶上。
自密林中象王[⑧]来，周身上下傲慢增。
如若想要施救治，莫亨[⑨]现今别耽搁。
苏尔言，
如若罗陀[⑩]再这般，一众敌人大欢喜。

【释译】

黑天离开牛村很久了，养父难陀、养母耶雪达以及全村的牧人牧女都非常思念他，希望他能回来看看。牧女们对黑天的思念尤为强烈，其中又以罗陀最甚。罗陀是黑天的恋人，两人青梅竹马，两

① 由于原文字体涉及较为复杂的排版问题，这里仅呈现该首诗的对译、释译和注释三部分，原文略。本诗为《苏尔诗海》（天城体推广协会版本）第 4 760 首，参见 Dhirendra Varma, *Sursagar Sara Satika*, Sahitya Bhavan Private Ltd., 1986, No. 181, p.334.
② 诃利，原文 Hari，“大神”之义，黑天的名号之一。
③ 此处以蛇代指罗陀的发辫，意在形容发辫柔软纤长、乌黑发亮。
④ 此处以鹿的眼睛代指罗陀的眼睛，意在形容眼睛大而有神、灵动美丽。
⑤ 此处以鹦鹉的鼻子代指罗陀的鼻子，意在形容鼻子又挺又尖、美妙可爱。
⑥ 此处以杜鹃的声音代指罗陀的声音，意在形容声音甜美悠扬、清脆嘹亮。
⑦ 此处以狮子的腰代指罗陀的腰，意在形容腰身纤细柔顺、婀娜灵活。
⑧ 此处以大象的腿代指罗陀的腿，意在形容腿脚步态从容、端庄稳重。
⑨ 莫亨（原文 mohana），黑天的名号之一。
⑩ 罗陀（原文 Radha），黑天最主要的恋人。

小无猜，曾经你欢我爱，形影不离。可是，黑天自离开后就再也没有回来过，甚至连信也没有寄过一封。伤离别，罗陀时刻处于煎熬中。为了教育信奉无形瑜伽之道的乌陀，也为了看望牧区故人，黑天派乌陀来到牛村，表面上让他传授无形瑜伽之道，实则置他于崇尚有形之道的牛村人中间，让他迷途知返。乌陀的到来，打乱了牛村人的生活。一者，牛村人沉浸在思念黑天的离情别绪之中，乌陀破坏了气氛，于表面的宁静之中注入了不宁静。二者，牛村人本以为乌陀会带来黑天给予牛村的好消息，但适得其反，乌陀申明自己是为传授无形的瑜伽之道而来，甚至说是黑天派他来传授的，牛村人对此不解、迷茫。他们崇尚有形，膜拜黑天，难道黑天完全抛弃了他们？他们陷入了更深一层的痛苦之中。三者，对牧区女来说，与黑天离别本就艰难，但心中一直抱有再次见面再次恋爱的期望，乌陀的到来打消了她们的念头，从精神上摧毁了她们。其中，罗陀尤甚，她所遭受的打击要比别人更甚。由此，出现了本诗开头提及的罗陀晕厥以及晕厥之后乌陀“看到”的情况，具体内容是乌陀向黑天口述的：

乌陀对黑天说道：“黑天啊，你的恋人罗陀非常思念你，她忍受离别之苦，渴望与你相见。可是，你却让我去向她传授无形的瑜伽之道。唉，她一听到是你让我去的，当即就昏了过去，倒在地上，不省人事。唉，真是凄凉啊！这边罗陀昏迷不醒，那边动物界却出现了一派喜气景象：黑蛇从洞里出来了，它高兴地尽情享受空气；此前，罗陀的又黑又亮的长发辫曾使它羞于见人，认为自己形体丑陋，不得不躲藏起来。已经忘记奔跑的小鹿出来了，它撒开四蹄，愉悦地到处奔跳；此前，罗陀那明亮有神的大眼睛曾使它羞于见人，认为自己的眼睛丑陋，不敢出来乱逛。鹦鹉出来了，它参加群鸟大会，坐在高高的枝丫上，声称自己是林中之王；此前，罗陀又尖又挺的鼻子曾使它羞于见人，认为自己的鼻子丑陋，躲藏起来。杜鹃鸟出来了，它和同族一起，咕咕叫个不停，欢庆胜利；此前，罗陀那甜美悠扬的声音曾使它感到拘束，认为自己的声音难听，不敢开口。狮子从山洞中出来了，他得意扬扬，悠闲自在，尾巴翘到了头顶上；此前，罗陀纤细柔软的腰肢曾使它羞于见人，认为自己的腰肢粗笨僵硬，不敢示人，躲进山洞。大象从茂密的森林里出来了，它一步一昂头，傲慢自大，目中无人，盛气凛然；此前，罗陀稳重美丽的妙腿曾使它自惭形秽，认为自己的腿丑陋不堪，羞于展露，躲进森林。唉，黑天啊，你快救救罗陀吧，如果再不行动，稍后想要施救就来不及了……”

“此众得乐自彼时”是本诗的标题，意思是罗陀晕倒之时，即是众动物高兴之时。它们羞于与罗陀相比，虽然视罗陀为敌，却不敢直面罗陀，纷纷逃遁躲藏。听说罗陀遭到黑天抛弃，晕厥不醒，它们自然高兴，便迫不及待地恢复了原来的自由生活。“如若罗陀再这般，一众敌人大欢喜”，是诗外音，是苏尔达斯的总结性话语。在这首诗里，苏尔达斯主要展现了罗陀的美，但整首诗中没有出现任何对罗陀的溢美之词，没有提到罗陀的名字，更没有提到她的发辫、眼睛、鼻子、声音、腰肢和腿等，甚至没有提到蛇、鹿、鹦鹉、杜鹃鸟、狮子和大象的相关部位，仅以这些动物对罗陀晕厥不醒后的反应进行阐释，这就给听者和读者留下了巨大的想象空间，似形似景，情景交融。这种手法似乎是印度特有的，其审美视角值得深入研究。

上述例解仅为笔者及笔者团队对于印度中世纪经典汉译的一己之见，希望能开拓印度经典汉译与研究的新视角、新路子，以期印度经典在中国能得到更为深入系统的翻译与研究。

## 五、中印经典及当代作品互译出版项目

2013 年初，笔者与中国大百科全书出版社社长龚莉女士、副总编辑马汝军先生和社科分社社长滕振微先生合作，提出了“中印经典和当代作品互译出版项目”的动议。该动议得到相关单位的积极

回应。2013 年 5 月李克强总理访印期间，国家新闻出版广电总局和印度外交部签署合作文件，决定启动“中印经典和当代作品互译出版项目”，并写入两国发表的联合声明（第 17 条）。2014 年 9 月，习近平主席访问印度，该项目再次被写入两国发表的联合声明（第 11 条）。该项目成为中印两国的重大文化交流项目之一。双方商定，双方各翻译对方的 25 种图书，以 5 年为期。2016 年 5 月，国家新闻出版广电总局印发“关于实施《“十三五”国家重点图书、音像、电子出版物出版规划》的通知”，该项目被列入“‘十三五’国家重点图书出版规划”。在此期间，笔者与薛克翘先生商量组织翻译团队事宜。我们掰着指头算，资深的老辈学人几乎都不能相扰，后辈学人又大多刚刚走上工作岗位，有的还在求学，翻译资质存疑。我俩怎一个愁字了得！然，事情得做，学人得培养。我们决定抓住机遇，大胆启用后辈学人，为国家培养出一支新的汉译团队。因此，除薛克翘、刘建、邓兵等少数几位前辈学人外，我们的翻译成员绝大多数在 40 岁左右，有的还不过 30 岁。两三年的实践证明，我们的决定完全正确。新生代学人知识全面，学习能力强，执行能力更强。从已完成待出版的成果看，薛克翘先生对审读过的一本书的评价最能说明问题：“字里行间，均见功夫。”译文质量是本项目的重中之重。除薛克翘、刘建和笔者外，我们邀请了黎跃进教授、石海军研究员和邓兵教授作为特约编审，约请了尼赫鲁大学的狄伯杰（B. R. Deepak）教授以及德里大学的阿妮达・夏尔马（Anita Sharma）教授和苏林达尔・古马尔（Surinder Kumar）先生作为印方顾问，对译文质量进行全面把关。译者完成翻译后，译稿首先交予编审审校，如遇大问题时向印方顾问咨询，之后返予译者修改。如有必要，修改稿还需经过编审二次审校，译者再次修改。这以后，稿件才会交予出版社编辑进行审读，发现问题再行修改……我们认为，唯如此，译文质量才能得到保障，译者团队才能得到锻炼。

本项目是中印两国的重大文化交流项目之一。因此，印度方面也有相应团队，负责汉译印的工作，由上文提及的狄伯杰教授领衔，由印度国家图书托拉斯负责实施。需要指出的是，双方翻译的作品并非译者自选，而是由双方专家通过充分沟通磋商确定。汉译作品的选定过程是这样的，笔者先拟定了 50 多种印度图书，这些书抑或是中世纪以来有重要影响的经典巨著，比如《苏尔诗海》《格比尔双行诗集》和《献牛》等，抑或是印度独立以后获得过印度国家级奖项的作家之名作，如默哈德维·沃尔马、毗什摩·萨赫尼、古勒扎尔的代表作等。而后，笔者请相熟的印度学者从中圈定出 30 种。之后，国家新闻出版广电总局的相关领导、中国大百科全书出版社的龚莉社长和滕振微先生以及笔者本人专赴印度，与印方专家组进行面对面的交流探讨，最终确定了 25 种汉译印度图书名录。印度团队的印译中国图书名录的选定过程与此类似。具体的汉译书单如下表：

| 序号 | 书名 | 作者 | 备注 |
|---|---|---|---|
| 1 | 苏尔诗海<br>*Sursagar* | 苏尔达斯<br>Surdas | 诗歌 |
| 2 | 格比尔双行诗集<br>*Kabir Dohavali* | 格比尔达斯<br>Kabirdas | 诗歌 |
| 3 | 献牛<br>*Godan* | 普列姆昌德<br>Premchand | 长篇小说 |
| 4 | 帕勒登杜戏剧<br>*Bharatendu Natakavali* | 帕勒登杜<br>Bharatendu | 戏剧 |
| 5 | 普拉萨德作品集<br>*Prasad Rachna Sanchayan* | 杰辛格尔·普拉萨德<br>Jaishankar Prasad | 戏剧、诗歌、短篇小说 |
| 6 | 鹿眼女<br>*Mriganayani* | 沃林达温拉尔·沃尔马<br>Vrindavanalal Verma | 长篇小说 |
| 7 | 献灯<br>*Deepdan* | 拉默古马尔·沃尔马<br>Ramkumar Verma | 独幕剧 |
| 8 | 灯焰<br>*Dipshikha* | 默哈德维·沃尔马<br>Mahadevi Verma | 诗歌 |
| 9 | 谢克尔传<br>*Shekhar: Ek Jeevani* | 阿格叶耶<br>Ajneya | 长篇小说 |
| 10 | 黑暗<br>*Tamas* | 毗什摩·萨赫尼<br>Bhisham Sahni | 长篇小说 |
| 11 | 肮脏的边区<br>*Maila Anchal* | 帕尼什瓦尔·那特·雷奴<br>Phanishwar Nath Renu | 长篇小说 |
| 12 | 幽闭的黑屋<br>*Andhere Band Kamare* | 莫亨·拉盖什<br>Mohan Rakesh | 长篇小说 |

续表

| 序号 | 书名 | 作者 | 备注 |
|---|---|---|---|
| 13 | 宫廷曲调<br>*Raag Darbari* | 室利拉尔·修格勒<br>Shrilal Shukla | 长篇小说 |
| 14 | 鸟<br>*Parinde* | 尼尔莫勒·沃尔马<br>Nirmal Verma | 短篇小说 |
| 15 | 班迪<br>*Aapka Banti* | 曼奴·彭达利<br>Mannu Bhandari | 长篇小说 |
| 16 | 一街五十七巷<br>*Ek Sadak Sattavan Galiyan* | 格姆雷什瓦尔<br>Kamleshwar | 长篇小说 |
| 17 | 被抵押的罗库<br>*Rehan par Ragghu* | 加西纳特·辛格<br>Kashinath Singh | 长篇小说 |
| 18 | 印度与中国<br>*India and China* | 师觉月<br>P. C. Bagchi | 学术著作 |
| 19 | 向导<br>*Guide* | 纳拉扬<br>R. K. Narayan | 长篇小说 |
| 20 | 烟<br>*Dhuan* | 古勒扎尔<br>Gulzar | 短篇小说、诗歌 |
| 21 | 那时候<br>*Sei Samaya* | 苏尼尔·贡戈巴泰<br>Sunil Gangopadhyaya | 长篇小说 |
| 22 | 一个婆罗门的葬礼<br>*Samskara* | 阿南特穆尔蒂<br>U. R. Ananthamurthy | 短篇小说 |
| 23 | 芥民<br>*Chemmeen* | 比莱<br>T. S. Pillai | 长篇小说 |
| 24 | 印地语文学史<br>*Hindi Sahitya ka Itihas* | 罗摩金德尔·修格勒<br>Ramchandra Shukla | 学术著作 |
| 25 | 棋王奇着<br>*The Chessmaster and His Moves* | 拉贾·拉奥<br>Raja Rao | 长篇小说 |

毫无疑问，这些作品均是印度中世纪以后的经典之作，基本上代表了印度现当代文学水准，尤其反映出印地语文学的概貌。我们以为，通过这些文字，中国读者可以大体了解印度现当代文学的基本情况。

就本项目而言，笔者在这里需要表达由衷谢意：

首先，感谢原国家新闻出版广电总局的相关领导，没有他们的认可，本项目不可能正式立项。其次，感谢中国大百科全书的前社长龚莉女士、前副总编辑马汝军先生和前社科分社社长滕振微先生，没有他们的奔走，本项目不可能成立。再次，感谢中国大百科全书出版社社长刘国辉先生及诸位编辑大德，没有他们的付出，本项目不可能实施。感谢另两位主编薛克翘先生和刘建先生，两位前辈不仅担当主编、审校工作，还是主要译者；他们是榜样，也是力量。十分感谢黎跃进和邓兵两位教授，两位是特邀编审，邓兵教授也是译者，他们认真负责的精神令人起敬。感谢印度尼赫鲁大学的狄伯杰教授以及德里大学的阿妮达·夏尔马教授和苏林达尔·古马尔先生，他们的付出为本项目的实施提供了某种保障。特别感谢石海军研究员，他是特邀编审之一，可惜天不假年，他于 2017 年 5 月 13 日凌晨突然辞世，享年仅 55 岁，天地恸哭，是中国印度文学研究的一大损失！最后，感谢翻译团队的诸位译者，他们是新时代的精英，是中国印度研究领域的后起之秀，他们的成就由读者面前的文字可见一斑。

祝福诸位，祝福所有为本项目的立项和实施有所付出的先生大德们！

自《浮屠经》以来，汉译印度经典已有两千多年的历史。这一人类历史上少有的浩大文化工程背后既有对科学技术的追求，也有对宗教信仰的热忱；既有统治者的意志，也有普通民众的需求。印度经典汉译一方面极大地丰富了中华文化，另一方面也保存和传播了印度文化；既形成了自己的学术传统，又推动了许多相关领域研究的发展。时至今日，在中印关系具有特殊意义的大背景下，继续推进对印度经典的汉译在两国关系层面有助于加深两国之间的认知和了解，构建更为均衡、更为深厚的国际关系，在学术研究层面也有助于推动相关领域研究的继续发展。

姜景奎

北京燕尚园

2017 年 12 月 31 日

2019 年 12 月 25 日修订

# 译本序

> 对于我们所代表的印度人民，我呼吁你们怀着信念与信心加入我们的伟大事业。没有时间去关注微不足道的消极批评，没有时间去怨恨或谴责他人。我们必须建造自由印度的高楼广厦，让她的孩子们安居其中。[①]
>
> ——贾瓦哈拉尔·尼赫鲁

印度独立初期，作为首任总理的贾瓦哈拉尔·尼赫鲁积极推行带有计划经济色彩的混合经济模式，但却没有使印度经济获得预期的快速增长。相反，日益膨胀的官僚体系却带来效率低下、贪污腐败等一系列弊病。人们对于新国家的理想与期望渐渐消失，压抑、失望以及对社会的不信任感在印度社会中弥漫着。进入20世纪60年代，随着中印边境冲突（1962）、尼赫鲁去世（1964）以及第二次印巴战争（1965）等一系列重大历史事件的相继发生，印度开始面临

① “与命运之神的幽会”（Tryst with Destiny），贾瓦哈拉尔·尼赫鲁印度独立前夜演说，1947年8月14日。参见：J. Nehru, *Independence and After: A Collection of Speeches, 1946-1949,* John Day, New York, 1950.

内忧外患的双重压力。潜藏已久的各类社会矛盾相继浮出水面，民主与世俗的核心理念受到挑战，印度在现代化建设的道路上困难重重。印度当代印地语作家室利拉尔·修格勒的长篇小说《宫廷曲调》正是对这一历史时期印度乡村面貌与社会心态的反映。

室利拉尔·修格勒1925年12月31日生于英属印度联合省勒克瑙地区阿特劳利村一个贫穷的婆罗门家庭。尽管年少家贫，家中长辈对教育的重视以及勒克瑙地区自莫卧儿时代传承下来的浓厚文化氛围，促使修格勒顺利考入阿拉哈巴德大学。阿拉哈巴德大学在20世纪曾一度成为印地语文学的重要阵地，默哈德维·沃尔马（Mahadevi Verma）、格姆雷什瓦尔（Kamleshwar）等一大批著名的印地语诗人、作家先后求学于此。在文学氛围浓厚的校园里，修格勒学习英语文学、梵语和印度历史，并开始尝试文学创作。和多数文学青年一样，修格勒最初也曾尝试进行诗歌创作，但很快便发现自己不如那些新诗派的朋友，于是转而投入小说创作的怀抱。1947年修格勒毕业，获文学学士学位。毕业后的修格勒原本打算在勒克瑙攻读文学硕士学位，然而父亲的突然离世使他不得不放弃了继续求学的计划，转而参加北方邦的公务员资格考试。在谈到自己的职业选择时，修格勒坦言，自己最初并未想过以公务员为业，但“揣着学士文凭考上北方邦公务员是当时条件下的最佳选择”。

1949年修格勒正式进入北方邦公务员系统，此后长期在北方邦政府担任公职，直到1983年退休后才成为一名真正意义上的职业作家。虽然文学创作在相当长的时间里仅仅是修格勒的副业，但这丝毫没有影响他在当代印地语文坛的影响力。自1957年第一部长篇小说问世以来，修格勒先后发表长篇小说10部、讽刺杂文集9部、短篇小说集4部、回忆录2部以及文学评论集3部。他的作品针砭时弊，以讽刺见长，敢于抨击印度政治与社会的阴暗面。2008年，为表彰其对印度文学与文化做出的贡献，印度政府授予室利拉尔·修格勒三等莲花装勋章（Padam Bhushan）。2011年9月，修格勒荣获印度文学界的最高荣誉——格杨比特奖（Jnanpith Award）。就在获奖结果公布不久之后的10月28日，修格勒病逝于勒克瑙，享年86岁。

《宫廷曲调》创作于1962~1967年，1968年首次出版，1970年获印度文学院奖（Sahitya Akademi Award）。小说以大胆辛辣的笔法描绘了20世纪60年代前期印度北方邦一座名为希夫帕尔根杰（Shivpalganj）的虚构村庄的整体风貌，展现了印度独立后社会价值体系的崩坏以及民主失效等众多社会问题。小说名称“*Raag Darbari*”（意译《宫廷曲调》）本为印度古典音乐中的一种曲调名称。该曲调适用于深夜演奏，主题庄严、深沉，并且难于掌握。作家以此为题具有双关之意：一方面，“宫廷曲调”的字面之意对应了小说中大量政治操纵与权力争斗的情节，切合小说的主题；另一方面，“庄严、深沉的主题”与小说中处处展现的印度乡村的愚昧、落后与肮脏形成鲜明对比，加深了讽刺的意味。

对于印度而言，城乡之间巨大的贫富差距，带来的不只是生活水平的差距，更是文化与观念的隔阂。在大众传媒与流行文化中，印度农村同落后、愚昧、无知、种姓政治、性别歧视、强奸等种种被现代文明视为罪恶的词汇联系在一起。在此之前的20世纪50年代中期，印地语文学界出现了以帕尼什瓦尔·那特·雷努（Phanishwar Nath Renu）创作的小说《肮脏的边区》（*Maila Anchal*）（1954）为代表的“边区小说”。该类型小说多以特定地理空间范围内的整体乡村生活为对象，在叙事上淡化情节主线，重视历史地理环境的描写，并且大量使用方言。《宫廷曲调》在叙事方面延续“边区小说”上述特征的同时，不再将目光局限于偏远地区，而是把故事置于作家所生活的北方邦。作为印度政治与文化的核心地区之一，北方邦拥有印度数量最庞大的人口，在印度人民院（议会下院）中占有的席位最多，对整个印度政治具有举足轻重的影响力。正如一些评论所说，

《宫廷曲调》中的希夫帕尔根杰并非偏远的“边区”，在北印度任何一个村子都能找到它的影子。因此从某种程度上来说，《宫廷曲调》代表了印地语“边区小说”向普遍意义上的乡土小说的转型。在创作思想方面，《宫廷曲调》以反映印度乡村愚昧、落后的状态以及尼赫鲁时代农村合作社改革和乡村民主建设中出现的问题为目的，呼应了20世纪60年代印地语文坛兴起的以揭露社会弊端、反映现实问题为主旨的“新进步主义”潮流。就文学史意义而言，《宫廷曲调》兼具了独立后印地语文学“边区小说”与“新进步主义”两大潮流的特征，在印地语小说发展史上占有重要地位。

《宫廷曲调》同样也是当代印度为数不多的印地语畅销经典小说之一。自初版问世以来，该小说在长达50多年的时间里一直受到印地语读者的欢迎。截至2021年，《宫廷曲调》的印地语版已经过7次修订与12次印刷。此外，它还被翻译成15种印度语言在全国各地发行。小说的同名英译本由英国记者、旅行作家吉莉安·怀特（Gillian Wright）翻译，于1994年由企鹅出版社出版发行，在印度国内外的英语读者中同样获得关注。2012年，该英译本入选《企鹅现代文学经典》（*Penguin Modern Classics*）系列丛书，再次出版发行。《宫廷曲调》之所以能够在半个多世纪的时间里受到读者持续关注，一方面得益于作家高超的语言驾驭能力所带来的流畅阅读体验；另一方面，小说对于印度民主政治阴暗面的无情揭露，即便是在经济高速发展、生活方式剧烈变化的今天仍然具有启示意义。

作为一部文学经典性与畅销性兼具的长篇小说，《宫廷曲调》揭示了独立后印度农村社会民主失效、道德堕落等一系列问题。更为重要的是，它从一定程度上展现了印度农村乃至整个基层的政治生态环境。尽管进入21世纪的印度以前所未有的速度保持经济高速增长，然而直到今天，印度农民——这些“沉默的大多数”作为印度人口的主体，却始终处于边缘化的地位，被人们长期忽视。在这种背景之下，小说《宫廷曲调》向不了解印度乡村社会的人们提供了新闻报道与学术著作之外的观察途径。与传统的现实主义批判不同，《宫廷曲调》用深入骨髓的讽刺和辛辣的调侃，以艺术的形式展现了一个近乎真实的世界。从某种程度而言，《宫廷曲调》就像是一部人类学民族志，将希夫帕尔根杰的风土、历史、语言都记录其中。小说围绕着村委会、合作社与学院三个20世纪60年代印度农村的主要公共机构，逐层向读者剖析了乡村政治的运作机制，为读者展现了法律、民主等现代文明机制在向传统社会深入过程之中的异化，以及社会机制失效时，人们在精神与道德层面的堕落。印度学者普拉塔普·巴努·梅塔（Pratap Bhanu Mehta）曾盛赞《宫廷曲调》是“有史以来最好的印度民主读物之一”。[①]梅塔认为，《宫廷曲调》的意义不在于粗暴地展示“理想主义屈服于物质利益”，而是在半个世纪之前为印度政治“意义危机”敲响警钟。小说中的人物可能无力改变状况，却都确切地知道发生了什么，甚至比任何政治理论家都能更快地解释思想背后的动机和利益。当民主成为虚伪和无意义的符号，学术研究沦为政治现象的纯粹提炼，除了权力的自我陶醉，现代政治能否为社会进步创造条件？这或许是每个发展中国家都需要思考的问题。

作为当代印地语经典文学著作，《宫廷曲调》汇集了诸多带有鲜明历史文化与地域特征的术语，将古印度六派哲学、经典宝莱坞电影、尼赫鲁时代的宣传话语、英国殖民时期的黑话等诸多看似风马牛不相及的内容杂糅成团，翻译难度较大。译者在翻译过程中添加了大量注释，以供读者参考。在对文中的不同印地语方言和俗语的翻译上，译者参考了英译本的处理方法，通过用词差异，尽可能展现方言背后传递的人物性格与权力关系等信息。遗憾的是，受制于

① Pratap Bhanu Mehta, “Revisiting Shivpalganj” , *Indian Express,* Mar 7, 2018.

译者能力，小说精妙之处未能充分展现。书中或会有翻译纰漏，还望读者不吝指教。最后，感谢我的恩师姜景奎教授与中国大百科全书出版社诸位老师的帮助，使得本书得以呈现给中国读者。

张书剑

2022年11月于北京朝阳

# 目 录

001 | 总序：印度经典的汉译
001 | 译本序

001 | 第一章
008 | 第二章
015 | 第三章
027 | 第四章
034 | 第五章
042 | 第六章
049 | 第七章
060 | 第八章
068 | 第九章
077 | 第十章
091 | 第十一章
100 | 第十二章
108 | 第十三章
115 | 第十四章
121 | 第十五章
135 | 第十六章

141 | 第十七章
150 | 第十八章
161 | 第十九章
169 | 第二十章
176 | 第二十一章
187 | 第二十二章
196 | 第二十三章
206 | 第二十四章
220 | 第二十五章
238 | 第二十六章
247 | 第二十七章
254 | 第二十八章
269 | 第二十九章
280 | 第三十章
298 | 第三十一章
311 | 第三十二章
326 | 第三十三章
330 | 第三十四章
340 | 第三十五章

# 第一章

穿过小镇的边缘，对面就是印度农村的浩瀚海洋。

镇子边上停着一辆卡车。当你瞧见它时，一眼就能明白这辆车被制造出来只有一个目的——操马路。和真理一样，这辆卡车也有很多面。警察从一个角度看了之后可能会说它停在道路中央，司机从另一个角度看可能会说它停在路边。按照最时髦的说法，司机打开右门后，卡车就像鸟儿的翅膀，变得更有魅力。其他车辆因此无法通过，发生事故的风险得以消除。

路的一边是加油站，另一边是用茅草、木头、一些马口铁罐和当地所能搞到的废品搭建起来的一些小店，乍一看不计其数。几乎所有的小店都在供应一种人见人爱的饮料——用灰尘、污垢、不知道泡过多少道的茶叶与开水调制而成的茶。店里还存着甜品，这些甜品不分昼夜地面对灰尘雨水、苍蝇蚊子的侵扰，毫不畏惧地迎接挑战。它展现了本地手艺人灵巧的工艺技能与专业的技术知识。这表明，尽管我们无法制造剃须刀片，却仍然是世界上唯一可以把垃圾变成美食的民族。

卡车司机和清洁工站在小店跟前喝茶。

兰格纳特远远看到了这辆卡车，立即加快了步伐。

今天火车欺骗了他。出发的时候他还想着慢车一般会晚点两小时，但这次却只晚点了一个半小时，没等他赶到车就开走了。由于在意见簿上抱怨了几笔，兰格纳特成了车站工作人员眼中的笑话，不得已离开了车站。直到他沿着马路走向卡车时，脸上才露出笑容。

他来到卡车边，司机和清洁工还在原地抿着茶水。兰格纳特漫无目的地瞥了一眼，笑着问道："司机先生，这辆车是去往希夫帕尔根杰的吗？"

司机一边喝茶，一边打量着老板娘。他没怎么搭理兰格纳特，只回答了"是"。

"您能否捎我一程？我会在十五英里之后下车。我得去希夫帕尔根杰。"

卡车司机只一瞥就将那位老板娘看了个遍，然后将目光对准眼前的年轻人。啊哈！眼前是什么光景！他从头到脚好似莲花般圣洁的毗湿奴大神，穿着圣雄甘地同款白色土布衬衣和宽腿裤，头戴甘地帽，肩扛献地运动[①]布包，手上还拎着皮箱。司机看着他惊讶不已，想了一会儿后说道："请坐，先生。我们马上出发。"

卡车抖了一下就出发了。两人从扭曲混乱的镇子中挣脱，来到空旷的公路上。在这里，司机得以第一次挂高挡，但变速杆每隔一百码就滑到中间。由于司机脚踩油门，卡车的抖动随着车速的降低而不断加剧。兰格纳特说："司机师傅，您的变速箱简直和我们的政府一模一样。"

卡车司机微笑着接受了这个赞扬，兰格纳特试着让自己的观点

① 献地运动（Bhoodan Movement），甘地主义者维诺巴·巴维（Vinoba Bhave）在1951年发起的社会运动，号召富裕地主自愿将自己的多余土地赠予无地农民。——译者注

表达得更明确。

“不管您多少次挂高挡位，每过几码就会滑到原来的位置。”

司机大笑起来：“您刚才说的真是深奥啊，先生。”

下一次挂高挡时，司机将腿抬起大约九十度，并将排挡压在大腿下。兰格纳特想告诉他治理国家需要同样的技术，但他意识到这将是一个更高深的表达，于是保持沉默。

就在这时，司机将他的大腿放回合适的位置，用一根长棍的一端抵住排挡，另一端放在仪表盘下方。卡车开始高速行驶，骑自行车的人、行人、马车和所有其他车辆在几英里远的地方都被吓跑：通过判断卡车飞驰的速度，他们似乎认为这不是一辆卡车，而是一团火焰，一阵从孟加拉湾吹来的台风，一些爱说脏话的官员满嘴跑火车或是平达里人[1]。兰格纳特觉得他们应当事先发布通知，警告人们把所有的牲畜和孩子留在家里，因为一辆卡车刚从小镇飞驰而来。

司机问道：“尊敬的先生，请告诉我！您还好吗？您来到我们这儿已经很长时间了吧！”

兰格纳特微笑了一下，鼓励他这种彬彬有礼的提问。

“先生，您这些天在忙什么呢？”

“我一直在田野。”

司机大笑起来。他险些碾过一个十岁左右的裸体男孩。所幸，这孩子跳到一座小桥上，像一只受伤的壁虎从天花板掉落。

不过这事对司机没有任何影响，他甚至更加用力地踩油门，大笑着说：“真有趣！继续，先生！告诉我您是啥意思。”

“我已经告诉您了。我一直在田野。用英语来讲就是做研究（research）。去年我拿到了文学硕士，今年开始搞研究。”

司机微笑着，仿佛他正在听《一千零一夜》里的天方夜谭。

① 平达里人（Pindari），17至19世纪活跃于印度的土匪集团。——译者注

“那么，先生，您为何要去希夫帕尔根杰呢？”

“我母亲的兄弟住在那里，我生病了，所以要去那里住一段时间，恢复一下。”

司机这次笑了更长时间。

“您可真会编故事，先生！”

兰格纳特用疑惑的目光看了他一眼，接着问道：“编了什么？”

面对这个天真的提问，司机狂笑起来。

“就是您说的事啊！没关系，翻篇吧。请告诉我，米塔尔先生怎么样了？这起凶杀案到底是咋回事？”

兰格纳特彻底心力交瘁了。他被这个问题噎住了，说道：“我怎么会知道米塔尔先生是谁呢？”

司机的大笑刹住了，卡车车速也慢了下来。他仔细地盯着兰格纳特看起来。

“您不知道米塔尔是什么人？”

“不知道。”

“贾殷先生呢？”

“不知道。”

司机向窗外吐了口痰，用清晰的嗓音问道：“所以您不为CID[①]工作？”

兰格纳特非常恼怒：“CID？这是什么鸟玩意儿？”

司机长叹一口气，开始专心地观察前方的道路。几辆牛车正沿着道路行驶。车夫躺在车顶，遵循想伸腿时就伸腿的惯例，蒙着脸沉沉入睡。公牛们安静地拉着车在路上前行，这并非出于天性，而是靠后天训练。这幅场景令人联想起公众和领袖的话题，但兰格纳特没敢说些什么，关于CID的话扰乱了他的思维。卡车司机先按了

① CID，刑事调查局（Criminal Investigation Department），印度邦级警察的刑事调查机构。——译者注

橡胶喇叭，接着又按了另一个喇叭，声音起起落落令人发毛，然而牛车继续沿着自己的路前进。司机仍在加速，似乎要从牛车上飞过。但是，当他快要靠近牛群时，突然意识到自己是在驾驶卡车而非直升机。他立刻刹车，抵着仪表盘的棍子落下、换挡，卡车擦着牛车而过，差点就撞了上去。

接下来，司机带着轻蔑的口吻对兰格纳特说："如果您不是CID的，为什么要穿土布衣？"

兰格纳特已经被这些充满攻击性的问题弄得情绪低落，但他认为这只是简单的询问，于是也简单地回答："现在所有人都穿土布。"

"瞎扯！哪有明白人穿这身！只有政客、便衣和傻子才穿。"

司机随即打开窗户，吐了口痰，然后挂到最高挡。兰格纳特不再表现出得体的样子，他沉默地坐了一会儿，接着开始吹口哨。司机用胳膊肘推了他："嘿，先生！您就安静坐着。这不是唱圣歌的地方。"

兰格纳特闭上了嘴。司机生气地说："这车子的排挡一直在滑，现在又变到空挡了。你在瞅啥？赶紧握住它！"

半晌司机又恼怒道："不是那样，是这样！握好了！"

卡车后方的喇叭声响了很久。兰格纳特早就听到了，但司机没有注意。过了一会儿，一直坐在卡车后面的清洁工爬到卡车的一边，开始敲打驾驶员一侧的车窗。这个动作在卡车司机的话语中一定有什么可怕的含义，因为司机立即减速，把车开到道路左侧。

喇叭声来自一辆旅行车——得益于外国援助，成百上千的旅行车随时随地可见，为国家的进步服务着。这辆旅行车从卡车的右边超过，卡其色制服的手臂伸了出来，示意卡车停车。两辆车都停了下来。

一个警官样貌的勤务和一个勤务样貌的警官从旅行车上下来，接着又下来两个身穿卡其色制服的警员。突然间他们摆出一副旧时平达里土匪的架势开始打劫：有人抢夺了驾驶执照，有人拿走了行车证；有人开始拍打后视镜，有人按下了喇叭。他们踩了踩脚踏板，打开车灯，摇了车后的铃铛。凡是他们看过的都有问题，凡是他们摸过的都感觉不对劲。就这样，四个人在四分钟内发现卡车有四十处故障。他们站在树下，开始商量着如何应付。

兰格纳特知道，业力和因果报应是真实存在的。卡车正在接受检查，司机由于对兰格纳特出言不逊而遭到了神的报应。在司机和检查人员的争执过程中，兰格纳特仍然坐在原地。司机抽空对他说："请下车，先生。现在坐在那里握排挡还有必要吗？"

兰格纳特下车走到一棵树旁。司机和检查人员在另一棵树下就卡车的各部件争吵了起来。争论很快从卡车部件转移到了国情和经济状况，在场人员很快变成议会专家委员会成员。他们站在不同的树下像专家一样思考每个议题。经过多次讨论，他们在同一棵树下开始某种公开会议，很快，会议明显进入了尾声。

最后，兰格纳特终于听清了警官模糊的声音："为什么？米安·阿什法克，你的意见是什么？就这么算了？"

那个勤务说道："长官，您还能干啥？我们还要开多长的罚单？如果只是几处违规我们还能罚一下。"

一个警员说："这罚单可能得开到明天早上了。"

经过一番讨论，警官说："好了，本塔·辛格，你可以走了。我们允许你离开。"

警官站在树下盯着兰格纳特看了很久，点上一支烟走过去问道："你刚才也在卡车上？"

"是的，长官。"

"他没向你收取任何费用？"

"没有。"

警官说："看到你这身打扮我就明白了，不过我有责任询问一下。"

兰格纳特想逗一下他，说道："这可不是真的手纺卡其布。这是工厂生产的卡其布。"

警官恭敬地回答："哈，先生，卡其布就是卡其布。真的和仿造的有什么区别？"

警官离开后，司机和勤务来到兰格纳特旁边。司机说："先生，给我两个卢比！"

兰格纳特脸色一变，喝道："什么意思？我凭什么要给钱？"

司机拉着勤务的手说："过来，先生，跟我过来。"走着走着，司机冲着兰格纳特说："因为你我才被拦下，我有麻烦了你就这么跟我说话？这就是你受的教育？"

如今的教育体制成了婊子挡道，谁都可以上去踹两脚。司机一边评论着一边和勤务一起走向卡车。兰格纳特意识到，已经到了晚上，自己的行李还在卡车上，希夫帕尔根杰还有五英里远，自己需要人们的善意。他慢慢地走向卡车。另一方面，旅行车的司机正在按喇叭叫勤务回来。兰格纳特准备给司机两个卢比。司机说："如果你现在要给，就塞给这位当差的人。我拿你的钱有什么用？"

他说话的样子像极了苦行僧，仿佛自己从来不碰钱，只会告诉别人钱财只是手上的污垢。勤务把钱放进口袋，吸上最后一口手卷烟，将半亮的烟灰或多或少地弹到兰格纳特的长袍上，径直走向了旅行车。勤务离开后，司机发动卡车，像之前一样开足马力，让兰格纳特将排挡保持在最高位。突然，司机毫无征兆地噘嘴吹起印地语电影歌曲。兰格纳特默默地听着。

不一会儿，他在道路两旁的雾气中发现了一群人，是成排的妇女一边闲聊，一边排便。路边成堆垃圾散发出恶臭，让晚风如孕妇般迟缓。不远处传来狗吠声。兰格纳特的眼里冒出一团浓烟。毋庸置疑他们来到了一座村子——希夫帕尔根杰。

# 第二章

在希夫帕尔根杰警察局，一名男子双手合十恳求副督察[①]："几个月过去了，你们一直拖时间。请不要再拖延对我的起诉了。"

副督察半坐半躺在座椅上。这把座椅一定曾经是某个中世纪王座，但现在它已经破旧不堪，沦为扶手椅。副督察听到请求后抬头说道："你终究会被起诉。为什么这么着急呢？有什么灾祸降到你头上了？"

那人坐在扶手椅旁的矮凳上："对我来说，这就是一场灾难。如果你起诉我，麻烦就没了。"

副督察嘴里骂起脏话来。他快被工作逼得喘不过气。事情太多，以至于他无法调查犯罪，无法对案件提出指控，无法在法庭上提供证据。工作量太大，以至于让所有的工作都停了下来。

矮凳滑到扶手椅旁。"长官，我的敌人已经开始传话，希夫帕尔根杰在光天化日之下存在赌博行为。警司[②]已经收到了匿名举报。无

① 副督察（Sub-inspector），在印度警衔制度中低于助理督察（Assistant Inspector）高于助理副督察（Assistant Sub-inspector），此处为基层警局的负责人。——译者注

② 警司（Superintendent），警衔高于督察（Inspector）。——译者注

论如何，协议规定你每年指控我一次，但今年的指控有些延迟。如果您现在指控，那么举报信的事情也就能混过去了。”

不光扶手椅，这里所有东西都是中世纪的。凸起的坐榻、铺在上面的破毯子、笔架、干了的墨水瓶、接待处布满灰尘的登记簿——一切看上去都像几个世纪以前的东西。

坐在这里，环顾四周，会发现自己置身于历史的某个角落。警局连墨水笔都没用上，不过这方面多少有些进步，至少还是用笔而非芦苇写字。电话也还没有被发明出来。武器方面，这里的老旧步枪似乎在1857年大起义中使用过。顺便说一句，警员配备有长棍，一位诗人曾经这样写道："长棍在手，渡河打狗。"这里没有装备吉普车，只有一匹公务用马在两三名爱心人士的照料下长大，好像在重复舍尔沙[①]时代的情景。

男子一踏入警局，仿佛被丢回到了一百年前。如果读过美国侦探小说，他或许以为自己会被指纹放大镜、相机、配备有无线电的汽车等新奇玩意所震惊——然而这些玩意都在哪儿？他只看到了上文提到的这些东西。与此同时，在前面的罗望子树下，一名仅裹着腰布的赤裸上身的警员被大麻呛到了。后来才知道，这人被派去独自负责二十座村子的治安，并且履行了自己制止犯罪的职责：一旦村子里出现违法犯罪，他就能发现；如果没有违法犯罪报告，那就是他自己犯事儿了。相机、放大镜、警犬、无线电在他这里都派不上用场。警局的氛围就是这么祥和，有助于展现昨日辉煌，适合让浪漫的诗人在这儿待上一段时间，回忆往昔时光。

公众对副督察和警局的十一二名警员寄予厚望。如果八英里外的村子里有蒙面盗窃，那个管辖两三百座村庄的警局中总有一两个

---

① 舍尔沙（Sher Shah, 约1486—1545），北印度苏尔（Suri）王朝创建者，曾击败莫卧儿帝国皇帝胡马雍。——译者注

人能发现。要是十二英里外有人夜间打劫，他们会赶在土匪之前到达现场。正是基于这样的信念，村子里除了几杆枪几乎没有什么武器。人们担心村里那些未开化的野蛮人学会使枪后自相残杀，血流成河。因此防盗防贼的事情，就只能靠和他的十二个警员施展自己的法术了。

他们法术最重要的应用是在凶案上。据了解，这三百座村子的居民相互间都有仇恨、敌视，甚至将对方生吞活剥的冲动。警察掌握详细的情况，并且提前布置，制止任何谋杀；如果有人杀了人，警察会风驰电掣般地赶到现场抓捕行凶者，带走死者遗体并用罐子接满死者的血。死亡现场的旁观者都开了天眼，他们在任何法庭上都能像《摩诃婆罗多》里的全胜一样无所不知。简而言之，副督察和他的手下绝非凡人，而是阿拉丁神灯里的精灵。英国人在1947年撤出印度的时候把他们留了下来。后来人们才逐渐了解，其实这些人不是精灵，而是凡人；是那种日夜擦着自己的神灯，祈求精灵出现的人。

希夫帕尔根杰赌博协会的董事长离开后，副督察抬起头来环顾四周，一切祥和平静。刚才在罗望子树下被大麻呛到的警员正在给旁边的湿婆林伽[1]供奉大麻，一名看守正在梳理马匹的臀部，一个坐在禁闭室里的土匪正在大声为猴神哈奴曼唱诵赞歌。大门外，值班的警员靠在柱子上睡着了——无疑是为了在晚上能够更好地保持警惕。

副督察想闭上眼睛打瞌睡，但就在这时，他看到鲁潘少爷走了过来。副督察嘟囔道："连个闭眼的机会都没有。"鲁潘少爷一进门，副督察就从椅子上站了起来，尽管"礼貌周"已经过去了很久，他还是尊敬地握了手。鲁潘少爷一坐下来就说："土匪给拉马丁寄了一

---

① 林伽（lingam），湿婆生殖器雕像。——译者注

封红墨水写的信，向他勒索5000卢比。信上要他在新月之夜把钱带到南边的山上……”

副督察笑了笑，说：“少爷，这是真的吗？这也太多了。过去土匪都是爬山过河到你家门口收钱，现在他们却希望你自己出门把钱送过去！”

鲁潘少爷说：“是的，这正是我想说的。这不是抢劫，而是索贿。”

副督察用相同的语气接着说：“受贿、盗窃、抢劫——现在都变得差不多了。这是大同境域啊。”

鲁潘少爷说：“我父亲也是这么说的。”

“他说啥了？”

“类似的话，大同境域全面实现了。”

两人都笑了。鲁潘少爷说：“不，我可没开玩笑。拉马丁真的收到了信。这也是为什么父亲派我过来。父亲说，即便拉马丁是我们的对手，也不应该被这样对待。”

“说得太好了。告诉我要给谁带什么话。”

鲁潘少爷眯起眼睛看着副督察。副督察也盯着他笑，说：“别慌，我在这里就不会有土匪。”

鲁潘少爷轻声说：“我知道了。这封信是假的。去问问你的手下，说不定是他们当中某个人干的。”

“那不可能。我的人不会写字。甚至没几个人会签自己的名字。”

鲁潘少爷还想说些什么，副督察打断了他：“着什么急？让拉马丁自己报警。让他把信带过来给我。”

两人沉默了一会儿。副督察想了想，说：“如果你想问，我可以告诉你真相。我知道教育部门的内情。”

“怎么知道的？”

“而且不只是教育部门，还有你们的学院。”

鲁潘少爷点了点头："你在调查我们的学院。"

"我想这封信是某个贵院学生寄给拉马丁的。你怎么看？"

"在你们这些人眼里，所有的罪行都是学生干的。"鲁潘少爷斥责道，"如果一个人当着你的面中毒死了，你甚至不会认为他是自杀，他们会说是有学生下毒了。"

"你说得对，鲁潘少爷，如果需要的话，我会这么说的。我是巴赫塔瓦·辛格的徒弟。也许你并不知道这一点。"

对比过去和当下公务员的话题就此开启。他们开始聊起巴赫塔瓦·辛格。一天夜里，督察巴赫塔瓦·辛格独自一人回家，在公园里被两个名叫贾格鲁和曼格鲁的恶棍殴打。消息不胫而走，于是他向警局报了案。

第二天，两个恶棍都去向他行触脚礼，说："大人啊，您就是我们的父母。如果孩子淘气对父母不敬，是可以得到原谅的。"

巴赫塔瓦·辛格履行了父母的职责，原谅了他们。他们履行了孩子的职责，帮助巴赫塔瓦·辛格安度晚年。事情很快就这么过去了。

但巴赫塔瓦·辛格的上级警司无法接受。"你连自己的案子都查不清楚，还怎么救别人？黑灯瞎火发生了什么事？你无法指认，意味着没人可以阻止你怀疑任何人！"

之后，巴赫塔瓦·辛格找来了三个嫌疑人，并且起诉了他们。三人都是贾格鲁和曼格鲁的宿敌。贾格鲁和曼格鲁代表巴赫塔瓦·辛格做证：袭击发生时，两人正受到自然召唤——拉屎，因而恰好出现在了公园。被起诉的三人都受到了刑罚。看到贾格鲁和曼格鲁的敌人落得这般下场，许多当地的孩子来找巴赫塔瓦·辛格身边哭爹喊娘："请让我们也殴打你一次吧。"但是有贾格鲁和曼格鲁应付养老已经足够了，巴赫塔瓦·辛格不想再收养别的孩子了。

鲁潘少爷笑了很久。副督察很高兴，因为一个故事就能把鲁潘少爷逗笑，不需要讲第二个故事了。第二个故事将来能派上用场，把另一位领导逗笑。鲁潘少爷止住了笑声，说："所以你就是那个巴赫塔瓦·辛格的弟子咯！"

"曾经是，那是在独立之前了。现在我们必须为人民服务，分担穷人的痛苦和苦难，为了人民……"

鲁潘少爷拍了拍他的胳膊："别扯了，这里除了你我，没有第三个人在听。"

但他们并没有停下来。副督察说："本来我想说的是，在独立之前我是巴赫塔瓦·辛格的弟子，现在我是您父亲的弟子。"

鲁潘少爷客气地说道："您太客气了。我父亲算个啥？"

他站了起来，顺着道路的方向望去，说道："看来拉马丁要来了。我得走了。好好看看这封勒索信。"

鲁潘少爷十八岁，就读于当地一所学院的十年级。他酷爱读书，尤其是在十年级读书；因此过去的三年里，他一直都在十年级学习。

鲁潘少爷是一名地方领导。据说要想在印度成为领导，必须先被阳光染白头发。然而他的个性却驳斥了这种说法。他的领导建立在人人平等的观点之上。警局的副督察和关在禁闭室里的小偷在他眼里并无二致。同样，在考试中作弊的学生和学院的校长在他眼里也是一样的。他认为每个人都很可悲，他帮助了所有人，也从所有人那里榨取好处。他是如此受人尊敬，以至于没有一个资本主义的店主向他出售商品，只有免费赠送；受剥削的车夫送他去城里，向他索取的不是车费，而是祝福。他领导的第一个也是最后一个单位是当地的一所学院。在那里，只要他一声令下，数百名学生能"把芝麻垒成棕榈"[1]，并且在需要的时候爬上棕榈树。

---

① 印地语成语，意为夸大一件小事。——译者注

他很瘦小，可是没人敢惹他。他是个脖子长、胳膊长、腿长的人。考虑到身为领导应当衣着得体而非标新立异，他穿着白色腰布和彩色衬衣，脖上系着丝质围巾，腰布的末端搭在肩上。虽然外表看起来像一头受惊的小马驹，但威严使他看起来更像一匹后腿站立的正在咆哮的马。

他是天生的领导，因为他的父亲也是领导。他父亲的名字叫维迪亚吉。

# 第三章

这里有栋包含大小两个房间的政府公寓，如今已被县委会弃用。旁边是一块三面围起来用茅草盖着的马厩，离马厩稍远的地方，铁皮屋顶靠着一面砖墙搭建起来，像是一家店铺。店铺的一侧是铁路道口的那种单间值班室，另一侧是棵大榕树，树下有块类似坟墓的高台。马厩附近建起一座现代风格的建筑，上面写着“希夫帕尔根杰社区中心”。背后是三四英亩大小的贫瘠土地。这块地支离破碎，上面种着饲料作物，有些已经冒出芽。

这些建筑共同构成了昌格玛尔中级学院[①]。仅凭这些设施，在这里通过中级考试的学生可能会认为自己领先于泰戈尔国际大学。我们才是纯正的印度学生，不知道什么是电，什么是自来水，什么是铺面地板，也不知道“卫生设备”是什么鸟东西。我们在本土传统中接受教育。瞧瞧，今天我们仍然像过去一样亲近自然！即便读了这么多书，我们却依然把尿撒在树干上，不会在封闭的空间里小便。

昌格玛尔曾是县委会主任。他伪造了一份协议，将政府公寓拨

① 相当于中专。——译者注

给了学院的管理委员会，当时学院除了管理委员会一无所有。根据协议条款，这所学院以昌格玛尔的名字命名。

学院的每块组成部分都有各自的历史。社区中心是用政府资金以村委会的名义建造，但它是校长办公室和十一、十二年级的所在地。马厩由志愿者建造，铁皮屋顶则是趁着夜深人静从军事基地里一处废弃建筑上弄来的。学院旁边的贫瘠土地对农业科学有用，那里生长的小米给校长的水牛作饲料用。这个国家缺少工程师和医生，因为印度人民在传统上就是诗人。他们还没来得及理解事物，会先被迷住，然后作起诗来。看到巴克拉－楠加尔水坝，他们会说："啊！神迹显现，瞧啊，上天再一次眷顾印度大地！"一看到年轻女子躺在手术台上，他们又能很快吟诵起莫提拉姆或是比哈利①的艳情诗来。

尽管有着类似的情绪泛滥和种种限制，这个国家仍然需要培养工程师和医生。他们只有去往美国或者英国，才能成为真正的工程师或者医生。不过在此之前，有一些前期工作需要在这里完成。昌格玛尔中级学院的任务正是如此。

九年级正在上科学课。持有理学硕士学位的莫提拉姆老师正在给孩子们讲解相对密度。外面优美的风景笼罩着小村庄。路上，满载甘蔗的牛车正驶向糖厂。一些饥肠辘辘的孩子跟在牛车后面跑，抽出甘蔗啃起来。坐在前面赶牛车的人大声地咒骂着。说脏话最重要的是嗓门的大小。于是，骂声和回骂声从窗户传入教室，为正在欣赏戏剧、学习科学的孩子们提供了背景音乐。

一个男孩问："老师，相对密度是什么意思？"

老师回答："相对密度就是relative density。"②

另一个男孩说："您不是在上科学课，分明是在教英语。"

---

① 二者均为中世纪印地语诗人，以创作艳情诗歌见长。——译者注

② 此处老师用英语回答学生的印地语提问。——译者注

“不用英语你们怎么知道什么是他妈的科学？”

孩子们笑了起来，不是出于对印地语和英语的讨论，而是因为使用了“他妈的”。

老师发话：“没什么好笑的。”

学生仍不满足，笑得更大声了。莫提拉姆老师自己也笑了起来。学生们沉默了。

他原谅了孩子们，说：“如果你们不懂relative density，那就用另一套方法理解相对密度。相对，意思是与其他事物做比较。想象你和你的隔壁邻居各开了一家磨坊。通过磨坊你每月能赚500卢比，而你的邻居只能赚400卢比。比较起来，你赚得更多。用学术语言来讲，我们可以说你的相对收益更大。明白了吧？”

一个男孩说：“老师，我明白了。但整个假设一开始就不能成立。村子里没人可以通过磨坊赚500卢比。”

莫提拉姆老师手扶桌子说道：“为什么不可能？有志者事竟成！”

这套说法并没有打动那个男孩。他反驳说：“不可能。我叔叔的磨坊一直开着，可一个月下来200卢比都很难挣到。”

“你的叔叔是谁？”莫提拉姆老师皱起眉头盯着那个男孩问，“你该不会是‘虚伪的姆努’的侄子吧？”

男孩毫不掩饰自己的骄傲，满不在乎地说：“是的，那又怎样？”

虚伪的姆努非常受人尊敬。在玫瑰花几乎没有香味的英国，有这样一种说法：无论玫瑰花叫什么名字，味道仍是原来的味道。无论别人怎么称呼，虚伪的姆努仍是个受尊重的人。这个名号和他自己没有关系，而是其父母所取。小时候他的父亲出于爱意喜欢说他虚伪，母亲同样出于爱意称他为姆努。于是村里的人都叫他“虚伪的姆努”。他接受了这个称谓，正如我们接受克里帕拉尼[1]为“尊者”，

① 克里帕拉尼（J. B. Kripalani,1888—1982），曾任印度国大党主席。——译者注

尼赫鲁为“学者”，甘地为“圣雄”。

莫提拉姆盯着那个男孩，深吸了口气，说：“行吧。”

他瞥了一眼面前的教科书，抬头发现男孩正盯着自己。“怎么了？”他问道。

“所以面粉厂一个月不可能赚到500卢比？”

“谁说的？”老师说，“我自己一个月能从面粉厂挣700卢比。但是虚伪的姆努把一切都搞砸了。”

男孩客气地说：“老师，太可惜了！可这就是生意。有时赚，有时赔，竞争就是如此。”

“诚信和虚伪之间还怎么竞争？你在扯些什么？”莫提拉姆老师严厉地说。这时，学院勤务拿着通知站在他面前。他一边看通知，一边说道：“碰到的每个人都要来督学……一个老师得应付十个督学。”

另一个男孩说：“这也太糟了！”

老师惊讶地看着课堂：“谁说的？”

那个男孩起身举手说道：“是我，老师！刚才是我在问怎么理解相对密度。”

莫提拉姆老师说：“想知道相对密度，就必须了解对应物体的重量和体积，然后才能知道求相对密度的方法。至于方法嘛，凡事都有两种方式，一种是正确的方法，一种是错误的方法。正确的方法导出正确的结果，错误的方法导出错误的结果。有必要举例说明这一点，假设你开了一家面粉厂，面粉厂有一台很棒的新机器，保养得很好，并且十分润滑。引擎是新的，皮带也是新的。什么都有，唯独没有电，那会是什么结果呢？”

姆努的侄子说：“因此必须使用柴油机。姆努叔叔做到了！”

莫提拉姆老师说：“在这里只靠姆努叔叔是没用的。谁让这个小镇有了第一台柴油机？有人知道吗？”

孩子们举起手，齐声说：“您！是您带来的！”老师满意地看着姆努的侄子，迟疑道：“听着！虚伪的姆努在我之后也弄了一台柴油机，但是我的磨坊在这所学院开门之前就已经开始运转了。我的磨坊从每位顾客那里抽出两磅面粉捐给学院的大楼。面粉在我的磨坊里加工之后就运去城里出售。学院大楼的蓝图也是在我的磨坊里弄出来的。经理叔叔说：‘莫提，你在学院里被人称作老师，但你应该成为校长。’村里的一切都出自我的磨坊，可是现在，虚伪的姆努也有了磨坊，让我的磨坊失去意义！”

孩子们安静地听着。这些话他们早就听过，并且经常能听到，已经没什么吸引力了。姆努的侄子说：“老师，您的磨坊和姆努叔叔的一样棒。只是您的碾米机需要好好修理，谷子在里面都被碾碎了。”

莫提拉姆老师同时说道：“不是那样的。整个区里都没有我这种碾米机。但是在虚伪的姆努那里碾米价格更便宜，因此人们都跑去他那里了。印度人都是这副德行，为了几分钱争得头破血流。”

“哪儿都一样。”男孩解释说。

“不，这种事只会发生在印度，真的。”老师想了想，说，“压低价格，再通过偷顾客的面粉来弥补损失。无所不能的莫提拉姆老师可干不出这种事。”

一个男孩问：“找到相对密度的方法是什么？”

“他正在讲呢。”男孩赶紧补了一句。

老师的目光定格在窗外的地平线上，比马路上载甘蔗的车还高出三尺，好像旧日情怀涌上心头的诗人一般。他继续说：“那是本地区独一无二的机器，由铁制成，但外观看起来像玻璃……”

他突然直视着门：“你问了啥？”

男孩重复了一遍，但他的注意力已经转到另一边。孩子们也都竖起耳朵，窗外甘蔗偷窃者和守护者之间的谩骂、校长对苦工的训斥、手风琴的声音、音乐班的声音之外，突然传出“砰砰砰”的声音，那是莫提拉姆老师的磨坊运转的声音。这是真正的呼喊，缺衣少食的呼喊，一次次暴动的呼喊都比不过它。真正的领袖只倾听灵魂的声音，听不见任何其他东西。莫提拉姆老师也是如此。他什么也没听见，只听到“砰砰砰”。

老师向门外走去。

孩子们问：“老师，发生什么事情了？下课铃还没响。”

老师说：“看起来机器运转还可以，我去看看情况。”

他走到门口却突然转身。痛苦的表情在脸上绽开，仿佛被人用力捏了一把。他说：“看书，相对密度那一章必须掌握。”他咽下口水，停顿了一会，说道：“很重要。”话音刚落，脸上又露出喜色。

砰！砰！砰！在复杂机器运转的召唤下，他不顾对学生和书本的眷恋，走出了教室。

下午4点，校长从他的房间里走出来。瘦小的身躯被卡其色的短裤衬衫遮蔽，胳膊下夹着拐杖，脚上穿着凉鞋。他看上去十分机智聪明，并且自认为自己比看上去的还要聪明。

和往常一样，学院的文书跟在他后面，校长和他结下了深厚的友谊。

两人路过了莫提拉姆老师的课堂。教室就在马厩模样的建筑里。远看过去教室里没有人，穿着破烂长衫的男孩哭着坐在讲台上。看到校长经过，男孩哭得更厉害了。校长问：“发生了什么事？老师去哪儿了？”

男孩站起来继续哭。另一个男孩说：“这是莫提拉姆老师的课。”

于是没有必要追问老师去哪儿了。文书说：“一台二手机器需要二十四小时的监护。我跟莫提拉姆老师说过多少次把那台机器卖了！他就是不明白。我自己也打算出1500卢比买下它。”

校长对文书说："就这样吧。把马拉维亚从那边的教室里叫来。"

文书对一个男孩说："把马拉维亚从那边的教室里叫来。"

很快，一个相貌英俊的年轻人走了过来。校长见了他，喊道："马拉维亚兄弟，麻烦照看一下这个班。"

马拉维亚走到校长跟前，抓住支撑茅草屋的一根竹竿说："我怎么能同时给两个班上课？"

讲台上的男孩仍在哭泣。有些男孩在教室后面大声嘲笑。其他男孩站在文书旁边，好像发生交通事故时聚集在十字路口的人群。

校长用尖锐的语气说："别跟我谈这些规则！自从你和卡纳搞在一起，每件工作对你来说都成问题。"

马拉维亚瞪眼看着校长。文书说："马拉维亚，瞧瞧政府的公共汽车。一辆车坏了，所有的乘客都会被安排到下一辆。按照这种方式照看你班上的学生。"

马拉维亚带着讽刺的语气笑着说："但这个班是九年级。我自己带的班是七年级。"

校长转过头来。了解他的人都知道，他会把手插进短裤口袋，之后大声叫唤。果不其然，"我都明白。你也开始像卡纳一样和我理论了。我知道七年级和九年级的区别。哥们儿，不用教我怎么工作！你只要执行命令，闭嘴，别讨价还价。明白了吗？"

校长来自邻近的村子。他以两大本事闻名。其一，通过虚设账户为学院最大限度地获得政府拨款；其二，在极度愤怒的时候说本地的阿沃特方言。当他伪造账目时，最厉害的审计师也挑不出毛病；当他开始讲阿沃特方言时，最厉害的诡辩家也无法回应他的论点。

马拉维亚低头转过身去。校长把拐杖放在长衫男孩身上，说："下去。每个人都安静地坐在教室里。谁再吵一句我就把他的皮剥下来。"

孩子们下去后，文书笑着说："我们也去看看卡纳老师吧。"

卡纳老师的真名就是卡纳。卡纳并不是种姓，就像提拉克、帕特尔、甘地和尼赫鲁不是种姓而是人名。这是摆脱印度种姓制度的一种简单方式。如果你把一个人的种姓名称变成姓氏，那么种姓就不复存在，实现了自我消解。

卡纳是历史老师，但这会儿正在教中级英语。他咬着牙，说："你们能用印地语写出长篇爱情故事，可让你们用英语回答问题时，却像马一样垂着头。"

一个男孩站在课堂上摇了摇头。尽管由于营养不良和缺少娱乐，每个学生看起来都像没喂饱的马，但男孩却表情坚定，只字不言，引得同学们大声嘲笑。卡纳老师用英语问："告诉我，'隐喻'是什么意思？"

男孩一动不动。曾几何时，这个国家将文盲视作没长犄角和尾巴的野兽。那时候，文盲家长的孩子们把犁和锄头扔在地里，冲进校园。数以千计的孩子涌入大中小学，搅得教育界一片混乱。如今，似乎没人再去宣传"文盲就是野兽"。相反，只有那些值得接受高等教育的人才应该被学校录取，筛选机制是必要的。在观念转变之后，孩子们被告知应当重拾农具，回归田野。尽管如此，面对年复一年的考试失利、各式各样的斥责以及领导人对农耕事业的无限赞美，孩子们仍旧不愿意回到犁和锄头的世界。他们像蚂蟥一样紧紧吸住校园，不惜一切代价也要坚持下去。

那个马脸男孩也是其中的一员。每天他都要被人唠叨："回家放牛挤奶吧，雪莱和济慈不适合你。"但男孩已经比自己的父亲领先好几个世纪，没法明白其中的含义。时至今日，他的父亲仍在用十二世纪流行的镰刀割草。而他却把自己的马脸埋在脏兮兮的书里，凝视着二十世纪加尔各答五光十色的夜晚，不想从中抽身。因此，男孩无法解释"隐喻"，也不想为自己垂头的样子争辩什么。

男孩像其他普通学生一样穿着随意。这次他光着脚，身上套着脏兮兮的条纹长衫——和城里人穿的睡衣一模一样。他曾经穿过一件领口坏掉的棕色衬衣，蓬头垢面，双眼浮肿，看上去就像那些被政治宣传蛊惑而涌入学校的野兽。

男孩去年从一本廉价杂志上找来一篇爱情故事，以自己的名义发表在了学院的杂志上。卡纳老师想坏一坏男孩的名声，转变语气问："小说家快说说，什么是隐喻啊？"

男孩挠着双腿，嘴角颤抖了几下，说："就像默哈德维[①]印地语诗歌中对痛苦的隐喻……"

卡纳老师厉声训斥："闭嘴！这是英语课！"男孩的双腿不痒了。

卡纳老师穿着卡其色长裤和蓝色衬衣，戴着墨镜，以便让自己看起来更有型。他离开椅子来到课桌前，半坐在桌上，正准备对男孩说些什么，忽然发现校长站在教室后门盯着自己。文书站在校长身后的走廊上，探出肩膀。

他从桌子上起身，站直了说道："先生，我正在教雪莱的诗歌。"

校长很快接着说道："可是谁在听课？这些学生都在看图片！"

校长和文书走进教室，用拐杖轮流戳了两个男孩的后背。男孩站了起来，一个满脸油腻，穿着凌乱的长衫和短袖外套，头上抹着油；另一个光头，穿着摔跤手样式的衬衣和裤子。校长对他们说道："这是在上什么课？"

他弯腰从男孩的椅子上拿起杂志，那是一本电影杂志。校长举起翻开的杂志在空中挥舞，男孩们看到裸体的外国女人。他把杂志扔在地上，用阿沃特方言训斥："这都是些什么玩意！"

教室里鸦雀无声。那位默哈德维·沃尔马的读者趁机悄悄坐了下来。校长转过身来冲着卡纳老师："这就是你们班的纪律！学生在课上看电影杂志，而你却一心想着当副校长。就这样还想做副校

① 默哈德维·沃尔马（Mahadevi Verma, 1907—1987），印度女诗人、作家、社会活动家。——译者注

长？哥们儿，如果情况继续这样，明年就在家里当你的副校长吧。”说着说着，伟大的阿沃特诗人杜勒西达斯[①]的灵魂穿越了他的身体，校长突然作起诗来：“读书何所求，纪律记心头。老师你明白了吗？”

说到这里，校长如同欧玛尔·海亚姆[②]“来如流水逝如风”一样悄然离开。他听到卡纳老师在自己的背后喃喃自语。

校长和文书走出学校的大门，恰好遇到一个穿衬衣长裤的男子骑车经过。那人跟校长打了招呼，校长也向他回礼。文书在那人离开后问道：“这鸟人是谁？”

“疟疾防治检查员，新来的。好像是乡镇规划主任[③]的侄子。大人物，我还能说啥，说不定哪天能派上用场。”

文书说：“现在这种鸟人好用，体面人反而收礼不办事。”

二人默默地走了一段路，校长接着说：“广结善缘很重要，学院后面的驴都要当成爹供起来。”

文书说：“原来如此。您整天都在琢磨这些。”

“说说看，我之前的五任校长，谁可以建起这么气派的大楼？”校长一本正经地说，“建造社区中心是我的职责，对不对？”

文书晃了晃脑袋，说：“是。”

过了一会儿，校长又焦虑起来：“说起来，要是还想搞点事情，可以再建几栋楼。”

文书默不作声地走着，两人突然停住了脚步。文书说道：“接下来还有两栋楼要建。”

校长兴奋地抬起头来：“在哪儿？”

---

① 杜勒西达斯（Goswami Tulasidas,1532—1632），印度中世纪著名诗人，著有《罗摩功行录》。——译者注

② 欧玛尔·海亚姆（Omar Khayyam，1048—1122），波斯诗人、哲学家、天文学家，著有《鲁拜集》。——译者注

③ 原文为B. D. O.（Block Development Officer），负责乡镇（街道）的公共规划官员。——译者注

“一栋是给‘不可接触者’制革的厂房，给马看病的兽医告诉我的；另一栋是医院的霍乱病房。地皮紧缺，也许学院可以利用周边的空地捞点油水。”

校长绝望地叹了口气，接着往前走，说：“我都知道，这里面没啥油水。”

两人默默地走了一段路。

一名男子站在路边训斥几个工人。校长凑过去听了一会儿，才明白男子为什么要发火，是工人们在讨薪。校长知道没什么特别的，只不过是工人和承包商之间的日常讨论陷入了僵局。校长上前一步对工人说：“老老实实干活，欺骗了工头可是要挨揍的。”

工人们感激地看着校长。他的话让工人们停止讨论回去工作。承包商亲切地对校长说：“这帮人都是贼。你闭眼歇会儿，他们都能把你的耳屎挖走。他们要求的工钱是市价的1.5倍，一旦催着干活，他们就要赖。”

校长说：“哪儿都一样。瞧瞧我……哪个老师想教书，要不是我在背后……”

承包商轻笑一声，说：“你想教我啥？这正是我干的事情，我都懂。”他停顿了一会儿，问：“你们要去哪儿？”

文书接话：“去维迪亚吉那儿，找他签支票。”

“去吧。”承包商指了指方向。待校长走开，承包商问道：“话说发生了什么事？”

校长停下脚步，说：“没事。不过是卡纳和他的狐朋狗友的那些屁事。他们四处造谣败坏你我这样的人。”

承包商大声说：“别担心，按规矩来。告诉他们，造谣的结果就是挨揍。这里是希夫帕尔根杰，得看清自己的路。”

校长和文书离开了。过了一会儿，文书说道：“可以把承包商弄到学院管理委员会里。他能派上用场。”

校长若有所思，文书接着说："我们让他捐点钱，再给他开张四年前的捐款证明。这样就可以让他进入管委会，没问题的。"

校长没有马上回答。他沉默了片刻，说："得跟维迪亚吉说一声。这是高度敏感的政治问题，我们怎么想管用吗？"

一名男子骑着自行车经过。校长让他停车，说："南达普尔有天花疫情，而你就这么夹着包念着诗溜达过来了？"

那人双手合十问道："啥时候？完全没听说。"

校长皱起眉头，说："去城里转悠一圈你就知道了。老老实实接种疫苗去，不然会被投诉。到时候你会被人揪耳朵，身上穿的涤纶户外衬衣也会被没收。"

那人咧嘴一笑离开了。校长对文书说："他是这儿的公共卫生主任。哼，那些头衔里带主任的，都把自己当成人上人。"

"这帮人完全不知道自己在干些什么！要是不在路上转悠，根本没人搭理他们。"

"得给这小子一点教训。"

文书说："明白。又是一个不识趣的鸟人。"

# 第四章

沿着公路走下去，能瞧见垃圾堆、比垃圾堆更脏的店铺、区政府、警察局、邮局、乡镇规划办公室、酒铺以及学院。再往前是一片杧果林，当中有个背对公路的泥屋，屋门朝向树林。每逢雨季农民会在泥屋里打牌，其他时候屋子便空闲下来。然而即便是空闲的时候，人们也会想方设法把它利用起来，让男欢女爱有个去处。希夫帕尔根杰给这座屋子起的名字甚至能让亨利·米勒[1]感到震惊，一位学院老师称它为“爱之屋”。公路从垃圾堆和“爱之屋”之间穿过，直抵希夫帕尔根杰旧址的边缘。然而真正的希夫帕尔根杰却在另一条道路上，那条路通向维迪亚吉的客厅。

客厅需要穿过一条小路才能抵达。小路的两旁是杂乱无章的茅草屋，延伸出来的高台占据了小路的大部分，颇有见缝插针的哲学意味。

小路忽然间消失在一片空地中，那里栽种着三四颗印楝树。枝繁叶茂的样子表明，这些树在植树节之前就已经栽上，没有被任何

① 亨利·米勒（Henry Miller, 1891—1980），美国垮掉派作家。——译者注

领导人或官员触碰，因而躲过了移植与拍照的仪式。

在这片绿意之中，一栋房子将空地包围起来，拦住了前行的路。房子属于维迪亚吉，前墙由砖块精心铺设，颇具乡土风情；后墙却用泥巴糊成，让人不得不怀疑里面是否用垃圾填充。显然，以闪闪发亮的机场和金碧辉煌的五星级酒店为代表的印度“象征性”现代化对这栋房子的建筑风格产生了影响。由此证明，无论是在德里还是希夫帕尔根杰，印度人民的智慧总是如此相似。

房子的前半部分由露天平台、伸出的阳台和一个大房间组成，被称为“客厅”。即使是普通的建筑工人也知道，“客厅”指代的不仅是由砖瓦砂浆建造的建筑。正如唐宁街10号、白宫、克里姆林宫是权力的象征，而非建筑的名称。

从警察局回来后，鲁潘少爷看到人群聚集在议事厅——也就是阳台上。他加快脚步，身上的腰布也飘动起来。到了议事厅他才知道，自己的表哥兰格纳特搭乘卡车从城里过来，路上被司机勒索了2卢比。

房间里坐着一个瘦削的男人，身上穿着肮脏的背心和条纹内裤（下体的裹布）。十一月的夜晚很冷，但他却舒服地穿着背心。他的真名叫门格尔[①]，但人们叫他“萨尼查”[②]。他的头发开始变白，门牙也掉了。他的职责是坐在维迪亚吉的客厅，并且大部分时候只穿着内裤。看到他今天穿上了背心，鲁潘少爷明白萨尼查想要显得“正式”一些。他一口气把兰格纳特的遭遇告诉了鲁潘少爷，一边拍打自己裸露的大腿说着晦涩的语言，一边叫喊道：“要是巴德里兄弟在场可就有意思了。”

鲁潘少爷和兰格纳特打完招呼便说：“兰格纳特哥哥，你做得很好。给2卢比就解决了问题，没必要为了一点小事就动粗。”

---

① “门格尔”对应印地语中的星期二，该日被印度人视为吉日。——译者注

② “萨尼查”对应一周中最不吉利的星期六。——译者注

兰格纳特有一年半没见过鲁潘，一想到鲁潘的严肃态度或许才是这天最有意思的事情，兰格纳特说：“我本来准备打一架，后来想了想，还是算了。”

鲁潘少爷像个格斗专家一样举起手：“你做得对。这样的问题会使我们社区蒙羞。”

兰格纳特仔细打量着他。鲁潘的腰布搭在肩上，嘴被新鲜的槟榔汁染红，头上恨不得抹了几升油——看起来像当地的小混混。兰格纳特试着转移话题，问：“巴德里大哥呢？没见着他。”

萨尼查开始脱掉自己的内裤，像是在赶蚂蚁。他耸了耸眉毛，说：“我也想巴德里兄弟了。他可能就在……”

“巴德里大哥在哪儿？”兰格纳特没有理睬，继续问鲁潘。

鲁潘冷漠地说：“让萨尼查告诉你。他没跟我说去哪儿。他已经走了，一定是出村子了。会回来的。明天、后天或者大后天——他总要回来的。”

从他的话里很难听出巴德里是他亲哥，而且两人还住在同个房间里。兰格纳特叹了口气。

萨尼查坐在地板上张开双腿，一边挠着左腿腹股沟，一边闭上眼睛，脸上洋溢着喜悦和满足的神情。挠着挠着，他像狼一样张开嘴，打了个哈欠，然后用昏昏欲睡的声音说：“兰格纳特兄弟从城里来，我不好跟他明说。但是如果有人想从根杰人手上拿走1个拜沙[①]，更不用说2卢比，他会领教根杰人的厉害。”

“根杰人”这个词对兰格纳特来说并不陌生。这是个专用名字，希夫帕尔根杰的村民以此自诩。有时候，邻村热爱和平的人们会这么说：“不要跟他理论，你不知道，这混蛋是个根杰人。”

地上还坐着一个十四五岁的孩子，看起来没怎么受过教育。听

① 拜沙（Paisa），印度货币单位，1卢比折合100拜沙。——译者注

到萨尼查的话后，他自信地说道："城里的孩子都很正直，如果有人向我要钱……"

说着他用手在空中画圈，像是要使劲摆动操纵杆启动卡车。大家笑了起来，但是鲁潘少爷严肃地问兰格纳特："所以你是自愿掏钱给司机，还是被他抢走了？"

兰格纳特忽略了这个问题，反问道："鲁潘，你读几年级了？"

鲁潘看上去并不喜欢这个问题："我还在十年级。你可能会说我两年前就十年级了。可是在希夫帕尔根杰，我没法离开十年级。哥哥您不知道，这个国家的教育制度毫无意义。那些大人物也这么认为，我对此深表认同。另外你不了解学院的情况。这里聚集了游手好闲和无所事事的人。老师们早就放弃了教学，专心玩弄政治，他们日夜折磨着我的父亲——让他干这个干那个，给他们增加工资，帮他们按摩脖子……这里有人通过中考吗？有些学生可以，一些厚颜无耻的男孩儿会想方设法通过中考，可是正因如此……"

维迪亚吉在房间里给病人开药，突然说道："别说了，鲁潘。这种混乱的局面马上就会结束。"

他的声音好像从天而降："不要惊慌，黑天大神的时代就要到来！"鲁潘冷静了下来。兰格纳特向房间里大声问道："舅舅，您和这所学院有什么联系？"

"联系？"维迪亚吉爽朗的笑声穿透了房间，"想知道我和学院的关系？鲁潘，你去满足兰格纳特的好奇心。"

鲁潘严肃地说："父亲是学院的管理者，老师们的人事安排由他掌握。"

看到自己的话让兰格纳特的表情有些变化，鲁潘接着说："在这个国家你不会找到像我父亲一样的管理者。在君子面前绝对正直，在流氓面前绝对混蛋。"

兰格纳特默默地接受了这些信息，为了打破沉默，说道："合作社又是怎么回事？舅舅和他们也有过关系？”

“不是有过，而是有，”鲁潘严厉地说：“他过去、现在和将来始终是董事长。”

维迪亚吉曾经、现在并且将来仍是……

在英国统治时期，他曾经向英国人致敬。印度独立后，开始对印度的领导人致敬。他是这个国家的忠实仆人。二战期间，当日本的威胁逼近时，他招募了许多士兵去远东作战。而在当下，当他有需要时，也可以在一夜之间为自己的政治派别招募数百名成员。早些时候，他曾在法庭担任陪审员和专业顾问，在民事案件中充当财产保管人，在村柴明达尔[①]委员会中担任负责人。事实上，他并不愿意担任这些职务，因为他根本不受头衔的诱惑。可是在这个地区没有人去履职尽责，这里的年轻人和全印度的年轻人一样无所事事；这也正是他不得不在老年继续担任这些职务的原因。

老人！对维迪亚吉而言，这个词只能用在算术上，因为他在身份信息上的年龄是62岁。可是，就像数百位在首都为国家服务的伟人一样，他们也没有随着年龄的增长而变老。和伟人一样，维迪亚吉有过承诺，只有当自己死去时才会变老，在人们认为他已作古之前，他会坚信自己还活着，并将继续为国家服务。他像所有伟大的政治家一样憎恨政治、嘲笑政客。像甘地一样，他在自己的政党中没有任何立场偏向，因为他要培养新鲜血液；可是人们强迫他负责合作社和学院的事务，于是他妥协了。

维迪亚吉的职业是阿育吠陀医生，也就是印度传统医生。在阿育吠陀医学实践中，他有两条原则：“给穷人免费治疗”和“不满意就退钱”。病人从治疗中获得慰藉，而维迪亚吉从这两条原则中感到

① 柴明达尔（Zamindar），意为土地持有者。——译者注

满足。他将病情分为两类：显疾和隐疾。维迪亚吉过去常公开治疗显疾，秘密治疗隐疾。他有一套理论，认为所有的疾病来自梵行期[①]的消亡。一看到学生们春心荡漾的灿烂脸庞，维迪亚吉往往会提出这套理论。如果有人说某个男孩的健康损伤是因为贫困和饥荒，他会转移话题，暗示这个人忽视了禁欲；既然否认禁欲重要性的人都是不道德的，那么谈论贫困和饥荒的人也是不道德的。

他过去常常发表耸人听闻的演讲，主题是禁欲的影响。苏格拉底或是其他人可能亲口告诉过他，一个人如果存在三次失身行为，将会在第四次失身时丧失道德、遁入地狱。他常常生动地描述这段对话，以至于苏格拉底似乎是他禁欲方面的名誉顾问。在维迪亚吉看来，不遵守梵行期的最大坏处在于，一旦过了梵行期，之前修行的果也就不会被破坏。简而言之就是：当下的严格禁欲是为了今后不用禁欲。

学院里四分之三的学生在听过他的研究后对生活感到失望。但他们并没有集体自杀，因为维迪亚吉的药房有这样一则广告："给生活失望的年轻人带来希望（Aisha）！"

如果"希望"（Aisha）是个女孩的名字，男孩看到这则广告可能会更加激动。但他们知道广告指的是一颗羊屎蛋大小的药丸，一旦被吞进胃里，药丸会像闪电一般令人血脉偾张。

一天，维迪亚吉向兰格纳特讲述了梵行期的好处。他提到一则奇怪的生理学知识，根据这一原理，意识的消耗可以形成"汁"，"汁"形成血液，血液又形成精液。维迪亚吉证明了形成一滴精液的成本并不像制造原子弹那么高。兰格纳特明白，如果印度存在任何有价值的东西，那一定是精液。维迪亚吉说精液有成千上万的敌人，他们都想夺取它。如果有人能设法存蓄自己的精液，那么他就可以

---

① 梵行期（Brahmacaryā），印度教再生族（婆罗门、刹帝利和吠舍）四行期第一阶段（二十五岁之前的人生阶段），特点是独身，严格禁欲和戒酒素食。——译者注

高枕无忧，因为自己的全部都能被保留下来。从他的话中可以得出，古代印度十分重视精液的保护，一边是酥油和牛奶的河流，另一边就是精液的河流。维迪亚吉最后念诵了一段经文，意思是男人因掉落一滴精液而死，因获取一滴精液而生。

萨尼查听到梵文后双手合十念叨：“万能的主！”他低下头，后背朝向天花板。维迪亚吉更加激动，对兰格纳特说：“如何描述梵行的智慧！过几天对着镜子看看你的脸就知道了。”

兰格纳特摇晃着脑袋，起身准备进屋。他已经十分熟悉自己舅舅的这套说辞。鲁潘少爷站在门口，对维迪亚吉的演说毫无兴趣。他小声地对兰格纳特说：“为什么要通过禁欲让自己的脸上焕发光彩？抹点面霜，擦点粉就可以了。”

# 第五章

民事法庭创造了轮回原理。因此，原告和被告都不会因为判决未出而后悔致死，有了轮回，他们可以安心往生，因为转世后还能听到案件的判决。

坐在维迪亚吉阳台上的男子在七年前向民事法庭提交了诉讼，所以他在谈话中不时提及原罪、命运、神、转世等字眼。

人们习惯性地称呼他为“瘸子”。他的额头上缠着格比尔[①]派的头巾，脖子上系着神圣的杜勒西草环，脸上的胡须沾着雨水，瘦弱的身上穿着棉夹克。他的一条腿仅到膝盖处，小腿部分用棍子作为义肢。他的表情让人想起那些不断折磨肉体、每天鞭打自己一百次的早期基督教圣徒。

萨尼查递给他一杯大麻饮料，说：“瘸子兄弟，干了它。里面有很多好东西。”

瘸子拒绝了，忽然间两人陷入了激烈的争执，涉及破碎的尊严、

① 格比尔（Kabir），印度中世纪印地语诗人，大约生活在十四世纪末至十六世纪初。——译者注

杏仁和葡萄干的好处、生命的脆弱、享受与放弃等哲学话题。辩论结束后，萨尼查在内衣里擦了擦另一只手，停止了争论，表明自己对世俗的话题不感兴趣。他嘟囔道："想喝就喝，不喝滚蛋！"

瘸子深吸一口气，闭上了眼睛。萨尼查放过了他，像猴子一样跳进客厅里，证实了达尔文猴子进化成人的理论。上午十点钟，校长、文书、维迪亚吉和兰格纳特等人正在客厅里。

萨尼查将同一杯大麻饮料递给校长，说出了同样的话："老师请享用，里面有好东西。"

校长对维迪亚吉说："学院里还有好多事。晚上再喝吧。"

维迪亚吉深情地说："那就晚上再喝。"

"学院里还有好多事……"校长又说了一遍。

鲁潘少爷正要出门，无意间听到了校长的话。他说："你总说不想管理学院了，可学院离不开你。"

校长耸耸肩，笑着说："鲁潘少爷净说大实话。"

萨尼查跳起来抓住校长的手臂，兴奋地说："为这事儿咱干一杯！"

维迪亚吉满意地看着校长饮下了大麻饮料。校长干了之后说道："这里面还真有好东西。"

维迪亚吉说："大麻只是个名字，似是而非。里面真正的好东西是杏仁、葡萄干和开心果。杏仁能提高智力和持久力，葡萄干有助于排毒。里面还有小豆蔻，它有冷却的效果，可以确保精子不会破裂，保持它的坚实和稳定。我打算用它来治疗兰格纳特。"

校长抬头想说些什么，但维迪亚吉接着说道："几天前，兰格纳特说自己发烧、虚弱无力，于是我把他叫到了这里，给他安排了每天的治疗方案。处方里有杏仁，还有两片大麻叶子。六个月之后我们再看看他会变成什么样。"

文书说："他来时像只老鼠，离开的时候将会壮得像头犀牛。叔叔已经拭目以待了。”

当文书喊维迪亚吉“叔叔”时，校长总会懊恼自己为什么不能称维迪亚吉为“父亲”。他低下头，翻阅起面前的文件。

这时瘸子来到了门口。他像鸡一样蹲下，按照经典中首陀罗见婆罗门的样子向维迪亚吉行礼。这表明，即便是在今天，经典对我们而言也是至高无上的，所有根除种姓制度的尝试不是恶作剧就是浪漫幻想。瘸子像乞丐一样轻声说：“老爷，我走了啊。”

维迪亚吉说：“去吧，兄弟！你是为法律而战，加油！我能帮上什么忙吗？”

瘸子回应道：“您说得对！在这样的官司中您能帮上什么呢？需要您出手时，我会来蹭您家的门槛。”

他趴在地上再次鞠躬行礼，然后杵着棍子单腿前行。维迪亚吉大笑起来，说：“他的心智像个孩子。”

维迪亚吉很少笑。兰格纳特一脸震惊，他发现维迪亚吉笑起来之后整个面部变得柔软了；威严的仪表被温柔取代，他不再是品德高尚的君子，看上去更像小人。

兰格纳特问：“官司打得怎样？”

校长开始把摆在自己面前的文件和支票簿收起来，他常常以此为由一大早过来饮用大麻饮料。他停下了手上的活儿，说：“他必须从乡办公室获得一份文件的复印件。他已经发誓不通过行贿而是依据程序获得，而办事的人也发誓不收受贿赂按程序办事。这就是官司的内容。”

兰格纳特是历史学硕士，研究过无数战争的起源。亚历山大大帝想夺取印度，波鲁斯却要阻止他；苏丹阿拉乌丁说要带走美丽的莲花公主，公主的丈夫说自己不会交出妻子，于是双方爆发了战争。一方说我要，另一方说不给，战事往往因此而起。

不过，瘸子说自己要依照规定获得复印件，办事员也说自己要按照规定提供复印件，却还是发生了争执。

兰格纳特询问这一历史性转变的原因。校长用阿沃特谚语回应了他，字面意思是："大象来，马儿走，可怜骆驼吃大便。"这句谚语可能诞生于动物园，但兰格纳特能够理解，谚语可能与政府办公室的长宽高有关。但他仍不明白瘸子和办事员之间的冲突，于是再次向校长求教。

文书替校长回答道：

"这些是根杰人的事情，很难理解的……瘸子住在十英里外的村子，老婆死了，儿子们和他闹翻，在他看来和死了没区别。他虔信印度教，曾经以唱诵格比尔和达度大师[①]的赞歌为业。后来他厌倦了唱诵，闲来无事便开始打起官司。

"打官司需要一份旧判决的复印件，于是他向乡办公室提出申请，可申请材料里少了些东西，于是被打了回来。之后他又提交了第二次申请。几天前，他去办公室取复印件，办事员是个混蛋，向他索要5卢比。瘸子说，标准收费不是2卢比吗，于是两个人吵了起来。两三个律师正好在旁边，他们先是对文书说：'兄弟，2卢比可以了，这个可怜的人也瘸了。他拿到复印件之后会感谢你的。'可办事员寸步不让，忽然间变得很有气节，说：'君子言而有信，我要拿到我说过的东西。'

"于是律师们开始劝说瘸子：'办事员也要养家，得支付女儿的嫁妆，所以提高了要价。就照他说的，给他5卢比吧。'但瘸子坚持己见，说：'所以问题出在这里。他把薪水浪费在酒肉上，还通过索贿支付女儿的嫁妆。'

"办事员暴怒了。'滚出去，'他咆哮道，'我不会为这事接受贿赂。不管干什么都要按照规矩来。'律师们说：'别这样。瘸子是个

---

① 达度（Dadu，1544—1603），中世纪印度教虔诚派代表人物，著有大量诗歌。——译者注

虔诚的人，不要把他的话放在心上。’可办事员火了起来，一发不可收拾。

“兰格纳特少爷，事实就是瘸子没有做错什么，在这个国家，支付女儿嫁妆成了受贿的借口。如果一个人收了钱，另一个人就会说，可怜的人还能做些啥？他要养家，要支付嫁妆。所有的犯罪都以婚姻嫁娶的名义展开。

“不管怎样，瘸子和办事员都很固执。当下和腐败相关的小问题总会引起争论，早些时候这都不是事。年纪大的人很守规矩，给1个卢比，第二天复印件就做好了。现在新来的人在岗位上坏了收费的规矩。年纪大的人看到了也开始乱来，于是行贿索贿都乱套了。

“后来瘸子去找乡长投诉。乡长笑着祝贺他做了正确的事情，告诉他没有必要卷入腐败，到时候自然会拿到复印件。乡长对办事员说，瘸子已经等了四个月，任何人都不应该再去折磨他。可办事员却回答说瘸子是个骗子，别管他的事。于是他们又吵了起来，直到乡长不知道用什么办法让他们平静了下来。

“瘸子知道办事员会找各种理由拒绝他的申请。拦下一封申请书跟捏死一只蚂蚁一样容易。少盖了几个章、填错文件号、填写不完整，类似的错误都会被贴在告示栏上，如果不在规定的时间里更正，申请书就会被驳回。

“因此瘸子做好了充分的准备。他把自己的房子锁了起来，把土地、庄稼、牲口奉献给了神，离开了自己的村庄。他晚上在亲戚家借宿，白天盯着区里的告示栏，担心某天申请反馈被贴了出来，自己却不能及时看到。他不想再错过一次，也不希望申请被驳回，因为之前这种事已经发生过一次了。

“他已经掌握所有关于复印文件的条规，并且把收费细则背了下来。当一个人不走运时，注定要体验法庭或者警察局的内部流程。显然瘸子的运气不太好。不过从他这次投诉区里的情况看，可能真能把事情办成。”

兰格纳特还没有在生活中走过足够的弯路来积累人生经验。瘸子的故事深深打动了他。他被感动了，想提供一些力所能及的帮助，可是又能做些什么呢？他的心中没有答案。

文书像追赶野兔的猎犬一样捕捉到了兰格纳特的情绪：“兰格纳特少爷，您能做些什么？谁又能帮上忙？觉得痒就自己挠挠。人们有能力应付自己的麻烦，谁又会承受他人的负担？当下就是这样，各人挠各人的后背。”

文书起身准备离开。校长环顾四周，说：“怎么没见到巴德里兄弟？”

维迪亚吉回答：“几个亲戚卷入了抢劫案。警察和神一样无处不在。巴德里去那边处理这事了，今天应该能回来。”

萨尼查坐在门口吹着口哨，说：“他离开的时间越久越好。”

到目前为止，大麻饮料已经让校长忘掉了“躺平是错”的流行说法。他找来一块大垫子，舒服地躺了下去，问：“怎么了？”

萨尼查轻声解释道：“合作社里有人侵吞公款。巴德里知道了，会把主管生吞活剥。”

校长被吓到了，低声说：“这样啊！”

维迪亚吉咆哮起来：“像女人一样嘀咕些什么？合作社里有人侵吞公款又怎样？哪家合作社没发生过类似的事情？”他停顿了一下，解释道：“我们的合作社从未出现过欺诈行为，可人们竟然不信。现在我们可以说自己光明正大了，因为的确发生了侵吞公款的事情，而我们没有隐瞒。事情一发生我们就承认了。”他吸了口气，总结说：“嗯，这是一场风波……我们的顽疾被根除了……不会再担心了。”

校长一动不动坐在垫子上，试图表达一下民意：“当下的人们越来越虚伪了。”

这句话立竿见影，任何正派人士都能用上，就像每日三餐后服用复合维生素一样有效。但在文书看来，这里面似乎有些针对自己的意味。他回应道：“这取决于个人。在我们学院里还没发生过这种事。”

维迪亚吉真诚地看着他，笑了起来。侵吞公款发生在小麦从仓库里运出的时候。维迪亚吉说：“这种事情怎么可能发生在学院？你们有粮仓吗？”

这是个玩笑。校长笑得停不下来。可文书似乎仍被含沙射影的话所困扰，“不，叔叔，”他说，“学院里有很多饲料仓库，很多人眼睛都盯着呢。”这话引起了更多欢乐，萨尼查和兰格纳特也笑了。笑声传到阳台上，坐在那里的几个不知道是谁的人也跟着笑了起来。文书朝校长使了个眼色，示意他可以离开了。

在我们引以为傲的传统中，真正的问题总会在三四个小时的对话之后才出现。因此，维迪亚吉问起校长：“还有什么特别的事吗？”

“没什么……还是卡纳老师的事情。前天他戴着墨镜上课，我当场教训了他，他把孩子们都带坏了。我说：‘小子你给我听着，我会当场把你撕成碎片。’”校长说话时十分克制，可他说完之后便开始喃喃低语，嘴里发出颤抖的声音。

维迪亚吉严肃地说：“你不该这么做。应该尊重自己的对手。瞧，每个伟大的领导人都有很多敌人，可他们都通过意志力压制了对手。这是民主原则。我们的领导人非常有礼貌地忍受对手的挑衅。反对派胡说个不停，可领导人仍干着自己的事情，不会受到其他人的影响。这才是抗争，你也应当效仿。”

这些基本的政治原则对文书没有任何影响，他说：“叔叔，那可不行。我知道卡纳老师，他是历史硕士，却连自己的父亲都不认识，他只是个政客。他总是叫孩子们去他家，教他们赌博。只有一个办法能修理他，就是把他抓起来揍一顿。”

维迪亚吉变得更严肃了，可其他人却激动了起来。这番话将传统说教转向了拳打脚踢。萨尼查兴奋地说：“如果你想揍卡纳，务必叫上我。我已经很久没踹过人了，到时候一定过来亲自把他揍一顿。”

现场有人提到，如果一只磨损的鞋子在水里泡三天，踢到人身上会发出很大的声响，远处的人都能听到踹人的声音。另一个人说，如果你要踹一个受过教育的人，应当用非牛皮鞋踹他，这样他在被踹时不会显得太丢人。坐在阳台上的第三个人说，踹人的正确方法是从一踹到一百下，当你数到九十九时，会忘了自己踹过多少脚，于是只能从头再来。第四个人同意这种踹法，因为他就是这么学会一百以内计数的。

# 第六章

一辆三轮车正从城里驶往乡间。车夫是一个瘦弱的长发青年，身上穿着彩色背心和短裤。他的脸上淌着汗水，像一幅讽刺画而非痛苦的图景。

摔跤手巴德里坐在三轮车上，双拳紧握搭在腿上，脚下放着箱子。为了避免颠簸，他的双脚紧紧贴着人力车厢。即便是翻车把腿折了，也得紧紧拽住车子，防止车夫跑路。

那是一个愉快且毫无意义的夜晚，距离摔跤手的村庄还有3英里。他张开嘴，像老虎一样打了个哈欠，说："今年的收成看起来很差。"

车夫没工夫就农业技术和经济问题发表评论。他默默地继续骑着。摔跤手直接问道："你是哪个区的？你们那儿收成怎么样？"

车夫没有回头。一缕头发掉进他的眼睛里，他猛地晃了晃脑袋。"收成？我不是农民。地主老爷，我是镇子上的人。"他的臀部左右晃动，骑得很快。看到前方出现别的三轮车，他按下了铃铛。

摔跤手又打了个哈欠，继续把注意力转向田野。看到自己的乘客如此冷漠，车夫有些不满。

为了转移他的注意力，车夫说道："地主老爷，'好的工作换来好的收入'是我的原则，不会为了7个安那[①]干8个安那的活。我接着说下去。曾经有个老爷坐在后面问我家里人怎么样。他对我说，政府对我们不好，应当废除人力三轮车。他说一个人骑在另一个人的背后是件多么可怕的事情。我说那就别坐车了。可他说，自己坐车是因为如果人人抵制，人力车夫就会饿死。之后他开始为人力车夫的命运感慨。

"他大哭起来，一边哭一边诅咒政府。他不停地说，你们应当组建工会，要求使用机动三轮车。老天爷知道他在讲些什么鬼话。不过，地主老爷，我告诉他：'哥们儿，无论你有多少点子，哭得多惨，8安那的车费我一点也不会跟你优惠。'"

摔跤手闭上眼，打了个哈欠。"你会啥电影歌曲？还是只会让人燥热？"

车夫说："地主老爷，这里只有两种娱乐方式，每天去看电影，或者不停地抽烟。我也愿意给您唱首歌，可我的喉咙现在不太舒服。"

摔跤手笑了："那又怎样，你怕砸了你们镇的名声？"

车夫礼貌地接受了冒犯。思考片刻后，他开始轻柔地唱起一部经典老电影里的歌曲。摔跤手对此毫无兴趣。车夫观察到了乘客低落的神情，又开口说道："我哥也踩三轮车，但他只跑固定线路。一次，他给来自苏丹普尔乡下的车夫展示了几种骗术，那人却哭了起来。'我是个老实人，'那人说，'要命可以，剥夺我的信仰不行。我是不会参与这种诈骗生意的。'后来我对哥哥说：'别这样，你不能把驴当马使。'"

---

① 安那（anna），印度旧币制单位，16安那折合1卢比。该单位1957年被废除。——译者注

快到希夫帕尔根杰了。巴德里好像有意考验车夫，说：“你是个好人，不应当让其他人剥夺你的自由。你的行事方式是正确的。”他停顿了一会儿：“但你的身体素质不太好。在健身房待上几个月，兴许会有些改善。”

“这有啥关系？”车夫问，“你想让我练摔跤？现在摔跤有什么用，打起仗来一个炸弹就能把最厉害的摔跤手炸死。手上有枪的话，是不是摔跤手又有什么分别？”停顿了一会儿，他得意地说：“地主老爷，摔跤只是乡巴佬的运动。在我们那儿，玩刀才刺激。”

摔跤手这下被惹毛了，他伸手抓住车夫的背心：“别他妈的一遍遍地叫我地主老爷，不知道我是婆罗门吗！”

车夫吓了一跳，很快表现出一副甘地非暴力的表情。“饶了我吧，婆罗门，饶了我吧……”他一边说着，一边开始欣赏乡村的自然风景。

拉马丁的全名是巴布·拉马丁·比赫马赫维。比赫马赫拉是毗邻希夫帕尔根杰的村子，就像古希腊、古罗马、古埃及文明一样消亡了。也就是说，它并没有完全消失，只是愚蠢的希夫帕尔根杰村民以为它不复存在了。比赫马赫拉仍然以几间棚屋、税务记录和拉马丁古体诗的形式保留了下来。

拉马丁·比赫马赫维小时候就从希夫帕尔根杰沿着铁路线迁居到城里。在那里，他随便搭上一辆火车，在毫无目的的情况下来到加尔各答。在加尔各答，他最初帮一个商人送信，后来帮忙送货，再后来成了他的合伙人，最后他成了整个公司的所有者。

公司经营鸦片买卖。他把产自印度西部未经提炼的烟土分发给加尔各答的各大经销商，并从中抽取佣金。拉马丁本可以从加尔各答出口鸦片，但他不是一个有野心的商人。他小心地经营着分销业务，用剩下的时间陪同印度西部来的客户。他在印度西部很有名气，他们称赞拉马丁目不识丁却能力出众，使他们得以理解伟大的文盲帝王——莫卧儿皇帝阿克巴如何在不识字的情况下管理整个国家。

鸦片生意的钱很好赚，商业竞争也不太激烈，只有违法的问题困扰着鸦片商人。有朋友提醒这点时，拉马丁曾说："我还能说啥？没人在立法前问过我呀。"

当拉马丁因为鸦片生意被捕并被送到法庭上的时候，他在法官面前采取了同样的说辞。他批评英国人制定的法律，像圣雄甘地那样号召人们去斗争，并且解释称这些外国人的法律都以武断的方式制定，每一件小事都被贴上了"犯罪"的标签。

"法官大人，"他说，"鸦片从植物里提取。这种植物能生出美丽的白色花朵，在英语里你们称之为罂粟。还有另一种罂粟能开出红色的花朵，达官贵人会把它种在自己的花园里，那就是重瓣罂粟。法官大人，这种植物就是这样，它的叶子和花朵与犯罪有什么关系？后来人们从白色罂粟花中提取了黑色的东西，并且把它当作药物使用。在这上面做些买卖不能称之为犯罪。这就是一条用来摧毁我们的恶法！"

尽管做出了上述慷慨陈词，拉马丁还是被判处两年监禁。印度人在独立前的那些日子里总是免不了被定罪判刑，可法庭上的慷慨陈词十分重要。拉马丁知道，成百上千的革命者与非暴力的追随者已经成为烈士。他确信自己的演讲能让自己成为其中一员。但在刑满释放后他才意识到，想成为英雄应当反抗《食盐专营法》，而不是《鸦片法》。在加尔各答晃荡了几天后，拉马丁发现自己已经被鸦片交易圈赶了出来。他悲伤地吟诵了几首诗，买了一张回乡的票，在希夫帕尔根杰定居下来。

他告诉村民自己抽佣金的生意倒闭了，除此之外没有多说一句。他在村里用泥巴和砖块建起一座不大的房子，弄到一块地，开始经营农场。他教村里的孩子们用扑克牌而非贝壳赌博，讲述自己在加尔各答的传奇经历。这时，政府引入了新的潘查亚特[1]制度，即村委会。凭借在加尔各答的经历，拉马丁赢得了巨大的声望，让自己的堂兄当上了村委会的领导。后来人们发现村委会有了两个领导——拉马丁负责变卖村庄集体所有的土地，而他的堂兄负责被起诉。

拉马丁在村庄的统治持续了一段时间。村里的年轻人经常在他家门前的茅草屋赌博。屋子的另一边，新鲜的大麻叶子被碾碎制成大麻饮料，氛围十分融洽。拉马丁是村里第一个种植美人蕉、旱金莲、翠雀等英国花卉的人。此外还有一些红色的花，拉马丁偶尔会指着说道："这些是罂粟，而这株是重瓣罂粟。"

比赫马赫维是个诗人的笔名，拉马丁想以此暗示自己也是个诗人。虽然现在已经不再创作，可他在加尔各答的时候确实曾写过诗。

坐牢的时候，他曾像其他伟大的文学家那样尝试在狱中为公众创作伟大作品。可是两年来，他始终在抱怨监狱的伙食，和狱友插科打诨，聆听看守的辱骂，做着自己的白日梦。

回到希夫帕尔根杰后，拉马丁为了给根杰人留下深刻印象，为自己取名"比赫马赫维"。后来，当他受到乡土环境，甚至是国家政治气候影响——成为派系斗争的受害者时，他会创作一些双行诗，以此证明比赫马赫维是个充满诗意的名字，而非仅仅包含一些地域籍贯信息。

前不久，摔跤手巴德里在距离希夫帕尔根杰十英里的另一个村子弄了一台机器磨坊。磨坊运转得很好，于是维迪亚吉的对手开始传言磨坊可能与学院的资金有关联。拉马丁用不朽的诗句这样表达：

哦，拉马丁·比赫马赫维真是个奇迹！
他本想建设学院，
却开起一间磨坊！

---

① 潘查亚特（Panchayat），印度基层自治机构，又称五老会。——译者注

有人在村子外拦下了巴德里乘坐的三轮车。天色已暗，巴德里在远处无法看清招手人的模样。

“你他妈的是谁？”他问道。

“摔跤手，嘴放干净点！我是拉马丁。”那人一边走近三轮车一边说道。三轮车在路中间停了下来。那人穿着长衫裹着腰布，衣着在昏暗的夜色中并不明显，可剃光的脑袋十分显眼。他抓住车把手，说：“听说了吗？有人要打劫我家。”

摔跤手用手指戳了一下车夫，示意他继续往前。他对拉马丁说：“现在叫唤个啥？有人来打劫的时候再给我打电话。”

车夫使劲踩下踏板，可拉马丁紧握着把手，三轮车一动不动。摔跤手巴德里嘀咕道：“什么大灾大难能让你站在路中间拦车，像个寡妇一样大喊大叫？”

“我没大喊大叫，只是抱怨。你才是维迪亚吉的人，其他人都排不上号。因此我才跟你说。土匪给我寄了封信，向我勒索5000卢比。他们要我在新月之夜把钱带到南边的山上……”

摔跤手巴德里拍了拍大腿：“你想给钱就给，不愿意就不给。我就说这么多。车夫，继续往前！”

维迪亚吉的房子已经不远。屋子外面备有大麻饮料，巴德里会喝了它，沐浴更衣，在客厅里歇息。人们会问他：“摔跤手干吗去了？”他会闭眼坐着，让在场的其他人帮忙回答。对自己的体格和大麻的陶醉会让他觉得这些说话的声音不过是蚊子的哀鸣。

巴德里陷入白日梦里，忽然因为自己中途被人拦下而感到扫兴。他责备车夫：“我都说了，赶紧走！”

可车夫怎么动得了？拉马丁死死拽住把手。

“这不是钱的事，”拉马丁说，“谁敢动我的财产？我只想叫你管好鲁潘少爷。他越来越傲慢，走路都快飘起来了……”

摔跤手巴德里屈腿从车上跳了下来，一把抓住拉马丁，把他拉到了一边。

“说些什么屁话？鲁潘干了什么？”

“是鲁潘叫土匪寄信给我的，我有证据。”

“我都没法离家两三天，”巴德里抱怨道，“我一走，这种屁事就来。”他停了会儿，接着说：“有证据还怕啥？”

他坚定地向拉马丁保证他的安全，总结道：“不会有土匪去你家。放心回去睡觉吧。鲁潘不是土匪，只是个毛头小子，这就是个恶作剧。”

拉马丁苦笑着回应：“我知道——鲁潘只是开玩笑。可这有什么意思？”

“你说得对，”巴德里赞同地说，“这是个拙劣的玩笑。”

一辆卡车迅速驶来。巴德里的眼睛在车灯照射下闪闪发光，他对车夫吼道：“把车停一边，这路不是你爹修的。”

拉马丁知道巴德里的脾气，说：“摔跤手先生，没必要发火！可是回头想想，除了发火还有别的办法吗？”

巴德里走回三轮车爬了上去。“既然没有打劫，也就没必要争论下去了。车夫，走吧。”三轮车动起来的时候，巴德里说，“我会告诉鲁潘，这么做不对。”

拉马丁回应道：“他给我寄勒索信，而你只是说他几句？至少得踹他几脚！”

三轮车继续前行。巴德里头也不回地说：“既然你如此不满意，不如像鲁潘一样，给我写封勒索信。”

# 第七章

维迪亚吉家的屋顶上有个房间，房间门总是敞开。房间的一角放着一对摔跤训练用的木棒，表明这间房属于摔跤手巴德里。不过，家庭的其他成员在需要时也会使用这个房间。妇女们把堆积如山的泡菜装进玻璃瓶和陶罐，出太阳时把它们放在屋顶晾晒，天黑了就搬进房间。屋顶上晾晒的衣服也是如此，天黑之后会被挪到屋里的晾衣绳上，经常能看到腰布、衬衣、毛巾和裙子来回摆动。维迪亚吉药房里多余的空瓶子也放在房间的橱柜里。它们被贴上带插图的标签，“使用前”的标题下方印着半人怪物，而“使用后”的下面则是身着紧身腰布、健壮蓄须的男子。事实证明，瓶子里的东西可以使成千上万的男性重振雄风。他们在自己的浴室和卧室里像狮子一样展示力量，在外面却如同温顺的羊群。

印地语中有种“秘密文学”，比《英国统治下的印度》[1]还要危险，因为这类作品无论是在1947年印度独立前还是独立后都属于非法出版物。就像办公室里的流言，这种秘密文学众人皆知。它使人

① 该书出版于1938年，因宣传印度独立而在同年遭殖民当局查禁。——译者注

们在吃喝拉撒之外从阅读中收获愉悦。顺便说一句，这类作品并没有什么特别之处，只是告诉读者某个男人是如何以某种方式与其他男人或女人在一起的。用苏米德拉南登·本德[①]的哲学语言来说，这类作品描绘了“人与人之间的永恒关系”。

屋顶的房间也被用于研读这类文献，不过这类研究由鲁潘少爷完成，他是家里唯一的学生。鲁潘也将房间用于其他事情，当其他人需要面包、树荫、诗歌、酒壶、甜品等浪漫幸福的事物时，鲁潘会将它们带到房间里一同分享。

房间彰显了一家人其乐融融的口号，不禁使人对当地风土人情产生了敬畏之心。如果社会学家观察过这家人，就不会认为东方式联合家庭存在任何消亡的风险。

现在这间屋子被安排给兰格纳特居住，他要在那里待上四五个月。维迪亚吉想得没错，和其他普通学生一样，硕士研究生的学业使兰格纳特的身体变得虚弱，导致他持续发热。和普通的印度人一样，兰格纳特不相信西方医学，却仍然服用医生开的西药，尽管并没有什么疗效。和普通的城里人一样，兰格纳特也相信乡下的新鲜空气具备与医生处方药相同的疗效，这也正是他来乡下生活的原因。和普通的白痴一样，兰格纳特获得文学硕士之后并没有立即找到工作，而是做起了自己的研究。和正常智力的人一样，兰格纳特知道搞研究并不意味着每天坐在大学图书馆，所以他想在乡下放松一段时间，好好休息、学习，有需要的话再去城里的图书馆借书。除此，兰格纳特的出现也为维迪亚吉提供了说辞：“如果年轻人能做些事情，我们老一辈人就不必承担这么多责任了。”

屋顶上的房间很大，兰格纳特给它增添了一些个人特色。他打扫了一番，放上了自己的床，把自己的书放在柜子里，并且禁止侦

① 苏米德拉南登·本德（Sumitranandan Pant, 1900—1977），印度印地语诗人，以浪漫主义作品闻名。——译者注

探小说和“秘密文学”混入其中。其他人从学院给兰格纳特弄来书桌和椅子，将其放在窗户旁边。透过窗户能看到果园和田野，这些风景让兰格纳特诗兴大发，他有时会幻想无数个华兹华斯、罗伯特·弗罗斯特和古鲁·巴格特·辛格[①]在演奏管弦乐，身后有不计其数的乡土小说家在不知疲倦地吹奏着小号。

鲁潘少爷找来一些砖块石头，把它们绑在一起，弄成收音机的样子，并且沿着屋顶的竹竿和周围的树丛拉了根电线。整个设备看起来像亚洲最大的无线电信号站，可里面的收音机只能贴着耳朵收听。兰格纳特有时候能贴着耳朵收听当地新闻和毗湿奴派忧伤的颂歌。他安慰自己，全印广播电台的节目也一样，尽管成千上万的听众都在抱怨，可那些过时的内容从来没变过。

兰格纳特按照维迪亚吉的嘱咐安排日常活动：早起，判断昨天的食物已经完全消化，喝下铜壶里的凉水，外出长时间步行，进行日常仪式，散步回来，洗脸洗手，用树枝清洁牙齿，喝温水，锻炼，喝牛奶，学习，吃午饭，休息，学习，夜间散步，做一些简单运动，饮用杏仁花生饮料，学习，吃晚饭，学习，睡觉。

兰格纳特真诚地采纳了整个计划，只做了一点修改，将学习替换为在维迪亚吉的客厅里同根杰人议事。由于这项修改不影响兰格纳特精液的免疫能力，也不影响整个日程安排，维迪亚吉没有异议。相反，维迪亚吉喜欢让有文化的人坐在自己旁边，以便随时向来访的人介绍。

刚待了几天，兰格纳特开始觉得希夫帕尔根杰如同伟大的印度史诗《摩诃婆罗多》——世上有的东西这里都能找见，这里找不见的世上也不存在。他意识到印度人民都是一体的，无论身处何地，

---

① 古鲁·巴格特·辛格（Guru Bhakat Singh, 1893—1983），印度诗人、剧作家。——译者注

我们的智力水平都是一样的。他还注意到，有名的报纸都喜欢在头版用粗体字大呼小叫，大企业、委员会和政府的起起落落都在上面呈现。这么一想，兰格纳特对印度的文化统一更有信心了。

这种统一只有一个缺点。在城市里，兰格纳特发现年轻人和老一辈之间的矛盾日趋显现。老一辈人觉得自己很聪明，而这种叫作智力的东西并没有留给下一代。与此同时，新一代人却认为老一辈的人守旧并且曾经快乐，对自己和社会不真诚；新一代人觉醒了，任何情况下都快乐不起来，对自己和社会都很真诚，因为社会就不是个东西。

这种争论在文艺领域很常见，因为文艺领域的争论传播范围广且危害小。上一代把下一代当傻子、下一代觉得上一代都是小丑的观点越来越流行，如果没有文学和艺术的表达，恐怕两代人之间已经爆发内战。兰格纳特曾经以为希夫帕尔根杰不存在这种代际矛盾，但某天这种幻想破灭了，他发现这里也有类似的争斗。兰格纳特明白，这里的政治斗争同样激烈。

争论始于一个14岁的男孩。某天晚上，一名男子在维迪亚吉的客厅里讲述了男孩的故事。他说，这个男孩具备非凡的邪恶天赋，即便最伟大的心理学家和社会学家也不得不承认这是造物主的神迹。据说有些国外教育背景的学者也调查了男孩的案例。他们试图套用死记硬背的理论，什么破碎的家庭、不良的社会交往、恶劣的生活环境、犯罪的遗传等等。可这就是造物主的神迹。

事实上这些学者并非无能，而是由于他们的国家太厉害，能够在经济学、社会学、政治学、心理学等领域创造出这么多的现实问题。为了突破理论困境，印度的大学者们不得不跑去美国寻求答案。男孩的案例引起了轰动，以至于某位知名学者发誓要在美国之行中找到答案。

男孩在希夫帕尔根杰的历史上风光了两三年，在经历警察掌掴、律师辩护和地方法官的判决后被送进少年犯的监狱。与此同时，人们发现男孩的人格仍然是该国学者面临的难题，而印度和美国的亲密合作将用于解答这个难题。男孩出现在希夫帕尔根杰时就已经成为民间传说，他的传奇故事自那时起便广为传颂。

兰格纳特听说，这孩子10岁的时候跑得如此之快，以至于15岁的孩子都追不上他。11岁时已经成为无票乘坐火车和逃避检票员的大师。一年后，他开始让乘客的行李凭空消失，就像聪明的外科医生借助局部麻醉让病人的身体少了一部分一样。他以高超的盗窃技术闻名，始终未被逮住。等到14岁那年第一次被抓时，他已经掌握了打破门上的小玻璃、从内侧打开插销的本领。潜入别人的房子时，他都不需要从窗户爬进去，而是像正派人士一样直接走正门。

某人在称赞这名男孩时还提到了小毛贼巴拉姆，后者曾是本地区最具影响力的小偷。可是在场的一个年轻人却像议会辩论那样毫无逻辑地大声质疑，认为巴拉姆只是个小毛贼。“拉姆·斯瓦鲁普12岁时已经声名鹊起，而巴拉姆的一生成就不过如此。”

兰格纳特嗅到了代沟的味道，问萨尼查：“现在小偷的技术真的这么厉害？过去的强盗可是个个穷凶极恶。”

萨尼查处于新老两代交替的年龄，由于代与代之间缺乏科学的年龄划分标准，两代人都觉得萨尼查不属于自己的阵营，因此他也没有被迫支持任何一方。萨尼查像印度数以百计蹩脚的文学艺术评论家那样摇晃着脑袋，犹犹豫豫地发表见解：“兰格纳特兄弟，过去的事咱别谈了。咱们这儿出过塔库尔·德宾·辛格，我还经历过他的时代。现在这帮小毛孩不值一提。”

大约30年前——那时今天这代人还没出生，或者只会唱“黑天大神保佑我们的国王和王后”“天佑英王乔治五世”——塔库尔·德宾·辛格是希夫帕尔根杰的老大。父母给他取名德宾[1]，希望他能精准地完成每件事情。辛格长大后的确这么干了，发掘出自己的兴趣。他不喜欢英国法律，因此，当圣雄甘地为反对食盐专卖法向丹地进军时[2]，德宾·辛格也开始逐条违反《印度刑法典》。

他天生是个慈善家。慈善关乎个人良心，每个人都有自己的理解。有些人会给蚂蚁喂面粉；有些人会在身上挂着"随时去爱"的牌子，提醒未婚成年人保持身心健康；有些人为了防止他人直接收受贿赂而去充当中间人，不分昼夜，风里雨里奔波。这些都是不同人对慈善的看法。德宾·辛格有自己的见解，他总是急于保护弱者。因此每次打架的时候，他都会不请自来，挥舞着棍子为受压迫者出头。在和平年代，所有的服务都有固定的价格。正如著名的贾伊拉姆普拉萨德律师每次出庭辩护都要收50卢比，德宾·辛格每次出场也要收50卢比。在需要群殴的大场面里，费用依据参与的人数增加，但标准仍是固定的，不存在任何欺诈。雇主需要给他手下的人购买肉和酒，但德宾·辛格本人绝不会碰这些。因此在打架的过程中，他的肠胃舒适、头脑清醒，非常适于斗殴。能抵御酒肉诱惑的人往往被视作君子，因此德宾·辛格堪称君子。

德宾·辛格还有另一个特长，那就是翻墙不留痕迹。他是跳高专家，甚至有机会成为撑竿跳高世界冠军。一开始，他只是在手头紧的时候翻墙，再后来，他只是在给学徒示范的时候翻墙。在那个年代，小偷和强盗之间有明显差别，小偷破门入室只为偷窃，即便听到五岁孩童的脚步声，也会毕恭毕敬地从屋里退出去。然而，德宾·辛格开创了新潮流——入室盗窃时殴打醒来的房主，这种做法在同时代人中流行了起来。由此，他改变了盗窃的性质，使其更接

---

① 德宾（Durbin），印地语意为望远镜。——译者注

② 1930年甘地为抗议英国殖民当局的食盐专卖法，率领信众步行390千米前往丹地（Dandi）亲自制作海盐。——译者注

近抢劫，使两种犯罪行为发生了革命性的变化。

可是时代变了。德宾·辛格年老时被喝醉酒的侄子扇了一巴掌，从井边的护栏上掉下来，摔断了脊椎。他在那些天里死死盯着角落里的竹棍，想用它戳进侄子的嘴里。最后，他放弃了这一念头，自己进入勇者的天堂，带走了希夫帕尔根杰大地上的武德——咽气了。

萨尼查讲述了自己对德宾·辛格的记忆：

“兰格纳特兄弟，那是个漆黑的夜晚，我正穿行在博卢普尔的杧果林中。那时我和您一样年轻，就像初次遇到豹子的山羊，身体充满了斗志。树枝沙沙作响，我一边在空中挥舞着棍子，一边用最恶毒的脏话叫骂。不管怎样，那是个漆黑的夜晚，我手里拿着棍子大步向前。这时有人在树下说：‘当心了！’

“我以为是什么鬼怪。你不能用竹竿或者木棍对付他们，一点作用也没有。我向穿着红色腰布哈奴曼祈祷，可是兄弟你知道吗？哈奴曼只会在你遇到真正的妖魔鬼怪时帮助你。这时，一个又黑又壮的年轻人出现在了树的后面，说：‘有什么东西都静静地掏出来。衣服也脱了！’

“当我准备伸出棍子敲他的时候，才发现自己已经被六个人包围。他们都带着棍子和长矛。我对自己说赶紧溜吧！我握着棍子，不敢向他们挥去。

“其中一个人说：‘你为啥停下？不打我们了？是汉子就打我们试试。’

“我当时气急败坏，可是兄弟，我气到哭了出来，说：‘别杀我，把我身上的东西都拿走吧。’

“另一个人说：‘这个混蛋的命一文不值，在这里鬼哭狼嚎。你准备把所有东西都给我们？行啊，全部拿出来，放在地上。’

“兄弟，可是我身上只有一袋烤焦的粗面粉、一捆上好的棉线、一个莫拉达巴德[1]铜壶——铜壶很大，是我从叔叔那儿弄来的，看起来像个水桶，一次可以从井里舀出好多水。还有一些酥油炸的油饼，那会根本没有什么垃圾植物油！他们清点了我身上所有的东西，把它们堆了起来。之后让我脱掉腰布，取出我藏在里面的1卢比。当我起身穿衣服时，其中一人说：'闭上你的嘴，安安静静滚回家去。如果你敢嚷嚷，就在这杧果林里活埋了你！'

"正当我准备离开时，另一个人问我住在哪里。

"我回答说：'我是根杰人。'

"别问我接下来发生了什么事，兄弟！所有的强盗都盯着我。其中一个问我谁是希夫帕尔根杰的头人，另一个问我乡长的名字，第三个问我是否认识德宾·辛格。

"我说：'我曾经为德宾·辛格出手。那次是在兰格普尔，要不是达成和解，现场要死好多人。在村里我和德宾·辛格很熟，平时都喊他叔叔。'

"就是他！我的神啊！当时就好像白人军官来到一群黑皮肤印度人当中，引起一阵骚动。有人把腰布还给我，另一个把衬衣送了过来，还有人递上我的鞋子，把包塞到我手里。一个人双手合十说：'我吃了你的两个油饼，给你一些钱作为补偿。千万不要让德宾·辛格知道我们打劫过你。需要的话可以拿些钱，如果还不满意，我可以剖开肚子取出油饼。哥们儿，我们怎么也没想到你是根杰人啊！'

"兄弟，我就这样回家睡觉了。第二天天刚亮，我就去找德宾·辛格，向他行触脚礼，告诉他德宾·辛格的名字就像哈奴曼的红色腰布一样能救人于危难之中。德宾·辛格挺直了脚，说：'萨尼查，不要担心。只要有我在，就能保你日夜出行平安，不用害怕任何人。你只用自己对付路上的毒虫猛兽，人的事情交给我就行。'"

---

① 莫拉达巴德，位于今印度北方邦，盛产优质铜器。——译者注

萨尼查深吸一口气，在这里停住了。兰格纳特觉得他就像在悬疑小说中添加惊悚高潮情节的拙劣写手。“所以，德宾·辛格在世的时候，根杰人都是这么过日子的吧。”兰格纳特评论道。

鲁潘少爷深吸了一口气，忽然开口朗诵起来，这是兰格纳特第一次听到他引经据典：

> 人的力量无法永续，唯有时间恒强，
> 野人劫掠牧女，阿周那[1]亦无可奈何。

“鲁潘少爷，出什么事了？”兰格纳特问，“有人抢劫了希夫帕尔根杰的牧女？”

“萨尼查，给他讲讲另一个故事。”鲁潘说。

萨尼查开始讲述德宾·辛格故事的另一章：

“兄弟，干架的事儿可不像在邦立法会当议员，议员是越老越吃香。拿议员哈纳姆·辛格举例，他站起来走两步都给人感觉要摔倒，可影响力却越来越大。打架的事情全靠力气，力气保持得越久越厉害。一旦人没了力气，也就完了。

“那是在四五年前，我去恒河沐浴。回来的路上天已经黑了。夜色又一次降临在博卢普尔，不过这会是满月。我走在杧果林中，高兴地哼着小曲。就在这时，有人用棍子敲打我的后背——招呼也不打，直接就拍我身上。兄弟，我才刚哼完一曲，背上的包袱被打了出去，自己也摔出二十多英尺。正当我准备大叫时，三四个人出现在我跟前。一个人伸手过来用什么堵住了我的嘴，说：‘闭嘴吧，混蛋！小心老子弄断你的脖子。’我挣扎着试图起身，但是兄弟，即便是强壮的摔跤手被人伏击暗算也会倒地不起，我还有什么办法呢？

① 阿周那（Arjuna），印度史诗《摩诃婆罗多》中的人物。——译者注

“我安静地在那儿躺了一会儿，看看自己有没有受伤，之后向他们示意不会大喊大叫了。他们把堵在我嘴里的东西取出来，其中一人问我的钱在那儿。‘大人，’我说，‘所有的家当都在包里了。’我在包里放了1.5卢比的零钱。其中一个强盗把包里的钱拽在手里，接着说：‘让我们瞧瞧你在衣服里藏了什么。’我说：‘老爷，别脱我的衣服，里面什么都没有。我会光着身体的。’

“兄弟，这人一下子就暴怒了，觉得我在撒谎，于是扒光我的衣服仔细搜身。警察即便是吸了大麻也不会像他那样搜身。他什么也没搜到，另一个人从背后踹了我一脚，说：‘安静地闭上嘴，赶紧滚回你的狗窝。’

“终于有机会开口了，我说道：‘老爷们，你们不杀我很明智。我不介意你们打劫，但我要告诉你们，你们可能打劫了自己人。’

“他们上来围住了我，问我是谁、从哪儿来、和谁一起。

“我说：‘我是根杰人，认识德宾·辛格。’

“兰格纳特兄弟，你不敢相信接下来发生了什么。他们放声大笑起来，其中一个把我拽过去，朝着我的腿狠踹几脚，让我摔倒在地上。

“强盗们还在嘲笑。其中一人说：‘我知道他。不过德宾·辛格已经完蛋了。那些老家伙动不动就炫耀自己打架的事迹，还添油加醋。德宾·辛格不过是用棍子打过人、跳过几堵墙，就成了英雄。现在连学校里的小学生都在练习撑竿跳高了。’

“另一个劫匪说：‘他们也在学校教人用棍子打人呢。我就是在那儿自学的。’

“‘这就是大名鼎鼎的德宾·辛格啊！这混蛋连枪都没有，还以为自己能把手伸到这里。’

“一个拿着火把的人从口袋里掏出一支枪，说：‘小子，瞧瞧这把六发左轮枪，可不是什么乡下玩意，而是货真价实的进口货。’说着，他把枪口戳到我的胸口上：‘去告诉你的德宾·辛格老爷，他不过是瞎子王国的独眼龙。时代变了，这帮老东西应该躺在床上安度晚年，如果再出来露脸，小心被人崩出脑浆来。’

“兄弟，我吓得扔下棍子，像受惊的瞪羚赶紧逃命。他们在我身后又开始大笑起来，其中一人喊道：‘让那个德宾·辛格见鬼去吧。再不滚小心我用瞄准镜崩了你。’

“可是兄弟，直到今天还没人能在跑路上比得过我。现在的学校里，老师都是吹着口哨教学生们跑步。我完全没学过这些，却也能跑过兔子。兄弟，虽然他们骂个不停，却还是没抓到我。不知怎的，我回到家中。那时候德宾·辛格已经大不如前了，连警察都开始和他作对。第二天我感到非常不安，可我并没有把事情的经过告诉德宾·辛格。如果我说了，他可能会死于惊吓。”

鲁潘少爷坐在那里，表情呆滞，叹了口气说：“告诉他倒也好，至少不会死在自己侄子手上。”

# 第八章

希夫帕尔根杰虽然只是个村子，却靠近城市附近的主干道。有头有脸的政客和官员没有理由不来这儿视察。村子里除了水井还装上了一些手动抽水泵，来此视察的贵宾不至于为了喝口水而掉进井里送了性命。这里的食物也很容易获取。一位相对富裕的当地官员住在村子里，此人在村民看来就是个彻头彻尾的骗子，可外人见到他总会惊叹："多么绅士啊！他出身富裕家庭，还娶了贵人之女。"贵宾们在他家里吃点东西，不至于影响自己的声誉。每年的这个时候，村里总会涌入一大批领导人和公仆，借助演讲关心希夫帕尔根杰的发展。

对根杰人而言，这些演讲十分有趣。一开始，演讲者会觉得听众都是一帮白痴，听众则认为演讲者们都是傻子。在村民眼里，这正是对话交流的好时机。可是感兴趣的演讲实在过多，让当地人多少有些难以消化。演讲的内容都是彻头彻尾的废话，但有些演讲者非常认真，甚至能打动听众，让他们相信自己讲的内容。而一旦出现质疑，演讲就开始变得浮夸和乏味，让听众感到不适。根据演讲者的经验，村民们都是根据自己的生活习惯选择特定的时间来听演讲的。有些人在早餐前过来，其他人则在午饭后，不过多数人会选择在演讲中享受午睡时光。

在那些日子里，人们重点讨论农业问题，除此就没有其他的讨论重点了。事实上，村民们在过去的几年里一直被哄骗，开始相信印度是个农业国家。村民们没有对此提出异议，但每个演讲者都表现出要被质疑的样子，因此找出一个又一个的例子论证印度是个农业国家。之后他们会解释说，农业的进步就是国家的进步。然而还没来得及展开，午饭时间到了。那个娶了贵人之女的君子、富裕家庭的后代，会站在演讲者的身后，拽着他们的衬衣告诉他们饭菜已经准备好了。演讲者有时候会继续演讲，显然，他们说的内容和一开始的并没有什么区别。因为无论他们怎么组织，主题永远是那个——印度是个农业国家，你们是农民，你们应该认真种地收获更多粮食。每个演讲者都在怀疑农民并不想多种粮食。

运动宣传往往能弥补演讲中的各种不足。在某种程度上，贴在或写在墙上的标语能准确地介绍农村问题及解决之道。例如有个问题是，印度是个农业国家，但这里的农民一反常态不愿意多产粮食。解决方法是向农民演说，给他们看各种好看的照片，告诉他们，即使不想为自己多种粮食，也应当为国家多种粮食。结果海报被贴得到处都是，促使农民为国种粮。农民们深受演讲和海报的鼓舞，即便是思想最单纯的农民也开始觉得，整个运动背后或许藏着什么不可告人的目的。

有一则广告在希夫帕尔根杰很出名：一个健康的农民围着头巾，戴着耳环，身着绗缝夹克，用镰刀收割着长势喜人的小麦。一个女人站在他的身后，似乎对自己很满意，像农业部官员一样面露笑容。

图画的下方和上方分别用印地语和英语写着“多种地”。那些戴耳环、穿绗缝夹克的农民同时也是英语学者，能够读懂上面的英语标语；印地语标语则是用来吸引那些印地语学者的。而那些两种语言都不懂的人，至少能看懂图画中的男人和面露笑容的女人。政府希望，当农民看到那个男人和面露笑容的女人时，就能像画中的男人一样去种地。如今，这幅海报在希夫帕尔根杰不少地方成为人们的谈资，因为当地人觉得图画里的男人看起来像摔跤手巴德里，但在女人的身份上，大家的分歧很深。她究竟是哪个村子的村花，这一问题还没有答案。

然而最尖锐的广告却不是关于农业，而是关于疟疾。墙上用赭石写着：“根除疟疾，让我们消灭蚊子吧。”实际上这是在假设农民像养牛一样热衷于养蚊子，因此，在消灭蚊子之前，需要改变农民群体的观念。而改变他们的观念，首先需要得到他们的尊重。为了做到这点，需要使用英语。这就是用英语写灭蚊子除疟疾口号的天然逻辑。因此，多数人觉得这些宣传并不是文学而是视觉艺术，并且允许涂鸦画家在墙上随意书写英语：“墙壁被粉刷，蚊子死光光。狗狂吠，人们各走各路。”

一则简明的广告写着“多存钱”。村民们在自己祖辈去世之前就被告知要存钱，这道理人人皆知。广告唯一的创新点在于提及了国家，暗示即便你不为自己存钱，也要为国家存钱。这种观点是正确的。因为放债人、达官贵人、律师和医生都在为自己存钱，小农为国家存钱又有什么问题呢！大家在原则上都愿意存钱。钱要怎么存，存到哪里，这些东西在广告上也写得很清楚，人们没有异议。可是存钱之前，人们并不知道自己的辛勤工作应当得到多少报酬。除了与储蓄息息相关的个人收支问题，其他事项都在广告中有所提及。虽然海报上没什么有用信息，但人们还是欣然接受了存钱的理念。他们既不要食物，也不要饲料，既不给予，也不索取。所以，还是别打扰他们了。

最吸引兰格纳特的不是公益广告，而是商业广告。它们透露了如下信息："皮癣是本地区传播最广的疾病，有一种药可以将你从病中彻底解脱，只要你在皮肤上轻轻涂抹一点。服下这种药能使咳嗽感冒消失，加糖用水吞服还能有效治疗霍乱。世上再无类似神药，若不是西方人阻挠，发明它的医生能获得诺贝尔奖。"

在印度，还有很多伟大的医生没有获得诺贝尔奖。其中有位住在杰汉纳巴德，在当地通电的条件下利用电击治疗阳痿。还有一位至少在印度很有名，他可以不借助外科手术治疗鞘膜积液。可以在希夫帕尔根杰的任何一面墙上发现上述事实。此外，这里还有许多治疗儿童脱水、眼病、腹泻等疾病的广告，但治疗的重点还是在皮癣、鞘膜积液、阳痿这三种病上。希夫帕尔根杰的孩子们只要识字就能读懂墙上的铭文，找到治愈这些疾病的方法。

众多广告中，维迪亚吉的最有个性——"给年轻人传递希望"。它没有同"电击治疗阳痿"之类的淫秽涂鸦竞争，而是以绿色和红色字母的形式印在漂亮的锡板上，在不起眼的街角、商店、政府大楼上同"禁止小便"的告示并列出现。广告很简洁——"给年轻人传递希望"，下面是维迪亚吉的名字和建议病人找他看诊的一句话。

一天，兰格纳特发现治疗方法有了新变化。几个人从大清早开始在墙上用大号字体写着"痔疮"。和人一样高的英文字母仿佛呼喊出希夫帕尔根杰的进步性："腹泻的时代已经过去！舒适的环境、办公椅、全天候的饮食和轻松的工作方式在人群中传播，痔疮作为现代性的象征，有望取代无处不在的阳痿，成为时代强音。"到了晚上，巨大的墙面广告已经变成彩色印记，并大声宣告："包治痔疮！"

眼前的世界充斥着痔疮及其治疗方法，类似的广告开始随处可见。兰格纳特在报纸上也看到了这则广告，他感到十分惊讶。城里的报纸会在每天上午十点送达希夫帕尔根杰，告诉人们某地的卡车与摩托车的碰撞，某地一个叫阿巴西的坏人用刀袭击了名叫伊什拉德的菜贩。兰格纳特发现某天报纸头版的大部分位置被巨大的白字

“痔疮！”占据，字体和墙上的广告一模一样。这些大字赋予痔疮新的重要意义，主导了整个版面。白字在黑底的衬托下格外醒目，即便从远处看也能吸引眼球。萨尼查在阅读标题上有先天困难，却也能被报纸吸引埋头看广告。他盯着头版看了很久，对兰格纳特说：“这是同一个广告。”

他的声音充满了骄傲，因为希夫帕尔根杰墙上那些闪闪发光的广告很特别。它们被印在了城里的报纸上，据此，希夫帕尔根杰拥有城市报纸所拥有的一切。

遗憾的是，并没有什么真土匪给拉马丁写信。那些日子里，村委会和学院的政治斗争造成了维迪亚吉与拉马丁的紧张关系。如果类似的事情发生在城里，或者发生在高层，可能会有某位女性向警方报案，指控拉马丁试图对其实施强奸，但受害人及时反抗使强奸未遂；受害人直奔警察局，进而保住了自己的贞洁。不过这事发生在农村地区，强奸指控并没有成为“政治手榴弹”。他们仍然沿用老办法，利用土匪威胁的套路让拉马丁焦虑了好几天。

警察、拉马丁和维迪亚吉派系的人都知道勒索信是伪造的。好多人都收到过类似的威胁。因此拉马丁并没有按照信上指定的时间带着一袋钱上山。即便勒索信是真的，拉马丁也更愿意让土匪袭击自己的房子，而不是乖乖地交出钱。由于这事已经在警察局立案，警察必须得干点事情。就在信上约定交钱的那天，从村子到山上的整个地区都被警察包围，玩起警察抓贼的游戏。山上像是要建起一座警察局，警察仔细搜索了荒地、树林、农田和打谷场，却找不到一丝土匪的踪迹。警察们摇动山上的树枝，把刺刀刺进狐狸洞里，确定里面是不是藏着土匪。然而除了鸟、狐狸和虫子，里面什么也没有。

当晚，有东西在山顶嚎叫，人们发现那不是土匪，而是豺狼；

有其他动物在附近的果园里发出响声，却只是一只蝙蝠。拉马丁与土匪打了个平手，土匪没来拿钱，拉马丁也没有送钱。

初级副督察在任上还没干多久，就被委派在山上负责抓捕土匪，凌晨一点的时候才下山来到平原。夜色使天气变得寒冷，令他思念起城里的女朋友。副督察拥有印地语文学学士学位，于是便开始轻声吟唱，最后放声出来："唉，我的心！唉，我的心！"

"鹧鸪成双成对，一对在后一对在前。"这段印地语电影里的歌词也适用于警察。两名警员走在前面，后面跟着的两人中有一个是初级副督察。初级副督察还在唱歌，警员心想："没事，过段时间他的心情会变好。"正当他们路过平坦的乡村，初级副督察的歌声突然响亮起来。俗话说得好，再愚蠢的事情也能放声大唱出来。

他们来到大路附近，忽然，一个声音从沟里传出。

"你他娘的是谁？"

初级副督察掏出自己的左轮手枪。警员们迟疑了一会儿，卸下了背上的步枪。这时，沟里的声音又说："你们他妈的是谁？"

一个警员对初级副督察耳语道："说不定会开枪。长官，我们应该躲到那棵树后面。"

那棵树距离他们五码。初级副督察小声回答："你们去树的后面，我去查看。"

副督察问道："谁在沟里？出来瞧瞧到底是谁！"他想起印地语电影的经典场景，于是又加上一句："你们被包围了。三十秒钟之内不出来，我就下令开枪了！"

沟里沉寂了一会儿，忽然有声音传来："他娘的！"

每个出门在外的印度人，都会在语言的影响下变成一堵虚拟的墙。他会被各种方言弄得晕头转向，最终被迫放弃，甚至都无法确认对方讲的究竟是尼泊尔语还是古吉拉特语。沟里传出的声音让初级副督察的耳朵竖了起来，他想知道究竟发生了什么，对方为什么听不懂他的话。初级副督察决定采取先鸣枪后喊话的国际准则，于是举起左轮手枪，警告说："从沟里出来，否则我开枪了！"

可他无须开枪。一个警员从树后面跑了出来，说："长官别开枪。他是乔格纳特，喝醉酒掉进沟里了。"

其他警员也赶了过来。初级副督察问："乔格纳特是谁？"

一个老警员用老练的声音说道："他是拉姆纳特的儿子，因为无聊喝了太多酒。"

警察抱起乔格纳特，可谁能强迫一个不愿起立的人双脚站立？乔格纳特绊了一下，差点摔倒，但有人抓住了他，把他从沟里拽了出来。他盘腿坐在地上，看上去像个德高望重的印度教苦行僧。他逐一看着大家的眼睛，摇晃双臂，喉咙里发出类似豺狼和蝙蝠的声音，终于切换到人类的语言，重复道："你他娘的是谁？"

初级副督察问："他在说什么方言？"

一个警员回答："我们通过口音认出了他。他这会儿意识不清醒，所以说着胡话。"

初级副督察对乔格纳特的脏话印象深刻。他使劲摇晃乔格纳特的肩膀，厉声喝道："醒醒！"

可乔格纳特并不想醒来，只是说道："混蛋！"

警员们笑了。那个首先认出他的警员在他耳边用方言喊道："乔格纳特，快醒醒！"

乔格纳特也没理他，但副督察突然明白了他的独特方言，笑着说："这家伙骂我们混蛋呢！"

他抬手准备给乔格纳特一巴掌，但一个警员阻止了他："长官，放过他吧。"

另一个警员说："长官，您别这样。他是本地人，在墙上画广告的。虽说是个混蛋，但至少也为装点村子做了些贡献。"

警员设法让乔格纳特站起来，叫他自己沿着大路走回去。"也许骂我们是因为他喝醉了。”初级副督察说，“但我们能找些借口起诉他。把他铐起来，明大就起诉他。”

那个警员说：“长官，别惹上不必要的麻烦。我们带他回村子里的家吧。他是维迪亚吉的人，怎么能拘捕他？”

初级副督察刚被派到这里，忽然就理解了警员人道关怀的原因。他默不作声地跟在他们后面，努力从黑暗和凉意中获得满足。他想起城里的女友，继续哼着歌：“唉，我的心！”

# 第九章

合作社中的腐败案件以非常直截了当的方式发生。同每天发生的数百起腐败案件相比，这个案子吸引人的地方在于它是个纯粹的骗局，没有任何令人费解之处。无须伪造签名和账目，也无须通过假发票套现。这样的诈骗行为无须任何技术，只是敢干就行。

合作社有一座种子仓库，里面装满了小麦。一天，合作社主管拉姆·斯瓦鲁普带着两辆卡车来到仓库，把一袋袋小麦装上车，旁观的人以为这只是合作社的日常工作。

拉姆·斯瓦鲁普坐在副驾驶上，准备将小麦运到附近的仓库。卡车出发了，按计划应该在主干道拐弯驶进一条土路，把货物运到5英里外的另一个仓库。但卡车却没有转弯，而是沿着大路直奔城里的粮食市场。侵吞公款的行为由此开始。装着小麦的麻袋在市场里被卸下，两名司机关于侵吞公款的记忆也被抹去，转而去邻近地区运送木材和煤炭了。拉姆·斯瓦鲁普消失了几天，人们确信他带着出售小麦获得的数千卢比赃款去了孟买。整个事件已经记录在本地警察局的档案中，正如维迪亚吉所言：“事情就像从肉中拔出了一根刺。”

就在前一天，合作社的一位主管发现了一些线索，表明拉姆·斯瓦鲁普并没有去孟买，而是逃往邻近的城市。和往常一样，这位主管坐在城里的公园长椅上享受着头部按摩。他一边吃着零食，一边看着眼前五颜六色的鲜花和女孩。长椅在一棵树的下面，给他按摩的小哥手指纤细而柔嫩，用不规则的节奏拍打着他的头皮。主管不希望按摩这么早就结束，于是睁开眼睛想转头跟男孩说些什么，却又担心弄乱了刚抹好的头油，只能向前看去。

他的对面有一棵树，树下的长椅上竟然坐着拉姆·斯瓦鲁普。他也找来一个小哥给自己做头部按摩，看上去挺享受。两人像印度教圣人般沉浸在各自的世界里，谁都不会去打扰另一方。

他们睦邻友好，在各自的长椅上待了将近一刻钟，假装谁也没看见谁。之后，他俩伸了伸懒腰，站了起来，向按摩小哥支付费用并预约下次服务的时间后各走各路。

一回到希夫帕尔根杰，主管开始担心自己是不是为了享受头部按摩而背叛了合作社。主管想起拉姆·斯瓦鲁普正在被通缉，要是能设法抓住他，侵吞公款的案子也就解决了，说不定自己的大名还能登在报纸上。主管忽然良心发现，不免有些沮丧。为了寻求安慰，他在回去的路上拜访了维迪亚吉，将一剂阿魏吞进肚子里，说：“今天我在公园里见到一个人，长得很像拉姆·斯瓦鲁普。”

“很有可能，”维迪亚吉评论道，“有些人长得很像。”

主管的良心难以平静。他环顾四周，说：“我觉得那就是拉姆·斯瓦鲁普。”

维迪亚吉盯着主管。

“真是拉姆·斯瓦鲁普！这混蛋不知为什么跑哪儿去了，当时他正在做头部按摩。”

“你当时在干吗？”

主管心不在焉地说："我当时累了，在树下休息呢。"

"你应当立刻报警。"

主管想了一会儿，小心地说："我觉得拉姆·斯瓦鲁普没意识到自己被人发现，所以没去报警。"

被控侵吞公款的人没去孟买，却就在15英里之外的地方若无其事地享受着头部按摩。得知这一消息，维迪亚吉很沮丧，必须得开一次合作社董事大会了。维迪亚吉正饿着肚子，他喝了杯大麻饮料，召集大家在晚上开会。

萨尼查对城里的一切都很感兴趣，其中也包括兰格纳特。只要兰格纳特坐在门口，萨尼查总会出现在旁边。今天，维迪亚吉去参加合作社会议了，只有兰格纳特和萨尼查坐在门边。夕阳西下，冬夜降临，家家户户升起刺鼻的炊烟，萦绕在空气中。

三个年轻人从房子面前经过，发出哈哈大笑声。"中午""骗子""有型""打牌""现金"等字眼在他们的对话中出现的频率，同计划委员会官员嘴里的"评估""协调""对接"以及知识分子口中的"视角""维度""现代性""语境"一样高。他们边走边聊，在维迪亚吉的客厅门前停了下来。萨尼查说："巴德里兄弟正在教他们摔跤，简直是教包子使枪。要是这帮混蛋学会了摔跤，估计我们都得逃出这村子。"

年轻人突然大笑起来。

萨尼查听到笑声，用命令的口吻冲他们喊道："在这瞎逛什么？赶紧滚蛋！"

年轻人大笑着继续朝前走。这是，一个女人从黑暗中出现，脚镯声随着步伐响起，在路灯下留下一串影子。她快步向前，嘴里嘟囔着什么，好像在说昨天赤身裸体在她面前晃荡的小屁孩，现在却要抢着和她做爱。女人把男孩和她调情的事情传遍了整个村子，以此表明自己风韵犹存，之后便消失在黑暗中。萨尼查告诉兰格纳特：“鬼知道独眼龙从哪找来这个婊子。她一出家门就会有人上来调情。”

“独眼龙”是潘迪特·拉特拉尔的外号。他的一只眼比另一只眼小，因此根杰人叫他“独眼龙”。

这是个古老的传统——事实上，我们做的一切都在遵循古代传统——人们离开自己的村庄，以最不靠谱的理由和人结婚。《摩诃婆罗多》中阿周那和花钏的结合便是如此；国王豆扇陀[①]也是如此，他的儿子婆罗多成为印度的国父；那些移居特立尼达和多巴哥、缅甸、曼谷，甚至移居美国、欧洲的印度人都是如此——拉特拉尔亦是。

他曾经在东部的一家糖厂当看门人，和另一个看门人住在一起。那时他还没有结婚，生活中最大的问题是没法吃到家里做的饭，是另一个看门人的妻子做饭给他吃。俗话说得好，想要抓住男人的心，就要抓住他的胃。就这样，同事的妻子抓住了潘迪特·拉特拉尔的胃，进而进入了他的心。拉特拉尔越来越喜欢她做的饭菜，女方也逐渐陷入情网。一个月后，拉特拉尔将她带回希夫帕尔根杰专门给自己做饭。女方离家时把够吃好几年的粮食都带走了。当根杰人感慨拉特拉尔是个纯爷们儿的时候，邻居们都开始怀疑拉特拉尔的同事是个白痴。

因此，潘迪特·拉特拉尔以“赢麻之人”而闻名，但在此之前，他的外号是“完美证人”。

事实上，“完美证人”才是潘迪特·拉特拉尔的生计所在。他的识字水平处于文盲的边缘，需要的时候可以在法庭上声明自己是文盲、只会写自己的名字。但他对民法和刑法都有与生俱来的见解，以至于可以在任何案子中作为证人提供证据。到目前为止，还没有律师能在交叉询问中推翻他的证词。在他面前，法官可以做出任何

① 豆扇陀，印度古代戏剧《沙恭达罗》中的男主角，象城国王，与沙恭达罗生下儿子婆罗多（Bharat）。“婆罗多”一词后成为印度国名。——译者注

判决，律师可以进行任意辩护。潘迪特·拉特拉尔能成为任何犯罪的目击者。简而言之，他像法官、律师、书记员一样，成为法律链条上的必要环节。他就像连杆一样被固定在英国司法系统的车轮上。我们乘坐的这辆汽车，无比自豪地宣扬“法制”，让他随心所欲地转动车轮。当他站在法庭上，向神明或者恒河起誓的时候，在场的每一个人，从对方到法官，都知道他在撒谎。可是随着判决的达成，知道这些也是毫无意义的。这并非出于经验知识，而是出于法律。无论人们对潘迪特·拉特拉尔的证词有什么看法，这些证词在法律上都是成立的。

不管潘迪特·拉特拉尔是个什么样的人，他心爱之人的形象却是定格的。那个女人逃离自己的丈夫，绝对是个婊子。人们肆意捉弄她，并且假设她也喜欢这样。希夫帕尔根杰的年轻人很幸运，因为那个婊子从来没让他们失望过。她的确喜欢被捉弄，并在每次被捉弄后都会发誓——对根杰人而言，这是一种十分流行的自我发泄。

萨尼查以高度夸张的方式把潘迪特·拉特拉尔的故事讲给兰格纳特。刚刚路过的三个年轻人之中有一人回过头来站在客厅门口。他裸露的上身沾满了摔跤场的泥巴，细长的腰布从腰间垂到脚边，看上去像大象的鼻子。这种裹着腰布溜达的方式在当时的希夫帕尔根杰十分流行。萨尼查问：“小摔跤手有什么事吗？”

小摔跤手挠了挠关节上的癣，说：“巴德里兄弟今天没来摔跤场。他不见了？”

“他怎么会不见？一定是去哪儿溜达了。”

“去哪儿了？”

“合作社主管拉走一些小麦跑路了。社里正在开会讨论这事。巴德里可能也在那儿。”

小摔跤手朝着阳台吐了一口痰。“巴德里去会上干什么？孵蛋吗？如果他把主管逮住，用搓衣板砸脑袋，估计那家伙就没命了。

这种会能开出什么鸟结果？”

兰格纳特喜欢这种说法。他说：“真有人在你们的会议上孵蛋？”

小摔跤手本以为兰格纳特不会发表任何评论：“不孵蛋的话，难道还要他们在会上抓头发？会上的每个人都傻坐在那儿，像个寡妇一样哭号。真需要做什么的时候，他们会牢牢握住钉子，拒绝让步。”

兰格纳特缺乏这种印地语的专门知识。他觉得人们总是轻描淡写地认为这门语言缺乏有力量的词汇。兰格纳特心想，如果印地语学者被扔到摔跤场上和这位小摔跤手一起待上四个月，尽管体验未必舒适，但即便是场上微小的尘土也能让他们开发出一整套新鲜的词汇和术语。兰格纳特用崇敬的目光看向这个小摔跤手，为了便于聊天，他邀请小摔跤手进屋。

“为什么？”小摔跤手说，“站在门外会被雷劈吗？我挺好的。”

之后，小摔跤手的话语中带上了一些热诚。他问：“兰格纳特老师，您最近怎样啊？”

兰格纳特并不想对小摔跤手讲太多自己的事。每天食用两次牛奶和杏仁以及锻炼身体的话题可能不会唤醒咖啡馆知识分子的热情，却足以让摔跤手通宵讨论。兰格纳特回答：“我很好。说说你的事吧。为什么主管要把小麦卖掉？”

小摔跤手气愤地朝阳台吐了口痰，裹紧了腰布，以此表明自己并没有打赤膊。他走到兰格纳特跟前，说：“哎呀，老师！身上没背包袱的人照样会偷吃槟榔啊。主管也是一样。他过去常常去勒克瑙找‘脚仙’。没点香料怎么行？他一定是把小麦给卖了。”

“‘脚仙’是什么？”

小摔跤手笑了：“你不知道‘脚仙’？岳父是个花花公子和变戏法的。变戏法可是不是闹着玩的，能把大人物的脑浆弄出来。亚穆纳普尔就是这么没了。”

印度大学里的男孩喜欢看英语电影。尽管他们听不懂英语，却可以假装看懂并且享受电影的情节。兰格纳特不知道他在说些什么，只好露出流行的招牌微笑。小摔跤手接着说："我很早就注意到拉姆·斯瓦鲁普，所以才去告诉摔跤手巴德里：'老师，这个家伙去勒克瑙变戏法了。'可巴德里却说：'别瞎说。这家伙要是能吞火，拉出来的屎都带火星。'现在他真把火吞下，带着小麦跑路了。一开始，维迪亚吉老爷还能默不作声，可现在事情浮出水面，他们却都坐在合作社的办公室里玩起传话游戏。我听说他们准备通过一项决议，这只是在消磨时间而已。拉姆·斯瓦鲁普带走了仓库里的所有小麦，这帮人却只想着通过决议——好像真能伤到他的一根毫毛似的。

兰格纳特说："和巴德里说这事完全是浪费时间。如果你直接把你的怀疑告诉维迪亚吉，他或许能提早调离那个家伙。"

"哎呀，老师！不要逼着我说大实话。维迪亚吉是你的舅舅，但不是我的什么人。如果我告诉你实情，你的内心可能会难以接受。"

萨尼查说："小摔跤手，看样子来这之前已经喝过大麻了。心思活络啊。"

"小子，这跟心思活络没有关系。"小摔跤手说，"我身上的每一根汗毛都在燃烧，这里的每个人都有小尾巴，全是他妈的娘们儿。别逼我谈维迪亚吉老爷。我要是说起他的事情，会让你们目瞪口呆。那个拉姆·斯瓦鲁普曾经每天和维迪亚吉私下见面交谈。可在最近两天，维迪亚吉每天都在痛苦中煎熬。我也是合作社成员，维迪亚吉对我说：'举手通过决议吧。'我告诉他：'老爷，别让我举手表决。我要是举手，会让人们伤心难过的。'这个拉姆·斯瓦鲁普在城里游荡，维迪亚吉却没有把他抓起来，而是让我们通过决议。巴德里本人很不满意，可自己的父亲却参与了整件事情。他的所作所为就像掰开女人的大腿，无论做了什么，都会让女人失去贞洁。"

巴德里跟小摔跤手打了个招呼："等一会儿能让你融化吗？搞什

么东西？”接着，师父和他的弟子们去往阳台另一边聊天了。

维迪亚吉和四五个人进了屋。其中一人长叹一口气，然后抽泣起来。另一个人坐在木床上打了个哈欠，接着吹起口哨来。维迪亚吉靠着垫子坐了下来，把帽子和衬衣扔到床的另一端，就像古典歌手刚刚演唱完一首特别困难的长诗一样。显然，每个人都忙活了好久，正准备好好地放松一下。

萨尼查说："老爷，您要是累了，需不需要再来点大麻饮料？"

维迪亚吉没说话。一个合作社主管说："我们在合作社已经喝过两杯。现在该回家了。"

维迪亚吉还是和往常一样默默地坐了一会儿，听其他人在说什么。他相信自己吃得少能让别人多吃、说得少能让别人多说、少干蠢事能让别人多干蠢事，于是便养成了沉默不语的习惯。接着，他突然开口："兰格纳特，你是怎么看的？"

兰格纳特在没明白的情况下回答了这个问题，正如维迪亚吉在没有任何暗示的情况下提问一样："嗯，无论发生什么，都是最好的结果。"

维迪亚吉笑得胡子都动了起来，说："很贴切。巴德里本来反对这个提议，但后来冷静了下来。决议获得了一致通过。无论发生什么，都是最好的结果。"

兰格纳特突然意识到自己的观点被挪用了。他急切地问："您通过了什么决议？"

"我们通过决议，认为主管跑路给我们造成的8000卢比损失应当由政府来补偿。"

兰格纳特被这种逻辑吓坏了。他说："这和政府有什么关系？合作社主管私吞了小麦，您却希望政府来补偿？"

"不然还有谁？主管失踪了，我们已经报警。剩下的责任都是政府的，我们无能为力。如果我们不这么做，就得找到跑路主管，让他交出与被出售的小麦等价的财产。不过现在，所有的一切都由政府来完成了。他们要么去把跑路的主管抓回来，要么做些别的。总之无论如何，如果政府想要合作社生存下去，继续为群众带来福利，就得提供补偿，否则合作社就倒闭了。我们已经完成了自己的任务，现在轮到政府了。我们也知道，这样做很可能无济于事。”

维迪亚吉的话在情理之中，却弄得兰格纳特晕头转向。他一次次地提到“政府的天职”“人民的福利”“责任”等话术。兰格纳特确信，尽管舅舅是上一代人，却能准确说出当代人可以理解的语言。

巴德里和小摔跤手聊完，走过来说：“拉马丁没有被土匪袭击，可到处都是打劫的消息。”

巴德里在父亲面前说话很恭敬，这次也一样，好像履行某种职责。

维迪亚吉说：“盗窃！抢劫！哪儿都是这些事情。这个国家要下地狱了。”

巴德里对此置若罔闻，他像是一个卫生检查员，正对着被打劫的村民介绍如何防治霍乱。他说：“整个村子都在说打劫的事情，我们得睁着眼睛睡觉了。”

萨尼查跳了起来，又换了个姿势坐下来，问：“摔跤手，你睁眼睛睡觉舒服吗？”

巴德里刻薄地说：“别惹我生气。我没心情开玩笑。”

他走到阳台上，来到小摔跤手的身旁。

# 第十章

昌格玛尔中级学院以“用伟大理念激励国家的年轻公民，用最好的教育使他们成为国家栋梁”的理念建校。学校的《章程与规则》印在闪亮的橙色纸上，当你读起它时，被肮脏现实浸染的内心将自然而然地得到净化，好像读到印度宪法中论述基本权利的段落。

由于该校是基于国家利益而建，因此除了派系斗争，学校里啥也没有。当中的派系谈不上多，却又形成得如此迅速，似乎经历了好多事情。在短短几年之内，这所学校内斗的激烈程度已经远远超出毗邻的其他高中，甚至在某些方面达到了国家级别。

维迪亚吉掌控着管理委员会，但这次拉马丁·比赫马赫维却已经建立起自己的小团伙。实现这一结果的背后是一系列的工作。在相当长的时间里，他的团队中仅有他一人而已，直到后来才拉拢了一小撮委员会成员。而现在，在完成大量的艰苦工作后，他已经设法让高中的在职人员分为两个派别，只是仍有许多的后续工作尚待完成。校长完全听命于维迪亚吉，但卡纳老师并没有那样听命于拉马丁，他还需要被争取。学生们还没有根据自己对两派的好恶分裂成对立的集团。他们之中的确出现了同室操戈的现象，然而这些争斗缺乏明确的指向性，与派系斗争无关。男生们小打小闹的能量往往被个人利益所消解，没能统一到为国效力的目标中来。就这点而言，那些派系成员仍有许多动员工作没做到位。

可以肯定地讲，除了维迪亚吉，这所高中的派系成员缺乏斗争经验。他们既不成熟也不明智，一年下来难得搞出几个能惊动到城里的大新闻，但偶尔使出的阴谋诡计却能让那些最伟大的天生政客拍案叫绝。去年拉马丁就对维迪亚吉使出了这样的阴谋。虽然没能得逞，但他的战略却被传到了几英里之外，并且在报上登了出来。一位政客被报上的消息所震惊，亲自从城里跑到学院，只为与同道中人交流学习。他是一位资深的派系分子，大部分时间住在首都。在过去的四十年里，他每天花二十四小时搞派系斗争，自己就是派系的化身。他在全印度范围内搞活动，自己的讲话每天刊登在报纸的头版。他们揭示了爱国主义和派性的独特融合。有一次，他参观了一所学校，人们很高兴地得知，即便学校倒闭，派系斗争也不会走到尽头。

问题是：为什么要搞团团伙伙？

这就好像是在问老天为什么会降雨，为什么你应该说实话，或者什么是物质，什么是神。事实上，这是一个社会心理学——甚至哲学问题。

根据吠檀多哲学——维迪亚吉经常把它用作阿育吠陀的同义词——团团伙伙是认识“梵我合一”这一终极目的的另一种名称。在派系斗争中，每个“我”都看到每个“你”，每个“你”也都看到每个“我”。他们都想取代对方的位置。“我”想要消灭“你”，而“你”要消灭“我”，所以“我”变成“你”，而“你”变成“我”。

吠檀多是我们传统的一部分，因为派系斗争的含义可以从吠檀多中得出，因此派系斗争也是我们的传统，和吠檀多一样都是我们的文化遗产。在脱离英国独立后，我们重新发现了许多传统。这就是为什么我们乘飞机去欧洲旅行，却首先让占星家安排我们的行程。借着圣人的祝福，我们摆脱了外汇和所得税的烦恼。我们通过喝苏格兰威士忌排毒，去瑜伽修道院通过深呼吸和收缩肚子进行治疗。同样，我们接受从西方教育中学习到的民主，并依靠我们的派系斗争传统来管理它。在我们的历史上，无论是在和平时期还是在战争时期，从皇宫到村庄的打谷场，我们都有一个辉煌的传统，那就是通过派系斗争把"我"变成"你"，把"你"变成"我"。我们在英国殖民期间忘记了这一传统，那时候我们必须把英国人赶出这个国家。当我们赢得自由后，我们鼓励自由以及许多其他传统。现在，我们通过争吵、辱骂、拳打脚踢、文学和艺术以及各种手段加强派系斗争。这是我们的文化信仰，毕竟这个国家诞生了吠檀多哲学。

除了这些根本原因外，学院派系斗争的另一个原因是，人们普遍觉得应当找些持续性的事情。

希夫帕尔根杰没有电影院、餐馆、咖啡馆、斗殴、刺伤、交通事故、时尚女孩、展览，甚至没有以辱骂终结的公共集会。人们能去哪儿？看什么？听什么？

因此，必须有些持续性的事情。

四天前，一个男孩写给女孩的情书被学院没收了。这个男孩很聪明，因为当你读这封信的时候，看起来好像不是他接近那女孩，而是在回复她写的一封信。可他的聪明没有得到回报。他被责骂、殴打，还被赶出了学院。之后，在男孩的父亲保证男孩不会再次坠入爱河，并承诺将为学院新楼捐赠5万块砖的情况下，他的儿子被重新录取。这种事情的热度最多持续四天，届时人们将面临同样的永恒问题：接下来还会发生什么。

在这种心态下，人们的目光转向了校长和维迪亚吉。维迪亚吉满意地坐在他平常的位置上，裹着伟大的社会主义领袖马丹·莫汉·马拉维亚[①]风格的头巾。然而，校长看起来像是在没有任何帮助的情况下爬上输电塔，向远处的某个人大喊："救命！他们要谋害我！"维迪亚吉的脸上流露出怀疑的表情，正如每个坐在办公椅上的印度人一样，他也害怕有人把椅子从自己的屁股下抽走。人们已经猜到了他的弱点，开始诱导他，即便是维迪亚吉也无法幸免。

维迪亚吉的对手准备进攻，因为进攻是最好的防御。

一天，有人告诉卡纳老师，每所大学都有一个校长和一个副校长。卡纳老师教授历史，是学院最资深的老师。他听明白了这个故事，于是跑去告诉维迪亚吉，自己应该被任命为副校长。

维迪亚吉点点头，回答说这是一个新颖的想法，年轻人应该有新鲜的想法，自己也欢迎每个新鲜的想法。但这个问题应当由管理委员会研究决定，如果该问题在委员会的下次会议上出现，自己将予以适当考虑。可是卡纳老师却没有想到，管理委员会的下次会议根本就没有召开。

他写了一份拟任副校长的申请书，并将其交给校长，让他在管理委员会的下一次会议上提交。

校长对卡纳老师的行为感到震惊。他去问维迪亚吉是否允许卡纳老师提出申请。

维迪亚吉只回答了四个字："他还年轻。"

之后的几天里，校长向他在希夫帕尔根杰遇到的每个人讲述了一个生物学事实："没有人知道现在人们的内心是什么。"他用诸如口蜜腹剑之类的话描述了卡纳老师的行为：养虎为患，像是背后被扎了一刀，心寒到连青蛙都要感冒了。

一次，他站在十字路口绘声绘色地说："有一天，一位铁匠正在给一匹马钉马掌。一只青蛙看到了，突然产生了试一试的想法。它

① 马丹·莫汉·马拉维亚（Madan Mohan Malaviya, 1861—1946），印度政治家、教育家，学者。——译者注

费了很大的劲才说服铁匠给自己钉上马掌，但当那人把第一颗钉子敲进去时，青蛙死了。”

这个寓言的背后有一种恐惧：今天想当副校长的人，明天就会想当校长。为了实现这一目标，校长要努力让管理委员会的成员支持自己。

他要在老师中制造对立。除此之外，他还教唆孩子们打架，并以此为由发出投诉。他现在是个无赖，将来也还是个无赖。

错误原则不能战胜真理，

纸花从来没有任何气味。

拉马丁·比赫马赫维在给维迪亚吉的信上写下了这首双行诗。信的主要内容是，过去三年未能举行的管理委员会应该在十天后举行会议，讨论自学院成立以来尚未召开的全院年度大会。信中还提到，任命一名副校长将成为会议讨论的一个主题。

当校长把这封信放进口袋离开维迪亚吉的家时，他感到这封信快要把口袋烧出洞了。

在学院门口，校长拦住鲁潘少爷问：“你知道吗？卡纳坐在那儿抓着拉马丁的大衣，以为自己是副校长了。有一次，一只青蛙看到一匹马正在钉马掌，于是它也……”

鲁潘少爷正要离开学院，匆忙地说：“我知道。这里的每个人都知道青蛙的故事。但我要直截了当地告诉你一件事。我不同情卡纳，但我认为有必要任命一个副校长。你不在的时候，所有的老师都像猫狗一样斗来斗去。我无法描述在老师休息室里发生的流氓行为，简直一团糟。”他变得严肃起来，认真地说：“校长先生，我认为这里应该有个副校长。卡纳最年长，他理应得到这个职位。这只是一件微不足道的事情，你都不需要给他涨工资。”。

校长的心脏开始剧烈跳动，快要跳进肺里了。他说：“永远不要犯这样的错误，鲁潘少爷！这个卡纳会大声宣扬你站在他这边。这里是希夫帕尔根杰，说这种话之前你应该三思而后行，哪怕是开玩笑。”

“我说的是实话。不管怎样，我们会看到结果的。”鲁潘少爷边走边说。

校长很快回到了自己的房间。那里很冷，但他却脱下了外套。校长鼻子正对的墙上挂着一本教辅书店的挂历。挂历上印着某位女演员，她赤裸的身体上只裹了一件近乎透明的纱丽，像只大拉杜球①似的朝着某个男人过去。那个男人留着浓密的胡须，单手捂住眼睛，看上去像是吃了太多的拉杜球而消化不良。他们扮演的是众友仙人和弥那迦②。校长看了他们一会儿，之后，他没按铃铛而是大声唤来办事员，指示他去把卡纳老师叫来。

办事员小心地应道：“他已经朝田间走去了，和马拉维亚先生一起。”

校长疲惫地推开面前桌子上的笔盒。笔盒是文具店免费赠送的样品。校长推开它的方式似乎表明，今年学院将不会从那家商店购买任何文具了。

但这并不是校长的真正意图。他只是想让办事员知道，此时此刻他并不想听办事员的秘密消息。

他怒气冲冲地说：“我现在要你马上给卡纳老师打电话！”

办事员身着干净的粗布衬衣和套裙，脚上穿着木质凉鞋，额头上有块黑印记。他平静地说：“我马上去办，会把卡纳叫来的。您为什么这么生气？”

① 拉杜球，一种印度甜品。——译者注

② 史诗《摩诃婆罗多》中，天女弥那迦（Menaka）引诱众友仙人（Vishvamitra），生下女儿沙恭达罗。——译者注

校长磨着牙齿，眯着眼睛盯着桌上的一块锡板，它被擦得锃亮，上面还画了一朵红玫瑰。锡板下面是显示日期和月份的台历。某家酒厂制作了这本台历，以纪念贾瓦哈拉尔·尼赫鲁（他的纽扣孔上总是别着一朵玫瑰），并将其免费发给顾客。他们相信，无论台历被放在哪儿，人们都不会忘记尼赫鲁的理想，或是酒厂的品牌。但此时此刻，台历对校长没有任何影响。尼赫鲁的红玫瑰没有给他带来安宁；他也没有被迫闭上眼睛，幻想来一杯冒着泡沫的啤酒。他继续磨牙，突然，当办事员的木凉鞋穿过阳台时，他说："拉马丁会让他当上副校长！卑鄙的家伙！"

办事员转过身来，站在门口说："校长老爷，您是在诅咒吗？"

"行吧，行吧。去干你的活儿吧。"校长回答。

"我已经在做了。如果您有需要，我可以随时停下。"

校长皱着眉头，开始看另一本挂历。办事员用相同的语气问："您不需要我继续盯着卡纳了？"

校长怒了："去死吧！"

办事员保持着挺胸站立的姿势，漫不经心地说："别把我当成另一个卡纳。您让我每天工作二十四小时，我能忍受，但我不会容忍任何脏话。"

校长惊讶地看着他。办事员说："您是婆罗门，我也是婆罗门。您不能像对待别人一样对待我，这样做于事无补。哈哈哈！"

校长试图安抚他："你错了。我不是在骂你，而是在骂卡纳。他是个卑鄙的家伙。他和拉马丁一块儿，弄到了会议通知。"为了让办事员相信这些谩骂是针对卡纳的，他重复道："卑鄙的家伙！"

"我马上给他打电话。"办事员冷静了下来。校长听着他那木凉鞋的咔嗒声，目光停留在第三个日历上。两个五岁的孩子躺在雪地里，手里拿着大步枪，旁边是优质麻袋厂商的广告。

校长盯着日历，坐在那里等着卡纳，想着如果卡纳从来没有想过当副校长该有多好。他忘了每个人都有自己的梦想。

拉马丁·比赫马赫维喜欢以乌尔都语诗歌开始写信，他自己喜欢在房里挂上五颜六色的日历。仆人和文书一样都是维迪亚吉的亲戚，他们都喜欢摆架子。

校长等着卡纳。文书走过来站在外面的游廊上，为后世记录即将发生的事情。体育老师在办公室另一边的窗户下伸腿，他没有撒尿，而是点上了一支土烟。

校长和卡纳之间的对话不会查无实据，因为大家都在场。

那天晚上，兰格纳特和巴德里躺在屋顶的房间里，他们的谈话就像人快要睡着时的谈话一样漫无目的。在总结的时候，兰格纳特说："没有人知道校长和卡纳之间发生了什么事。体育老师站在外面。卡纳老师大声喊道：'这就是你的人性？'那是他唯一听清的一句话。"

巴德里打了个哈欠，说："校长一定骂了他。为了报复，他一定强调了'人性'。卡纳就是这么说话。他是个蠢蛋。"

兰格纳特评论道："骂人的回应当是拳打脚踢。"

巴德里没有回答。兰格纳特重申："在那种情况下谈人性纯属浪费时间。"

巴德里翻了个身准备睡觉，他说："没错。在这里，每个识字的人都会滔滔不绝地卖弄文采。真遇上什么事情，他们会开始讲'人性，人性'。当一个人没有足够实力时，就会追求素质。"

他是对的。在那些日子里，人性统治着希夫帕尔根杰。中午，年轻人在杧果林里赌博。有人赢了，输家会抱怨："还有没有人性？赢了就跑去撒尿，找各种借口退出游戏。"

有时赢家也会利用素质。他们会说："你也配谈人性？只是因为输了一场就玩不起了？这是我四天来赢的第一场，为这事我还得憋尿？”

工人们在小酒馆里唉声叹气，讲述的内容令人震惊：“某位老人给自己盖了一座砖房，像工厂老板一样过着潇洒的日子。我们跟他说：‘瞧，有客人来了。请大伙儿喝点酒吧。’但他没有直接回答，而是转身离开了。告诉我，这就是人性吗？”

也就是说，在希夫帕尔根杰，人性被认为是狡猾和精明的象征，如同政治中的道德。巴德里认为弱者才谈人性，但他说的是另一码事了。巴德里将这种观点传递给兰格纳特，让他把这一原则应用于领导实践。兰格纳特一直醒着，巴德里却说着说着睡着了。

兰格纳特裹在毯子里，盯着天花板。门开着，屋外月光洒满大地。有那么一会儿，他脑子里想着索菲亚·罗兰和伊丽莎白·泰勒，但后来他意识到这是一种情绪低落的表现，于是他转而想起城里洗衣工的女儿，她喜欢穿无袖上衣。过了一会儿，他觉得洗衣工是个不洁的职业，便又开始想电影明星了；这一次，他以民族主义和爱国主义的名义忘记了伊丽莎白·泰勒等人，转而支持瓦希达·拉赫曼和赛拉·巴努[1]。几分钟后，他开始得出结论，从西方汲取灵感是不对的，如果你全身心投入，也可以从爱国主义中获得乐趣。突然他觉得很困，即使努力挣扎，注意力也在减弱，哪怕是幻想赛拉·巴努的整个身体。一些老虎和熊开始在他的脑海中蹦蹦跳跳，他最后一次用力搂住赛拉·巴努的腰，想把她抱下来，但她从他的手中滑落。当他幻想这香艳场景时，熊和老虎也消失了。就在这时，卡纳老师的形象突然出现，之后又从脑海中消失。他闪现了一两次，一个声音开始回响：“人性，人性……”

起初似乎有人在窃窃私语，之后有人站在舞台上用庄重的语气喊叫。然后，某个地方爆发了一场骚乱，人们从四面八方大喊：“人

---

① 二人均为印度女演员。——译者注

性！人性！人性！”

他醒来后立即听到：“小偷！别让他跑了！抓住他！小偷！”

过了一会儿，唯一能听清的是：“小偷！小偷！”声音好像留声机唱片被卡住。

兰格纳特听到有人向村子的另一边走去。巴德里听到警报就从床上跳了下来。兰格纳特也坐了起来。巴德里说：“小摔跤手告诉我附近有一伙小偷，看样子他们已经进了村子。”

他俩匆匆穿好衣服，走到屋顶上。“穿好衣服”并不意味着巴德里必须穿好裤子和上衣；他上身赤裸只搭着披肩，腰布紧紧系在腰间。说完，他完成了自己的穿衣仪式。兰格纳特并没有这种苦行僧的打扮，他穿上了一件衬衫。他们加快步伐，来到了楼梯一端。这时“小偷”的叫喊声从四面八方响起。随着消息口口相传，喧嚣声越来越大，如果英国人在1921年听到这声音，他们会立刻离开印度，回到自己的国家。

两人跑下楼去。离开客厅后，巴德里对兰格纳特说：“你关门待在家里。我出去看看发生了什么事。”

就在这时，鲁潘少爷从屋里走了出来，把他的腰布甩在肩上。他冲到两人身边，说：“你们两个都待在家里，我去外面。”

仿佛走出去就意味着要表现出非凡的勇气，或是面对难以应付的敌众。兄弟俩坚持要出去看看。兰格纳特以殉道的语气说：“如果这事意义重大，那你俩一块去吧。我一人留在家里。”

三个男人从他们面前的路上跑过，喊道：“小偷！小偷！”另外两人紧随其后，发出同样的叫声。一个孤独的人走过，也吼着：“小偷！小偷！”之后又来了三个人，每个人都带着棍子，他们都在跑，都在追小偷。

巴德里认出了游行队伍的一些尾随者。他跑去拦住他们，喊道：“是谁？小摔跤手！小偷在哪儿？”

小摔跤手喘着粗气说："在前面！他们已经在前面了！"过了一会儿，声音才逐渐消停了。

鲁潘少爷和兰格纳特锁上客厅的门，然后回到屋顶上。在他们下面，维迪亚吉叫喊着，吐了口痰，说："谁在那里？"

鲁潘回答说："爸爸，有小偷！"

维迪亚吉很恼火，大喊道："谁在那里？鲁潘！你在屋顶上吗？"

鲁潘努力加剧村子里的混乱，回答道："是的，是我！知道是我为什么还问？为什么不安静地睡觉？"

听到小儿子恭恭敬敬的口气，维迪亚吉沉默了。在屋顶上，鲁潘少爷和兰格纳特听到喊叫声传遍全村。

有人从房子的后墙外喊道："杀人了！他们要杀我！"

声音越来越吵，有人喊道："啊，不，小摔跤手！这是巴戈蒂！"

"放开他！放开他！小偷在那边！"

有人哭了起来。另一个人安慰他说："哎呀，你怎么哭得像寡妇？他只是用棍子打了你一下，你就闹腾得这么大声！"

那人呜咽着回答："我会记着的，等着瞧吧。"

动静越闹越大。"在那边，在那边！别让他跑了！用你的棍子敲那个混蛋！怎么让他躲开了！你以为那个混蛋是你爹吗？"

兰格纳特觉得有些开心，同时也充满了热情和好奇心。这场面应该继续下去！在这里，当你用你棍子敲打别人时，"爹"成了骂人的话。有这份孝心，印度定能繁荣昌盛！

鲁潘少爷说："巴戈蒂和小摔跤手有宿怨。看起来在这场混乱中，小摔跤手一定干了些什么。"

兰格纳特说："这可真是麻烦了。"

鲁潘有些不屑："什么麻烦？这是摔跤技巧的问题。小摔跤手看起来像个白痴，但真的很狡猾。"

之后，两人竖起耳朵听着周围的喧闹声。兰格纳特说："也许小偷已经跑了。”

“他们一直在这儿。”

兰格纳特想奉承鲁潘少爷对自己村庄的自豪感，说：“任何小偷都不可能从希夫帕尔根杰逃走。只要巴德里兄弟出手，一定能逮住好几个。”

鲁潘少爷像迷惘一代的领导人，只会怀念过去的美好。他叹了口气说：“不，兰格纳特兄弟，过去的日子已经过去了。那是塔库尔·德宾·辛格的时代。最厉害的盗贼听到希夫帕尔根杰的名字都会被吓一跳。”

他的眼睛闪烁着英雄崇拜的光芒，但演讲到此为止。最后一波躁动过去了，人们高呼：“哈奴曼万岁！”喊声震天动地。兰格纳特说：“他们好像抓到了小偷。”

鲁潘少爷回答：“不，我倒是了解这些根杰人。他们一定是把小偷赶出了村子。至少，他们没有被小偷赶出村子，这还不够吗？所以得高呼哈奴曼的名字庆祝。”

月光下，人们在大街小巷里走来走去，相互聊天。鲁潘少爷站在屋顶边缘往下看。一组人从下面喊道：“提高警惕，鲁潘少爷！今晚提高警惕！”

鲁潘少爷轻蔑地对他们说：“都滚吧！别向我炫耀！”

兰格纳特无法理解鲁潘为什么以这种方式无视他人的善意。过了一会儿，类似的建议开始在全村回响——“保持清醒！提高警惕！”

村里还有些混乱，四面八方传来响亮的哨声。兰格纳特问：“他们为什么吹哨？”

鲁潘回答说：“不是警察在城里巡逻吗？”

“哦！所以警方也出现在现场了。”

“是的，警察在村民的帮助下与土匪对峙。是警察打败了他们，把他们赶了出去。”

兰格纳特惊讶地看着鲁潘：“土匪？”

“当然。不然还能是谁？小偷会在月光下过来吗？他们当然是土匪。”鲁潘大笑起来，“兄弟，这就是根杰人的处事方式，不太好理解。我来告诉你报纸会如何报道这一切。”

他们正下方的街上响起哨声。鲁潘继续说：“你见过莫提拉姆老师吗？他以前就是这儿的老师，很受副督察的尊重，他也很尊重副督察，而且两个人都受到校长的尊重。这帮混蛋什么也不干，只是相互称兄道弟。那个莫提拉姆老师也是城里报纸的记者，如果不把小偷写成土匪，他就不叫莫提拉姆了。”

兰格纳特笑了。哨声和“保持清醒”声音逐渐消散。人们在房子的外面叫喊着让自己进去。“开门，孩子！”“怎么了，你这个混蛋，你死了吗？”“看在神的份儿上，外面是我，你的父亲！”各种喊声被用来获得进门资格。

有人把维迪亚吉家大门上的铁链敲得咚咚响。睡在外面的农民大声地咳着，链条又咚咚作响。兰格纳特说：“一定是巴德里兄弟。我们去把锁打开。”他们走下来，正要打开门时，鲁潘问道：“谁在那里？”

巴德里吼道：“你到底开不开门？你他妈的为什么问谁在那里？”

鲁潘停下了，说：“你叫什么名字？”

门的另一边传来了震耳欲聋的喊声。“鲁潘，我告诉你，老老实实开门，否则！”

“你是谁？巴德里兄弟吗？”

“是的，是的，我是巴德里兄弟。马上开门。”

鲁潘用紧张的手指打开锁，说：“巴德里兄弟，告诉我你父亲的名字。”

巴德里兄弟咒骂着说出了维迪亚吉的名字。鲁潘又问：“兄弟，告诉我你祖父的名字好吗？”

巴德里继续咒骂着说出了自己祖父的名字，接着又被问道：“曾祖父叫什么名字？”

巴德里用拳头捶了捶门：“行吧，别开门了，我走！”

鲁潘说：“哥哥，现在很危险。问这些是因为有贼在外面闲逛。记不起曾祖父的名字就算了，这样发火毫无意义。愤怒是一种不当行为。”

在测试了巴德里的身份并表达愤怒毫无价值的看法后，鲁潘少爷才把门打开。巴德里进来时抽搐得像蝎子的尾巴。

鲁潘问：“怎么了，兄弟？小偷都跑了？”

巴德里并没有回答，而是默默地爬上楼梯。鲁潘也消失在屋子的一楼。兰格纳特和巴德里在楼上房间里各自躺下，这时，有人从下面的巷子里喊道：“师父，快下来！有麻烦了。”

巴德里从房间门口喊道：“小摔跤手，怎么了？你能让我睡会儿觉吗？还是你要在外面喊一整夜？”

小摔跤手在楼下回答：“师父，别睡了！他们正在讨论交给警察的报告。所有的混蛋都在街上边跑边喊抓贼，有人趁乱搞破坏，加亚丁被抢了！快下来吧！”

# 第十一章

屋顶上的房间伸出一块铁皮遮阳棚，兰格纳特坐在遮阳棚下的竹床上。

他的眼睛注视着印楝树上的阳光，思绪却沉浸在我们的古老文明中。这种文明很早就已经失传，只能在研究人员的努力下才重见天日。

兰格纳特选择这样一个失落的主题开展研究。在英国人的帮助下，印度人发明了一种处理自己古老生活方式的学科——印度学。兰格纳特的工作与这门学科有关，那就是印度学研究。

成为一名印度学家必须首先研究其他印度学家，兰格纳特正是如此。两天前，他从城里的大学图书馆中借出好多书，现在正盯着那棵印楝树学习。他的右边是马歇尔，左边是坎宁安，温特尼茨在他的眼皮底下，基思正好被他坐在身下，V. A. 史密斯被搁在了竹床脚下，里斯–戴维斯躺倒在地，珀西·布朗藏在枕头下。在这群人中，贾斯瓦尔脸朝下躺在床上，班达卡[①]从床单下小心地向外偷看。整个氛围沉浸在印度学研究中。

当兰格纳特第一次听到“哎哟”的声音时，他自然地以为这是某个圣人在背诵《娑摩吠陀》。过了一会儿，“哎哟”声走近了，他认为是某个诗人大声宣告沙摩陀罗·笈多[②]皇帝的胜利。此时，“哎哟”声开始从房子旁边的小巷里传来，你可以听到它被插入了几声“我要杀了这个混蛋！”，这会儿兰格纳特才明白原来是根杰人。

他站在屋顶的边缘，低头看向小巷，发现一个年轻的女孩。她没戴头巾，头发又干又乱，嘴里一直说着什么。不要以为这些是城市女孩的打扮，或是某种最新时尚。她可是真正的乡下姑娘，身上很脏，嘴唇在动不是因为嚼口香糖，而是正对着六头大小不一的山羊喊“哎哎哎”。这些山羊要么在墙缝中长出的菩提树下吃草，要么正在寻找另一个墙缝和另一棵菩提树。

兰格纳特看着这个田园诗般的乡村场景，并试图弄清“哎哟”的来源。可她已经没在叫唤羊群，“哎哟”的声音却仍在持续。他把珀西·布朗、坎宁安和其他“人”留在屋顶，自己来到了楼下。

维迪亚吉此刻正在做手术。除了萨尼查和六名病人，楼下没有其他人。“哎哟”声的来源即将揭晓。

兰格纳特问萨尼查：“你听到什么了吗？”

萨尼查坐在阳台上磨斧子。他转过身来竖起耳朵，听到了“哎哟哎哟”。他眉头舒展，心满意足地说：“是的，有人在‘哎哟哎哟’。看起来小摔跤手又和库萨哈打架了。”他说这话的语气和水牛用牛角

---

① 马歇尔（George Turnbull Marshall, 1803—1854）、坎宁安（Alexander Cunningham, 1814—1893）、温特尼茨（Moriz Winternitz，1863—1937）、基思（Arthur Berriedale Keith, 1879—1944）、V. A. 史密斯（Vincent Arthur Smith, 1848—1920）、里斯-戴维斯（Thomas William Rhys-Davids, 1843—1922）、珀西·布朗（Percy Brown, 1872—1955）、贾斯瓦尔（Kashi Prasad Jaiswal, 1881—1937）、班达卡（Ramakrishna Gopal Bhandarkar, 1837—1925）皆为著名印度学家。——译者注

② 沙摩陀罗·笈多（Samudra Gupta），公元4世纪古印度笈多王朝君主。——译者注

磨墙的语气一样。萨尼查坐回原来的位置，接着磨斧子。

突然“哎哟”出现在他们面前。声音来自一个大约60岁的男人，他身材健壮，赤裸上身，穿着摔跤手垂至膝盖的腰布。头上有三处伤口，鲜血往各个方向流淌，表明即便是同源的血也不愿混在一起。男人号啕大喊“哎哟”，举起双手寻求帮助。

兰格纳特被这血腥的一幕惊呆了。他问萨尼查：“这是谁？谁打了他？”

萨尼查轻轻地将斧头放在地上，一把抓住受伤的老先生，让他坐在阳台上。老先生一脸不情愿地推开他的手，却没有拒绝坐下。萨尼查眯起眼睛检查他的伤口，看向维迪亚吉，噘起嘴，表示伤口并不深。

老先生的“哎哟”变得不那么疯狂，从快板转向行板，随后陷入慢板。这样的进程与我们的音乐传统相反，但意义很明确——他没有越来越激动。萨尼查松了口气，周围的所有人都感觉到了。

兰格纳特惊得站了起来。萨尼查从柜子里拿出一些棉花，说：“你想知道是谁打了他？就问这些？”

他往锅里倒了些水，把棉花丢进去，走到老先生跟前接着说：“还有谁能打赢他？这位是小摔跤手的父亲。除了他，还有哪个混蛋敢对老头下手？”

看起来，库萨哈·普拉萨德对别人夸奖小摔跤手的话并无异议。他坐在原地对维迪亚吉说：“老爷，这小兔崽子差点把我打死。我再也受不了了。您必须让我俩分开住，否则不久我会亲手杀了他。”

维迪亚吉从竹床上起身，来到阳台上。他查看了伤口，老练地说：“伤口似乎并不深。去医院比在这里治疗好。赶紧去那里包扎伤口吧。”之后，他对在场的所有人说道：“从今以后，禁止小摔跤手踏入这所房子！不孝之子不配来这里。”

兰格纳特激动起来，说：“真令人惊讶，巴德里兄弟会和他这样的人混在一起。”

巴德里悄悄地走出自己房间，诚恳地说：“受过教育的人动嘴之前应该先动脑子。到底是谁错了？这个库萨哈不是什么善人，他的父亲甘加达亚尔去世时，他都不让人们出席葬礼，说什么只想把尸体扔进河里。”

库萨哈·普拉萨德费了很大的力气才发出了一声“哎哟”，表明巴德里的言论对他而言过于残忍。他猛地站起身来吼道：“维迪亚吉，管好您的儿子！这小子说的话太伤人了！让他闭嘴，别逼我揍他。我会去医院的，但在此之前我得先去趟警察局。如果这次没让小摔跤手上法庭，就别叫我甘加达亚尔的儿子，叫我混蛋好了！我来这儿只是给您看一下伤。瞧瞧他们，维迪亚吉老爷，我还在流血……好好瞧瞧……您得替我做证！”

维迪亚吉并不想检查伤口，而是继续给病人看病。与此同时，他开始宣讲争斗是痛苦的根源，并建议库萨哈不要把警察和法庭扯进来。之后他开始第二轮说教，主题是警察和法庭也是痛苦的根源。

库萨哈吼道：“老爷，您的知识，自己留着就行。血在头上流淌，您却打算把甘地主义塞进我的喉咙。如果巴德里骑在您头上，我倒要看看您如何用说教安慰自己！”

维迪亚吉的胡子颤抖着，表明自己被冒犯了，可脸上还洋溢着微笑，证明自己无法被激怒。在场其他人的面色僵硬，很明显，从现在开始库萨哈不会在这里得到任何同情。巴德里把他送走时说：“自己一边歇着吧！看样子，和小摔跤手过招并没有让您丧失全部斗志。自己包扎伤口吧，别来这里发牢骚。”

小摔跤手显然来自一个古老而受人尊敬的家族。他甚至能记住自己曾祖父的名字，并且像任何一个出身好家庭的人一样，经常讲述祖先的故事。有时他会在摔跤场告诉朋友：“我的曾祖父叫博拉纳特，他脾气暴躁，鼻孔里一直有怒火燃烧。他每天起床的第一件事就是和自己的父亲来一场口水战，之后再去刷牙沐浴。如果他不打架，肚子就会咕咕叫。”

小摔跤手的话充满了怀旧之情，让人想起19世纪的乡村画面。两个赤身裸体的壮汉坐在摔跤垫上，站起来相互指责对方睡太晚，黏糊糊的印楝果实落在他们身上。两人是一对父子，从起床就开始威胁要活埋对方。随后争吵结束，两人聊些无拘无束的话题，开始一天的工作。一个去田里扭牛尾巴，另一个去别人的田里放牧自家水牛。

讲完这类故事后，小摔跤手往往会说：“后来巴巴·博拉纳特的父亲去世了，他很悲痛。”

小摔跤手讲这些故事并不是为了吹嘘，这些绝对是真的。他的家人就是这样。父子之间的关系始终非常亲密，和想象中一样充满感情。有时他们也会用棍子殴打对方，测试手上家伙的质量是否过硬。

巴巴·博拉纳特对自己父亲的去世感到非常难过，生活有些空虚。现在父亲不在，他一大早只想找人打架，肚子咕咕叫起来，牙也不刷了。尽管他像牛一样在田里夜以继日地工作，却开始抱怨自己经常消化不良。后来，他的儿子甘加达亚尔派上了用场。常言道，儿子是人晚年的希望。在十七岁的一天，甘加达亚尔用石板狠狠地击打了自己的父亲博拉纳特。博拉纳特倒地，眼冒金星。

之后父子之间的关系稳定了下来。博拉纳特接替自己父亲的位置，甘加达亚尔又接替了他的位置。几天后，由于手臂、腿和背部持续疼痛，博拉纳特的消化不良得到治愈，却患上了耳鸣。或许是因为不断听到甘加达亚尔震耳欲聋的咒骂，他的耳朵里总有回声。不管怎样，甘加达亚尔的肚子在早上也会因为争吵而咕咕作响。

甘加达亚尔的儿子库萨哈·普拉萨德是小摔跤手的父亲。库萨哈·普拉萨德生性严肃，因此并没有沉迷于甘加达亚尔徒劳的诅咒和侮辱。他还拒绝了每天早上去田里和父亲决斗的传统。

库萨哈·普拉萨德有两个兄弟。一个是大考尔，另一个是小考尔。两人是和平与非暴力的信徒，一生中连狗都没打过。猫可以随心所欲地穿过他们的院子，他们也从未向猫扔过一块泥土。两人掌握了辱骂父亲的技巧，以此在不动手的情况下解决家庭纠纷。每天晚上，两兄弟和他们的妻子都会大喊大叫，互相谩骂。争吵可以持续到晚上十点。从某种而言，他们的争吵更像是安理会的重要会议，通过叫喊阻止战争。显然，库萨哈·普拉萨德家中的每夜争吵是反动的，可邻居们的政治观念也不够进步。到了晚上，一旦大考尔和小考尔的诅咒和尖叫声超过村里的吠叫声，邻居们就开始议论起来。

“他们要吵个大半夜了。”

“只有拿起旧鞋好好揍一顿，他们才知道悔改。”

“他们的舌头一定有病，动起来就没法停下。”

小摔跤手的父亲库萨哈·普拉萨德无法理解自己兄弟的口才。正如前文所述，他是个寡言少语的行动派。他的特点是一言不发就打人，和两个兄弟的价值观完全不同。因此，在甘加达亚尔去世几年后，他就和兄弟们分开生活了。换句话说，他一言不发，在棍子的帮助下将自己的兄弟们赶出了家门。

库萨哈·普拉萨德的手已经习惯每隔四周用棍子敲打自己的父亲，以至于甘加达亚尔去世后，他的手每个月都会麻木好几天。为了防止瘫痪，库萨哈·普拉萨德某天再次举起自己的棍子，以某个角度敲打小摔跤手的腹部。那会儿小摔跤手还没有成为摔跤手，但村子附近有条铁路，铁路的边缘是电线和电线杆。电线杆上有许多白色绝缘子。通过不断的练习，小摔跤手在很小的时候就已达成目标。库萨哈·普拉萨德用棍子击中小摔跤手的腹部的那天，小摔跤手就用铁轨上的石块将一根电线杆上的全部绝缘子打碎，让陶瓷碎片散落在铁轨的边缘。之后他跑了二十步，把一块泥巴扔到自己父亲的头上，想象那只是另一个绝缘子。从那天起，父子之间建立起家族的永恒法则。几乎每个月库萨哈的身上都会出现一块小疤痕，几年后，他已经成为该地区的桑加王公[1]。

小摔跤手成年后父子便不再说话。他们也不那么频繁地打架，暴力逐渐成为一种仪式，就像伟人的生日一样，每年定期庆祝一次，无论公众是否愿意。

库萨哈·普拉萨德离开后，一个站在阳台面前的路人说："这不正是人们说的末世吗！儿子敢这样对待自己的父亲！"

他抬头望着天空，甩掉身上的印楝树枝，说："神啊，你在哪里？什么时候化身迦尔基[2]下凡？"

没有天音回应，也没有乌鸦叫，甚至麻雀都没有多拉鸟屎。提到迦尔基化身的男人的脸沉了下来。萨尼查一边检查自己的斧柄，一边刻薄地说："继续，去帮库萨哈·普拉萨德做证。您一定能在那儿收获一个卢比。"

巴德里笑着认可了这番话。兰格纳特注意到，提及迦尔基的人长得像个僧侣，脸颊凹陷，留着椒盐色的胡子，身穿没有扣子的长衫，头戴歪歪扭扭的甘地帽。他后脑上的顶髻像个避雷针，保护自己不被雷劈；额上点着紫檀色的印记，脖子上挂着神圣的金刚菩萨子项链。

这人的确跟库萨哈·普拉萨德同行了。萨尼查说："他就是拉特拉尔。直到今天，最伟大的律师也没能在交叉询问中驳倒他。"

萨尼查身边的一位旁观者恭敬地说："拉特拉尔老爷受到上天的

① 桑加王公，全名森格姆·辛格（Sangram Singh），16世纪印度拉其普特王公，以英勇作战闻名。——译者注

② 迦尔基（Kalki），传说为毗湿奴的第十个化身，将在末世降临。——译者注

眷顾。他能流利地做伪证，以至于律师们都目瞪口呆。即使是最伟大的人也会在他面前哑口无言。”

对拉特拉尔的称道持续了一阵子。萨尼查和旁观者辩论了起来。萨尼查的观点是，拉特拉尔非常狡猾，城里的律师绝对是傻瓜，因此无法在交叉询问中推翻他的证词。而旁观者把拉特拉尔当作神迹，认为他是天选之子。理性和信仰的辩论持续，毋庸置疑的是，信仰占据了上风。

小摔跤手大摇大摆地从小巷里走出来，来到维迪亚吉门前。他环顾四周后问：“他走了吗？”

萨尼查回答说：“是的，他走了。但是小摔跤手，法律可不通人情。”

小摔跤手咬牙切齿地说：“去他妈的人情，你也得当心！”

萨尼查握住斧头站了起来，喊道：“巴德里兄弟。看！你的小弟要揍我。赶紧管管他！”

维迪亚吉看到小摔跤手就跳了起来，对兰格纳特说：“看到这样卑微的人是一种罪过。赶紧让他走。”说完，他便消失在屋子里。

小摔跤手走进客厅。阳光明媚，一大群长尾小鹦鹉在对面印楝树的枝头上尖叫飞舞。萨尼查握着斧头站在阳台上，巴德里静静地站在角落里，挥舞着一对摔跤训练棒。兰格纳特正在翻阅一本关于阿育吠陀的书。在小摔跤手看来，针对他的气息正朝他迎面扑来。作为回应，他挺起胸膛，泰然自若地坐在兰格纳特身边，转动着下巴，仔细咀嚼含在嘴里的槟榔。

小摔跤手看着兰格纳特，仿佛他是一只面前的飞虫。他用一种沮丧的语气说：“如果事情是这样的话，我就走了。这里是我师父的家，所以我才过来。可现在都是像你们这样的人管事，以后我就是憋坏了也不来这里撒尿。”

兰格纳特笑了，试图让场面轻松下来。他说：“不，不，摔跤手你坐下吧。头脑发热的话喝杯凉水就好了。”

小摔跤手再次以同样低落的声音说：“水？我就是洗屁股也不来这里取水。你们每个人都在针对我。”

巴德里神色凝重地看着小摔跤手，左手掂量了一下训练棒，笑了笑说：“弱者才会愤怒。有什么好生气的，你是男人还是皮囊？”

小摔跤手意识到有人支持自己，固执地说：“师父！我不喜欢这样。那些目光短浅的混蛋都在指责我，说我为什么打自己的父亲？为什么打？好像我爹是希夫帕尔根杰所有人的爹！好像我是他唯一的敌人一样！”

“呸！哪有像这样殴打自己的父亲的？”

小摔跤手更固执了：“师父，如果这混蛋是个慈父，我就不会抱怨了。”

一时间，大家都沉默了。

兰格纳特注视着小摔跤手皱着的眉头。萨尼查也进了客厅，他向小摔跤手建议：“你永远不能说这样的话。做人脚踏实地，不要试图违背天意。毕竟库萨哈是你的父亲，把你抚养长大。”

小摔跤手咆哮道：“我什么时候递交了盖章申请要求出生？让我的那个混蛋父亲见鬼去吧。”

巴德里静静地听着这段对话。他说：“够了，小摔跤手，冷静点。”

小摔跤手沮丧地坐在后面，听着长尾小鹦鹉在印楝树上尖叫。最后他叹了口气说：“师父，您也让我失望了！您不知道这老头是个该死的好色之徒。因为他，女仆都不给我们家送水了。还需要我说更多吗？怎么好意思说出口？简直难以启齿。”

# 第十二章

村里住着一个名叫加亚丁的人。他在借贷、乘除法方面非常能干，因为他的职业是就是放高利贷。他有一家卖布料和房贷的商店、一个名叫贝拉的小女儿、一个寡妇姐姐和一个去世的妻子。贝拉健康、美丽、精通家务，受过足够的教育，可以阅读《罗摩衍那》和言情小说。

家人正为她寻觅一位英俊可敬的新郎。贝拉的身材和气质都很吸引人，鲁潘少爷爱她，虽然她毫不知情。鲁潘每晚睡觉前都会想着她，他的思念很纯粹，只专注于贝拉的身体，不包括她身上的衣服。贝拉的姑姑照看家里，不让贝拉随便出门。如果贝拉想出门，她会从屋顶溜出去，穿过相邻的屋顶去往某个邻居的房子。鲁潘少爷仍然钟情于贝拉，常常每周给她写三四封情书，然后再把它们撕掉。

这些事情无足轻重。重要的是，加亚丁放高利贷，并经营着一家布料店。合作社也通过借贷经营了一家布料店。双方和平共处。加亚丁与维迪亚吉关系很好，曾任学院管理委员会副主席。他有钱、有地位，受到维迪亚吉、警察、鲁潘、本地议员和乡长的尊敬。

尽管如此，他仍然是个悲观主义者。他行事谨慎，非常注意自己的生活习惯，甚至连黑豆都不吃。一次，城里的一位亲戚请他吃黑豆咖喱，加亚丁慢慢推开自己的餐盘，象征性地洗了洗手，然后空腹而归。后来，亲戚用别的豆子制作成咖喱招待他，他才肯在洗完手之后用餐。夜里，亲戚问他为什么忌食黑豆。他打量了自己的亲戚，轻声解释说，吃黑豆胀气，容易激起愤怒情绪。

亲戚问："发脾气有什么关系？是像老虎或者猎豹那样吗？有什么理由这么担心？"

亲戚在行政部门工作。加亚丁赞同亲戚的说法，但强调这种愤怒对不同人的影响是不一样的。作为行政人员，即使政府倒台，他们仍然是统治阶级的成员；但自己是商人，发脾气就不会有人和自己做生意。天知道什么时候会发生灾难。

加亚丁的家被劫了，一些珠宝和布匹失窃。警方很容易推断，是当晚追捕小偷众人中的一员实施了抢劫。当小偷从屋顶跳到院子里时，加亚丁的女儿和姐姐没有看到他，否则她们就能看清小偷的脸。但是当小偷撑着棍子翻墙上屋顶时，她们看到了小偷的背影。这点线索让警察十分恼火。在过去的三天里，警察把几个小偷带到她们面前，让她们通过背影和脸来辨认。但没有一个人可以让贝拉或者她的姑姑指认："警官，这就是那天晚上的小偷。"警方也对她们的做法感到恼火。副督察抱怨说，加亚丁的女儿和姐姐故意不让小偷被抓到，只有老天知道发生了什么事。

加亚丁的悲观情绪有所增加，因为村子里有很多房子，但只有他家吸引了小偷。而当小偷闯进来的时候，贝拉和他的姐姐本来可以看得很清楚的，但她们的眼睛却只看到了小偷的背影。副督察和众人笑了起来，只有加亚丁闷闷不乐。

村里的几位老师都是傻瓜，其中包括卡纳老师。马拉维亚是另一位老师——他也是个傻瓜。加亚丁不知道第三、四、五、六、七位老师的姓名，但这帮人都是傻子。他的悲观情绪越来越重，因为七位老师都走进了他的房子。他们肯定会假装同情一番，然后立即开始说一些有关学院的废话。他们确实这么做了。老师们花了半个小时试图说服加亚丁，因为他是学院管理委员会的副主席，而主席已经在多年前移居孟买，并将继续在那里居住，因此加亚丁应当对学院理事长和校长的管理不善有所作为。加亚丁非常冷静，以极其文明的方式劝说老师们，他只是名义上的副主席，实际上这是一个荣誉职务，自己没有权力；老师们应该自己玩这个游戏，而不是把他卷进去。

接着，公民老师们开始严肃地解释副主席的权力有多大。他们认为加亚丁一无所知，于是引用起印度宪法对印度副总统权力的规定。

可加亚丁用鞋尖不停地在地上画圈，这并不代表他懂几何，而是他在清楚地思考里面有什么陷阱。突然，他打断了老师们，问："诸位老师，请告诉我，印度的副总统是谁？"

老师们听到这个问题都懵了。大家东张西望，怎么也想不到印度副总统的名字。最后，公民老师们说："最初是拉达克里希南①，但现在他被调任了。"

加亚丁轻声说："诸位老师瞧瞧，副总统是多么重要。"

老师们并不赞同。有人固执地要求加亚丁至少应该召开一次管理委员会会议，但加亚丁只是回答："老师们，请拉马丁来召开会议！他才是合适人选。"

"我们已经找过他了。"

"好吧，这就够了。继续缠着他，别让他溜了。"说着，加亚丁

① 萨瓦帕利·拉达克里希南（Sarvepalli Radhakrishnan, 1888—1975），印度哲学家、政治家，曾任印度第一任副总统（1952—1962）和第二任总统（1962—1967）。——译者注

开始打量周围坐着的其他人。这些人从邻村过来给自己办理本票延期，或者开具新的本票，无论如何都无法从借贷中脱身。

卡纳老师决心今天和加亚丁一道解决这个问题，于是开始新一轮游说。“马拉维亚先生，”他说，“你来向他解释，校长正在欺压我们。”

加亚丁深吸一口气，心想这些可怜的老师注定不会离开这里。他转过身来对其他村民说：“乡亲们都回去吧！明天早上再过来。”

他又深吸一口气，转身面对卡纳老师坐下。

卡纳老师说：“可以的话，我会从头告诉你这个故事。”

“老师，你想说什么？”加亚丁无趣地说，“在私立学校当老师也会被压榨。你能逃多远？”

卡纳回答说：“糟糕的是，这所学院的全体成员已经五年没见过面了。维迪亚吉仍然是学院理事长。新的选举从未进行，本应每年举行一次。”

加亚丁之前看了会儿罗摩戏①，脸上带着罗摩和罗什曼那②毫无情绪的表情，说：“你是受过教育的人。我还能说什么？不开年会的机构有好几百个，其中包括我们自己的县委会！它的换届选举已经拖了很长时间。”他鼓起腮帮子，用哽咽的声音说：“全国人民都在这么过日子。”声音哽咽不是出于爱国主义，而是口中有痰。

马拉维亚说：“校长随随便便就花费数千卢比，审计员每年都反对，可每年他都在自欺欺人。”

加亚丁天真地问：“你负责审计吗？”

马拉维亚大声反驳：“不，这不是重点，但我不忍心眼睁睁地看着公众的钱以这种方式挥霍，毕竟……”

说到这里，加亚丁打断了他，用同样温和的语气说道：“那你希

① 罗摩戏，以古代史诗《罗摩衍那》为基础的印度民间戏剧。——译者注
② 罗什曼那，史诗《罗摩衍那》中罗摩的弟弟。——译者注

望看到公众的钱被挥霍吗？建造巨大的建筑物？搞集会？办宴会？”

马拉维亚被这种智慧折服了。加亚丁接着说：“老师，我没有受过良好的教育，但有幸去过孟买和加尔各答，略知皮毛。对公共开支不满是无意义的。无论如何，它就是被用来浪费的。”

马拉维亚觉得加亚丁的想法很高深，他说：“加亚丁先生，我知道这一切不关我们的事。即便维迪亚吉办面粉厂而不是照顾学校，即便校长安排自己女儿的婚礼……但是，如果这个机构还有负责人，那就是你们这些人了！光天化日之下，发生了那么多不可接受的事情！连表面的道德都没有了！”

此时忧愁笼罩在加亚丁的脸上，这还是第一次。但是，他说话的声音还是和以前一样疲倦：“老师，别谈道德了！要是某人听到了，你会被起诉的。”

大家都沉默了。接着加亚丁开始展现自己的观点。他盯着墙角，那里放着他女儿的破木床。他指着它说：“道德——想象它就在这个位置，躺在角落里。理事会和社团开会时，它会被盖上一张纸，看上去非常合适。演讲者能站在上面发表演讲、进行谴责，这就是它的功能。”

老师们彻底沉默了。加亚丁安慰他们：“老师们，请告诉我，你们遇到了什么困难？到目前为止，你们一直在谈论公众的烦恼。”

卡纳老师兴奋起来：“告诉您我们的困难就是浪费时间。你什么都不接受就是个问题。”

“我为什么不能接受？”加亚丁随口问，“我当然会接受。拜托请讲。”

马拉维亚说：“校长已经解除了我们所有人的职务。他没有让卡纳负责宿舍，并且不让我上课。拉伊老师一直主管考试，他也被调走了。校长把这些工作都交给了自己人。”

加亚丁发现自己陷入两难境地。他说：“接下来我说的话可能会让你们生气。校长有权随意选择负责人，你们又能怎样？”老师们开始坐立不安，他又说：“在这个世界上，并非所有事情都会按照你的喜好去安排。记得前年发生的事情吗？邦长让拜杰冈的拉尔·萨希布担任大学副校长。人们上蹿下跳十分不满，却也无济于事，后来都闭嘴了。你们也闭嘴吧，闹事只会让人无地容身，人们会把你们当作无赖。”

一位踮脚站在后面的老师说：“我们能做些什么？校长煽动孩子们反对我们。他用脏话侮辱我们，捏造事实举报我们。如果我们把任何信函或者备忘录交给他，他就会故意弄丢，然后要我们解释为什么没有给他。”

加亚丁微微颤动，对竹床发出的吱吱声略显惊讶。他若有所思地说：“你在向我描述办公室是如何运作的。这种事情总会发生。”

踮起脚尖的老师被激怒了。“等到十几个人被杀时，你就会明白这种情况有什么特别之处。”

加亚丁同情地看着愤怒的老师，觉得他一定是吃了黑豆咖喱，之后他温和地回应道：“有什么特别之处？身边每天都有人死去。”

卡纳老师赶紧控制局面：“他生气了，别介意，我们都没办法，真的非常艰难。瞧，今年七月校长任命了三个关系户，让他们成为比我们级别更高的教师，还给他们安排了管事的职务。都是裙带关系说了算，我们就不应该感到难过吗？”

“你为什么要难过？”加亚丁咳嗽起来，“你们自己说裙带关系说了算，他不可能找维迪亚吉的关系户担任这些职位，所以这个可怜的人是在按自己的意愿安排人事。”

几位老师笑了起来。加亚丁用同样的语气继续说：“这不是开玩笑。这是时代的法则。校长也在做每个人都在做的事情。不然你希望他对自己的亲戚做什么？”他对卡纳老师说：“老师，你学过历史，对吧？辛哈加德城堡是怎么被拿下的？”

卡纳老师开始思索答案。

“我来亲自告诉你。塔纳吉[①]带了什么？巨型蜥蜴。他把绳子系在蜥蜴身上，让它爬上城墙。蜥蜴趴在墙上将绳索固定，士兵们迅速沿着绳索攀上了城墙。”

也许他已经厌倦了说教。他希望老师们能够理解，可他们的脸上没有任何表情。加亚丁进一步解释自己的观点：“老师们，我们的国家正处于类似情形！人们都像蜥蜴一样守着自己的位置，决不让步。不管你怎么刺激他，不管你多么想把他赶走，他都纹丝不动，让自己所有的亲戚，无论多少，一个接一个地顺着他的尾巴爬到山顶。你为什么要针对学院？哪儿都一样！”

接着，他吸了口气问：“那么，老师们，现在还有哪儿不会出现类似的问题？”

这群老师路过了查姆拉希。他们的脸拉得老长，看起来像是要落到自己的脚上。

查姆拉希是村子四分之一部分的名称，那里居住着查马种姓，或称皮匠种姓。查马种姓被视为不可接触者。不可接触者是一种两足动物，在印度宪法实施之前，人们不习惯触摸他们。印度宪法像一部史诗，其中第17条废除了种姓制度。可这个国家的人们信仰宗教而非诗歌，对不可接触者的歧视成了一种信仰。和其他村庄一样，希夫帕尔根杰的不可接触者也有独立的聚居区，查姆拉希是其中最大的一处。村里的大地主们曾经饶有兴致地建设这块土地，并非因为地主想要发展皮革产业，而是因为来这里生活的查马人好勇斗狠，地主们可以利用他们的武力。

印度宪法生效后，查姆拉希和希夫帕尔根杰其他部分之间修建

---

① 塔纳吉（Tanaji），17世纪印度马拉塔联盟缔造者希瓦吉的部下，以英勇善战闻名，在率部奇袭辛哈加德城堡的战斗中阵亡。——译者注

了不少好东西，其中包括一块平台，被称为甘地广场。今天有些人仍会记得，圣雄甘地，印度土生土长，骨灰和精神一道被淹没在了恒河的神圣汇合处。自那时起，印度人开始用砖混建筑纪念他。在这一系列盛大的纪念活动中，希夫帕尔根杰的甘地广场被建了起来。广场适于进行冬季日光浴，大多数的狗也习惯在这里晒太阳。因为没有为狗建造专门的洗手间，狗就会在晒太阳时在广场的角落撒尿。看到这一场景，男人有时候也会在广场的角落干同样的事情。

今天，这群老师发现瘸子在广场上生了一堆火，坐在一旁烤着什么东西。走近一看，他们发现瘸子正在烤饼，显然不是为了给狗取暖。老师们见到瘸子，内心激动起来。他们停下来和他聊天，不到两分钟就发现，瘸子快要从乡办公室拿到复印件了，并且完全符合规定，没有花一分钱行贿。

老师们不敢相信："什么时候能拿到复印件？"

"天哪，感觉自己已经拿到了！可能还要等十五到二十天。文件已经送到办公室，申请程序也送到了。复印件会在那里制作，之后返回这里，然后被送到登记处……"

瘸子继续讲述他获得复印件的计划，甚至没有注意到老师们已经离开。显然，老师们对他的故事和甘地广场的气味感到厌倦。

瘸子抬起头，只看到熟悉的狗、猪和成堆的垃圾，在它们的陪伴下，瘸子与官僚们的正义斗争即将拉开帷幕。

# 第十三章

尽管希夫帕尔根杰是本地区的首府所在，但它的规模并不算大，无法获得城镇地位。希夫帕尔根杰有自己的村委会，村民们想保留它，这样他们就不必支付额外的城市税。村委会主席或称“首席长老”，是拉马丁·比赫马赫维的兄弟，他最突出的优点在于当了这么多年的主席竟然从未进过疯人院或监狱。在根杰人中，他以愚蠢闻名，因此在成为主席之前就已经赢得了广泛赞誉。

村委会选举定于次年1月举行，而11月已经开始。问题是这次由谁当主席？维迪亚吉对上次选举没有兴趣，因为他认为村委会的工作极其侮辱人格——村委会成员实际上是没有权力的，他们既没有警察的大棒，也没有乡长的地位，工作日复一日地受到他们的审查，伤人自尊。

村委会主席不得不就村委会的土地和财产提起法律诉讼，而在城里的法院，官员和律师根本不把他放在眼里，甚至连罪犯都不如。在诉讼中，村委会主席结仇无数。当他遇到麻烦时，警察只是微笑着不理他，偶尔故意讽刺地称呼他为“尊敬的首席长老”，讽刺其微不足道的地位。

但过了一阵子，维迪亚吉对村委会提起了兴趣，因为他在某家报纸上读到总理的讲话。在那篇讲话中，总理说，只有在学校、合作社和村委会的基础上，“振兴农村”才有可能。维迪亚吉突然意识到他只掌握了合作社和学院，村委会完全不在他的手中。“啊哈！”他想，“这就是希夫帕尔根杰没有获得发展的原因，为什么我没有早点儿意识到？”

他一来劲儿就注意到几件事：例如，拉马丁的兄弟已经搞砸了村委会。有人刚刚获得了村里的荒地，一定是首席长老收了贿赂。村委会没有钱，一定是被首席长老挪用了。村子里脏兮兮的，首席长老就是猪养的儿子。警察根据首席长老的举报起诉多人，由此可知，他已经成为警察的线人。首席长老获得霰弹枪的许可证，枪一定是借给土匪了。去年巴杰兰吉在村里被杀了，你能猜到究竟是怎么回事。

对于大麻饮用者而言，研磨大麻叶子是一门艺术、一首诗、一部伟大的作品、一门手艺、一种仪式。即使你咀嚼半安那的叶子，喝一杯水，你也会变得相当嗨，但这是一种廉价的自嗨方式。理想情况下，杏仁、开心果、玫瑰花瓣蜜饯、牛奶、奶油等都应与叶子一起食用。大麻应该被磨到和磨石粘在一起并融为一体的程度；并且在喝醉之前应该诵读赞美湿婆的诗句，整个过程应当成为集体活动，而非个人事务。

在维迪亚吉的客厅里，萨尼查的工作就是突出大麻饮料的社交功能。一天，他正干着日常的研磨工作，有声音向他喊道：“萨尼查！”

萨尼查嘶嘶地吸了口气，抬起头。

维迪亚吉像要求部长辞职的总理一样对他说：“过来，把制作大麻饮料的活儿交给别人。”

萨尼查抱怨：“我应该把它交给谁？还有没有人可以做这项工作？现在的小年轻对这些事情了解多少？他们只会把它磨碎，就好像它是姜黄或者辣椒一样。”但他还是把研磨的工作交给了一个年轻人，自己洗了洗手，在裤子上擦干，来到维迪亚吉身边。

木床上坐着维迪亚吉、兰格纳特、巴德里和校长。校长在角落说：“请坐，萨尼查先生。”

这样的礼遇让萨尼查有些警惕。他露出残缺的牙齿，开始抓挠胸前的汗毛。他努力让自己看起来相当愚蠢，因为这是对抗狡猾的最佳方法。

他说：“哎呀，校长老爷，不要让我和你平起平坐。这是一种罪过，会让我下地狱的。”

摔跤手巴德里笑了，说：“混蛋！不要耍滑头！你会因为和校长坐在一起而下地狱吗？”然后他改变了语气，说：“请坐吧，萨尼查先生。”

维迪亚吉仿佛在讲述一则亘古不变的真理：“巴德里，不要那样说话。你根本不知道曼加尔·达斯先生的命运如何。”

萨尼查多年来第一次听到自己的真名。他坐下来，认真地说：“老爷，您别这么说巴德里。毕竟他也不小了。时间一到，他自然就明白了。”

维迪亚吉说：“校长大人，您想说什么就说什么吧。”

校长以阿沃特方言开场：“我应该大胆说话吗？你们都清楚这件事。”然后，他用通用印地语戳穿自己，说：“村委会选举正要举行。首席长老是一个重要职务，同时也是学院委员会的成员——所以在某种程度上，他也是我的上级。”

维迪亚吉突然发话了：“听着，曼加尔·达斯，这次我们想让你成为村委会的负责人。”

萨尼查的脸扭曲了。他双手合十，浑身颤抖，眼泪夺眶而出，就像一个被长期闲置的三等村级党员，在患有性病的情况下被任命为卫生健康委员会主任。他振作起来，说道：“我的神啊！不，老爷！感谢您把这么重要的东西授予我这个卑微之人！可我不配获得这份荣誉！”

萨尼查对自己的博学感到惊讶。接着，巴德里开口了：“呸，别在这儿哔哔了。人们只在当上首席长老之后才会这样说话。在此之前，请闭上你的嘴。”

这时，兰格纳特加入了对话。他拍了拍萨尼查的肩膀，说：“萨尼查，这与你的价值或者能力无关！我们也觉得你不适合担任这项职务，但这有什么关系呢？不是你自己要当首席长老，而是人民选举你成为首席长老。人民有自己的权力，你能干涉他们吗？”

校长以读书人的口气解释道：“是的，兄弟，这就是民主。民主社会处处如此。”为了鼓励萨尼查，他说：“萨尼查，做好准备吧。”他又看了萨尼查一眼，似乎在说：“去吧，去钉十字架吧。”接着，校长给了萨尼查最后一击：“首席长老不可能是平庸愚昧之人。他责任重大，是全村财产的主人！只要本人同意，他可以做出价值数十万的决策，因为他是这儿的主人。只要本人同意，他可以用刑法第107条指控整个村子，把我们都关起来。各路达官贵人都会坐在他的门前！任何人被他投诉之后都很难保住自己的工作。他的印章盖在纸上，就能随意从政府商店里取出酥油和糖。未经他的允许，村里没有人可以在自己的垃圾堆上扔垃圾。每个人都必须听从他的建议。他掌管了每家每户的钥匙。他是每个人的守护神。行吧，你还要说什么？”

在兰格纳特看来，这些话似乎有些缺乏理想主义。他说：“校长，您把首席长老说成彻头彻尾的土匪了。”

“哈哈哈哈——”校长笑了，表明自己故意说出这种傻话，向听众表明自己清楚上述言论的愚蠢，而非自己愚蠢，“嘿嘿嘿，兰格纳特少爷！您在想些什么？我说的是当下首席长老的行事方式。”

与此同时，萨尼查说：“巴德里兄弟，这么多重要的官员会来到首席长老的家门口……可我家连门都没有。你是见过我家破屋的！”

巴德里总是觉得跟萨尼查讲太多话是件耻辱的事情。他怀疑萨尼查是在趁机和他搭讪，于是暴怒起来。巴德里站起来，整理好掉下来的腰布，说：“别担心。我会在你的破屋里点上一根火柴。现在我就去解决这个问题。”

说着他往屋里走。校长以为这是个玩笑，于是笑了起来，萨尼查也跟着笑了。就在兰格纳特试图弄清楚事情的重点时，话题变了。维迪亚吉说：“能有什么问题？毕竟我的房子也能用。欢迎你在此就座，也欢迎所有的官员来这儿。过段时间村委会大楼就会建起来，到时候你就可以入住了，在那里为村委会服务。”

萨尼查再次谦卑地双手合十。他只是想说：“我该怎么办？全世界都会说，在希夫帕尔根杰，游手好闲之徒竟然能在村委会……”

校长又开始用自己的招牌“嘿嘿嘿”和阿沃特方言喋喋不休了。他对萨尼查说：“在我的老家拉贾普尔，地主老爷让自己的佃农当上首席长老。这个供人差使的职务就是得安排给游手好闲的人，不适合正人君子来干。”

校长激动地说个不停：“那个佃农在村委会主席的位置上干了一些事情。一次乡办公室正要开会，副乡长来了，所有的村委会主席都在场。他们被要求坐在铺在地板上的垫子上，副乡长坐在椅子上。

“之后，我们的佃农说：‘这是哪门子的平等？我们被请到这里坐在地板上，而副乡长老爷自己坐在椅子上。’副乡长听烦了，更加颐指气使。场面演变成了双方的荣誉问题。所有的村委会主席和我们的佃农一起高呼：‘革命万岁！’副乡长坐在座位上大喊：‘和谐！和谐！’但是和谐在哪里？安宁又在哪里？村委会主席们退出了会议，拉贾普尔的佃农最终成了本地区的领导人。就在第二天，三个政党都向他发出了入党邀请。但地主老爷拒绝让他加入其中的任何一方，他说：“你不能自作主张。我让你加入时你再加入。”

“革命万岁”的口号在萨尼查的耳边响起。他想象着一个男人赤身裸体，只穿了一条内裤，背后有数百个男人一次又一次地振臂高呼。维迪亚吉说：“那也太不讲礼数了。如果我是首席长老，我会选择离开，两个月后在村里办一场集会。届时也会邀请副乡长，让他坐在地上，然后我自己坐在椅子上发表演说：‘乡亲们！我生来就很难坐在椅子上，但是副乡长老爷在乡办公室里教会我们这种待客之道。得益于他的教导，我不得不接受坐在椅子上的不便。’”维迪亚吉得意地放声大笑。为了赢得兰格纳特的支持，他说：“孩子，这才是正确的行事方式，对吗？”

兰格纳特回答说：“是的，太棒了。我曾经在狐狸和鹤的寓言中学会了这套把戏。”

人们会问狐狸和鹤到底做了什么。这是一则简单的寓言，狐狸邀请鹤吃饭，用盘子盛着食物，鹤因为嘴太长而无法进食。接着，兰格纳特告诉听众，鹤邀请狐狸共进晚餐，在狐狸舌头够不到的长罐子里放上食物，以这种方式报复了狐狸。

兰格纳特的故事讲完了。维迪亚吉觉得是时候结束关于首席长老的讨论了。他对萨尼查说：“事情解决了。去看看那个傻瓜是不是真的像研磨姜黄和辣椒一样捣碎大麻。去吧，不是你亲手制作的大麻不好喝。”

巴德里在门口笑着说：“老家伙，继续干你的活儿吧，接着去研磨大麻叶子！”

空气沉默了一会儿。校长轻声说：“如果您允许，可以谈一下卡纳老师吗？”

维迪亚吉扬起眉毛，表达了许可。校长说："前天晚上，有东西掉进了加亚丁的院子里。当时他正在田里解手。贝拉的姑姑在家里看到了那个东西，把它捡了起来。那是一个折叠的信封。姑姑想让贝拉把里面的内容念给她听，但贝拉做不到……"

兰格纳特专心听着，问道："是用英文写的吗？"

"谁会用英语写东西？是用印地语写的，但一个未婚的女孩怎么会读呢？是一封情书。"

维迪亚吉静静地听着。兰格纳特没有勇气问是谁写的。

校长说："不知道是谁写的。在我看来，这像是卡纳团队搞的恶作剧。这帮混蛋都是流氓，绝对的流氓。卡纳老师正在散布针对你的流言，他说这封信是鲁潘少爷寄来的。他也有脸！敢在你的地盘上造谣。"

维迪亚吉似乎并没有受到这些影响，只是静静地坐了一分钟，然后说道："他怎么在我的地盘上造谣？他是给加亚丁造谣。毕竟，那是加亚丁的女儿。"

校长盯着维迪亚吉，表情令人费解。突然，校长激动地切回阿沃特方言的频道，转身对着门口说："萨尼查，赶紧给我弄些什么大麻饮料，学院的农忙假快到了。"

# 第十四章

在印历八月的满月，在距希夫帕尔根杰约5英里的地方会举行庙会。那里有片丛林和一座小山丘，山上有座女神庙，地上散落着古代建筑的残砖片瓦。绵延起伏的地上覆盖着丛林，里面生长着芫荽、龙葵和枣树。从兔子到狼，从偷玉米的贼到土匪，什么东西都能在这片丛林中找到藏身之处。在这里，邻近村民精神层面上的爱情可以延展到物理层面。有时，从城里过来野餐的人也来这里闲逛，展示他们对彼此身体的真实了解。有时候，他们也会去参观寺庙，收回各自放纵的身体和膨胀的心。

本地居民为这座山而感到自豪，因为这是他们的阿旃陀、埃洛拉、克久拉霍和马哈巴利普兰[①]。他们深信这座神殿是众神在与阿修罗大战后亲手打造，作为女神的居所。传说山下埋藏着巨大的宝藏。因此，这座山具有重要的历史、宗教和经济意义。

出于对历史与考古的了解，兰格纳特热衷于调查这座山。他被

① 阿旃陀（Ajanta）、埃洛拉（Ellora）、克久拉霍（Khajuraho）、马哈巴利普兰（Mahabalipuram）皆为印度著名石刻遗迹。——译者注

告知这里的石刻属于笈多时期，并且有许多孔雀时期的陶片。

已故的阿沃特诗人帕迪斯[①]写过一首诗，译成标准印地语如下：

庙会上你露出脸颊
大口吃着甜品，
眼见岳父来了
却用一米长的面纱
遮住面庞。

逛庙会的女性皆是如此。她们脚步轻快，头上没戴面纱，舌头上也没有缰绳。她们发出刺耳的笑声，被城市学者和播音员称为民歌嗓。成群结队的妇女就是以这种方式逛街的。

鲁潘少爷、兰格纳特、萨尼查、乔格纳特和小摔跤手沿着一条狭窄的岔路通往庙会。当他们看到几名女子接踵而过时，小摔跤手说："她们像受困的猪一样尖叫。"

萨尼查解释说："这里是庙会。"

儿童和男人夹在妇女之间。他们走得很快，脚下扬起尘土。牛车竞相抢道为自己开路。令人惊奇的是，行人竟然能从牛车之中顺利逃脱。

将野兔从食肉动物手中拯救出来，在城镇中让行人在卡车的车轮下存活，同样的生存本能保护着前往庙会的人们，使其免受牛车车轮的碾压伤害。

庙会渐入高潮，全印度广播电台的节目肯定会这样描述：由于政府的五年计划带来的繁荣，人们用音乐和歌曲表达着彼此的爱与

① 帕迪斯（Balabhadra Prasad Dixit 'Padhis', 1898—1942），印度诗人，使用阿沃特方言创作。——译者注

喜悦。但兰格纳特已经在村子里待了一个半月，他明白，只穿着背心和内裤的萨尼查虽然能够开怀大笑，却并不能变得和比尔拉或达尔米亚[①]一样有钱。他开始仔细观察庙会上的人群，很快就发现了热情下的空虚。尽管天气转冷，却没有人穿上羊毛大衣。当然，有几个孩子穿着破毛衣。女人们裹着五颜六色但廉价的纱丽，几乎所有人都光着脚。还能怎么评价这些人？典型的印度花花公子——一半干净，一半肮脏。“做考古比目睹和理解这一切要舒服得多。”兰格纳特转向鲁潘，心里带着一些自嘲。

鲁潘少爷叫住三名骑自行车的人。他们避开人群，扶着自行车站在路边。其中一个看起来是领头的，从头上摘下一顶褪色的帽子，用它给自己扇风，虽然额头上全是汗水，看起来却很酷。他穿着短裤、衬衫和开领夹克，腰上系着腰带，可以避免短裤落到肚子下方，因此他的肚子也被分成了两部分。他的两个同伴都穿着印式长衫，他们尽管看上去有些粗鲁，对领头的那位却十分恭敬。

“长官，今天一定能在庙会上赚很多钱！”鲁潘少爷笑了起来，仿佛是在提出挑战。男人闭上眼睛，点了点头，知趣地说：“一定。但是鲁潘少爷，现在的钱已经失去了它的价值！”

鲁潘少爷和那个男人交流了一些对甜品的看法，尤其是对牛奶糖。突然，那人不再注意鲁潘：“鲁潘少爷，稍等一下！”他把自行车递给一个同伴，把帽子递给另一个同伴，然后用肥胖的腿蹒跚地走进附近种着豆子的农田。他无视沿田间小路前行的几个人，也顾不上地里的豆子，开始急急忙忙地脱衣服。他好不容易解开上衣和衬衫的扣子，从里面抽出他的圣线[②]。衣服很难脱下，于是他低头朝向一边，不知怎的，圣线的一部分钩在了一只耳朵上。然后，他挣

---

① 比尔拉（Birla）和达尔米亚（Dalmia）均为印度著名财团家族。——译者注

② 印度教再生族（婆罗门、刹帝利和吠舍）男性佩戴圣线，象征种姓身份与地位。——译者注

扎着提着短裤，将一股液体撒在豆田里。

此时，兰格纳特意识到这个人的名字是辛格，是当地的卫生检查员。他还发现，扶着辛格自行车的人是县委会的委员，而拿着帽子的人是本地的乡长。

检查员回来时，聊天还在继续。但聊天的主题不是甜品，而是县委会主任、检查员的退休，以及“时代不好”的事实。三个人骑车离开后，鲁潘向兰格纳特讲述了一些关于检查员的事情。

他本来可以干些伟大的事情再退休，但是在成为卫生检查员之后，他开始满足于自己的命运。希夫帕尔根杰是他管辖范围内唯一发达的地区，其他辖区都很贫困。那里的居民都知道，如果他们甩掉了贫困的帽子，将会变得一无所有。通常，他们每次遇到人时，都会立即自豪地声明自己来自贫困地区。同样，他们也为检查员长官感到骄傲。检查员已经在该地区工作了四十多年，但这片土地仍然像四十年前一样需要他。

今天，乔格纳特和鲁潘少爷一起来到了庙会。他害怕独处，因为警察会捉弄他，甚至突然逮捕他。

他们都做了精心打扮，准备参加晚会。鲁潘少爷在衬衫领子下面系了一条全新的丝巾，为了提高自己的颜值还戴上了墨镜。除了内裤，萨尼查专门穿上棉线背心，背心的底部落在内裤上方一寸半的位置。今天，小摔跤手不允许他的腰布末端像象鼻一样垂下。他把腰布绑得紧紧的，即使其余部分被撕成碎片，腰布也会像尾巴一样粘在他身上。不仅如此，他还穿了一件透明的长衫，里面没有背心，腰间围着的棉布也很薄，几乎完全透明。乔格纳特紧跟着鲁潘少爷。

从小偷来的那天起，人们就开始用异样的眼光看待乔格纳特。他一到牧民们赌博的杧果园，牧民就避开他的眼睛，把贝壳钱用绳结扎起来，然后请他坐下。在拉马丁家的户外晚宴上，无数只欢乐的手会来拍拍他的后背。

就在几天前，副督察把他叫到了警局。乔格纳特带着鲁潘少爷一起去了。副督察说：“鲁潘少爷，缺少公众的配合，什么事也办不成。”

他一本正经地解释道：“我们找不到任何关于加亚丁家抢劫案的线索。除非你们合作，否则很难发现任何东西。”

鲁潘少爷说：“你已经得到我们的充分配合了。如果你不相信我，那就去试着逮捕几个学院的学生，看看会发生什么。”

副督察来回踱步，接着说：“英国人处理这些事情的办法最好，让百分之八十的罪犯供认不讳。可是，在这个国家……”他停顿了一下，直勾勾地看了乔格纳特一眼。乔格纳特用他在同花游戏中虚张声势时所用的同样坚定的目光看着副督察。

回答来自鲁潘少爷：“不要在这里谈什么英国人的办法。如果百分之八十的人认罪，那么明天你的十个警察中就只剩下两个去执勤了。其余的将被拘留。”

这句话被一笑置之，谈话到此结束。不清楚副督察为什么召唤乔格纳特。说起这件事，鲁潘用命令的口气说：“喂，乔格纳特，挂着死蝙蝠一样的脸到处闲逛有什么意义？开心起来。副督察又不是要啃你的鬣狗！”

接着小摔跤手暴躁地说：“有句俗话，如果你吃火，拉出来的屎也带着火星。乔格纳特没有征求维迪亚吉的建议就跳进了加亚丁的房子，为什么现在又要向维迪亚吉寻求帮助呢？”

乔格纳特没有反驳，就在这时，一辆牛车隆隆驶过。兰格纳特擦去脸上的灰尘。小摔跤手连眨眼都没有，他经受住了牛车扬起的尘土，就像阿周那听了黑天的阐释后，在俱卢之野忍受了十八天的战场尘土。他用无聊的语气说：“没有几个人被驴踢了还能忍得住。

我只是大声说出了整个村子都在议论乔格纳特的实情，有什么不满意的？”

萨尼查试图恢复平静。为了成为首席长老，他已经开始模仿维迪亚吉的说话风格，仿佛在宣讲永恒的真理。他说：“互相责骂是不对的。不管全世界对乔格纳特的评价如何，如果我曾经称他为好人，那他就是好人。一个人还要不要信守自己的承诺？”

小摔跤手轻蔑地说：“所以你觉得自己是个人物了？”

他们在路上见到了瘸子。兰格纳特说：“他怎也在这里！”

瘸子在龙葵树丛下的一块劣质棉布上休息，喃喃自语。萨尼查说：“瘸子到哪儿都能放得下，是个随遇而安的人。”

当他们路过时，鲁潘嘲弄他：“瘸子先生，告诉我们最新进展。拿到复印件了吗？”

瘸子停止了喃喃自语。他用一只手遮住眼睛，看清站在阳光下的鲁潘少爷。他说：“老爷，我怎样才能把它弄到手？从这里把复印件申请发到总部，然后通过相同的路径返回来。现在整个流程要被推迟两周。”

小摔跤手厌恶地看着他，对着乔木和灌木发表评论：“为什么还要拐弯抹角？为什么这个老傻瓜不去给复印员递5卢比？”

“你不会明白的，小摔跤手！这是一个原则问题。”兰格纳特解释说。

小摔跤手懒洋洋地瞥了眼自己强壮的肩膀，说：“这样的话，就让他继续兜圈子好了。”说完，他和其他几百个逛庙会的人一样，走进灌木丛准备撒尿，却看到另一个人在露天拉屎。小摔跤手咒骂了他，接着转身离去。

# 第十五章

小摔跤手说：“我不想看任何神迹，只愿做红腰布之神哈奴曼的奴仆。对我而言，其他神灵皆为草芥！”

他们正在商量要不要去山上的女神庙里瞧瞧。没有人能反驳小摔跤手，也没有人试图说服他。他们都知道，说服小摔跤手只有一种办法，那就是把他打倒，骑在他身上打断他的骨头。为了表明自己不是无神论者，小摔跤手站了起来，开始有节奏地拍打大腿。他觉得自己的信仰并没有因为上述行为而表达出来，于是便开始唱诵：“哈奴曼，用你恩典的桨划我的船！”

他指着一家甜品店说：“我会在那里吃点东西。到时候去那里找我。”接着自言自语道：“整个早上都张着嘴四处游荡，该死的胃在隆隆作响。”

兰格纳特被告知，这座神殿建于数百万年前的正法时代。起初，他想象自己从一块岩石上破译了古代的婆罗米字母。可是，当他看到远处的寺庙时，他立刻确信自己的同胞对时间的理解只有两个术语，没有开始和没有尽头。若非如此，他们怎么能轻易将一座七十五年左右的寺庙托付给笈多或者孔雀时期?

神殿延伸出的平台被藤蔓和青翠点缀，那里刻着铭文：“此处供奉阿修罗摩希沙[①]，由比卡普尔王公纳伦德拉·巴哈杜尔·辛格之子伊克巴尔·巴哈杜尔·辛格建于超日王历[②]1950年8月。”

读到这里，兰格纳特的考古志向化为乌有。

不要以为比卡普尔像萨塔拉或浦那[③]土邦那样显赫。在奥德土邦[④]几十万户的地主中，天知道有多少自封的破王公，在洒红节和十胜节迎接他们的臣民——也就是一两个佃农的敬礼。兰格纳特估算出修建寺庙的成本，猜测比卡普尔王公也就是奥德数十万地主中的一户。

神殿本身并不比一个座位大多少，只有一个房间和入口。内墙建有几个类似衣橱的柜子，里面供奉着几座神像。

来访者挤进门后，正好对着衣柜中供奉的女神形象。乔格纳特一踏入神殿，就像战场上听到爆炸声的士兵一样彻底拜倒。接着，他蹲坐下来，开始激情地唱诵颂歌。没人能听懂歌词，但能听出他是在唱歌，而不是在哭。乔格纳特的激情并非源自大麻或酒，而仅仅出于对警察的恐惧。不管出于什么原因，他的信仰如此虔诚，以至于好几个人都停止自己的唱诵，把注意力集中在了乔格纳特身上。

萨尼查渴望成为首席长老。于是，他也莫名其妙地在神殿正中央跪下，开始高呼：“宇宙之母！湿婆的配偶！”

一大群人站在主神殿外的平台上，没人会注意到其他人。可是当萨尼查到达的一瞬间，没有哪个根杰人会像他那样，把自己的乡

① 摩希沙（Mahishasura），印度神话中半人半水牛的阿修罗，被杜尔迦女神所杀。——译者注

② 超日王历（Vikram Samvat）为印度、尼泊尔等国传统历法，始于公元前57年。——译者注

③ 萨塔拉（Satara）和浦那（Puna）皆为近代印度规模较大的土邦。——译者注

④ 奥德土邦，近代印度北部地方政权，1856年被英国吞并。——译者注

土气息强加给周围的人群，使人们赶紧为他让路。鲁潘少爷也闭上眼睛许了个愿，随后再次睁眼，仔细打量庙会上的人。身边一个女孩正跪在神像面前低声祈祷。在鲁潘少爷看来，这才是庙会的乐趣所在。

兰格纳特双手合十，径直走向神像。他看了一眼，就被定在了原地，书本教给他关于古代雕塑的一切显得毫无意义。他想："如果这也算女神雕像，那我在克久拉霍、布巴内斯瓦尔和埃洛拉的盖拉什神庙里看到的是什么？"

他再次闭上眼睛，竭尽全力想要忘记他所学到的一切，从内心深处开始尖叫："救命啊！我的信仰被理性摧残！救救我！"但是当他睁开眼睛的时候，所有的虔诚都消失了，他被自己机械照搬书本的历史知识所震撼。

事实上，这座雕像颇为新颖。它戴着某种军用头饰，脖子下方是宽阔而平坦的胸膛，胸部以下的部分缺失。对那些并非出于虔诚信仰前来，而是在阅读了历史学家的英文著作之后心生学术好奇心的人而言，这仅仅是一尊12世纪士兵的雕像。

无论你如何评价我们国家的雕塑，都不能以性别混淆为由批判它。即使我们难以分辨那些留着短发、穿着衬衫和裤子在高尔夫球场里游荡的女士的性别，却不太可能在我们古代女性人物的雕像上犯同样的错误。

兰格纳特问祭司："这是哪位神的雕像？"

祭司很忙，他喊道："从你的口袋里掏出一些钱来献祭，就会知道那是什么神了！"

好奇心驱使兰格纳特上前摸了摸雕像的脖子。祭司狐疑地看着他，然后像个有教养的人一样说："严禁触摸神像。"

鲁潘少爷注视的女孩离开了寺庙。在他看来，庙会已经结束了。他拉着兰格纳特的手说："走吧，我们已经见过神迹了。"

历史是最伟大的偶像破坏者。现在它让兰格纳特不知所措，使他说出：“哪门子神迹？这都不是女神的形象！”

听到这话，三个陪同兰格纳特的根杰人都愣住了，纷纷朝兰格纳特的方向看去。接着兰格纳特像博物馆助理馆长一样向鲁潘少爷解释道：“你没看出来吗？这显然是个士兵的雕像。看，这是他的头盔。瞧这里，这是一个从后面伸出来的箭筒。看，胸部绝对是平的……”

兰格纳特无法完成他对士兵胸部的描述，因为祭司跳起来使劲推了他一下，他像箭一样毫不费力地穿过人群，在大门附近才停下来。

祭司停止了做法和收钱的工作，开始全力诅咒兰格纳特。祭司的嘴巴很小，却是断断续续地吐出了几句意味深长的咒语。很快，神殿响起了叫喊和诅咒，因为朝圣者也开始协助祭司辱骂兰格纳特。

从寺庙出来时，根杰人被彻底吓坏了。祭司来到神殿门口尖叫：“一看你的脸就知道了！你是基督徒！英国人的走狗！学一点他们的洋泾浜语就敢说这不是女神！四天后连你爹都不认了！”

萨尼查和乔格纳特无法理解到底发生了什么。祭司们继续到处乱窜，大呼小叫。这时，鲁潘控制场面的能力已经恢复。他抓住兰格纳特的手说：“兄弟，我们走吧。”接着，他转向祭司，用大声却冷漠的语气说：“大师，别在庙会上抽太多大麻。年纪大了，这玩意儿会让您上头。”

祭司张嘴想说点什么，可鲁潘阻止了他：“行了，行了。别跟我顶嘴。我们是希夫帕尔根杰来的，赶紧让你的舌头缩进蛇洞里。”

走了一会儿，兰格纳特突然说：“我错了，不应该说这些话。”

鲁潘少爷安慰他：“你是对的。但这不是你的错，而是你的教育。”

萨尼查也说：“人一旦开始学习，谈吐就会像受过教育的人，忘记真正的说话方式。乔格纳特，是不是这样？”

乔格纳特没有回答，因为此时他溜进了朝圣者的人海中，忙着抚摸年轻女性。从脸上的表情看来，这似乎是他想要继续做的事情。

萨尼查也感受到了庙会的热情。他大踏步走向小摔跤手所在的甜品店。抛开数不清的年老女性，他温柔地把手搭在几个女人的肩膀上，探索她们胸部的大小和形状。一切都是那么自然，以至于让人觉得这是男人在挤过人群时义不容辞的责任。为了实现这一目标，这个瘦弱的男人突然变得敏捷，以至于任何一家美国壮阳药厂家都想雇用他来体现“精气神”。

兰格纳特彻底生气了。一次，他将萨尼查伸向年轻女孩脸颊的手移开，说：“这是在干什么？”

萨尼查睁大了眼睛。他回答说：“先生，这不是什么，这里是庙会啊。”接着，他突然变得谦虚起来，咧嘴说道：“先生，乡下的庙会就是这样。摸摸才知道庙会的乐趣所在。”

甜品店和小吃店前挤满了人。印度甜品之王——巴菲糖堆成一堆儿，每个小男孩都清楚地知道，巴菲糖在街头斗殴中可以像砖头一样被使用。为了制作这些甜品，糖果制造商和食品检查员不得不开展大量的科学研究。经过大量的努力，他们发现可以用海芋、土豆和米浆、泥巴甚至牛粪来代替炼乳。他们信奉和谐，擅长平衡配方，发誓绝不制造或出售任何没有掺假的东西。

小摔跤手在一家商店旁边，坐在离人群稍远的凳子上吃着土豆片。萨尼查和乔格纳特与鲁潘少爷分开，来到小摔跤手的跟前。萨尼查说：“师父，可以的话我们吃几块巴菲糖？”

小摔跤手看着萨尼查，仿佛赐福一般温和地笑了笑，说：“吃吧，徒儿。给乔格纳特也买一点儿。”

看到灰尘、苍蝇和其他物质增加了巴菲糖和小吃的重量，兰格纳特有些反胃。他对鲁潘说："你还吃得下吗？"

鲁潘毫无兴趣，回答道："还有必要吃吗？"此时，他开始打量周围的人群。他在不远处发现了之前见过的辛格长官。头上紧扣的太阳帽使他看起来像个高级警官而非卫生检查员。几个人围着辛格长官。鲁潘少爷说："这群好吃佬被困在甜品里了，我们过去看看那个老家伙在干嘛？"

说完，他向辛格长官走去。辛格看起来像是四五天没刮胡子，嘴角的烟叶汁水快要滴下。尽管如此，太阳帽仍然使他看上去有些干练。

鲁潘说："辛格长官，怎么了？"

"没什么好事，兄弟！我得以掺假造假指控十户商家。鲁潘少爷，我这把岁数怎么混成这样了！来回在法庭上做证估计得把我的脚磨烂。"

鲁潘少爷提高嗓门压制了大家的吵闹："辛格长官，有什么尽管吩咐！向他们每个人收5到10卢比，事情不就解决了？"

辛格长官将他的嗓门提高到相同的位置："哪个混蛋会给我5到10卢比？我在这里收钱，这帮混蛋都只愿意给2卢比。我告诉他们，想吃罚单的话，我现在就开个够。"

鲁潘少爷抬起手说："这帮商家到底是从哪里来的？简直目中无人。"

一个身材魁梧的壮汉向他们走来。他看起来很威风，可说话的样子像又大又肥的烂西瓜。"长官，我们来自罗胡普尔。"他抱怨道，"我们花了好长时间只为了让'检疫员'满意，可他还是不肯把每个摊位的价格降到10卢比以下。"

鲁潘少爷说："辛格长官，冷静。即使收费标准是2卢比，您也能得到20卢比，何乐而不为呢？这可不像你卖给他们一堆小麦或任何有价值的东西。"

辛格长官咆哮道："2卢比！"他笑了："鲁潘少爷，别让我这么没面子。"

胖子被鲁潘的态度所鼓舞，说："少爷，体谅一下我们的困难吧。我们已经在这里摆摊了一整年，交给他10卢比，我们还剩什么？"

鲁潘以开玩笑的方式加入讨论，可现在他更喜欢站在商家一边。他用与辛格长官音量相匹配的声音说："你知道他说得没错。他还剩些什么？辛格长官，就降到2.5卢比吧，双方都做些让步。"他对胖子说："现在就去把25卢比交给辛格长官……外加一些甜品。"

辛格长官后退着喊道："不要任何甜品！"他以合理的方式向公众解释了他的要求："天知道这些该死的东西是用蓖麻油还是马府油做的，闻起来像羊屎蛋一样臭。"

鲁潘少爷凑了上来，开始拉起家常。鲁潘问："豪宅怎么样了？"

辛格长官遗憾地回答："不是什么豪宅了，现在只能称它为房子。"他沉默了下来，毫无生气地说："只完成了一半，我在考虑就这么把它卖了。"

兰格纳特的心里沸腾起来。他在神庙受到侮辱后，十分渴望和人吵架："收了那么多贿赂，竟然没有给自己盖一栋豪宅？"

辛格长官并没有因为这番话而恼火。他看着鲁潘，扬起眉毛，似乎在问："这是谁？"鲁潘解释说，兰格纳特是他的表哥，辛格长官不要把他说的任何话放在心上。自己表哥的文化程度有些过高，所以偶尔会本末倒置。鲁潘向这位长官保证："没关系，不管他说过什么，都是自己人。"

兰格纳特咬着嘴唇，深深地叹了口气。辛格长官向他解释道："往昔时光一去不返了，兄弟！那是豪宅的时代。现在没有人可以用贿赂给自己建豪宅。如果你家屋顶上还有茅草覆盖，就已经谢天谢地了。没有看到我们收费的标准吗？手写10次处罚单已经让人累得不行了，可我获得了什么？这就好比杀死一只苍鹭，只弄到一把羽毛。”

胖子回来了。他把25张1卢比的钞票塞到辛格长官手里。辛格长官没有再说什么，拿过纸币仔细地数了两遍。有一张纸币特别脏，于是他找胖子换了一下，然后慢慢地把钱放进自己背心的口袋里。

兰格纳特注视着他的脸。辛格长官说：“看到变化了吗？过去，当人们发现官员准备收受贿赂时，会有成千上万的人围着你，给你塞钱，并且感谢你收钱。现在没人愿意靠近你了。即便有人这么干，也会带上鲁潘少爷这样的人。出于对他的尊重，生意都不好做了。

“如今，受贿成了一件非常丢脸的事情，不再那么吸引人。受贿的人和不受贿的人真的没有区别。他们的境况一样糟糕。”

谈话被附近商店的骚动打断了。有人喊“开始了，开始了”，意味着人们开始用棍子互相殴打起来。

“怎么了？发生什么事了？”聚集在店里的人问。一个人表现得好像答案藏在巴菲糖里，他抓起一把糖，喊道：“怎么了？”其他人以类似的方式各自进行调查。一个人发现事实藏在一堆拉杜球中，另一个人在蛋糕中有所发现。众人玩起了老套的白嫖把戏。

两三个警员挥舞着警棍，突然出现在现场。他们肆意而非谨慎地使用警棍，局势很快得到了控制。人群已经散去。在案发的那家店里，店主一边揉着被警棍击中的部位，一边仰面躺下抽泣。小摔跤手、乔格纳特和萨尼查站在一边，鲁潘和兰格纳特也过来加入了他们。戏台已经搭好。

一名警察问：“让我们听听发生了什么事！你揉背也太用力了，看着像是有人朝你扔了原子弹。”

店主停止抽泣，对大伙儿说：“发生了什么？我无话可说。”

小摔跤手正站着把肘部的泥土搓成卷。他看着店主说：“没有人可以像这样欺骗根杰人。说来说去不就是钱的问题。”

鲁潘少爷加入了争执，他把眼前的额发往后一抹，向警察充分展现自己的学识。他说："这位摔跤手是我们的人。不要以为这些人是孤儿，可以对他们为所欲为。您要是处理得当，我们一定尽最大的努力配合。但如果你做错事，明天就会有七百名学院学生站在这里。"

其中一名警员回答："哥们儿，现在什么都别说。我们知道你是谁。不管发生什么事，一定妥善处置。"

接着他转向店主："你有需要陈述的吗？"

店主立刻警觉起来。他的手不自觉地停止了揉背，说："陈述？先生，我现在不发表任何陈述！我只会在律师在场的情况下这样做。"

警察咆哮道："他妈的！到底是谁想听你的陈述？我问你发生了什么事。"

店主说："长官，您是正义的化身，事情是这样的。先是那个摔跤手过来，坐在后面的凳子上，点了两盘菠菜和两盘海芋。当他吃第二盘海芋时，这两个根杰人来了。"他斜眼看着萨尼查和乔格纳特，接着说道："这两个人每人要了50克巴菲糖。我把糖给了他们。"

警员转向小摔跤手问："是这样吗？"

小摔跤手的回答听起来像诅咒一样："是的，是的。"

"然后这两个根杰人吃了各自的巴菲糖，准备离开。"店主继续说："我说：'你欠我半卢比。'然后他们转向我说：'我们已经给了你半卢比，还得付多少次？'我要给数百名顾客提供食物，怎么敢欺骗他们？我一直说要付钱，他们一直说已经给了。我有些生气，于是他们开始咒骂我。"

萨尼查打断道："有多少真相说多少实话，拉尔·奇兰吉马尔！你说我们吃了半卢比的巴菲糖，没错。你说我们没有给钱，但我们给了。"

兰格纳特插话："那还有什么问题？如果没付钱的话，他们会给的。”

萨尼查说：“听听这位兄弟是怎么说的！如果为这种事情都要付两次钱，我们很快就会沦落到街头乞讨的地步。”

“真正的麻烦可不在半卢比上，”店主说，“是那边的摔跤手。当这两个根杰人为半卢比争吵时，他走过来告诉我，不要忙着和他们争论，赶紧给他找零钱。他连四分之一拜沙都没有付，还在这里告诉我不要忘记找钱！这都是什么世道？”

摔跤手没有对这一指控做出回应。他还在擦身上的泥土。

警员说：“你有什么要说的，摔跤手？”

小摔跤手回答：“我要说什么？我不是一个大惊小怪的人。我只想要半卢比的找零，一切都与我无关。”

讨论持续了相当长时间。周围的人群也开始互相交谈，谈话的主题是，庙会年年都会发生这样的争吵，总是由根杰人发起，根杰人都是流氓，但谁敢和他们顶嘴？而事实是，如果说实话，每个村庄都有同样的问题，所有的小伙子都一样野……

谁应该给谁多少钱的认定结果仍未给出。最终，一名警员提出简单的解决方案，所谓简单方案就是双方各退一步。如果摔跤手付了钱，他应该忘掉找零；如果店主没有收到支付，他就应该忘了支付的事情。

双方对这个提议很不满意，但经过一番苦苦哀求后都接受了。接着，酒铺的方向也发生了类似的骚动，警员赶忙过去。人群散开了。

兰格纳特突然严厉地说：“没想到我和劫匪一伙儿。都是些什么人啊？”

鲁潘少爷惊讶地盯着他：“谁？店主？嗯，他们是天生的劫匪。”

兰格纳特的脸红了起来。他走到店主面前，从口袋里掏出一张5卢比的钞票递给他，说：“从这张钞票上抵扣三个人吃甜品和零食的钱。忘了刚刚发生的事。”

兰格纳特转向自己的同伴。鲁潘拉着脸，似乎想说这个男孩要在一天之内将自己全部的愚蠢展现出来。小摔跤手轻声说：“让他把心放下来吧。他是一个受过教育的人。他有什么士学位，谁好意思跟他争论？”

小摔跤手把目光投向别处，好像整个事情都与他无关，问题只是某个拥有硕士学位的人走上了白痴的道路。

但鲁潘开口了：“决定了，兄弟！现在你没有发言权了。如果你想做任何事情，请在警察面前完成，那样才会有意义。”

兰格纳特把钞票扔到店主面前，无视鲁潘，说：“赶紧，把零钱找给我。”

人群又开始聚集了。店主匆忙环顾四周，把钞票还给他，说：“老爷，您是这里的外人。我还得在这儿生存呢。”

一行人分成了三组。乔格纳特去酒铺，萨尼查和小摔跤手前往庙会的另一边，和几个熟人在那儿抽大麻。兰格纳特和鲁潘少爷一起返回。

兰格纳特变得相当严肃，也很疲惫。他坐在一口井的边上休息。鲁潘少爷一直站着，远远地看着野鸡打斗。

离井不远的地方有一座破败的建筑物。那里竖着一根柱子，旁边坐着一个小麦肤色的年轻女孩。女孩穿着鲜艳的纱丽，戴着金鼻环。这一幕吸引了刚刚经历庙会风波的兰格纳特，他注视着她的方向。

一个穿着脏兮兮长裙和干净闪亮的仿丝绸衬衣的男人站在离女孩不远的地方抽着手卷烟，他的耳朵后面有块柠檬片，头发上滴着油。他慢慢地走近女孩，在距离大约一码的地方坐了下来。他讲了一些什么，女孩笑了。兰格纳特喜欢女孩的笑容，希望她能看向他的方向，而那个女孩确实也看向了他。他希望她能对他微笑。她确实笑了。头发滴油的男人又点了一支手卷烟。

一个身着长衫腰布、头戴帽子的男人来到兰格纳特跟前。按照印度标准，这身打扮像是德高望重之人。兰格纳特看了他一眼，然后又看向了女孩。她停止了微笑，脸上露出某种温柔的表情，就像印地语电影中女主角唱情歌之前的样子。

靠近兰格纳特的男人轻声问："你是从附近的地方来的？"

兰格纳特摇摇头说："不是。"

男人走过来，自信地坐在兰格纳特身边，说："这些乡下人什么都不懂。只知道唱这首电影歌曲，唱那首……"

兰格纳特饶有兴致地听着他的话，却听不懂他的意思。男人继续说："但是如果你让她唱提拉纳、达德拉，甚至图穆里[①]，任何古典的东西，她都能唱出自己的心声。"

男人沉思着，用梦幻般的眼神浪漫地说："她去过罗胡普尔，现在要去拜杰冈了。"

在城里，兰格纳特曾经听到过关于拉维·香卡[②]的类似评论。一位播音员说："他刚从爱丁堡回来，接下来要去纽约过冬。"

兰格纳特鼓励地点点头，男人开始向他全面介绍女孩的优点。起初他犹豫着说："她可不是那种你可以在路边欣赏到的艺术品。到她的房间里听她说话，之后你就可以区分真正的表演者和冒牌货。"

兰格纳特仍在注视着女孩。头发滴油的男人此时就坐在她身边。他们都在说话，微笑，偶尔看向兰格纳特。兰格纳特终于意识到，这些人对自己寄予厚望。

远远地看到那个身着长衫腰布戴帽子的男人和兰格纳特，任何

① 提拉纳（Tillana）、达德拉（Dadra）、图穆里（Thumri）皆为印度传统音乐风格。——译者注

② 拉维·香卡（Ravi Shankar，1920—2012），印度作曲家、西塔尔演奏家。——译者注

人都会认为，这两个认真的人正在深刻地思考国家面临的问题。男人皱着眉头说："新的法律把一切都毁了。各路达官贵人都想听她唱歌。不过现在警察已经允许，欢乐的屋子将再次响起音乐。"

兰格纳特起身。男人也跟着站了起来："我在过去的十年里尽全力训练她。现在她已经能发出孔雀一样的声音，经过全面的训练后，她已经变得千里挑一。"

兰格纳特看向鲁潘少爷，后者溜了出去，正看着野鸡打架。

兰格纳特喊道："鲁潘！"

男人想了想，然后说："她和你信仰相同，是印度教徒，而且很单纯。"

接着，他拉着一张长脸，自豪地继续说："她只唱歌，和有素质的人在一起，不是妓女。"

兰格纳特告诉那个人："这也是一件非常好的事情。如果歌手成为妓女，会影响她们的音乐素养。音乐也需要精神上的和谐，得确保她的初心。"

男人被吓了一跳，说："您什么都了解。不用我解释了。找天来她的房间吧……"

一看到鲁潘少爷，男人立即停下了脚步。鲁潘突然从后面站了起来大声呵斥："他当然会去她的房间。你认为在和谁说话？忘了你爹是谁了！"

男人双手合十，神态一变，调皮地笑着说："先生，钱就是我的爹！"

兰格纳特笑了。瞟了一眼少女，发现她在笑。

鲁潘和兰格纳特默默地走着。最后，鲁潘开口说道："他告诉你什么？他有没有说她已经开始接受男人了？"

兰格纳特没有回答。

“我们被骗子包围。我从小就看到这个该死的妓女。”鲁潘的口气像个年长的公民，“多年来，她一直戴着鼻环四处游荡，那个男人一直对她的达德拉和图穆里赞不绝口。她的声音像水牛一样，伪装成音乐大师，实际上是整个地区最烂的妓女。没有人愿意为她掏钱。”

兰格纳特疲倦地往前走着。鲁潘告诉他：“要不是我及时过来，他根本不会闭嘴。他已经盯上你了。”

他以同样的语气继续说着。突然，兰格纳特问：“鲁潘，你为什么要给贝拉写情书？”

鲁潘少爷停顿了一下，回过神来说：“你一直住在城里，竟然不知道人们为什么要写情书！”

兰格纳特的心中早有答案，但他只说了一句：“舅舅会很生气的。”

鲁潘少爷挺起身子，僵硬地说：“他有什么资格生气？让他和我当面谈。他十四岁就结婚了。后来我母亲去世，他在十七岁时又结了一次婚。对他来说独居一年都不行。所以他要跟人合法同居。你想知道他还干过多少违法的事情吗……”

“不，”兰格纳特说，“我不想。”

# 第十六章

夜间，拴住水牛的茅草屋顶下，有人正在用稻草和灰烬擦干地面。直到水牛尿的气味被灰烬抑制，擦地的人才能确信地面已经干净了。他在灰上铺上一大块麻袋，在袋子上铺上一块彩色的棉地毯，上面写着“村庄司法委员会，比赫玛赫拉”。

他拿出一个木箱，放在地毯中央。接着他走到附近的砖台上，吐了两口唾沫，点上一支手卷烟。

比赫玛赫拉司法委员会的管辖范围覆盖了希夫帕尔根杰村。库萨哈·普拉萨德指控自己的儿子乔特（小摔跤手）对其侵犯，今天是第三次庭审。前两次庭审上做出的唯一决定是，尽管库萨哈和乔特都在场，但由于村委会成员未能出席，此案无法审理。

坐在讲台上抽烟的是司法委员会的办事员。抽完手卷烟，他又吐了口唾沫，向一侧伸了个懒腰，打了一个大大的哈欠，自言自语道：“这些人到底跑到哪里去了？”没人回答，于是他又点上了一支烟。

接着，五个人同时走了过来。第一个是库萨哈·普拉萨德，第二个是小摔跤手，另外三个是村委会主席和两名委员。库萨哈的头上有两道不太明显的伤疤，为了让它们更显眼，他剃了光头。在秃顶的地图上，两块伤口形成的高原清晰可见。

主席展开一份文件，向其中一名委员说："请向被告宣读库萨哈的起诉书。"

委员疑惑地看着文件，来回翻动页面，就像一个懂印地语的人看到泰米尔语、泰卢固语、卡纳达语和马拉雅拉姆语的字母一样吃惊。委员远远地说："我怎么好意思在你这样德高望重的人面前宣读文件？请自行阅读并继续。"

文件变成了烫手山芋。第一个委员把它还给了主席。主席用一只手接过它，然后用另一只手把它交给了另一名委员。第二位非常仔细地检查了最后一页上的圆形印章，然后突然把文件传给了第一位。文件经手这么多次，工作似乎不可能完成了。

最后库萨哈·普拉萨德说："首席长老，今天秘书没来。您还要因为阅读和写作的问题耽误多久？找个日子改日再弄，一会儿可以审理案子了。"

主席像个英雄一样回答道："库萨哈·普拉萨德，你在说些什么？潘查亚特长老惧怕阅读和写作，就像士兵畏惧子弹，要知道他们可都是……"

小摔跤手打着哈欠，用力地伸了个懒腰，肋骨发出裂开的声音。他用一种无聊的语气评论道："你们这些人已经闹了整整一个小时。你是要开始庭审还是继续摆弄你的拇指？"

主席立即开始了诉讼程序。他再次尝试阅读文件，将其中一页举到嘴边。口水渗到他的唇角。他眯起眼睛，让周围的鱼尾纹更加突出。看起来这是他一生中最特殊的时刻之一。

文件几乎要碰到他的嘴了。他动了动舌头，深吸了一口气，一口没吃就放下了。仪式结束后，他正式说："我已经阅读了库萨哈·普拉萨德先生的起诉书。库萨哈·普拉萨德说，库萨哈·普拉萨德的儿子乔特——父亲的名字叫库萨哈·普拉萨德——无缘无故地用棍子殴打了库萨哈·普拉萨德。起诉依据的是印度刑法第323条。”

小摔跤手坐在那里，好像他与诉讼无关。主席的前额乌云密布。他问：“库萨哈，你说什么？这就是问题所在，不是吗？被告乔特打了你？”

“是的，首席长老，在成千上万的人面前。他把我的肋骨和骨头全都打成了糠。”

主席严肃地说：“说话之前请先三思，库萨哈！如果你的骨头被打断，诉讼流程就不一样了。你得去城里的法院，我们这里只能审理印度刑法第323条。如果涉及第325条，你要先去城里尝尝水龙头里的水。”

库萨哈沉思片刻：“那么，首席长老，我的骨头只是断了一点点！这只是一种修辞方式。但是他把我打得很惨。他像抽打稻草一样抽我。看看我头上的伤口。他不是我的儿子，他是敌人。”

一名委员坐在麻袋边缘，静静地念念珠。他的额头上有一个白色的印迹，脖子上挂着神圣的金刚珠。他是一个可敬的长者，看起来像是一位占星算卦与执行仪式的专家，也是一位经验丰富的阿育吠陀医生。这些技能足以让他过上舒适的乡村生活。但这还不是全部。一有机会，他就会在城里大显身手。在那里，他会遇到各种高级官员，揭示土星对他们七年半影响的结束，预测他们升迁或是出国机会，以此从他们那里获得可观的报酬，甚至是更可观的政府津贴。当他听到库萨哈说乔特不是自己的儿子而是敌人时，他中断了祈祷，说出了这样的话：“我的神啊！”

小摔跤手清了清嗓子。主席说：“你咳嗽很厉害。”

小摔跤手回答说：“我父亲哭得像寡妇一样。先听他的，之后再考虑我的咳嗽。”

主席问库萨哈：“所以你的骨头没有断。如果是这种情况，那么本案在第323条的适用范围内。”

他慢慢地重复道：“那么这仍然是第323条的适用范围。不涉及长矛或匕首？如果有的话，那就会牵涉第324条。”

库萨哈紧张地说：“不，首席长老，我们拿长矛和匕首有什么用？我们家族七代以来一直使用棍子。”

“好的！”主席翻了几页文件，问：“库萨哈，那么告诉我，乔特为什么要打你？”

小摔跤手回答说：“他怎么会告诉您？需要我告诉您原因吗？”

主席笑着说：“摔跤手，在法律面前，轮到自己说话时才能发言。原告在前，之后才是被告。会轮到你的，别担心。”

“谁在担心？您也不用担心。神愿意的时候，也会轮到您的。”

主席没有理会，转而去问库萨哈：“那么告诉我，兄弟，乔特为什么要打你？”

“我怎么知道他为什么打我？为什么野蛮的公牛会攻击人？他很年轻，是一名摔跤手。全村没有人能打倒他。他的身体渴望战斗。他的手痒痒的，为了止痒，他走过来对我动手……”

“不对！”主席插话了，“一个巴掌拍不响！你一定是做了什么来激怒他！”

库萨哈假装无辜：“我能做什么，首席长老？我怎么能反对乔特？”

主席低着头，仿佛陷入了沉思。过了一会儿，他继续说：“不要假装这么天真，库萨哈·普拉萨德。这里的法庭了解你身体的每一根血管。我们的调查揭示了整个事实。都一把年纪了还在搞女人？您在糊弄我们，先生！您也好不到哪儿去！”

库萨哈的声音颤抖着：“首席长老，我在家里被人用棍子殴打，在这里被您用言语侮辱。这是哪门子正义？”

念珠祈祷的委员说：“让我们把被隐藏的东西隐藏起来。但是，库萨哈先生，不要做得太过了！我们都知道你不是圣人。”

另一个委员说：“继续审理这个案子吧！无论库萨哈做了什么，摆在我们面前的案子牵涉了第323条，让我们继续下去。”

但是主席已经对这个案子上头了。他固执地说：“你对发生的事情了解多少？我刚从乡办公室回来，路上和人聊了会儿。老萨尼查也在。听到的内容让我耳朵发烫。这个库萨哈并没有那么好，他隐藏的东西和展现出来的一样多，村里的……”

这番侮辱击倒了库萨哈。他开始温顺地环视四周。年轻时他曾经非常凶狠，但也只是在和人战斗的时候如此。面对法律，他一直表现得很谦虚。那一刻，他默默地向在场的所有人发出呼吁。泪水几乎从他的眼中滴落。然而，主席和委员们只是满意地坐着，看着他的不安。

库萨哈缓缓抬起头来，看着小摔跤手，突然显得有些惶恐。

小摔跤手皱着眉头，嘴唇抿得紧紧的。他站起来对主席说：“呃，你这个笨蛋，别闹这么大的事！给你一个耳光能让你和你的这些破烂玩意儿入土。过去的两个小时里，我一直在听你说我父亲是个混蛋。如果我父亲是个混蛋，那你认为你父亲是什么？”说到这里，小摔跤手的声音开始颤抖。“我还没死，”他继续说，“现在，这里谁是有爹养的孩子，让他试着侮辱我的父亲，看看他还能走几步。”

现场一片寂静。办事员像猫一样悄悄地挪到茅草屋远处的角落躲了起来。主席目瞪口呆。库萨哈松了口气。念珠祈祷的委员闭上眼睛，喃喃道：“神啊！”

小摔跤手像老虎一样咆哮：“哼，神啊？我会把你的念珠塞进你的喉咙，再从你的肚子里把它取出来。”

库萨哈开口了：“哦，小乔特！够了。肃静！这是一个法律问题。

案子会有结论的。”

“你坐那儿打官司去吧，父亲，我知道事情会怎样。明天我亲自去城里投诉他们，他们在公开场合跟你说的都是些什么鬼话。要是我没让他们每个人在15万座监狱里做苦工，我就不是从你的尿里生出来的人。”

说完，他抓住库萨哈的胳膊，把他从茅草屋里拖了出来。

# 第十七章

清晨，维迪亚吉感到有些冷，醒了过来。阿育吠陀补品失去了御寒的功效，寒气潜入他的皮肤，刺穿他厚厚的肉层，使他感到冰冷刺骨。他试着把被子裹好，想起无人同眠的床更冷。这个念头引发了一连串的记忆，实际效果就是让他昏昏欲睡。气流从他身体的上下部分爆发出来，他把被子紧紧地裹在身上，翻了个身。最终，当他听到这场内部革命的最后一声爆炸时，他又睡去了。革命之风很快被驯服，只是在他的鼻孔里打呼噜地进进出出。维迪亚吉在民主的梦中睡着了。

他看到民主蹲在木床旁边的地上，双手合十祈求。民主的脸看起来像个农夫，他甚至不会说一口流利的印地语，更不用说英语了。他仍然在恳求维迪亚吉，而维迪亚吉正在倾听他的诉求。维迪亚吉一次又一次地劝他坐在旁边的木床上，告诉他，也许他很穷，但他毕竟是维迪亚吉的亲人。但是民主一次又一次地称他为“先生”和“老师”。经过一番劝说，民主起身坐在木床的一角。当他得到足够的安慰并且能够说话时，他呼吁维迪亚吉：“我的衣服破烂，我很快将赤身裸体。我很惭愧来到这个国家的任何人面前，因此，哦，维迪亚吉老爷，给我一条干净的新腰布！”

维迪亚吉正要让巴德里从屋里取一条腰布。这时，民主摇了摇头说：“我是你们学院的民主，年会已经有很多年没有在那里举行了。学院委员会自开学之日起就没有举行过委员的选举。这些天，学院里的一切都在蓬勃发展，就剩下我一个人在角落里腐烂。请举行定期选举！这将为我的身体提供新衣服，我的羞耻将被掩盖。”

说着说着，民主离开了客厅，维迪亚吉的睡眠第二次被打断。醒来时，他听到被子底下传来内部革命朝着床脚方向的爆炸声，立即确定，无论民主看起来多么愚蠢，他都是一个好人，同时也是自己人，应该得到帮助。至少应该给他新衣服，这样他就可以与绅士们做伴了。

第二天，维迪亚吉指示校长召集学院的年度会议，并举行理事长和其他办公室负责人职位的选举。校长努力说服维迪亚吉没有必要，也无须开会进行新的选举。但是维迪亚吉让他保持安静，因为这是原则问题。校长接着指出，到目前为止，报纸上没有任何对学院的负面批评，没有人向上级投诉，也没有任何游行示威或是绝食抗议。每个人都很平静。没有人提到年会；某些人例外，他们到底是谁？还是那个卡纳老师，那个拉马丁·比赫马赫维和他的一些喽啰。校长认为，听了他们的糊弄而举办年会是不明智的。

维迪亚吉听完他要说的一切，回答道：“你是对的。但是这件事是你无法理解的，因为这是原则问题。所以赶紧去为会议做准备吧。”

当天晚上，兰格纳特和鲁潘少爷被派去了解加亚丁对选举的看法。作为学院委员会的副主席，加亚丁在关键时刻相当重要，必须知道他想让谁担任理事长。如果他不站在维迪亚吉一边，就得以某种方式改变他的主意。鲁潘少爷和兰格纳特打算找他进行初步的讨论。

但在一开始，加亚丁让他们的任务轻松了许多。他彬彬有礼地请他们坐到一张长凳上，问兰格纳特一些关于城镇教育的问题，给他们吃香喷喷的蛋糕和纯酥油做的小圆饼。一提到选举的事情，他就明确地说："一切都应在适当考虑后进行。你们不应该听得风就是雨。选举理事长并没有什么坏处，但维迪亚吉老爷应该继续担任理事长，因为学院属于维迪亚吉老爷。其他人怎么可能成为理事长？这点应该很好理解。"

听起来好像兰格纳特和鲁潘少爷即将投票反对维迪亚吉，而他是维迪亚吉竞选活动的负责人。兰格纳特被逗乐了，他说："您是老派的人，认为一切都正确。但是拉马丁·比赫马赫维和一些人想要让他人代替舅舅。我弄不清楚他们是怎么想的。"

加亚丁清了清嗓子，轻声说："他们没有经验。他们以为，如果其他人成为理事长，他们就能够取得一些成就，但这样的事情从来就没发生过。"

他停顿了一下，总结自己的观点："眼镜蛇和毒蛇没有什么不同。"

兰格纳特对这个评论不太满意，因为它贬低了维迪亚吉的地位。他说："这都很好，但你怎么能把舅舅和其他人相提并论呢？"

"我已经告诉过你了，"加亚丁解释说，"学院是维迪亚吉老爷的，应该留在他的手中。村委会是拉马丁的，应该留给他。每个人都应该在自己的地盘上快活。这场作秀选举没有任何收获。即便选上一个新人，他也会沦为末流，没有什么区别。这也是为什么我说选择已经在位置上的人，让他留在原地。把一切都颠倒过来有什么意义？"

鲁潘少爷想知道是否要吃掉最后剩下的拉杜球。他一听说加亚丁想让维迪亚吉继续担任理事长，就对谈话失去了兴趣。他知道，谈话从现在开始已经变得无关痛痒。但对兰格纳特来说，加亚丁的观点相当新颖。在这里，他听到了一种关于民主的新观点——既然参加选举的人都是不入流的，你最好不要用你认识的魔鬼换一个你不认识的魔鬼。兰格纳特将其指定为“加亚丁民主理论”，听着加亚丁继续阐述：“即使一个新人想要取得成就，他能做什么？只有在别人允许的情况下，你才能有所成就。在这个时代，有人允许任何人做任何事吗？当前唯一剩下的就是……”

昌格玛尔中级学院的男孩们对体育世界非常熟悉，因为每个月他们都会被揪耳朵，直到他们交上运动费。学院附近根本没有运动场，不过这是另一码事了，因为没有人在意这点。事实上，各方对此都很满意。体育老师有更多的空闲时间，可以同时渗透到两派老师中，赢得他们的信任。

校长也省去了很多麻烦。曲棍球队之间从来没有打架（因为根本没有曲棍球队），正因如此，学院里从来没有出现过纪律问题。男孩们的父亲们很高兴，只需支付费用，就可以摆脱体育活动的麻烦，而且男孩们也不必成为真正的运动员。男孩们也很高兴。他们知道，在像疯子一样从一个球门跑到另一个球门、拿着棍子追逐一块泥土大小的球的同时，他们可以吞下一整罐棕榈酒，运气好的话还能在牌桌上赢下五六个卢比。

但今天，这些男孩像握住步枪一样傲慢地拿着曲棍球棒和板球棒。学院门口大约有五十多人在闲逛。

看到他们的装备，兰格纳特问：“怎么回事？今天有人来检查学院？”

小摔跤手准备回答问题——他提了提滑落下去的腰布，说：“这么吵，谁来检查？这些为年度会议做准备。”

小摔跤手也是学院委员会的成员。男孩们看到他就大叫起来。在大门口，校长欢迎他说："请进，乔特少爷，我们正等着您呢。"

"我从大老远跑过来，不想离开了。走吧，您先请。"小摔跤手绅士地说。当一条狗被雨淋湿时，会以一种特殊的方式打喷嚏。校长害羞地笑了笑，发出了相似的声音。他边往前走边说："拉马丁派系已经做了很多工作。在拜杰冈的拉尔·萨希布的帮助下，他们得到了很多人的支持。天知道为什么拉尔·萨希布要卷入其中。他住在城里，却对村里发生的事情指手画脚。拉马丁的脑子坏掉了。你不知道有多少人站在我们这边，又有多少人站在他那边。"

小摔跤手盯着学院门前的花坛，校长继续说："我该怎么说呢？维迪亚吉有时候也会做些难以理解的事情，有什么必要现在选举……"小摔跤手朗诵了一首当时流行的虔诚诗："世界与我何干？对我来说，只有黑天大神最亲爱。"

校长在学院大门里对兰格纳特说："兰格纳特少爷，请进。学院对您没有任何限制。"

他点点头，表示会跟着他们，但他没有进门。

学院委员会的其他成员从四面八方陆续赶到。一个合作社的主管步行而来，他飞速进入大楼，速度之快令在场的人们感到震惊。几分钟后，承包商老爷从相反的方向踩着学院的农田走过来。他在工人工作的地方停下来，用夸张的手势把什么东西举向天空然后又扔下来，接着突然消失在视野中。过了一会儿，加亚丁老爷慢慢地来到学院门口，坐在横跨门前沟渠小桥的矮墙上。他不高兴地看着男孩们手中的球棒，然后又盯着男孩手里紧紧地握着的球，仿佛要把它催眠。校长大人在门口说："委员大人，请进。其他人都到了。"

他像是因为侵吞公款被捕、在庭上被证人指认一样，沮丧地回答："走吧。"他像企鹅一样迈开双腿，悄无声息地走进了学院大楼。

过了一会儿，有人骑马赶了过来。他戴着色彩鲜艳的头巾，仿佛刚刚从十二世纪穿越过来。一个男孩说："没人敢碰维迪亚吉一根毫毛。塔库尔·巴拉姆·辛格来了！"

巴拉姆·辛格一下马，就把缰绳交给其中一个男孩。没有马的时候，他看起来更像十八世纪的人。

他急匆匆地冲上桥，仿佛骑着骆驼进入阿格拉堡，向莫卧儿皇帝传达叛乱的消息。他向一个男孩问道："战斗还没开始，对吗？"

男孩回答说："战斗？我们都站在校长一边，是非暴力的追随者。"

巴拉姆·辛格抚摸着自己的小胡子，微笑着说："你们这些小伙子不输任何人。你们一边挥舞着曲棍球棒，一边假装自己是圣雄甘地的儿子。"

男孩说："圣雄甘地习惯拄着拐杖走路。我们没带武器，这些只是曲棍球棒。我们都不能用它打球，更不用说打人了。"

校长又出来了："请进，委员大人。已达到法定人数。会议即将开始。"

巴拉姆·辛格用头巾的末端擦了擦额头："让你的学生给我的马喂上食物和水。会议关我屁事？我有自己的法定人数。"

校长高兴地点点头。巴拉姆·辛格抓住他的长衫口袋说："如果你不相信我，感受一下。我的口袋已经装满了。这才是真正的法定人数。"

校长没有摸他的口袋，而是说："不用我摸。您哪会说空话？"

巴拉姆·辛格接着说："这是真正的进口货——六发左轮——可不像国产货，扣一次扳机就会炸膛。这玩意儿一旦开火，能把拉马丁派的六个人像母鸡麻雀一样打翻。"

"妙啊！妙啊！"校长惊呼道，仿佛伟大的诗篇正从巴拉姆·辛格的口中掉进他的耳朵。巴拉姆·辛格边走边说："我要去开会了。请照顾好外面的事情。"接着，他像《摩诃婆罗多》中的维杜罗阻止战争那样呼吁道："和平解决争端，要和平。"

“这里一片和平。我的麾下有五十个和平人士。”

校长离开了。

巴拉姆·辛格坐在桥上。有那么一会儿，他用烟草激起的口水在嘴边滚来滚去，接着吐出来。然后，他对那个自以为在非暴力信仰上胜过圣雄甘地的男孩说：“孩子，去学院里转一圈，看看我们的人是否正确地封锁了这个地方，并告诉那个混蛋拉梅塞拉，不要引起争吵。他的任务是把不听劝的人送到大门口来。”

这个男孩像一个童子军一样去侦察，仿佛祖国的胜利有赖于他。男孩们闲逛着，聊天的声音越来越大。巴拉姆·辛格说：“孩子们，你们可以随便逛逛，什么都不用担心。只要我在桥上，敌人就不能靠近。”

已经三点钟了。卡车和牛车不断从门前路过。巴拉姆·辛格盘腿坐在桥上，若有所思地看着它们来来去去。马一发出嘶嘶声，他就喊道：“切塔克，好孩子，耐心点！你能按时得到粮食和水！”切塔克很有耐心，为了证明这点，它开始撒尿。男孩们围着马站了一圈，观察它排尿前后的反应，相互开着玩笑。

突然，一辆卡车开到学院门前。一个穿着干净的长衫、戴着帽子、拄着拐杖的男人跳了下来，快步朝学院的方向走去。学生们一看到卡车停靠，就从四面八方朝桥上跑来。巴拉姆·辛格开口打断了男子前行的步伐：“潘迪特先生，让我向您行触脚礼。”

男人小声嘟囔了几句，便朝门口走去。巴拉姆·辛格说：“潘迪特先生，您慢点。没人在追您。”

潘迪特尴尬地笑了笑，回答说：“会议开始了，不是吗？”

巴拉姆·辛格站起身来，慢慢地走到潘迪特面前。围住他们的男孩们迎了上来。巴拉姆·辛格斥责他们：“走开，孩子们，去别的地方玩！”

接着，他靠近潘迪特说：“已经记录您出席会议。现在可以返回了！”

潘迪特试图开口，但巴拉姆·辛格走近重复道：“我说这话是有道理的。请回吧！”

潘迪特感到有什么硬物戳到他的大腿上。他低头看了一眼巴拉姆·辛格的长衫口袋，惊讶地向后退了两步。

巴拉姆·辛格向他告别，说：“向您行触脚礼，潘迪特先生。”

潘迪特默默地回去了。路上没有车辆，卡车已经开走，他只能匆匆步行离开。一个男孩说：“走了。”

巴拉姆·辛格评论道：“这位潘迪特是个聪明人。他懂了。”

“他肯定已经懂了，但他为什么要这样逃跑呢？”一位学生问道。

“小子，你还是个孩子！”巴拉姆·辛格回答说，“在这种情况下，人都会这样。”

另一个学生开始喂马。它发出嘶嘶声。这一次，巴拉姆·辛格开始责骂它：“安静，切塔克！”

童子军回来了。巴拉姆·辛格没有改变语气，厉声问：“怎么样了？有什么消息？”

侦察员像任何胆小的普通学生一样出于恐惧而咧嘴，笑着回答说：“塔库尔老爷！一切都很好。”

“他们那边有多少人？”

“五个。”

“他们都是明白人，还是其中有蠢蛋？”

“他们都明白了。”童子军此时已经恢复了勇气，他指着那位潘迪特的背影说，“他们都像他一样转身逃跑了。”接着放声大笑起来。

巴拉姆·辛格说：“明白人都知道这么做会送命。”

学院里传来了欢呼声。一人高声喊道：“欢呼吧，胜利归于悉多的配偶罗摩！”当谈到欢呼某人或某位神的胜利时，谁能比得过印度人？喊声从悉多的配偶罗摩开始，接着又是“向风之子哈奴曼致敬！”然后，天知道为什么，他们突然想到了圣雄甘地。

“欢呼吧，胜利归于圣雄甘地！”接着，他们就像收到了绿色信号，一人高呼胜利归于贾瓦哈拉尔·尼赫鲁，紧接着呼喊每位国家领导人和每位地区领导人的名字，最后才是真正的胜利呐喊：“欢呼吧，胜利归于维迪亚吉老爷！”

校长大人走出大楼，像一头插着匕首的猪一样号叫着：“欢呼吧，胜利归于——”

“维迪亚吉老爷！”门外传来了年轻一代准备好的叫喊声。这里就像庙会。校长向兰格纳特解释道：“维迪亚吉老爷再次当选。您将看到学院取得的成就。轰隆隆轰隆隆，它会像暴风特快列车一样极速前进！”他欣喜若狂，脸都红了。

小摔跤手说：“呃，校长，别这么急。听我说，最好也给这些手里拿棍子跑来跑去的小伙子一个曲棍球，让他们进行击球练习。他们中没有一个人可以打中球。他们只会像杀蛇一样拍打地上的尘土。”

“当然，委员大人，当然。会有体育设施的。现在我们能解决这个问题了……”

“你是可以，但让我把话先说完。你对每件事都说可以，但如果让你去做的话，连萝卜都拔不出来。我说的是体育运动。男孩们只会挥舞曲棍球棒，如果想用球棒击打任何人的后背，他们只可能打到自己的膝盖。条件允许的话，有训练目标会更好。”

维迪亚吉在后面说：“运动很重要，校长大人！小摔跤手的话并没有错。”

“呵呵呵，”校长欣赏着小摔跤手的身材，羡慕地说：“这人是摔跤手，对吧？他会说什么不恰当的话吗？”

# 第十八章

“这是个非常古老的故事。从前有位纳瓦布[①]，他有一个儿子。你们谈论的司法委员会让我想起这个故事。小摔跤手乔特在那里挑战了首席长老，这很好。乡村法院的正义不适合小摔跤手这样的人。他是个重要人物，厉害的摔跤手！也是我们学院委员会的委员。这种正义是给农民的，‘考瑞拉牌’的正义。呵呵呵，你知道什么是考瑞拉吗？它是一种生长在贫瘠土地上的杂草。你一定在夏天见过它，它有白色的花朵。但你是城里人，哪里见过这个！不管如何，这些村司法委员会都在做‘考瑞拉牌’的正义。还有那个首席长老？他对每个人都说同样的废话。但这一次，他遇到了小摔跤手。这就是他完蛋的原因，他遭到了自己索取的双倍报应。

“一开始我就告诉库萨哈·普拉萨德不要去乡村法院。但他不听。现在他意识到我是对的。带他上法庭的首席长老治好了他，他在法庭上和小摔跤手和解了……那也是对的。父子怎么会打起来呢？

① 纳瓦布（Nawab），原为莫卧儿帝国任命的地方行政长官，后成为地方封建主的称号。——译者注

“所以，纳瓦布大人有个儿子。是的，是的，我正在讲这个故事。有一天，可怜的王子病倒了。他发烧了，不会康复，持续了好几个月。他吃了各种非常昂贵的药物，所有的印度医学、伊斯兰医学和西方医学都治不好他。治疗花费的数千万卢比如同被扔进下水道一样，王子的身体仍然没有好转。

“纳瓦布绝望地捶着头。他到处宣布，任何能治愈王子的人都可以拿走他的一半王国并娶走他的女儿。医生们从很远的地方赶来。他们尽了最大的努力，但王子还是没有睁开眼睛。

“最后，来了一位年长的医生。他打量着王子，问：‘世界的避难所，半个王国，你女儿的手，我都承受不了。我不需要这么奢侈的生活，只需满足我的一个小小要求，治好王子就是我的责任。要想知道我的要求，需要您和我单独谈谈。’

“当所有的朝臣都被赶走时，医生说：‘民众的守护者，我希望您的夫人过来和我对话，无论我问什么，她都要如实回答。’

“纳瓦布走出了房间。夫人出现在医生面前。医生严厉地看着她，说：‘看这里，夫人，如果您儿子的性命对您很重要，请老实告诉我，王子的父亲是谁？他是从谁的血脉中出生？’

“夫人哭了起来，抽泣着说：‘请不要向任何人透露这件事。事实是这样，王子是宫中一位挑水人的儿子。那可怜的小鬼刚从乡下回来，不知怎的就发生了一些事，但是……’

“听到这些，医生说：‘谢谢！不用再说了。’他弹了弹手指，自信地说道：‘我马上就让王子恢复健康。’

“接着，医生把为王子开的所有药物都扔掉了。这些药物都是由钻石、珍珠、金银制成的化合物，一个比一个贵。各种奇珍异宝都被扔进了下水道。之后，医生将水洒在王子的眼皮上，说：‘喂，起来吧，挑水人之子！’

“就这样，王子猛地睁开了眼睛。之后，医生来到田里割了一些考瑞拉草，用水磨碎，让王子喝了。王子连喝三天的考瑞拉，身体就康复了。”

校长正在维迪亚吉的客厅讲述这个故事。主要听众是兰格纳特，主要题材是乡村法院，故事讲述者的主要灵感是大麻。他接着说：

“所以，兰格纳特少爷，这就是所谓‘考瑞拉牌’正义。那是农民理解的正义。这些乡野村夫想要的是什么？他们上乡村法庭，回来带着他们的‘考瑞拉牌’正义。

“对于大人物——贵族、官员、有教养人来说，他们需要的是昂贵的正义。我指的不是割草的首席长老，而是像英国人一样说英语、鼻子上戴着厚厚眼镜的法官。所以，每个地区都有为重要人物设置的高等法院。只要你想，各种类型的法庭都能找到。

“对于更有权势的人而言，有更大的高等法院，也就是最高法院，所有法院的最高级别。如果有人对他们使出充满敌意的眼色，他们会直接去德里递交书面诉讼。

“如果一个‘考瑞拉牌’的低贱之人去了那里，他会像躺平再也起不来一样，变得一贫如洗。

“我问你，每个人都有条件去高等法院和最高法院吗？雇用一名律师的成本和包养一百名妓女一样。

“这就是为什么对于农民来说，有这样的机构为他们争取‘考瑞拉牌’正义。他们什么都不用付出就能获得一切。只需来上一次，火气就降下来了。我们的法律体系非常稳固——法庭适用于所有人。”

他突然降格说起阿沃特方言：“适合畜生的挽具。”

村外是一片开阔的平原，逐渐变得荒芜，寸草不生。它看起来像是用于维诺巴·巴维献地运动的理想之地。确实如此。两年前，这片土地作为献地运动的一部分被捐赠用于改善无地者的生活，接着又被村委会无偿收回。然后村委会把它送给了主席。主席先是把它送给了自己的朋友和亲戚，然后以现金出售的方式将剩余的部分卖给一些穷人和无地的人。后来发现，分配给穷人和无地者的地块并不是这块土地的一部分，实际上是在某人的农场范围内。诉讼由此开始，并且仍在继续，预计将持续一段时间。

一些森林保护和植树计划已经在这片土地的一角启动。这些计划是否成功仍不确定。瞧上去，你至少能发现几条开挖的壕沟，据说里面播下了金合欢的种子。有人说，如果根杰人能像邻村的人一样勤劳，那么在这片贫瘠的土地上会长出一片微风中摇摆的森林。但是因为土壤质量差，沟里并没有长出金合欢树。希夫帕尔根杰从整个计划中获得的唯一好处是壕沟被当作公共厕所，这意味着林业规划已经转变为民生项目。

荒野的对角长着一棵榕树，它看起来像是要强暴整片荒野。树边有一口井，兰格纳特坐在井壁上。

印度受教育的人偶尔会患上一种被称为“良心危机”的疾病。在受教育的人中，这种疾病通常会攻击那些自以为是知识分子的人。从见证学院理事长选举的那天起，兰格纳特开始怀疑自己感染了这种疾病。当他看到维迪亚吉时，他会突然想起校长大人在选举结束后从学院里出来的那一刻，他像一头插着匕首的猪一样尖叫着为维迪亚吉的胜利欢呼。在兰格纳特看来，与维迪亚吉住在一起使他成了某个匪帮成员。每当校长在他面前讲述一些有趣的故事时——他总有讲不完的类似故事——兰格纳特总觉得自己随时可能扑向某人，掐住某人的喉咙。

假如兰格纳特在城里，他会和朋友坐在咖啡馆里就这次选举发表长篇演讲。他会告诉他们，昌格玛尔中级学院理事长的职位是如何用手枪的威力赢得。他会用拳头捶打桌子，说这个国家的人为了区区小职位就能干出这种事情，又会在重大事情上做什么？讲了这么多，又说了几句蹩脚的英语，他会喝光咖啡，为自己是知识分子而满意；通过在四个无用之人面前发表支持民主的有力演讲，倾诉内心的负担，兰格纳特克服了“信仰危机”。

但他不在城里。他在乡下，用鲁潘少爷的话说，你不能相信自己的父亲。用萨尼查的话说，没有人会在你割伤的手指上撒尿，更不用说包扎它了。

因此，兰格纳特无法克服自己的痛苦。日复一日，他越来越确信自己已经沦为匪帮成员，在掠夺学院之后，他们正准备袭击其他地方。他渴望羞辱维迪亚吉，更渴望找到一个可以在他面前肆意羞辱维迪亚吉的人。

到哪儿去找这样的同伴？卡纳老师的舌头太长。要是跟他说了什么，第二天全村人都会说维迪亚吉被侄子羞辱，足以说明当下受过教育的人是怎样讲礼貌的！也许可以跟马拉维亚老师交谈，尽管他也有派系。不过，他是一个单纯的人，跟他聊这些没有乐趣。

那么还有谁呢？鲁潘少爷？

兰格纳特对鲁潘有一些信心，因为他有时会辱骂校长并谈论学院的问题。鲁潘抱怨说，校长在学术上是个白痴，可论及世俗的智慧，他是个大师，一个彻底的操盘手。通过欺瞒鲁潘的父亲，校长可以为所欲为，鲁潘的父亲却以为校长是在按照自己的意愿行事。此外，鲁潘认为校长对卡纳老师非常霸道。卡纳老师可能是个彻头彻尾的白痴，但校长不应该对他如此不公正，因为一个滥用维迪亚吉支持的白痴击败另一个白痴是不对的……

榕树下，坐在井壁上的兰格纳特深吸了口气，因为今天，很久以来第一次，他的病没有困扰他。碰巧的是，他鼓起勇气将自己的良心危机摆在了鲁潘面前。他坦率地告诉鲁潘，他的舅舅不应该做这些事情，并问他在枪口下赢得理事长职位有什么意义，因为这将败坏他在整个地区的名声。

鲁潘少爷以自己强硬的风格回答："瞧，表哥，这就是政治。还有很多更糟糕的事情。不过这不重要。如果你走上我父亲的道路，你会走得更远。你必须尽你所能消灭你的敌人。做不到你就完蛋了，只能去流水线装袋子，没人会理你。

"可学院需要改进。校长是个混蛋。他日日夜夜忙于派系斗争。卡纳老师是蠢驴，但他不是混蛋。校长这个混蛋让他失望了，卡纳老师应该被提拔。我也和父亲谈过这件事，可他不想把校长连根拔起。

"我已经决定，这几天不去跟父亲讲太多，只是偶尔地提起卡纳老师。这样能让校长完蛋。这混蛋太膨胀了，需要给他放些气。一旦他泄气了，父亲也会意识到自己并不是一个高明的操盘手。"

兰格纳特松了一口气，因为这已经很清楚了——他现在可以跟鲁潘少爷谈论这个话题了。同样清楚的是，在鲁潘面前，他可以对卡纳老师表示同情，把受压迫的人扶起来，给膨胀的人放气，简而言之，即使不公开，但私下站起来反对不公正，也能恢复他失去的身心健康。

为了当选首席长老，萨尼查向选民宣布："乡亲们，瞧，我的管理能力足以胜任下一任主席，所以，不要觉得我诚实而不给我投票。"萨尼查想做点什么，以便向他们展示自己的为人。他从兰格纳特那里听说，所有重要的政治领导人在选举前都会访问自己的选区，拿走他们以某种方式设法筹集到的大量资金，再以人民福利的名义浪费掉。萨尼查也想在没有咨询维迪亚吉的情况下执行类似的壮举。为此，他选择了一位名叫卡利卡·普拉萨德的根杰人作为合作伙伴。

卡利卡·普拉萨德的职业是花费政府赠款和贷款。他靠政府的钱生活，为政府的钱工作。在这方面，他有三个帮手——当地的议员、卡其布衣服和一句他在偿还贷款时使用的口号："请不要现在谈回报。我已经向上级部门提交申请，这样你就能毫不费力地阻止别人对我的强制执行。”

根据卡利卡·普拉萨德自己的计算，他是村里最现代的人，因为他的职业完全是现代社会的产物。

当出台规定为饲养家禽提供补贴时，他会宣布自己将成为家禽养殖户。有一天，他说种姓完全没有意义，像他这样的婆罗门和查马没有什么不同，那是因为政府要给硫化皮革提供补贴。查马人都傻眼了。他拿到了补助，并将补贴用于保养自己的皮肤。卡利卡·普拉萨德获得了修建砖砌化粪池、安装室内无烟炉与新式厕所的补助。

他在每届政府的计划下申请贷款，每个官员都支持他的申请，每次都获得了贷款，并且每次不还款时，他都有办法阻止对自己的强制执行。

他拥有迷宫般的知识储备。中央计划委员会制定的任何新方案，他都了如指掌。尽管举止粗鲁，但他比那些在预算公布前设法掌握税收草案细节的商人还要聪明。甚至在上级批准拨款之前，他已多次向地区办公室提出申请，并向官员通报了正在筹备的新计划。

萨尼查挑选卡利卡·普拉萨德作为自己的助手。

之前提及的土地有一部分没有作为献地运动的祭品。那块地大部分是崎岖不平的山地，其余的部分也很贫瘠，在村记录员的文件中被标注为果园。由于其多样性，这片土地在过去的几年里被以各种方式使用。村里每年都在这里举行森林节，不是去野餐，而是在休耕地种树。有段时间，乡长大人和乡镇规划官员每年都被迫来这里大张旗鼓地种树。通过将这片土地划归为学院财产，中级学院获得了教授农业科学课程的条件。村里的年轻人成立了青年协会，将其宣布为他们的运动场，每年都能以它的名义获得体育补助金。萨尼查的活动目标就是这块地。

距离首席长老选举还有一个月的时间。有一天，小摔跤手在维迪亚吉的客厅里说：“萨尼查已经和卡利卡·普拉萨德在城里转了三天。今天我发现事情已经解决了。”

维迪亚吉坐在他的木床上。听到这话，他的心中充满了好奇。但是，无论是直接与小摔跤手交谈还是表达好奇，都会降低他的尊严。因此他对兰格纳特说：“让萨尼查来这里。”

小摔跤手站起来大喊：“萨——尼——查——，萨——尼——查——，喂——，萨——尼——查——！”

这种召唤看不见或者够不着的人的方式是希夫帕尔根杰的独特习俗。只需拥有坚硬的喉咙、强壮的肺和淳朴的乡情，你就能学会它。它的意思是，无论这人要去哪儿，至少能听到一次自己的名字。如果一次没听见，他就也能听到第二次，因为第二次他会被这样叫唤：“你死哪儿去了，萨——尼——查——，萨——尼——查——！”

萨尼查一听到自己的名字就走进了客厅，如同被小摔跤手召唤一样十分随意。他光着身子，只是因为他内裤上的关键部位被撕破了，芥末油从他的头上滴了下来。他看上去很高兴，很难判断他的笑容和内裤上的破洞哪个更大。看着现在的他至少能证明一点，如果我们真的快乐，贫穷也不会让我们不快乐，而消除贫穷的真正方法就是保持快乐。

维迪亚吉问萨尼查：“你有什么消息？我听说你在城里表现得非常有能力。”

萨尼查谦虚地回答：“是的，老爷。我必须证明自己非常有能力。当能力从各个方面展现出来时，一切都就位了。”

这场谈话超出了兰格纳特所能承受的范围。他问：“真奇怪，你为什么说谜语？发生了什么？”

萨尼查从牙缝里吸了口气，说：“兰格纳特少爷，这些是根杰人的谜语，无法让你立即明白。”

然而在此之后，萨尼查像全印度广播电台的新闻播音员一样，一个接一个地滔滔不绝说着句子，不带停顿地讲完整个故事。

“老爷，这个卡利卡·普拉萨德是个真正的混蛋。”萨尼查说这话，就好像卡利卡·普拉萨德被授予了莲花士勋章[①]。

“天哪，老爷，用什么词可以描述他的做派？呵呵呵，在政府机关里，从办事员到文书，从文书到官员，他的人脉无处不在。他是蛀虫，真正的蛀虫。他会从你感兴趣的任何档案下面钻进去。希夫帕尔根杰为他骄傲。

“但是，老爷，我在上头也干了些事情。事实上，我才是真正的主脑。我发现当下的合作社很受重视。一个乡镇规划办公室的助理规划干事告诉我，不要只说你的田是你的，要说说每个人的田都是你的，你的田属于每个人。然后你就可以开展合作农业，你家的粮食生产将蓬勃发展。我告诉他这个主意很棒，如果我成为首席长老，我会把所有的田都交给政府，用于发展合作农场。助理规划干事说：‘政府要你的土地干吗？土地是政府可以操作的某种机器或经营的某个工厂吗？土地归你所有，你要负责耕种。只要填满肚子一样大小的农田，你就算经营合作社了。村里要开设合作农场。希夫帕尔根杰在方方面面都走在前列，现在它也要在这方面敢为人先。’

“老爷，我想，无论希夫帕尔根杰是领先还是落后，我都必须听老爷您的命令。在争取首席长老职位的过程中，我必须成为真正的首席长老。所以我对助理规划干事说：‘干事先生，您想拿希夫帕尔根杰做些什么？我们的尿和其他人的一样浓。我们在各个方面都处于领先地位，并且会一直保持下去。’不管能不能弄到钱，我先从助理规划干事那儿骗到项目。他同意了。

“然后，老爷，我想起了卡利卡·普拉萨德。我向猴神哈奴曼祈

① 莲花士勋章，印度政府颁发给公民的最高荣誉之一。——译者注

祷：‘您已经一百次填满卡利卡·普拉萨德的饭碗，请帮助一下我这只猴子猴孙吧，哪怕就一次也好。为什么财富只流向卡利卡·普拉萨德的家？这一次，请让我也获得财富。’

“事情就是这样。我缠上红色腰布，虔诚地专注于哈奴曼大神，去了卡利卡·普拉萨德的家。我们在那里制定了规划方案，让助理规划干事和其他官员得到他们的提成。助理规划干事拍了拍我的背，说我真是个根杰人。昨天我们还在讨论方案，今天规划就准备好了。

“老爷，规划是这样的。村里要建设合作农场，本地区不会有其他一样的农场。它将在西边的荒地上蓬勃发展。荒芜并不是坏处。乡镇规划办公室的人将负责文书工作。和他们相比，区里的官员和警察都是业余人士。如果您有需要，他们能在天堂规划合作社，而我们这里只要求在人间规划合作社。

“我们已经去城里搞定了一切。我想，老爷，就像去年您把部长弄来学院一样，我也可以为此拉上一个。但这离不开您的相助。卡利卡·普拉萨德说，搞定事情还需要部长吗？逮住一个当官的就行。

“剩下的活儿都归功于卡利卡·普拉萨德。他跑遍了城里，有时恶语相向，有时像蛆虫一样温顺。在那里，我看到他把控着一切。他说，官员就是一切。他是对的。他找到了一位非常喜欢戴花环和演讲的官员。在追随者给他戴上十次花环之前，他都不会在早上刷牙。他就坐在那儿，脸也没洗。这就是我们抓到的官员。

“现在，老爷，我们头上的压力很大。再过三天，这里就要开会讨论农场的问题。您必须带头。毕竟，乡镇规划办公室只是来组织乐队和音乐、花环和帐篷以及拍照，但我们也有很多工作要做。黄油烹制的豌豆咖喱可以作为食物。这位官员说，当他和农民在一起时，他要像农民一样吃饭。我很清楚，如果我们不喂他吃点什么，他就不会来。我们得从城里弄些豌豆来。这里没有。”

当萨尼查开始谈论会议的准备工作时，小摔跤手尖锐地问：“现在停止与豌豆相关的废话。让我们进入正题。你得到了多少？”

萨尼查显得很无私，漫不经心地说：“我能得到什么，摔跤手？即将成立的农业合作社将用500卢比来建设农场，这是行情价。什么钱来了都会流进合作社。”

小摔跤手放声大笑：“干得好，曼加尔·达斯，我的孩儿！多么伟大的成就！白手起家，瞧瞧你现在的位置。”

维迪亚吉高兴地听着。从他的表情来看，前途一片光明。他讲述了一个类似伊索寓言的故事，并称赞萨尼查说：“虎崽第一次外出狩猎，就在第一个春天杀死了一只十二角鹿。”

# 第十九章

一月已经过半，之后是二月，村委会选举到期，三月，高中和中级学院要举行考试。在民主的名义下，选举的一方是摔跤手巴德里和他摔跤场上的人，另一方是拉马丁·比赫马赫维和他的赌徒勇士。到目前为止，双方提供的主要服务形式仍是在彼此背后大声辱骂对方。希望到二月，他们也能面对面地做这件事。至于三月的考试，目前还没有引起任何人的兴趣。学生、老师，尤其是校长，全然不在意。

但校长卷入了另一件事。在学院委员会年度大会之后的几天，维迪亚吉再次被一致选举为理事长后，一些委员向教育局局长递交了检举信。他们声称，反对维迪亚吉的委员被阻止参加会议并受到枪击威胁。检举信中对事件的描述过长，以至于你确实读完这封信，也无法相信里面所说的内容。因为根据信件所述，希夫帕尔根杰不存在任何法律和秩序，警察和警察局之类的东西根本不存在，四个流氓可以聚在一起为所欲为。显然，没有必要为了证明检举不属实而开展调查，但仍有一些反对派成员去了城里，将检举信的副本交给了教育部门的高级官员。

他们回来之后，开始在整个地区传播消息，说某个被称为教育局副局长的官员会来调查。据他们说，这位官员像母牛一样温顺，但这次即使是维迪亚吉的父亲也无法给他挤奶，因为上级命令，调查必须公正。

这足以引起校长的注意。他知道维迪亚吉自己会搞定调查，但他必须照顾与此相关的来访官员。官员们来学院会看什么？校长自己给出了答案——建筑！

因此，这次他下定决心要改善建筑物的外观。

他在城里注意到，如果一株小植物的四面都用砖块围起来，再给砖涂上红、黄、白三色颜料，这块地方看起来就会像公园。他决定在学院大楼前种植一排凤凰树和金链花树，并在官员到来之前给它们砌上彩色的砖围墙。如果官员来的时候给他们呈现一栋干净、漂亮、色彩鲜艳的建筑，离开的时候肚子里装好上等的茶和零食，他们怎么会写反对自己的东西呢？校长已经下定决心，不顾一月寒冷的天气，按照所有季节都适合植树的科学假设，开始布置工作。

校长在学院墙壁旁边挖了一些洞。他手里拿着一本厚厚的、发亮的书，看起来很贵。他穿着自己的工作服——短裤和没有袜子的鞋子——自以为（不管别人怎么想）显得帅气聪明。他像对待宠物猫一样慈祥地捧着这本书。

一个工人放下他的锄头，问校长："瞧，老师，您想把洞挖这么深，对吗？"

校长大人摇了摇头说："哼，你把那个叫洞？鸟在里面撒尿都会溢出来。接着挖，孩子，接着挖。"

他骄傲地看着旁边站着的一位老师。他认识这位老师很久了，因为那是他的表弟。老师环顾四周，看看场上有没有敌人——也就是其他老师，接着称兄道弟地说："兄弟，您在这所学院里快成园艺专家了。”

校长把书捧在怀里，说：“多亏了这个。但是这个混蛋写的英语真的很难懂。要是普通人读到它，一定会头晕目眩。”

“您真是个铁人！”表弟说，“您在大学里干那么多活，光是政治就让人晕头转向了。除此，您还有空看书。换作是我，宁愿被人用鞋打十次，也不想读书。我已经对书本厌倦了。”

校长半似大哥半似校长地评论道：“闭嘴。你不应该说这样的话。即使在旅行时，你也应该随身携带书籍。不这样做的话，身上穿的夹克和裤子能表明什么？当然不能表明你是老师。即使是菜贩子也可以穿夹克和裤子。”

表弟回答：“您说得对。我不是在反驳您。但我们和菜贩子之间真的有区别吗？这些该死的教科书就像我们不断填满男孩肚子的烂水果。有些男孩可以消化它们，有些男孩会吐出来。”

校长大笑起来：“你说得有些过了。这才是聪明人的死法。”

他往洞里窥视，好像会把某个死了的聪明人埋在里面一样。

就在这时，卡纳老师匆匆走过来，递给校长一张纸，说：“请看看这个。”

校长让表弟过来帮忙。他站在洞口旁边，身子突然僵硬起来，一本正经地说：“这是什么？”

“是什么？这是一张纸。”

校长挺起胸，犀利地瞪了卡纳老师一眼。

表弟站在校长旁边，眼睛盯着卡纳的脸，就像德国牧羊犬在自己主人的房子里看着街上的流浪狗。校长把目光转向那张纸。如果他是古代的仙人，那张纸会被烧成灰烬。接着他把纸还给了卡纳老师。

卡纳很生气，问：“这是什么意思？”

“什么意思？这是一张纸。”校长说着走过去检查另一个洞。

卡纳老师咬着嘴唇控制住自己，说：“无论发生什么，你都必须以书面形式回应书面请求。”

校长开始和一个工人谈话。他说：“好了，好了，现在不挖了。你在挖坑，不是挖井。可以了。”

卡纳老师沉默地站了一会儿，接着说：“我必须离开希夫帕尔根杰四天。我想请假。我已经向你致函，你必须给一个答复。”

校长突然蹲坐在从坑里挖出的土上，向围观的人证明，为了学院的安康，他能毫不犹豫地在阴沟里打滚，并开始向工人们详细说明坑洞周围土壤的情况。

卡纳的声音不再只是背景音乐，他也蹲在校长对面的洞口边上，说：“请先回答我的问题，然后再往洞里跳下去。”

校长终于直视着他的眼睛：“我当然会跳进洞里，但只有在把你打倒后我才能跳到你身上。你明白吗，卡纳老师？”他转向自己的表弟。表弟立即用恭顺的语气说：“我去叫那位办事员。可能要打起来了。但是，校长大人，我建议您在得到帮助之前不要说任何话。”

“我能说什么，兄弟？我继续默默地忍受一切。这人膨胀过度，自己会炸开的。”

校长的这番话仿佛是在诅咒卡纳老师。卡纳开始恐慌，他害怕校长会跑过来边骂边打他。他也许会卷入一场刑事案件。他悄悄地从洞口边缘起身，走到另一位老师旁边，站起来向全世界大声呼喊：“不要威胁我，校长，作威作福的日子已经过去了。你不能这么轻易地开除我。我警告你，如果你胆敢把手放在我身上，你会流血的。我警告你！没错！”

卡纳老师原本不想喊，可想到别人都大吵大闹，他就真闹了。一些老师过来了，聚集在他的周围。

突然，他又尖叫起来：“打我啊！为什么不打我？打电话给办事员，让他们打我，羞辱我。为什么不动手啊？”

两派老师都意识到这里会有奇葩事件上演，纷纷赶到现场。学生们并没有大批赶来，之前赶来的学生已经被办事员责骂并送走了。他们站在学院的阳台上观看比赛。这是一场“仅限成人”的现场表演。

校长起初对这种不受控制的场面感到十分不安，但随后控制住自己的愤怒，走向卡纳老师。他从手中抽出请假信，冷冷地说：“别叫了，大爷！你误会了。我会在这里书面回复你的申请。”

校长示意表弟递给自己一支钢笔。他把请假信放在园艺书上写着答复，边写边说：“我们在原则上存在分歧。为什么要动手？事情应该和平解决。”

卡纳老师已经对作秀感到厌倦。他说：“先在这张纸上答复，之后我们再谈其他事情。”

“我正在写，”校长微笑着回答，“这里！”他划掉几个字，并在其他字上画了圈。在底部他用英文写上：“驳回。”

卡纳老师还没来得及说什么，校长就把请假信塞进他的手里：“您的拼写很差。您在‘holiday’的‘l’后多加了个‘y’。我不知道卡纳是用大写还是小写字母拼写。总之你应该注意这些。”

卡纳愣了一会儿，然后像犀牛一样张嘴，发出震耳欲聋的叫喊：“滚出学院！然后我会教你怎么拼写！”

战斗开始了。

这事发生在早上。到了午饭时间，双方都来到警察局报案。从报告中可以清楚地看出，老师们制造了骚乱并试图互相残杀。没有人阻止他们互相残杀，也不知道为什么会这样。针对这点，警方开始在错误的方向上进行调查。

同一天午餐时间，人们在维迪亚吉的客厅里就这件事交换了意见。普通群众的主流意见认为，这件事本该更严重。也就是说，他们这里的人只要没骨折就不是什么大事，至少应该有人受伤到鲜血直流的程度。萨尼查觉得，自己有机会在成为首席长老之前做出政治贡献，如果校长同意，他能免费提供服务，用长矛刺伤校长的手，这样校长就可以在对卡纳老师的指控中增加伤害罪。小摔跤手咆哮着让他闭嘴。

兰格纳特和鲁潘少爷默默听着他们所说的白痴言论，但实际上，他们内心对校长充满了愤怒。过了很长一段时间，鲁潘走了出来，说:“这个混蛋校长要带我父亲上法庭，然后会一直纠缠，直到把我父亲送进监狱。”

午饭时间，维迪亚吉认真地听着校长讲述卡纳老师的故事，在听完整个故事后发表了与当天事件无关的评论。他的评论很中肯，表达了一种能让病人痊愈的情绪。

他说:“我被县督学的虔诚信仰所震撼。那个男人俯伏在哈奴曼的神殿前，起身时令我哑口无言。那可是尊贵的督学，无数滴虔诚的泪水从他的眼眶中滑落。我跟他打了声招呼，作为回应，他闭上了眼睛，发出‘嗯嗯’的声音。

“应当把最好的酥油送给他。这样一个虔诚的人，每天吃低档植物油会毁掉他的宗教信仰。

“造化弄人！”

一段古老的梵文经文解释了一种地理观点——太阳升起并不取决于东方在哪里，但东方的位置取决于太阳从哪里升起。同理，高级官员不会为了工作而出差，但无论他们去哪里，都会自动成为出差。

根据这个新奇的太阳理论，当天下午四点左右，一位伟人从城里坐车飞驰而来，驶入乡下。扫了一眼路两边的田地，他暗自庆幸，多亏了自己去年的演讲，今年冬天的收成会很好。农民们按照他的指示耕种土地。他们意识到土地需要被耕种，不仅要施肥，还得撒种子。他们开始理解被告知的一切，对新想法的恐惧也不复存在。农民正在进步，简而言之，他们唯一落后的地方就是，他们仍然是农民。

车子从昌格玛尔中级学院门前驶过。几个男孩坐在门前的桥上，穿着内裤和衬衣，或是条纹长裤和没有背心打底的长衫，发出像鹧鸪一样的叫声。从男孩们荒谬的着装上，这位伟人只用了几分之一秒就判断出他们是学生。

车开出了一会儿，这位伟人突然想到，他已经有四十八小时没给年轻人发表演讲了。他一下子想起自己为这个国家的年轻人所遭受的苦难。为了他们，他离开村里的家，在城里买了一间平房。他放弃了村里池塘边的绝佳位置，转而蹲坐在狭小的马桶上。他的生活方式改变了这么多。一想到自己已经四十八小时没有和那些可爱的年轻人说话，他开始想："哎呀，好久没演讲了！我有很多崇高的想法，却自私地把它们藏在心里。哎呀，我太吝啬了！虽然出生在印度，但我可能会因为长时间的闭嘴而受到诅咒。"

"四十八小时！"他吃惊地想，"两千八百八十分钟，如果你把它乘以六十，那得有多少秒！这么多秒！在这段时间里，我没有发表过一篇鼓励年轻人的演讲！我怎么了？死于瘫痪了吗？"

他在眨眼的时间内想到了这一切，接着命令司机："把车掉头。我要对学院进行一次突击检查。"

他一来，学校就宣布放假。男孩们开始涌出教室，在外面的田野里坐下。地方官员、杧果林里的赌徒、乡下酒铺的闲杂人员，一时间齐聚一堂。人群数量可观，即便人数不足，会也能开上。只要演讲者足够无耻，一根灯柱就足够了，他能自己开会。但这是一场真正的集会。男孩数量多的明显优势在于，如果你把他们放在室内，他们就会变成一所学院，如果你把他们放在室外，他们就会变成一场集会。

伟人告诉孩子们，他们是国家的未来；告诉老师们，他们是国家未来的工程师。这些内容学生和老师都已熟知。接着，他斥责老师们没有教会学生自律。他抱怨说，孩子们对国旗、国歌一无所知；老师们很清楚这点，却仍然要求提高工资待遇。老师们和孩子们还没来得及思考各自的过错，伟人就开始讨论起每个教育主题的演讲者都会谈论的话题。

他说，我们的教育系统很糟糕，从业人员只是想当公务员。他向男孩们提议，有必要对教育系统进行彻底改革。他提到，数百名学者和数千个委员会已经断定，我们的教育体系很糟糕。

他在这个问题上引用了维诺巴，甚至引用了甘地。接着，学院理事长维迪亚吉点了点头，说我们的教育制度确实很糟糕。这番话得到了校长、老师和集会上笨蛋与闲人的赞同。他的讲话让喝棕榈酒的人和赌徒彻底放心。

这位伟人接着告诉他们一些他们同样能讲给伟人的事情——他们应该耕种田地，喝牛奶，照顾好自己的健康，让自己做好成为下一个尼赫鲁或甘地的准备。然后，他说了些关于和谐、团结和热爱国语的套话，并承诺每年都会思考学院的问题。吃完果脯和坚果、喝完演讲后学生们立即端上来的茶，他以每小时七十英里的速度再次出发。

学生和老师们模仿他一直说的“兄弟姐妹”，各回各家。

园丁、办事员和工人被留在学院里，依据彻底改变教育体系的提议展开行动。

学院文书看了看那盘坚果，本想把剩下的腰果也吃了，转头想想，还是把它们全扔进了下水道。

# 第二十章

摔跤手巴德里前去保释一位来自邻近地区的年轻人，他面临强奸和伤人的指控。出发之前，他曾对兰格纳特说："他是个暴徒，走到哪里都会陷入麻烦之中。"

他从维迪亚吉那里拿了1500卢比，塞进了自己的尼赫鲁夹克内袋。兰格纳特问他拿这么多现金干什么。

巴德里回答："暴徒不仅受法律约束，他们也管理法院。法官稍做犹豫就宣布保释，然后将文件交给办事员。这里会出现几十种问题：制作保释文件、出示担保人提供的财产证明、对财产价值的粗略估算、确认保释金，每项流程都会持续花钱。

"现金直接交易就容易多了。只要法官开口提出1000卢比的保释金，我就会把十张钞票扔在桌子上，让他随便拿！"

兰格纳特进一步问："巴德里兄弟，如果他是暴徒，为什么还要帮助他？不如让这个混蛋烂在监狱。"

"兰格纳特少爷，告诉我，谁不是暴徒？毕竟，暴徒没长角和尾巴，"巴德里慢条斯理地说，"我只知道——他是我摔跤场的徒弟，无论在世人眼中他是多么可恶的暴徒，我只记得自己曾经用腿让他摔倒在地。”

巴德里离开村子时，兰格纳特独自一人待在屋顶上。为了充分享受这几天的凉爽，巴德里把他的垫子从房间移到阳台上。兰格纳特则继续睡在房间里。

已是晚上十一点，兰格纳特失眠了。

黑暗！冬夜展现了它所有的壮丽。在这种环境下，即使一个人不信神，他也会开始相信鬼怪。兰格纳特并没有突然感到害怕，但他确实有种“奇怪的感觉”，换句话说，那是恐惧的另一个名字。但是极度的恐惧无法战胜他，因为在那一刻他想起了鲁潘少爷，想起鲁潘的同时，他又想起名叫贝拉的姑娘。他从未见过，但听说鲁潘少爷给她写过情书。

兰格纳特不知道这封情书的大小。根据坊间传言，它似乎是由印地语电影歌词组成的句子。众所周知，贝拉的姑姑首先在加亚丁家的角落发现了这封信。后来她把它读给加亚丁听。前两三句话他还无法理解是什么意思，但后来他姐姐读到：“拥抱我，来吧，我的同路人！”琢磨这句话的时候，他突然顿悟起来，明白这封情书是给贝拉的。当他读到最后一行的结尾时，信的真相已经一清二楚了。结尾这样写道：“看到我的情书请不要生气，你是我的生命，我爱慕你。”作者给自己署名“R先生”。

兰格纳特听说，除了加亚丁，只有校长看过这封信，这或许是因为，加亚丁以某种方式将校长和鲁潘的道德沦丧与堕落联系在一起。

校长试图向他解释，这不是一封情书，而是质量相当不错的诗集，它的文学意义并没有因为署名“R先生”而减弱。尽管校长试图让加亚丁的心平静下来，可加亚丁仍然认为这封情书是不道德行为的证据。当校长引用几首诗来解释这种情绪在文学中比比皆是时，加亚丁说，校长的文学观只能证实自己的不道德行为。最后，他俩一致认为，不要再谈论这封信了。

第二天，几种不同的谣言传遍了希夫帕尔根杰。一种说法是，卡纳老师派一名学生给贝拉写情书，并在上面故意留下鲁潘的名字。第二种说法是，贝拉给鲁潘写了一封情书，鲁潘也回了信，但他的信落到了加亚丁的手里，彻底丢脸了。第三中说法流传最广，贝拉是一个道德败坏的女孩。

正是第三种说法的奇妙效果，让兰格纳特不再害怕，也让他开始关注贝拉。在他和鲁潘讨论情书的那天之后，他没有足够的勇气再次提起这个话题。现在，在孤独中，他通过自己的想象力、挫败感和手淫来满足自己对贝拉的好奇心，并且在很大程度上，这些是激发印度艺术的力量，兰格纳特在这几分钟里享受着自己作为艺术家的生活。

她长什么样？像电影《马杜马蒂》中的维贾雅蒂玛拉？《戈丹》里的舒芭·科特？《远征》的瓦希达·拉赫曼[①]？所有这些女演员都老了，就像印度母亲一样，但贝拉一定还很年轻。她会是什么样子？他没法知道更多，无论她长什么样，她一定是“无与伦比的神作”。这首印地语电影歌曲像骨头一样卡在兰格纳特的喉咙里，但他笑了。在黑暗中，他露出一英寸半的灿烂笑容。

他很想贝拉。事实上，数百个形状大小各异的乳房和臀部在他的脑海中起起伏伏。它们成对出现，成束地膨胀，然后相互挤着消失了。兰格纳特真的很想构思完整的女孩形象，但他做不到。

他的确想象出一具完整的女人身体，但这并没有什么用，因为她的脸不见了。过了一会儿，他的脑海中只剩下几副残缺的乳房。

① 三人皆为印度电影女演员。——译者注

最终，他抽搐了一下，身体放松，在被子里打了个盹。

第二天晚上，当兰格纳特躺在屋顶房间的床上时，他没有想起贝拉，而是想到了维迪亚吉那张因愤怒而涨红的阳刚面容。

那天，萨尼查和卡利卡·普拉萨德努力创建的合作农场落成。维迪亚吉向前来参加就职典礼的官员提到了他自己合作社中的腐败事件，并要求政府补偿合作社的经济损失。维迪亚吉以合理的语气向官员解释说，如果政府不予补偿，只能得出政府官员不支持合作社运动的结论。

这位官员肯定读过戴尔·卡耐基的书，因此他对维迪亚吉提出的每个观点都予以回答："你说得对，但是……"他把这句话重复了七次。当他第八次张口说话时，说的不是"你会获得补偿"，而是那句老话："你说得是对的，但是……"

听到这话，维迪亚吉将敝衣仙人[①]的怒火、希特勒的暴政和尼赫鲁的狂暴倾洒在了官员身上。

"这就是你们这帮人振兴国家的方式？这些如果、但是、然而都是什么？是什么？大人，这是太监的语言！这是游手好闲之人拖垮自己和国家的方式！您应该明确做出决策！但是？如果？呸！"他吐了口唾沫。

接着，维迪亚吉发表了关于国家悲惨状况的演讲，抱怨了起来。这位官员虽然谦虚，却也开始抱怨。然后其他人都抱怨了起来。萨尼查的会议已经结束，这种抱怨并不影响会议的成功。然而最后，抱怨声占据了上风。

兰格纳特躺在竹床上。他在城里到处都能听到这种抱怨，一直如此。他知道这是一个怨声载道的国家。在办公室和商店、工厂和车间、公园和餐馆、报纸、小说和非虚构文学中，到处都是人们的

① 敝衣仙人（Durvasa），在印度神话中以脾气古怪、善于诅咒闻名。——译者注

抱怨。这是时代的心态，他再熟悉不过了。在村里他也听到过同样的抱怨。农民们抱怨政府官员和办事人员，官员们与公众保持距离并抱怨他们，又在喘口气的时间与政府保持距离并抱怨它。几乎每个人都遇到麻烦，没有人找到问题的根源。他们抓住任何即刻出现的理由，并为此抱怨。

维迪亚吉的特点是从不抱怨，可在今天，他的所作所为打破了兰格纳特的幻想。兰格纳特原本希望他会在发怒之后咆哮起来。可是在官员一边摇尾乞怜一边抱怨，表示有必要对合作社的账目进行一次特别审计时，维迪亚吉在发怒之后也坐下来抱怨起来了。

“这不是一个怒气冲冲的国家，而是怨天尤人的国家。”兰格纳特心想。

一声粗暴的叫喊打破夜的寂静，像一记耳光落在了兰格纳特的耳边。库萨哈·普拉萨德坐在门口咒骂某人，他是怨天尤人的前辈。这次他没有哭，表明他的诅咒并非针对小摔跤手，而是其他人。很难说他究竟是在骂谁，因为库萨哈骂人的时候，他的咒骂并没有什么特别的意义，只是一种本能，就像孔雀在丛林中翩翩起舞，或是领导在就职典礼上发表演讲。

在微弱的声音和黑暗的氛围中，兰格纳特不知不觉地睡着了。他梦见自己站在电梯里正在下楼。但电梯突然上升，经过了三四层楼。兰格纳特动了动。

椰子油和廉价香水的香味充斥着他的鼻孔。这气味既不让人愉快，也不令人反感，只是一种气味而已。玻璃手镯的叮当声扰动了他的睡眠。即使研究一辈子克久拉霍和科纳克的艳情雕像，也无法获得此刻的体验。

她坐在他的竹床边上，一只手臂放在他身体的另一侧。在他的胸前，他感受到了一对乳房的强烈压力。胸口和胸口之间除了遮蔽的衣服还有厚实的被子，但乳房的温暖和坚挺是无法遮掩的。

兰格纳特的呼吸停止了。

被子从他的脸上扯了下来，但在黑暗中他们看不到彼此。胸口的温暖和爆炸性的压力似乎在增加。紧接着，一张如丝般光滑的脸颊贴在他的脸上，一阵低沉的声音传来：“喂！你睡着了？”

兰格纳特突然醒了过来。他摇摇头，不自在地说：“谁？你是谁？”

瞬间，压在他身上的那对乳房的心跳似乎停止了。突然间，女孩从竹床上跳了起来，站在不远处，压低声音说：“天哪，我的妈呀！”

孝敬母亲本是好事，但这话只是表现她的激动。兰格纳特掀开被子跳了起来，但此时她已经从这个屋顶爬到另一个屋顶，从那个屋顶又爬到下一个屋顶。

兰格纳特从敞开的门走出来，站在阳台屋顶上。很冷。他仔细听了一会儿，却只听到风的叹息声。在清楚地念完她母亲的名字后，来访者没有给他提供更多信息。

当他从房内锁上门并再次躺在垫子上时，他想起了几件事。首先，如果科纳克、布巴内斯瓦尔和克久拉霍丰满的女性雕像变成活人，足以让男人疯狂。其次，他对考古学和印度艺术的了解是不完整和愚昧的，感受一对古代女神一般的真实乳房比获得印度艺术博士学位的成就更高。

抛开这些随意的想法，他的内心小鹿乱撞。他告诉自己：“年轻人，你是个白痴。为什么要开口说话？为什么紧张？为什么不给她机会做更多的事情？

“年轻人，你不是白痴，是个混蛋。你已经在人生遗憾的列表中添加了一项，不是吗？你只是那些注定无法享受真正女人的印度学生中的一员。”

他想再次入睡，但怎么可能呢？他的手不由自主地移向自己的胸膛，不得不遗憾地接受，那里除了自己粗糙的胸膛外，什么都没有。

她是谁？他不敢想太多，因为两座大山阻止了他的思考。

# 第二十一章

第二天早上，警察逮捕乔格纳特的消息传遍了村子。同往常一样，这次逮捕同样充满戏剧性。凌晨4点30分，警察包围了他的房子。他们都非常清楚，这里永远不会发生交火，因此每个警察都配备了武器。

现场做了周密部署。警察们像雕像一样坐了整整半个小时，没有嚼烟草，也没有抽手卷烟，没有人笑或逗笑其他人。警员脱下鞋子，像小偷一样踮着脚尖一个接一个地传话：“冷静，这里没有危险。”好像这是一种能激发力量的强大魔咒。副督察带着手枪、警长拿着步枪，站在乔格纳特的门口。

一名男子从巷子里走过来，看见有人，正要转身。警长向他招手，他回来了。他自信地走上前来。警长在他耳边说：“想跑？”“跑？”男人毫不犹豫地回答，“我只是为了避免早上第一件事就是看到你。”

副督察将手指放在唇边，发出嘘声。警长在男人耳边轻声说：“坐在阳台上。”我们需要你做证。

那人回答说："那你为什么要我坐下？如果需要我帮忙——明天、后天、大后天，随时给我打电话，我都能做证人。随时可以找我。"

他试图溜走。警长低声说："没事了，走吧，但要小心，不要让任何人知道我们在这里。"

男人把鼻子伸进警长的耳朵里，同样低声回答："谁告诉你的？整个村子都知道了。"

他走了。站在房子后面的人犯了烟瘾。那时黎明即将来临，他们已经能够从远处辨认彼此的面孔。

突然响起一阵嘎吱嘎吱的声音。或许是前门开了。他们听到匆忙的谈话，意识到是时候履行职责展开行动了。他们固定好刺刀，站了起来。

前门的方向传来的谈话声越来越大，很快又消失了。警察们不安起来，一边咳嗽，一边从每个孔中排出空气。不一会儿，警察的哨声响起，他们全都跑向前门。从那里他们跑了大约五十码，来到杧果林旁边的一个地方。在他们赶到的那一刻，场面充满了戏剧性。

他们看到乔格纳特坐在地上，副督察站着，用手枪指着他的胸口。另一边，警长正用刺刀威胁乔格纳特。这是一个非常戏剧化的场景，幕布还没有落下。警察们立即包围了他们，将武器对准乔格纳特身上没有被枪口和刺刀覆盖的部位。

离乔格纳特不远的地方有个倒在地上的罐子，旁边都被水浸湿了。副督察对一名警员说："带走那个罐子。可以当作证据。"

警员拿起罐子，仔细看了看，赞叹道："真是莫拉达巴德产的罐子。"想了一会儿，他说："我应该把它封起来吗，先生？"

"是的，不过待会儿再弄。"

警员又想了想，指着被水浸湿的泥土问："要不我也抓点土？"

警长厉声斥责他："不要自作聪明。执行命令。"

副督察让乔格纳特站起来，搜他的身。接着警察们放下了刺刀，将手枪放进枪套。警员们聊起天来。

一个人说："他一定早起去拉屎了。"另一个说："谁知道是不是有同伙躲在附近，说不定是去给他们送食物和水了。"第三个人说："这次维迪亚吉要大惊小怪了。"第四个人轻声说，维迪亚吉的口袋里装着副督察，逮捕执行的是高级警司的命令。第五个人说："安静！安静！看看接下来会发生什么！"

乔格纳特在原地摆出传统舞者的姿势，可从他的表情看，他显然不想跳舞。突然，副督察狠狠地扇了他一巴掌，问："你带着的罐子在哪儿？"

乔格纳特揉了揉眼睛，从疼痛中缓过来，直视副督察说："你可以把我切成碎片，即便如此，除非律师同意，我什么也不会说。"

副督察命令警长给他戴上手铐带走，警察准备搜查他的房子。

"我们也得先搜他的身。"警长说。

如果有人让副督察描述整个事件，他会说：

"几天前，村里来了几个小偷。在村治安委员会的帮助下，警方试图逮捕他们。但小偷们却以极其狡猾的方式消失在黑暗中，只留下一名本地成员。在警察和村治安委员会的警惕下，虽然没有抓到小偷，但也挫败了他们的犯罪活动。不过犯罪团伙中的本地成员趁小偷进来引起骚动之际，利用村民们的恐慌混入加亚丁的家中，意图实施盗窃。村治安委员会发出的警报声叫醒了加亚丁家的居民，他们看到一名男子爬梯子上屋顶。警察如风般赶到的瞬间，男子已经消失不见。在犯罪现场，加亚丁将一份据说是失窃的珠宝清单交给警方。在检查犯罪现场后，警察返回并用了大约十五天的时间进行了详细而彻底的调查。

"警方从调查中得出结论，当天晚上加亚丁家遭遇入室盗窃。而那名被人目击爬梯子上屋顶的男子很可能就是小偷。

“此后，警方通过线人发现，本村居民拉姆纳特的儿子乔格纳特的家中拥有几件可能属于加亚丁的饰品。调查完成后，警方在今早黎明时突击搜查了他的房子。当时，乔格纳特正带着罐子外出。他在警察面前供认了自己的罪行，允许警察当面搜查他的房子。根据法律要求，搜查在当地一位受人尊敬的公民在场的情况下进行。必须强调的是，在本村找个人并不容易，即便找到了，也很难确定他是否可靠。无论如何，此次搜查在库萨哈·普拉萨德的儿子乔特和特里维尼·萨海的儿子拜杰纳特在场的情况下进行。拜杰纳特并非本村居民，这位令人尊敬的公民是从邻村找来的。

“在乔格纳特指示位置的房间里挖出一个洞，里面发现一个罐子，从罐子里发现了四件饰品：一条银纱腰带，价值约50卢比；一对脚趾环，价值约3卢比；一条银币项链，价值约25卢比；一个金鼻针，价值约30卢比。现场拟定了一份没收物品清单，并由目击者签字确认。没收物品和锅都用布绑起来封存。这项步骤在现场——也就是屋内完成。

“乔格纳特拒捕。在逮捕他的过程中，警长的衬衫被撕破、手臂受伤，他以最低限度的必要力量控制住乔格纳特。之后，乔格纳特和受伤的警员都被送去接受体检。警长在获得两周病假许可后回家，乔格纳特被发现有20处挫伤和40处擦伤。以上全部都是轻伤——因倒地产生。”

维迪亚吉一直相信警察所做的任何事情都是正确的，可那天，他的这一信念发生了动摇。

维迪亚吉对乔格纳特的评价不是很好，但在他生活的世界里，人的尊严出于其利用价值，而非善良。在他的手下，乔格纳特是唯一的酒鬼，无论是自己掏钱还是被请客，都不会影响他的酒量。总的来说，他是一个普通的暴徒。

维迪亚吉怀疑乔格纳特被捕的背后可能存在某些政治因素。几天来，他看到副督察不仅对他自己，对拉马丁·比赫马赫维也表现得恭恭敬敬。起初，他以为拉马丁让副督察成为非法鸦片生意的合伙人，但现在，副督察可能陷入了错觉，认为在政治游戏中拉马丁·比赫马赫维比维迪亚吉更有用。无论如何，维迪亚吉感到，在目前的情况下，乔格纳特的被捕恰好如副督察所愿，而副督察想要的就是拉马丁想要的。

鲁潘少爷坚持认为应该将乔格纳特保释出来。于是，维迪亚吉一反自己慎重的常态，准备亲自与副督察谈判。

副督察不再是早晨那个警惕性极高、眨眼工夫就把一个男人弄得全身青肿和抓痕的警官。现在，他健康的身体上包裹着丝质衬衣和卡其色睡衣，嘴角渗出槟榔汁。维迪亚吉从副督察的口中听了整个事件的叙述，只是对警察没有从乔格纳特家中搜出土制手枪而感到惊讶。他与警察打过很多年交道，知道在这种情况下，警察总能找出一块形状粗糙、被认为是手枪的铁片，其粗糙程度足以为历史事实提供证据，揭示印度人在十八至十九世纪被英国人打败的主要原因。

他觉得有必要感谢副督察的礼貌。

开始谈话时，他问道："在乔格纳特的房子里只找到了饰品？没有大麻叶子、大麻饮料或者鸦片？"

"我没有搜查鸦片。如果有的话，人们会说上次我抓了这个团伙，这次又换成另一伙。"

"团伙？"维迪亚吉惊讶地问："什么团伙？你说的什么话？"

"警察用语。"鲁潘少爷回答。

副督察揉了揉眼睛，努力清醒自己的头脑。他告诉自己，杜松子酒是最具欺骗性的洋酒。它看起来像水，一旦喝进胃里，会让你的舌头转向错误的方向。你应该说什么？酒让你说了什么？他睁开眼睛，看到维迪亚吉的脸上摆出严肃的表情。“现在他要出阴招了。”副督察心想，眼睛盯着学院理事长脸上的光泽。

“你的吞吞吐吐是要被谴责的，”维迪亚吉说，“那些走私鸦片的人不应受到原谅。他们是堕落的，是国家的叛徒。”

副督察一言不发地坐着，内心发誓不再发表任何愚蠢的言论。突然，维迪亚吉问：“你们都没在乔格纳特的房子里找到手枪。这叫什么搜查？”

“您可以称之为小手枪，”副督察谦虚地说，“这年头每次搜查都能找到手枪？”他微笑着，感觉杜松子酒对表演很有帮助。

鲁潘少爷把脸藏在报纸后面，说：“那手枪都去哪儿了？你们收缴的手枪都去哪儿了？没了？”

副督察严肃地说：“这都得益于维迪亚吉上次在警察局的演讲。从那以后，坏蛋们把手枪转移到了本地区之外，其中大部分卖到温瑙了。”

摔跤手巴德里去了温瑙，人还没回来。维迪亚吉眯眼思索片刻，说：“希夫帕尔根杰气候宜人，有助于增长智力。”

“我认为，您就是村子里的气候。”

这一次，副督察没有责怪杜松子酒，而是开怀大笑。他笑个不停，没有意识到杜松子酒不仅让他的舌头松了，连喉咙也松了。

维迪亚吉安静地坐着，忽略了副督察的最后一句话。副督察缓缓起身准备离开。当他跨过客厅的门槛时，维迪亚吉像是突然想起什么忘记的东西，说：“或许乔格纳特的保释文件以我的名义制作？”

副督察停了下来。“如果是这样的话，我当然会请你签署这些文件。不过不用担心，法庭会准予保释的。您派人去那儿。”

维迪亚吉没有回答。鲁潘直截了当地问：“在这里给予保释有困难吗？”

“盗窃是不可保释的罪名。”

"谋杀呢？"

副督察淡淡地说："或许你指的是去年内瓦达的案子。那个被告患有结核病。谁要把他关起来让他病死？"

鲁潘少爷放下报纸，站起来说："乔格纳特仍在你的监禁之下。让他在那里检查。他也病了，不过他得的是淋病，不是肺结核。"

维迪亚吉冷静地说："鲁潘，说话客气点。副督察是自己人，无论他做什么，都会考虑稳妥。"

副督察又问了一遍："那么，我可以走了吗？"

"是的，当然，"鲁潘少爷说，"拉马丁一定在警察局等您。"

副督察笑了笑，提起官僚生涯中最遗憾的事，说："国家已经获得自由，因此现在情况不同了。否则的话，鲁潘少爷，会有很多非常重要的人不得不坐下来等我。"

他离开后，鲁潘少爷自言自语道："我们把庸医误认为是灵丹妙药。"接着，他对维迪亚吉说："我们已经蒙羞了。"

维迪亚吉安静地坐着。见兰格纳特从里屋走出来，他像是在演讲一样，说："得与失、胜与败、荣与辱——都应该从容地接受。"

"父亲在谈论《薄伽梵歌》，"鲁潘少爷想，"现在我们看看那个副督察能走多远！"

今天，在巴布·拉马丁·比赫马赫维的家门口，有人正在研磨大麻。对面的茅草屋顶下，有人正在打牌。拉马丁对这两种活动都不关心，他躺在竹床上，听着阳台下面站着的瘸子说话。

兰格纳特和萨尼查正好路过。拉马丁把他们叫了过来，自己坐在竹床的一角，让他们坐在旁边。他没对萨尼查讲客气，只是说："你为什么站着？坐下吧，首席长老。"

这是兰格纳特第二次来这里，第一次来的时候旁边既无赌博也没大麻。今天的气氛更融洽了。兰格纳特看向瘸子，问萨尼查："他过得怎么样？”

“他是个勇敢的人。你可以认为，这次他是在公牛身上挤奶。”萨尼查模仿挤奶的动作，示范手放在哪儿才能从公牛身上挤出奶。

兰格纳特喊道：“发生了什么事？你拿到复印件了？”

瘸子像毗湿奴派圣人一样简明扼要地回答：“是的，老爷，您可以拿走我拥有的一切。总部已经返回了申请。许多交到总部的申请都弄丢了，但我的没有。这都要感谢像你这样足下生辉的人。”

萨尼查睿智地说：“这是好兆头。如果申请回来，复印件也能拿到了。”

“你什么时候能拿到？”兰格纳特问。

缺乏耐心让瘸子有些不悦，但为了安抚兰格纳特，他说：“管复印的人说马上就轮到我了。”

拉马丁说：“去吧，瘸子！去那儿给自己买点大麻牛奶。”

接着他转向兰格纳特，饶有兴趣地问：“听说乔格纳特今天被捕了？”

对于这个问题，兰格纳特已经准备好了答案。他问拉马丁：“谁是乔格纳特？”

拉马丁惊讶地盯着他，然后告诉萨尼查：“首席长老先生，告诉他乔格纳特是谁。”

萨尼查回答：“拜托，老爷，别叫我首席长老。只有当您把宝贵的一票投给杜莱尔·拉尔之子曼加尔·达斯，我才能成为首席长老。在那之前是没有意义的。对吗，兰格纳特少爷？”

大麻饮料递到了兰格纳特面前。他摇摇头说：“我不喝这个。”

拉马丁受到的侮辱足以再次引发哈尔迪加蒂[①]战役。他咆哮道：

① 哈尔迪加蒂（Haldighati），位于今印度拉贾斯坦邦，1576年莫卧儿帝国与梅瓦尔土邦在此地发生激战，传说战争起因系梅瓦尔王公侮辱了前来谈判的莫卧儿使者。——译者注

"兄弟，你怎么能喝大麻？这是乡下人的饮料。"

有个根杰人坐在拉马丁的对面，他从一开始就把兰格纳特视作自己的天敌，因为兰格纳特比他干净、穿得也更好。他说："他是城里人，怎么能喝大麻？老爷，您得给他弄些瓶装酒！"

拉马丁像看笑话一样看着兰格纳特，说："他不会喝瓶装的东西。你没注意吗，他是婆罗门！"接着他恭敬地说："不过，想喝你就说吧，我会派人去拿！"

被降格为婆罗门的兰格纳特难以开口，但萨尼查毫不犹豫地说："怎么好意思让您送一瓶？让这个瘦高个去拿，毕竟是他开的口。"说完，他转过身来对着根杰人，轻蔑地说："蠢货！"接着他引用了当地俗语，翻译成普通话是："你跑来跑去请一千六百头猪吃宴席，却找不出一颗屎来喂他们。"

谈话越来越不如意，兰格纳特认为是时候走人了。"拉马丁老爷，我们要走了。正好我要去散步，已经很晚了。"

"母马才需要散步，这不是男子汉做的事，"他亲切地回答，"只需要快速跳五百下，你就能消化任何东西。"

在回去的路上，兰格纳特和萨尼查停下来观察打牌的人。

有两群人在打牌。一群人正在打宫廷棋子[①]。通过仔细观察，他们发现这是一种用52张牌玩的游戏。这些扑克牌已经破得不能再破，以至于观察仔细的人可以从反面分辨出是哪张卡片。他们还观察到，"宫廷棋子"是一种八人牌戏。四人坐着持牌，焦急万分，头垂在胸前。其余四人分别坐在每名玩家身后，对比赛的每一步进行解说，并在需要保持沉默的时候发出声音。不仅如此，他们还为玩家们擦嘴嚼烟草，点燃他们的手卷烟，倒水，捡起玩家放下的牌。游戏结束后，当玩家计算各自的输赢时，他们会提供一些零钱，并且从赢

① 宫廷棋子（Court Piece或Coat Piece），一种四人扑克牌游戏，主要流行于印度、巴基斯坦、伊朗等地。——译者注

家奖金中赚些槟榔钱。他们的工作还包括指示对家应该打哪张牌，并在发现出千行为时制造噪声以示抗议。

对兰格纳特来说，这游戏节奏太慢，就像大麻的后劲一样。但是当他去观察另一群人时，他对希夫帕尔根杰博彩业的印象彻底改变了。

这群人在玩同花游戏，在这里被称为“fallas”，这与英语“lantern”在印地语中变成“lalten”的原理相同。

游戏正在如火如荼地进行中，一边的玩家虚张声势，大杀四方；另一边的玩家还在按部就班地继续。这名玩家智慧的大脑突然短路，险些让自己输个精光，丢掉了手中的牌。另一名玩家一把抓起钱，压在自己的大腿下面。两天前，兰格纳特曾经在维迪亚吉的家中见过这个输家。他一天只挣8安那，却没有丝毫的皱眉或抱怨，点起一根手卷烟之后漫不经心地观看下一局游戏。兰格纳特从内心称赞他的毅力和勇气。

这些人有自己的语言。他们称对子（pair）为“jor”，豹子（trey）为“tirrail”，同花为“langri”，同花顺为“pakki”。兰格纳特想，“这才是把英语单词翻译成印地语单词的正确方法。”

专业词典编纂者及其委员会已经在全国范围内普查，在印地语和其他地方语言中创造与英语单词对等的单词。这项工作非常有趣。一方面，发明语言的工作在封闭的房间内进行；另一方面，发明语言耗费的时间如此之长，以至于成为一项足以获得全额退休金的职业。更有趣的是，除了能告诉印度人：“瞧，同胞们，英语里的东西也用你们的语言表达了。”这种新创造的语言毫无意义，没有一个专家会在乎他的同胞是否接受这些新词。

兰格纳特偶尔会思考这个荒谬的问题，但他找不到什么出路。可是今天，他反复听到“pakki”“tirrail”和“langri”这些词，心想：“为什么这四五个根杰人不组建一个委员会，去德里坐坐？他们会用自己的母语想出最专业的短语，即使做不到，他们也不会花这么多时间把“trey”变成“tirrail”。

两人已经走进了田野里，萨尼查离开兰格纳特，向附近的一片小池塘走去。兰格纳特说：“我只有一事不明，为什么小摔跤手要为指控乔格纳特做证人。这不合理。”

萨尼查像火箭一样朝池塘飞奔而去。他已经开始摸着内裤绳子，无暇解答疑问。离开的时候，他用十三个字向兰格纳特解释了小摔跤手的行为：“等着瞧吧，这都是根杰人的套路。”

然后，他急躁地把内裤脱下扔到一边，好像世界小姐正等着他一样。在兰格纳特的视线中，他全身赤裸，像斗鹧鸪的选手一样蹲在池塘岸边。

# 第二十二章

在乡下，路边涵洞的用途与城市里的茶室、会议室、图书馆和邦立法会一样，为人们提供坐着闲聊的场所。周日下午两点左右，兰格纳特和鲁潘少爷坐在涵洞边晒太阳，思考世界的状况。

世界的状况——也就是黑暗中一对坚挺的胸部的温暖触感。兰格纳特发起了这个话题。他本来不想告诉任何人那天晚上发生的事情，但是在讨论了黑暗、冬天、鬼魂等等之后，兰格纳特逐渐意识到，他无意中已经把整个故事都说了一遍。

鲁潘非常专心地听着，兰格纳特说完时，他觉得自己仿佛坐在烤箱里，内心充斥着奇怪的热度和紧张感，就像自己每次提到女孩时一样。他确信屋顶上的女孩就是贝拉，而她要征服的男人就是他自己。“我的情书奏效了，她为我心烦意乱。”他得意地想着，自己也开始不安起来。他希望那天晚上睡在屋顶上的人是自己，这种遗憾让他想起一首郁闷的印地语电影歌曲。但在兰格纳特面前，他不得不表现出自己是个通情达理的人。因此他一直端着，装出懂事的样子。兰格纳特见他沉默不语，重复道：“我不知道她是怎么进来又出去的，只记得她弯腰坐在我身上，而且……”

鲁潘少爷用老成的声音说：“事情发生了。有时你会犯这样的错误。谁知道那是谁，是不是人？没有必要向任何人提及，这帮乡下人会想到鬼魂。兰格纳特兄弟，您要如何跟他们解释？保持沉默。说不定你在做梦，真的有可能。”

兰格纳特反驳了两点。首先，鲁潘试图将他的经历当作一场梦；其次，他对女孩使用了阳性称谓。他说：“我不可能弄错。当时我完全清醒。她来了，坐在我的长凳上，趴在我身上。”

“好吧，好吧，”鲁潘一边说着，一边用手扇开想象中的蚊子：“我相信你。那里真是某个人。但没必要为此再做任何事。”

某个人！兰格纳特闭上眼睛，在脑海中寻遍了科纳克的每一尊女神像，接着自己复述了二十遍：“不是某个人，是个姑娘！鲁潘少爷，除了‘某个人’，你还会想象其他东西吗？”

第二天，他们的杏仁吃光了，迫使兰格纳特外出购买。

他听说离希夫帕尔根杰两英里的地方有座村子，那里的杂货店有优质杏仁。通往那个村子的路很狭窄，没走多久路就被荆棘拦住了。壕沟和灌溉渠横穿小路，到处都是划分田界的土埂。农民每踏出一步就知道，即便是鸟儿也不想走这条路。但是对于如今即将前往火星和月球旅行的人类而言，他们已经跨越这些障碍，穿过田野和沟渠，为自己开辟前进的道路。

一名男子行走在这条小路上。兰格纳特跟着他。那人问兰格纳特是谁家的儿子，兰格纳特回答，自己是维迪亚吉的外甥。

那人恭敬地表示，自己听说过兰格纳特的名字，今天有幸见到真人。他听说兰格纳特受过高等教育，拥有文学学士和硕士学位。作为回应，兰格纳特告诉他，这条路的状况太糟了，只有老天知道为什么要在这里插上荆棘。那人回答说，现在没人质疑任何人，任何人都会觉得地里插满了荆棘，处处都是界限。兰格纳特询问村委会为什么不阻止他们。他回答说，村委会能做的只是罚款。在大地主掌权的时代，人们会被鞋踹。他解释说，印度是一个血腥的国家，不靠拳打脚踢什么事都办不成。大地主破产了，他们没法踹人，但你可以看到，现在的政府也得用皮鞋踹人民，无时无刻不在使用警棍或者枪支。即便你想为此做点什么，又能如何？人们崇拜暴力，无法被言语说服。

那人心情不好，兰格纳特没有再说什么。走了一会儿，那人突然说：“文学和法律，哪个更重要？”

“很难说哪个更重要，他们都是一样的。”

“这我知道。在这个邋遢的国家不分贵贱。不过真的，到底哪个更好，文学学士还是法学的学位？”

为了终结这个话题，兰格纳特回答：“法学学位。”

“那你应该知道，我儿子是个律师。”

“他住在哪儿？”

律师的父亲自豪地说：“律师住在哪里？他们不在农村生活。他在城里定居，已经工作三年了。”

“那他一定是最棒的律师了。”

“不只是最棒的，是最伟大的。他是你的同乡乔格纳特的代理人！维迪亚吉在这方面无能为力。副督察不准保释。但在法庭上，我儿子让他保释了。他是个真正的绅士。我填表任命他为乔格纳特的律师，为此他塞了五卢比给我。”

为了鼓励律师父亲，兰格纳特说：“这说明他一定赚了很多钱。”

男人顿时警觉起来。他转身看着兰格纳特的脸，用温和的语气说：“很多钱？好吧，如果你喜欢这么说也没关系。没什么大不了的，兄弟！你的舅舅很厉害，他的客厅是何等富丽堂皇！即便他只是将罗望子种子磨成粉末，包起来送给病人，也能收取1卢比的费用。他可真幸运。”他毫不掩饰自己的嫉妒，以乡野村夫的口气嘲讽维迪亚吉：“他突然间就成了伟大的领袖。他以前是个简单直率的人，可现在藏着掖着的东西和表现出来的一样多。他从自己所做的全部事情中获利——甚至用自己的尿来点灯。”

他总结道：“不过在乔格纳特的事情上，副督察并没有听他的话，而是像猴子一样把乔格纳特关进笼子，送进监狱。”

他又说：“如果我儿子没把他救出来，乔格纳特就得帮狱卒带孩子了。”

“什么时候开庭？”兰格纳特问。

“乔格纳特的案子吗？在某个名誉治安法官的庭上。您可以随时去那里旁听。我儿子在老家，两三天后他会回到城里，之后能确定庭审的日期。

他们走在被灌木丛包围的洼地上，周围全是高大的甜根草。它又干又硬，当你走在路上时会被戳到。

一次，兰格纳特没有将悬在半空中的草尖推开，而是将他们绑成一个又大又厚的草结，在某种程度上扫清了道路。在稍远一点的另一处草丛前，他又打了个结。

律师父亲站在那儿，看着兰格纳特在做什么。当兰格纳特打完第二个草结时，他问道：“那是什么？”

“什么？”

“你打的那个结。”

“那个结？”他正要解释，这样做可以防止甜根草在小路上蔓延开。可看到律师父亲脸上的表情，他欲言又止。兰格纳特心想，律师父亲似乎想解开某个谜团，不如满足一下他，于是说道；“请不要告诉任何人。舅舅说，我在路上会遇到一大片甜根草，在草尖上打结能让猴神哈奴曼高兴。”

律师父亲怀疑地说：“我以前从未听过这种说法。”

“我也没有。”兰格纳特一边走一边漫不经心地回答。律师父亲跟在他身后，又开始谈论起法律职业：“文学硕士和文学学士没有任何意义。在我老家，人们经常会重复这样一句诗。那句话是怎么说来着？稍等一下，它就在我嘴边……是的，最后一句是：‘他是中产阶级，却仍然在割草。’现在您可以将其更改为：‘哥哥获得了文学硕士，却仍然在割草。’如今，文学硕士和文学学士也就各值1安那。你也应该弄个法律学位。作为律师，你可以把椅子放在法庭上，像国王一样坐着。一个人的舅舅是根杰人、阿育吠陀医生，同时还是一位领袖——何愁接不到案子？你舅舅每天肯定有十几起自己的案子要处理。”

兰格纳特对此没有发表任何意见。他只是停了下来，在甜根草丛中打了第三个结，说：“哈奴曼万岁！”

律师父亲也停了下来。在听到兰格纳特口中说出哈奴曼的名字的那一刻，他抓起一丛甜根草，忙着打结。他向兰格纳特解释：“不如我自己打个结。好像也不需要付出什么。”

兰格纳特严肃地说：“哈奴曼万岁！”

律师父亲立即恭敬地合起双手，重复道：“荣耀归于哈奴曼！”

一个皮肤黝黑的女人走在他们身后，头上顶着脏兮兮的包袱。起初她离得很远，但当他们停下来打结时，她赶上了他们。她四五十岁，却看起来像个老妇人。她的两颗上衣扣子没系，似乎处于一种恍惚的状态——对神的全神贯注使她忽视了自己的扣子，也可能不系扣子能给她带来某些损失或收益。兰格纳特一眼就发现了这一自然景象，然后将目光转向了律师父亲。但律师的父亲并没有发现兰格纳特在看自己，因为他正全神贯注于兰格纳特发现的同一幅自然景象中。

女人像山羊一样咩咩地问：“兄弟，你在做什么？”

兰格纳特没有回答。律师的父亲说：“没看到吗？我们正在为哈奴曼打结。”

女人把包从头上拿下来放地上：“我是女人。我也可以这样做吗？”

“在神的法庭里人人平等——包括男人和女人！”律师父亲自信满满地说道，好像他自己刚从天庭回来一样。女人把手伸进一丛甜根草中，恭敬地说：“哈奴曼万岁！”

兰格纳特没有在邻村发现任何杏仁，但他确实发现萨尼查坐在理发店里。理发师在他身后挥舞一把剃刀。侧面的头发已经被剪掉，而顶部的头发留得很长，远远看去像戴着一顶圆帽。简而言之，萨尼查正在以英式风格剪发。

他听到了兰格纳特的声音，不顾理发师有力的双手和剃刀的压力，设法把头转了过来。他用眼角的余光看着兰格纳特说：“希夫帕尔根杰所有的理发师都去参加葬礼了。所以我来这里剪一次头发。”

他骄傲地说出这话，好像自己隔天就会剪一次头发。但兰格纳特知道事实——萨尼查的理发怪癖。整整一年不弄头发，也不让别人碰，然后在某一天突然跑去理发。兰格纳特无法理解这个发型背后的原因，他静静地站着。

看到兰格纳特站在那里，理发师停止理发，用两根手指向前推他的头，说：“起来吧！都弄完了！”萨尼查站了起来。

今天他的情绪有些异样。他一直握紧拳头，保持深呼吸的状态。他走路很快，好像刚被一匹种马踹了一脚，自言自语些什么，嘴角冒着唾沫。

在返回希夫帕尔根杰的路上，他和兰格纳特走到一棵巨大的杧果树下。老鹰发出尖锐的叫声。萨尼查一口气说了两句：“那只该死的鸟儿也闲得无聊……拉马丁，小心了，这次我要亲自上擂台。”

兰格纳特无法理解两句话之间的联系，问：“什么擂台？”

萨尼查惊讶地盯着他，不想回答。他甩掉身上的头发茬，说：“他会好的，他会的。等着瞧，让原子弹爆炸吧。”

他们穿过杧果林，来到有甜根草的地方。兰格纳特走在前面，这样萨尼查的头发茬就不会落到他身上。突然，他一动不动地站在原地。

甜根草丛呈现奇特的景象。沿着小路向前100码距离内，甜根草的末端都被打上了个结，看起来像是一排戴着头巾的傀儡士兵。一个男人正在打新的草结。

萨尼查像公牛一样吼道：“天呐！你这个白痴！在干什么？”他对兰格纳特说：“看到这些农民的所作所为了吗？他们毁了整片草丛。天知道是哪个混蛋想到去干这事。”

兰格纳特看着萨尼查的脸。诅咒从他嘴里吐出的速度比平时快了一些。兰格纳特问：“这些结会伤到什么人吗？”

“怎么不会？你不知道这片土地属于希夫帕尔根杰村委会？”他气势汹汹地补充道，“兰格纳特少爷，您明白了吗？”他像骆驼一样抬起头来诅咒打结的人，告诉他是从女人身体哪个部位生出来的，接着问：“这是你爹的财产吗？”

男人转身说：“怎么，难不成还是你爹的？”

为了制止争吵，兰格纳特上前说：“兄弟，别说脏话了。”然后问那个人，“你在干什么？”

“我在做全世界都在做的事情。”他傲慢地说，好像真的在做世上最基本的事情。

萨尼查说：“可你知道这片土地属于希夫帕尔根杰村委会吗？打结会弄死甜根草，你知道吗？真要处罚你，让你吃不完兜着走。这世上谁也帮不了你。”

“哪个混蛋要指控我？”

“不是混蛋——是你姐姐的合法丈夫。我！首席长老！”

萨尼查看着兰格纳特，解释说：“是的，兰格纳特少爷，我今天要向村委会主席选举提交提名材料。等着瞧吧，十五天之内，我要踩在拉马丁的身上，看看哪个混蛋敢动村委会的一根稻草？”

原来如此！这就是他弄出英式发型、抱怨树上老鹰叫声的原因。一颗原子弹即将落下，也难怪他对村委会的土地如此在意。

兰格纳特明白了一切：“今天是你自己去递交提名材料吗？”

“马上！就这会儿！”萨尼查兴奋地说，“我会在洗澡之前把材料递上。”

他瞥了一眼系草结的男人，看看自己是否给他留下了深刻印象。答案很明确。萨尼查令人敬畏的演讲仅能影响自己——正如印度声称领导亚非的主张只在印度受到重视。男人肯定地说：“好极了，你要当首席长老，毕竟总得有人去当。”接着他轻蔑地补充道：“村委会是什么东西？不过是政府的诡计。”

萨尼查感觉自己受到了侮辱。他说：“这是一个诡计，但你会在十五天后看到，触碰甜根草的人会有什么下场。”

男人冷漠地说：“既然如此，那我就不碰了。这种‘草结崇拜’还是头一次出现在希夫帕尔根杰，估计也不会传到别处。”

看着眼前的几十个结，兰格纳特问：“这是什么仪式？”

“谁知道是什么？我听说哈奴曼托梦给某个希夫帕尔根杰的人，指示人们在这里打结。”

萨尼查焦虑地拉住他的手说：“兄弟，你想打多少结就打多少，信仰上的事情是没有限制。”他绞尽脑汁琢磨这事，并对兰格纳特说：“兰格纳特少爷，我从来没听说过这个。谁做了这个梦？我来的路上没看到这里有草结。”

“我也不清楚，”兰格纳特回答，“是舅舅让我在甜根草上打结。所以我就系了一个。舅舅说，这是给哈奴曼大神系的结。”

萨尼查一听到这话，便开始专注于礼拜哈奴曼。他像没有尾巴的猴子跳向高高的草丛，开始打结，在高呼三四声“哈奴曼万岁”的同时诅咒拉马丁，最后说：“今日，信奉真理的人将上位，罪恶的敌人将蒙羞！”

兰格纳特补充说：“罗摩的名字就是真理，说出真理方获救赎。”

萨尼查没有听清他的话。如果有的话他一定会反对，尽管从宗教的角度来看，这个观点非常合理，而且与罗摩的名字相联系，可以在任何场合使用。打完结之后，萨尼查再次以哈奴曼的名义在内裤后部擦了擦手，并不在意自己那块地方有没有长尾巴，接着快步往前走去。

兰格纳特的心中渐渐充满了平和与自我满足。今天，他不知不觉地创立了新的教派，其唯一的哲学、神话和仪式就是在甜根草上打结。他发现自己与佛陀、大雄①和商羯罗②站在同一条线上，在心里问他们：“大师们，我了解我自己，但请你们也告诉我你们的故事。你们是怎么想到创立新教派的？”

① 大雄（Mahavira，约前599-前527），耆那教创始人。——译者注

② 商羯罗（Shankaracharya，约700-750），印度教哲学家。——译者注

# 第二十三章

在某个村子里，某人杀害了某人。为了栽赃给自己的敌人，有人在警方的报告中提及第三个人的名字作为凶手。为了报仇，其他人同意提供不利于这人的证据。接着有人将他的案子送到当权者手中，有人代表他贿赂某人。有人威胁证人，让某人看起来很愚蠢，有人和某人做爱。总之等到这件事闹上法庭的时候，它的性质彻底发生改变，不再是一起命案，而是名为《以血还血》的电视剧。双方律师各司其职，法官确信呈现给他的是一部出色的大戏，但面前的证据全都是虚假的。最后，在欺诈理论的影响下，法官不仅相信被告是无辜的，并且认为根本就不存在任何谋杀。判决结果是，被告哈里·拉姆的谋杀指控被撤销，他的品格不存在任何污点。

被告哈里·拉姆并没有因为法官这样说而真正获得了没有瑕疵的品格。他仍然是流氓，从监狱释放的那一刻起，他邀请了所有当地人——除了那些通常被认为品格良好的人，即妇女、哈里真[1]和穆斯林——来参加宴会。于是，当天希夫帕尔根杰有头有脸的人物都

① 哈里真（Harijan），圣雄甘地对“贱民”的称谓，意为“神之子”。——译者注

去邻村的哈里·拉姆家赴宴，兰格纳特独自留在维迪亚吉的房子里。

一整天的时间就像一场乏味的讲座一样过去。晚上他出去散步，看见校长站在槟榔店里。校长嚼着槟榔果，正准备付钱给商家。卖槟榔的商家已经把槟榔果给了校长，至于钱的事，他告诉校长，毕竟这家店属于校长。校长看到兰格纳特出现在自己眼前，开始认真地评论起店内陈列的物品。圣雄甘地出现在门框上的一幅彩色画像中，笑起来的样子有些可怕。他的政治继承人尼赫鲁双手合十站立着。画像下方的文字写着，某种品牌的油能有效治疗儿童干痒。兰格纳特问校长：“您看到了吗？”

他用阿沃特方言中的一句谚语回答：“适合野兽的马具。这幅画适合农村地区。”

“在这个问题上不存在城乡差异！”兰格纳特说，“每个人都尊重甘地。”研究了一段时间后，他热情地批评了它：“我感觉画家被人用鞋揍了一百遍。”

校长笑了。从他的笑声中你能感觉到，他认为兰格纳特是个蠢货。“一杯饮料的甜度取决于您放入其中的糖量。榨油的、卖槟榔的能懂什么？没有人会在卖水壶的店里挂毕加索。”

兰格纳特打断了他，强调说：“停下，老师！别提毕加索了。从您口中听到像他这样的名字让我想晕倒。”

两人一起走在路上，在成群的奶牛和水牛中间呼吸着空气，虽然并没有多少空气可以吸入——可以吸入灰尘，闻到牛粪味，后背还能被神牛的角戳到。

兰格纳特的话对校长刺激很大，以至于校长严肃起来，开始像一个真正文明的人一样说话：“所以，兰格纳特先生，您认为我完全没有文化？我也获得了历史硕士学位，考了59分[1]，现在当上了校

① 50分及格。——译者注

长，这就是我的命。”

这段严肃的对话吹散了兰格纳特放松的心情，让他觉得自己对毕加索的评论伤害了校长。兰格纳特道歉了。“我意识到了。如果您的成绩再差一些，就不可能来这里了。”

“没错，”校长回答，“我会成为一名大学讲师。我有几个以三等成绩拿到学位的朋友已经在大学里找到了工作。”

校长情绪低落地继续走了一会儿。他尝试变得多愁善感，说：“兰格纳特少爷，我知道你们对我的看法。你一定在想，虽然我是学院的校长，可我是个地地道道的农民，在大家面前傻笑。你是对的。无论任何人对我说了什么，我都非常谦虚地听——除了卡纳和他的同伙，那些白痴只是些小屁孩。我总是特别听上级的话。你现在认为我很愚蠢，但我这样做是有原因的……”

“原因是，”他笑着走到路边给水牛让道，“原因是愚蠢也像智慧一样有其价值。无论你是同意一个愚蠢的人，还是驳斥他，他既不会从中获益，也不会失去什么。他很愚蠢，并且继续愚蠢下去。所以我的习惯是永远不要去激怒一个愚蠢的人。有时候，当人们看到我容忍愚蠢时，他们会觉得我也是个傻瓜，可他们要这么想，自己就是傻瓜。您觉得呢，兰格纳特少爷？”

从校长大人口中听到一切让兰格纳特目瞪口呆，以至于当一只小牛撞到他的后背时，他却并未感到疼痛。校长抓住他的胳膊，把他拉到路边。亲眼见识校长聪明的一面，这本身就是一种人生经验。兰格纳特没有注意到，校长又开始咧嘴傻笑了。下一刻，兰格纳特几乎要道歉了：“是的，是的，我知道您熟悉毕加索的一切。只有您会在希夫帕尔根杰提到他！您能想象会在这里听到毕加索的名字吗？这正是我吃惊的原因。这既不是您的错，也不是我的错，也不是希夫帕尔根杰的错，也不是槟榔店的错。先生，错在毕加索。”

校长看着兰格纳特的个性在自己眼前摇摇欲坠。他用更严肃的语气说："我曾经也喜欢炫耀自己的能力。那时我正在攻读硕士学位。在城里你一定见过年轻的女孩在街上走来走去，她们中的一些人开始装腔作势，向遇到的任何男性——男人或男孩——炫耀。我也一样。我从来没有注意到哪些教授是真诚的，哪些是白痴，我曾经在他们面前炫耀自己的能力。某位教授被这件事冒犯。我完蛋了。"

他们来到了村里的市场。夜幕降临，烤炉冒出的烟没有升高，而是悬在他们面前的空气中。太阳已经落山了，但光线足够让兰格纳特辨认出烤饼店里坐着的店主女儿，并且能够冷静地判断她是否值得一瞧。他们又走了大约五十码，路过最后一间房子，来到了一片荒地。在这里，人们只能写诗、劫道或者拉屎，前两项活动都不掌握的几个孩子蹲在马路两边，相互乱扔土块。在更远的地方，有不少成年女性为了同样的目的蹲在路边。

他们毫无羞耻的行为是对新印度建设者们的诅咒。但是，新印度的建设者肯定对此一无所知，因为此时他们可能坐在家里最小但最干净的房间——厕所里，思考报纸、便秘和出国旅行的问题。

女人们看到校长和兰格纳特，立刻停止了拉屎的动作，站直了身体，像是一排仪仗队。两人不慌不忙地走着。妇女们仍然站着，同样不为所动。一只咩咩叫的山羊挤开兰格纳特和校长来到路边，撞翻了地上的一大罐水，消失在杧果林中。一些孩子开始尖叫，扔土块，听从大自然的召唤。他们中的一些人就这样站了起来，开始追赶山羊。在这样的环境下，兰格纳特和校长大人沉默了一会儿。

又走了十码，他们转头一看，妇人像刚才一样蹲在路边。

校长继续说："事情就是这样，兰格纳特少爷！我在课堂上冒昧地纠正了一位教授。他被冒犯了，他总是被冒犯。他开始对我所做的一切挑毛病。最后他把我的学位成绩降了一级，并且放话，只要他还在大学，我就永远无法在大学里找到工作。如果没有惹恼那个混蛋，我现在会在他的位置上。"

校长说完自己的故事，沉默了。他们又走了一会儿，校长接着说：“后来我得出的结论是，万事皆如此。随它去吧。如果他们都是骗子，那我假装成大英雄也得不到任何好处。现在我已经走上前台，兰格纳特少爷，如果有人跟我说什么，我只会回答：‘是的，兄弟，你说得非常对。’如果是维迪亚吉，我会说：‘是的，老爷！非常对！’如果巴德里说了什么，我的回答是：‘摔跤手！随便你怎么说！’”

兰格纳特没有勇气插嘴。校长接着说：“这才是正确的做法，兰格纳特少爷！我得让四个姐姐妹妹嫁出去。我的名字一文不值。如果维迪亚吉揪着我的耳朵把我赶出去，我就是去讨饭也没人会给我一拜沙。现在请你告诉我，我是应该像对待我父亲一样对待那个混蛋卡纳及其同伙，还是像对待父亲一样对待维迪亚吉？”

在这次谈话中，校长人性的一面有所展现，可最后的话又现出平时熟悉的粗鲁，回归到现实中。兰格纳特恢复之前轻描淡写的态度，说：“不不。您在做正确的事，而且您现在的状况也很好。做大学教授有什么意义？难道您现在不如大学校长吗？”

校长第一次笑了起来。他说：“嗯，确实。我认为自己比大学校长更好。大学校长的生活也是地狱。一大早就得四处走动，向行政人员致意，要么就得出现在校董、部长或部长秘书面前，邦长至少一年四次向你训话。不分昼夜总会有些骚乱之类的事情，学生们排着队用脏话问候你，甚至动手打你。你要是打电话报警，高级警司还会嘲笑你：‘瞧瞧这位校长，他全年无休，除非每年被学生用棍子教训几十次。’这就是他的生活，兰格纳特少爷！”

他边咳嗽边吐痰，又说：“到目前为止，我作为这里的校长还没有遇到过这类问题。当你有维迪亚吉作为理事长时，你可以放心，校长就像一头狮子，不必奉承任何人。我只是抱住维迪亚吉的大腿，用鞋子和其他人说话。你刚才说什么，兰格纳特少爷？”

“您做的绝对正确。”

说实话，没当上大学讲师也没什么不高兴的。他们的生活更是地狱。彻底的地狱！二十四小时的谄媚！某个政府委员会给你可怜的10卢比津贴，然后揪住你的耳朵让你写他们喜欢的论文。不管在那儿你都会为某个课题或其他项目努力。他们会说自己在做研究，可研究什么？他们只是歌颂付钱给他们的人。他们被称作什么？让我想想，什么词来着？是的，我想起来了……他们被称为‘知识分子’。所以他们的立场是知识分子，但为了出国旅行，他们甚至会与父母断绝关系。为了去美国，他们做好了在街头公开挨打的准备。这就是你们所说的知识分子！”

他用自己的母语引用了另一句话：“如果你必须吃粪，那就吃象粪。我所要做的就是与维迪亚吉绑在一起，除此之外不向任何人磕头。我没有做大学讲师的资格。”

校长像请辞讲师职务一样地摇头，将悲伤传遍了全世界的大学。

“您绝对正确。”兰格纳特说。

校长盯着兰格纳特，突然轻声笑起来。他轻声说：“怎么了，兰格纳特少爷？你同意我说的一切了？”

兰格纳特回答：“我应该从您的经验中学习。反驳别人有什么意义？您说什么都是对的。”

校长放声大笑：“那么你也绝对正确，兰格纳特少爷！当我提到毕加索时，我猜你快要晕倒了……”

他们开始往回走。黑暗包围了他们，空气中弥漫着一股气味。一些班贾拉[①]人坐在路边，在火炉前取暖，用一种受过教育的人都听不懂的方言互相交谈。校长带着兰格纳特像外出旅行中穿过成群的

① 班贾拉（Banjara），印度游牧部落。——译者注

牛和水牛时一样，安静地穿过班贾拉聚居区。兰格纳特回头看了一眼，只是说：“冷得要命。”

校长不准备对天气发表评论。他把话题转到了卡纳老师身上。“你们这些人还没有资格评判他人品格。我听说鲁潘已经被卡纳收编。可你应该仔细考虑一下，兰格纳特少爷，卡纳是个什么样的人。”

“他是一个非常聪明的家伙。你看到那天他是怎么在大学里引起争吵的吗？他没有因此受到任何损失，可学院的名声已经被玷污了。”

“但我听说，”兰格纳特说，“双方都有争吵。”校长用苦行者的语气回答：“你听到什么有什么关系，兰格纳特少爷！现在此案已提交法院审理。法官将按照自己合适的方式做出裁决。”

“可这是个非常糟糕的事情。”

“糟糕？兰格纳特少爷，这足够把你自己淹死在口水里！可这位卡纳老师连半点羞耻心都没有。在他被淹死之前，我必须亲自在他脖子上系一块石头。”

他像是在进行国家新闻部门官员常见的无私发言——无论是否有人在听，都必须说完自己的台词。他接着说：“警察认为双方行为都适用于刑法第107条，这就是他妈的警察思维。卡纳制造了麻烦，他的同伙一心想打架，结果警察同时起诉了两方。按照这种逻辑，如果国家陷入混乱，统治者一定也是疯子。”

“庭审就在昨天。我被告知要跟他和解。我问究竟为什么要这样做，为什么他们不立即绞死我，终结麻烦。那样的话，希夫帕尔根杰就只剩下卡纳老师和他的流氓了，不再有打架和争吵。

“我悄悄地回来了。他带了七十个男孩，让他们大喊‘打倒校长！’——就在城里的法院当着一百名可敬的人。那些人问他们是谁，卡纳老师自己说：‘他们’是昌格玛尔学院的学生……

“如果你真想不要脸，就向他学习。”

他引用了第三个阿沃特谚语，大意是：一棵树从一个赤身裸体的人的裆部长出来，这个傻瓜开始高兴地跳着舞说：“现在我可以享受树荫了。”

“你还在听吗，兰格纳特少爷？”他接着说，“这就是卡纳老师的德行！告诉鲁潘少爷，不要给他太多帮助，否则有一天你会后悔的。”

他们从警察局门前经过。几个警察提着灯笼走来走去，大喊大叫。一些男孩站在路边唱着某种和声。三辆卡车停在警察局对面副督察的住所前，有人在往车上装行李。这才是警察的活跃起来的真正原因。

校长说：“看起来副督察要上路了。”

他比兰格纳特更早意识到这句话的全部含义。他摇了摇兰格纳特的肩膀，嘀咕道：“这才像样！这片区域过去很臭，现在干净了。”

兰格纳特说：“我不知道调令怎么这么快就下来了。直到午饭时间他们都没收到消息。”

校长大人看到眼前的景象，喜悦之情溢于言表，好像他可以张开双臂飞到树顶上，像白头翁一样歌唱。他说：“兰格纳特少爷，跟你叔叔一起住了这么多天，你还不了解他。他曾经让上一任副督察在12小时内滚出希夫帕尔根杰，这次可能只用了24小时。”

他低声说：“还有人能承担得罪维迪亚吉的代价吗？”

“在他拒绝保释乔格纳特那一天，我就知道是时候让他滚蛋。更过分的是，他竟敢依据刑法第107条起诉我们。你告诉我，有什么必要起诉我？可谁会去提醒他？拉马丁成了他的教父，他把副督察玩弄于股掌。现在你看到了，十天之内副督察就被调走了。”

男孩们的合唱还在继续：“副督察走好，副督察走好！”

他们站在那里看着行李被装上车。

卡车上放着几张巨大的实木床架，剩余的空间载着一头漂亮的母牛和她的幼崽。

“我没看到水牛，”校长说，“那是非常珍贵的品种——穆拉。”他向兰格纳特解释：“提凯特根杰的地主送给他的。那是个寡妇非法怀孕的案子，他们得到了一头牛的礼物。”

卡车旁边堆上了更多的床架。兰格纳特听说副督察喜欢床，现在亲眼看到了。尽管天色已暗，街上合唱的男孩们仍然围成一圈，看着卡车装载作业。一名警员站在床架上，提着灯笼，鼓励那些装货的人：“哦，干得漂亮！你把连接处弄断了，是吗？我知道你不会听，除非弄坏了。从他的语气看来，床架接头的破损似乎是印度民主可能遭遇的最大不幸。”

兰格纳特对搬运的人提了几句忠告：“兄弟，他说得有理有据，不要弄断任何连接处，请小心地搬运。”

听了兰格纳特的话，校长大笑起来。

一名警员不顾需要照看的床架，大声喊道：“是谁？校长大人？印度万岁[①]！”

“怎么了，兄弟？印度万岁！他是被调走了还是怎么了？”

“是的，校长大人。副督察已经申请担任高级警司，都是为了女儿上学，他想调到城里。”

“她可以在我们学院学习啊。有比希夫帕尔根杰更好的地方？”

“贵院是所印度斯坦学校。她要去的是教会女校，用英语授课。孩子已经拿到她的校服了，是纯蓝色的，穿上去就像英国姑娘。”

“所以他调到城里了。无论如何这很好。可他会把这头牛放在哪儿呢？不打算卖吗？”

警员用尽全力抬起床架，呻吟着说：“不，这头牛将留在陆军农

---

① 印度公务员常用“印度万岁”（Jai Hind）的口号相互致意。——译者注

场。副督察的兄弟在那里工作。可怜的牛，这里什么都没有！她会在那儿获得优质饲料。”

有人提及维迪亚吉刚来见过副督察。维迪亚吉曾经想，如果自己去阻止调动，副督察还能想出什么方法离开这里。

校长对兰格纳特说：“如果副督察还有点羞耻心，会在明天鸡叫之前离开希夫帕尔根杰。”

他忙着清点了一会儿副督察的财物，说：“他喜欢床。”

“他喜欢免费获得的一切，”校长补充道，然后对卡车后座的警官说，“副督察在家吗？维迪亚吉和他在一起？兰格纳特少爷，我们也去看看吧，向副督察打个招呼。这可怜的灵魂是个好人，从来没有伤害过任何人，也没有向任何人索要任何东西。老天爷给的任何东西他都会优雅地接受。”

“是的。可怜的灵魂确实是个好人，不过现在已经死了。”兰格纳特想。

# 第二十四章

村子的外围有个小池塘，池塘的情况表明农村生活不再像以前那样充满田园诗意。池塘很脏，里面满是泥巴，臭气熏天，而且很小。马驴狗猪等动物一见，喜出望外。蠕虫蛆虫苍蝇蚊子在那里以十亿计数的速度繁衍生息。如果我们学会像它们一样生活，国家的人口增长将不成问题。

为了弥补污秽的不足，几十个男孩根据自己的生理节律，每天早晚不定时来到池塘边排出气体、液体和固体三种物质，然后轻装上阵回家。

池塘尽管很脏，却也有自己的价值。它的经济价值在于其倾斜河岸上生长的优质狗牙根草，解决了本地马匹的营养问题。在政治上这很重要，因为萨尼查要争取割草工的选票。

萨尼查来到池塘边，发现有两个人正在割草。他们实际上不是全职的割草工，而是马车夫。即使在人力三轮车普及之后，他们仍然和自己的马一起生存。自独立以来，这个国家人力车夫阶级的快速增长只能证明我们经济政策的成功，以及我们的马匹质量差。这也证明，在建设社会主义社会的过程中，我们首先消除了人马歧视，现在是考虑消除人与人之间的歧视的时候了。

萨尼查担心自己的选举——选举是想要选票的人和拥有选票的人之间互动的唯一方式。因此，他不打任何招呼就告诉马车夫，自己已经提交了首席长老职务的提名文件，如果他们知道什么对自己有利，就应该投票给他。

一位马车夫上下打量着他，自言自语地说："这个人想成为首席长老。身上连个包袱都没有，却还会吃槟榔。"

即使是最伟大的领导人，乞求选票也会让他们感到谦卑，但萨尼查只是萨尼查。听到这句话，他的自尊心崩溃了，开始讨好地咧嘴笑着说："好了，兄弟，我只是名义上的首席长老。你可以认为维迪亚吉老爷将成为真正的首席长老。您只记得您正在投票给维迪亚吉老爷。认为维迪亚吉老爷本人正在乞求您的投票。"

马车夫们交换了眼神，一言不发。

萨尼查说："兄弟们，你们想说什么？"

"有什么好说的？"第二个马车夫说。"维迪亚吉要求我投票给他，我怎么能拒绝？不管怎样，选票对我来说有什么用？我不能用它做泡菜。所以拿去吧。给维迪亚吉投一票。"

第一个马车夫热情地说："毕竟选票不值钱。让什么人拿走它吧。"

第二个马车夫反驳他："你怎么能把它随便送人？这是维迪亚吉第一次向我们索要东西，我们应该把它交给维迪亚吉。让他拿到选票。"

萨尼查说："所以这是最终决定了？"

两人异口同声，答复的要点是，一个人总要信守诺言，尽管说实话他们没法给人任何东西，却很难拒绝维迪亚吉的要求。他们只希望，萨尼查成为首席长老后能够脚踏实地，不要觉得自己可以把竹子插在天空上。

萨尼查离开后，他们一边割草一边聊天，突然注意到有个男人走了过来。他在所有的官方文件上都写着自己名字，在希夫帕尔根杰却只有极少数人知道他的名字。在村里，他被称为拉马丁的兄弟。他曾是希夫帕尔根杰村委会真正的首席长老，尽管人们表现得好像拉马丁·比赫马赫维本人就是首席长老，不过，这是另一回事了。

近年来，池塘里的鱼开始在拍卖会上拍出高价，村委会的收入也因出租荒地而增加。糖和面粉的配额有时也通过村委会分配，因此村委会肥了起来。希夫帕尔根杰的每个人都知道村委会的财产和首席长老的财产是一回事。因此，首席长老的职位是有利可图的。

不仅如此，首席长老还受到了尊重。哪怕副督察和乡长确实有好几次把首席长老叫去辱骂一番，哪怕一两个村里的流氓不时地朝他扔了土块，这些都没有削弱他的尊严。就职位的荣誉感来看，和这个国家的其他地方一样，在希夫帕尔根杰一个人只要有钱就能赢得尊重，无论他过去以什么方式致富；和这个国家的其他地方一样，在希夫帕尔根杰一个人的声誉不会因他从任何机构的资金中获利而遭到贬损。

出于上述原因，拉马丁的兄弟渴望再次当上首席长老。

他刚从自家田地旁边的田里拔出一些鹰嘴豆，在回家的路上用胳膊夹着它们，一边大声咒骂，这样人们可能会认为鹰嘴豆是从他自己的田里偷来的。他在池塘边看到萨尼查和马车夫说话，立刻改变计划，朝他们的方向走去。看到他走近，马车夫安慰自己萨尼查已从视线中消失，于是向他打招呼："兄弟，您这次还要参加首席长老的竞选吗？"

谈到从田里偷来的鹰嘴豆，拉马丁的兄弟说，因为自己作为首席长老的一年任期即将结束，所以小偷自信地重操旧业起来。他在的时候，小偷们都屏住呼吸藏了起来。他得出的结论是，如果根杰人热爱和平与舒适，会再次让他再次成为首席长老。最后，他漫不经心地说：“老家伙萨尼查在说什么？”

“他要求我们投票给他。”

“你告诉他什么？”

“我说，拿去吧。反正我也不能拿选票做泡菜。”

“如果你投票给他，最好先考虑一下后果。”

“我已经投了。如果你愿意，我也可以投票给你。”第一个马车夫说，然后重复道，“毕竟，我不能拿它做泡菜。”

“那么，你不会投票给老萨尼查了？”拉马丁的弟弟问。

“如果你愿意，我们会投票给他。我们会投票给你说的任何人。你的话就是我们的命令。”马车夫开始重复说，“毕竟，我不能……”

拉马丁的兄弟打断了他，命令说：“你不能投票给萨尼查。”

“那我们就不投了。”

“你必须投票给我。”

“好的。如果你愿意，我们会投给你。”

拉马丁的兄弟像以前一样开始辱骂偷鹰嘴豆的小偷。辱骂的毒力和数量和他走路的距离成正比，因为他正在接近村庄，他喜欢以自己的方式给那里的人们留下印象，他也是个暴徒，今天他很生气。

甘地广场位于哈里真居住的查姆拉希与高种姓居住区之间。今天那里没有犬吠，只有人们交谈的声音。为了选举，拉马丁的兄弟已经改善了广场的环境。或许是选举法的规定，或许天知道什么原因，所有大领导都会在选举前几个月发展自己的选区。他们可能会建一座桥，或者铺一条路，或者将粮食和毯子分发给穷人。拉马丁以同样的方式让平台周围的区域焕然一新。

那里有一棵印楝树，它和许多知识分子一样完全空心，尽管它伸出枝芽来证明自己的存在。拉马丁的兄弟在它下面挖了一口井。

事实上，这口井早就存在，但他将其修复，并按照现行惯例将其正式登记为挖井计划。攫取一笔可观的补贴是一种政治策略。早些时候，这口井收集了季风期间落在附近山坡上的雨水，使本村免受洪水的侵袭。现在井边的围墙已经建起来了。很明显，该项工作依据五年计划执行。为了使这点更清楚，井的两侧分别竖立一根石柱，其中一根石柱上刻着“第三个五年计划。希夫帕尔根杰村委会。兽医外科医生贾拉尔奠基。村委会主席贾戈丹巴·普拉萨德先生。”

围墙已经建成，外面的水停止流入，里面的水开始流出。刚开始的时候，里面的水清凉、柔软、芬芳。可它现在却像个大号的排水沟，似乎在向村民们说：“既然你们已经充分体验过肠胃寄生虫，就别管它们了，来带走一点疟原虫和丝虫吧。”

在井被修复的同时，甘地广场也被抬高。上面加了一些新砖，尽管有承包商参与，可水泥质量非常好，以至于两个星期后都没有解体。

在这种新的氛围下，广场变得更有吸引力，有时学院里闲来无事的学生会坐在上面打牌。傍晚时分，巴德里摔跤场的小伙子们会去那里刮掉脖子上残留的摔跤场泥浆。

今天是选举日，学院宣布放假。选举将在离查姆拉希不远的地方举行，可此刻甘地广场上人山人海，正如甘地所希望的那样，各种各样的人都团结地坐在那里。玩牌的人已经把他们的牌收在口袋里；摔跤场的小伙子们没打一场比赛，也没有沾上泥土，只是在按摩用芥末油的帮助下，四处散发着他们的名气。

鲁潘少爷走累了，脸上失去了往常的警觉和睿智。

看到鲁潘走近广场，一名年轻的摔跤手眨了眨眼问：“少爷，您还好吗？”

鲁潘少爷既没有眨眼回应，也没有直接回答，而是问：“告诉我，拉贾，你怎么样？”对方摇头表示摔跤手也会开玩笑，但不会心情不好。鲁潘缓缓走上广场，墨镜遮住了眼睛，脖子上围着丝巾，砰的一声在广场上坐了下来。聚集的人群出现短暂的沉默。

年轻的摔跤手懒洋洋地伸出一只手臂，在肘部弯曲起来，凸起一块老鼠大小的肱二头肌。男孩骄傲地反复看着它，走到鲁潘少爷身边，坐在他旁边。他又眨了眨眼，揉了揉鲁潘的后背，说："怎么了，少爷？您今天看起来有点反常。"

鲁潘少爷丝毫没有注意到自己的朋友，一言不发地坐着。一个来自学院的男孩说："先生，您没交代我们任何事情，萨尼查的竞选活动也不如拉马丁的活跃。"

鲁潘少爷意味深长地说："现在谁活跃谁不活跃已经不重要了，选举结果刚刚公布，萨尼查赢了。"

年轻的摔跤手和学院学生们骚动起来。喊叫声从四面八方传来："什么？萨尼查是怎么赢的？"

鲁潘少爷的同伴眨眨眼问："告诉我们，少爷，老萨尼查是怎么做到的？"

"用马希帕普尔法。"鲁潘少爷疲倦地回答。

有三种方法可以赢得选举：拉姆讷格尔法，内瓦达法和马希帕普尔法。

在拉姆讷格尔，曾经有两名候选人参加村委会选举——里普德曼·辛格和沙特鲁甘·辛格。他们都来自同一个种姓，因此自然形成的种姓划分选票并不适用于此。塔库尔种姓很困惑，因为候选人都是塔库尔，他们不知道该投票给谁。非塔库尔人陷入了混乱，因为他们都不属于自己的种姓，所以他们投票给谁没有区别。几天后，里普德曼和沙特鲁甘都成了吞噬对手的狮子（辛格的字面意思是狮子）。形势明朗后，村民们得出结论，按照民主传统——无论谁当首席长老都不会伤害他们，应该允许候选人互相残杀。

当候选人出去竞选时，人们会告诉他们：“我们并不能把选票变成泡菜，你想要多少票就拿多少票。”

结果是，两位候选人都得出了没有人会投票给他们的结论。他们开始以民主的名义呼吁，并告诉人们投票的价值。他们说，如果他们把宝贵的一票投给了错误的人，就会危及民主。大多数人并不明白这点，而明白这点的人只是会回应一句，投给错误的人并不会危及民主。只要投票，民主就能实现。选择合适的人是件碰运气的事；瞧瞧本国其他地区的情况。

虽然只有一两个人会这么说，却也足以让民主变得毫无意义。于是双方都改变了宣传策略，开始谈论首席长老有权将村里的休耕地分给他人，并驱逐那些违规抢地的人。

农民非常热爱土地。不仅如此，他们爱别人的土地胜过爱自己的土地。所以当村民们意识到村委会与土地交易有关，他们邻居的田地可能成为他们的土地，如果某某农民死了没有继承人，他们可以被任命为继承人。农民们开始洋溢出对土地的纯粹爱意。

眼下整个村子分成了两派——一方同意由里普德曼分配休耕地，另一方则认为沙特鲁甘更有能力胜任这项工作。

距离大选仅剩四天，双方都在精心准备。人们高呼“革命万岁！”的口号，辱骂对手的母亲和姐妹，同时给自己的棍了抹油，把砍刀磨亮，保护自己的大麻和身家性命。在此情况下，里普德曼·辛格找来自己的弟弟萨瓦达曼·辛格，亲切地问他，如果自己和一起的25个人在即将到来的战斗中被杀，他会怎么做。

萨瓦达曼·辛格拥有法律学位，但在四年前放弃了他的事业，转而涉足地方政治，就像以前的大律师辞职投身国家政治一样。唯一的区别是，没有人知道那些参加独立运动的大律师是如何获得收入的，但每个人都非常清楚萨瓦达曼·辛格如何谋生，并且对此印象深刻。他有十盏煤气灯，在结婚季节出租；还有两支步枪，在土匪活跃的季节租给土匪。总而言之，萨瓦达曼·辛格的收入足以让他能够轻松地投身乡村政治。他出租煤气灯和步枪的业务范围很广，天知道其中有多少广泛而深入的社会接触，使他在通话中有了新的信心。

萨瓦达曼以适当的自信告诉自己的兄长：“哥哥，如果你和你的25个人在这场战斗中被杀，那么另一边的沙特鲁甘和他的25个人也会被杀。这是个比例算术。除此之外，不管你说什么，结果都是这样。”

里普德曼·辛格拥抱萨瓦达曼并试图哭泣，但只有电影明星或领导人可以随意痛哭，而且由于缺乏实践经验，里普德曼的尝试没有成功。萨瓦达曼缓缓地脱身，说：“顺其自然吧，告诉我在双方打成25比25之后要做什么。”

里普德曼说：“想象一下，如果再举行选举，你想当首席长老，会是什么情形？”

萨瓦达曼拿出铅笔和纸，算了一笔账，然后说：“哥哥，如果你和沙特鲁甘各死25个人，那么不仅我，我身边的任何人都将多得50票。因为在村里的选民中，真正愿意给对方干活甚至送命的人最多25人，而我们这边有40人。如果他们那边的25人都死了，你可以说他们的实力都被消灭了，即便我们这边死25人，这片土地仍在我们剩下的15个人手中。”

选举前三天，里普德曼在地方治安法院起诉沙特鲁甘·辛格和他的25名手下，称他们正在危及自己的生命和财产，担心和平选举进程受到干扰。警方支持了这一起诉。

作为报复，沙特鲁甘·辛格也对里普德曼·辛格和他的40名手下提出类似的起诉。警察也支持了，但计算出它只适用于里普德曼和他的25名手下。选举当天首先举行了两位候选人的庭审，每边25人。地方法官按照法律规定，向沙特鲁甘和他的25名手下索要一定数量的保释金和个人保证金，他们同意支付这些保证金。接着地方法官向里普德曼·辛格和他的手下要求保释金和个人保证金。里普德曼回答说："法官大人，我们不需要保释或人身担保。记住我说的话——明天我们村会发生大屠杀。即使是最高数额的保释金也无法阻止沙特鲁甘·辛格和他的暴徒制造麻烦。我们这些人都是淳朴的农民，无法与他们抗衡。所以，大人，请以我们无法支付保释金为由将我们关押起来。被关起来至少能保障我们的生命安全。"

说完，里普德曼抱住栏杆并试图哭泣。

警方也支持这一说法。因此，地方法官决定，由于里普德曼·辛格及其同伙将在选举期间被关押，沙特鲁甘·辛格及其同伙的保释金不应被接受，他们也要继续待在监狱中。

就这样，几天之后，候选人和他们的手下全死了。

选举在非常和平与文明的气氛中进行。至于双方的效率，沙特鲁甘的支持者完全没发挥作用——事实上你无法判断他在村子里是否还有支持者。另一方面，萨瓦达曼到场为里普德曼而战，由于警方的支持和他的法律学位，他被认为是一个爱好和平的人，没有被关起来。他坚持开展竞选，取得了与他在纸上计算结果相同的胜绩。

这种赢得选举的方法以拉姆讷格尔的名字命名。

内瓦达法更加理想化。

内瓦达有几个不同种姓的人，但根据《梨俱吠陀》的说法，只有两个主要的竞争者，分别是创世之神梵天的嘴和脚。用今天的话来说，就是婆罗门和哈里真之间的斗争。但在内瓦达，它以高度的文化性和实践上的吠陀方式蓬勃发展。

婆罗门候选人在上层种姓中多次背诵《梨俱吠陀》中的《原人歌》[1]，并解释说婆罗门是梵天的嘴，首陀罗是梵天的脚。他引用了几

① 原人歌（Purush Sukta），印度教经典《梨俱吠陀》（Rig Veda）中的一首诗，讲述了种姓制度的起源。——译者注

个首席长老职责的例子，表明它与智力和声音有关，而这两者都不在脚上。因此，婆罗门自然应该成为首席长老，首陀罗则不行。

婆罗门避免使用贬损首陀罗的惯用语言，只在文化层面上争论不休。他承认确实存在大量跑前跑后，需要用脚的工作——例如法律委员会的办事员职位——肯定应该交给首陀罗，但坚持认为让首陀罗担任首席长老是违背吠陀的。

正如往往发生的那样，选民不接受文化层面提出的论点，婆罗门候选人被迫改变了竞选的基调。他开始以梵天的身份更加慷慨地使用自己的嘴。与此同时，他的支持者也在竞选期间更多地使用自己的嘴。几天后，问题严重程度已经达到历史水平：“告诉我，塔库尔·基桑·辛格，你要抛弃我，投票给那个贱民？”

那段时间，婆罗门候选人的一方在村子里营造出侮辱诋毁的氛围。终于，《原人歌》中首陀罗作为梵天之足的真实含义在现实中得到体现。

一天，一名婆罗门支持者随意辱骂了另一名候选人。他坐在阳台上，从嘴里发出的咒骂中提出了一个核心问题：“告诉我，塔库尔·基桑·辛格，你会投票给那个……吗？”接下来是一些诅咒，然后是句子的后半部分，“……并且抛弃我们？”

突然，他的腹部剧烈疼痛，让他说不出话来。他刚滚到地上又被踢了十下，睁眼一看，原来世界是个幻觉，刚刚只是陷入断掉世俗执念的沉睡中。之后发生了几次类似的事件，婆罗门候选人意识到宇宙人的嘴和脚相距并不太远，侮辱自己的脚会让人站不稳。

这一发现使婆罗门候选人感到震惊。不过这次，他得到了一位大师的帮助，他是一位圣人，能够轻松地在受灾农民、顶级官员、领导人和商人中招收弟子。

一天，婆罗门候选人虽然嘴上保持了克制，却仍被“梵天之足”一脚踹倒。当时正值傍晚，他在村外井边的榕树下，想着如何将首席长老置于婆罗门之手，不被贱民所污染。突然，他看到榕树枝下飞出一些蝙蝠，同时听到沙哑的声音背诵出几个湿婆的名号！婆罗门候选人确信，有位大师正在树下修行。

没错，大师正抽着大麻念诵湿婆的名号。即便一个人没有痛苦，他也会跪倒在大师的面前。此时此刻，婆罗门陷入困境，大师恰好出现在面前。候选人不假思索地倒在圣人脚下，开始求救。

这种事情在大师的一生中已经发生过好几次了。根据他以前的经验，他向婆罗门候选人保证自己会保护他，并解释说没有必要担心。如果他有夜间遗精或者早泄问题，或因小时候的恶习而患上阳痿，可以肯定的是，在尝试了大师的配方后，他可以在一千个女人身上为自己正名。

但婆罗门候选人摇了摇头，谢绝了大师的慷慨相助。大师告诉他，有了这个极其秘密的秘方，他将成为具备强大性功能的大师，如果他将这个秘方用作药物的基础并开始销售，能在很短的时间成为百万富翁。

尽管如此，婆罗门候选人还是不停地哭着摇头，大师稍微哄了他一下，候选人说："我不想在一千个女人身上正名，能搞定一个贱民我就开心了。"

大师安慰了婆罗门，在了解整个问题之后开始向村子出发。他把烟斗塞进头巾的褶皱里，在自己乱蓬蓬的假发上撒了一点灰尘。他在一座寺庙前扎营，第二天开始讲述从格比尔、罗摩难陀[①]到乔罗迦陀[②]的圣人事迹，而这些故事都得出了同一个结论，即任何人都不应该过问另一个人的种姓，任何人都要对神虔诚，从属于神。

就在同一天，人们也开始了解什么是神。烟斗里放着一团大麻里，上面塞满了炽热的余烬。人们反复点燃并吸入大麻，在抽吸之

① 罗摩难陀（Ramananda，1400-1470），印度教虔诚派代表人物。——译者注
② 乔罗迦陀（Gorakhnath），印度教圣人、瑜伽师，大约活跃于11世纪。——译者注

间以多种方式念诵湿婆的名字。烟斗在信徒之中以顺时针或者逆时针的方式传递，信徒们想象这就是神。

颂神的歌曲在大师的地盘上连续唱了48个小时。那些不抽大麻的人会得到持续供应的大麻饮料，只要颂神歌继续唱着，研磨大麻的石墨就不停地转动。风琴继续演奏，印地语电影的歌词曲调被修改，变成安抚罗陀和黑天、悉多和罗摩的赞歌。

两天之后，大师成了黑天的化身。另一个问题是，他并没有饮用亚穆纳河的水，而是像恶魔一样抽着大麻，与其说是黑天化身，不如说更接近湿婆。他的烟斗持续燃烧，这也表明，无论大麻是非法获得还是从政府商店购买，无论恒河水是取自水源地还是取自肮脏的排水管汇合处，其效用都是相同的。

大师是一个非常无忧无虑的人。他不仅听颂神歌，也唱颂神歌。如果没有抽大麻，他的声音会清晰可辨，如果没有吹奏风琴，也许你还能听出一些曲调。尽管有这些天然的障碍，大师还是设法让整个村子被他迷住。他唱了格比尔、莱达斯[①]和罗摩难陀的颂神歌，人们开始喊口号赞美他们。如果这些圣人在场，会为大师的原创诗歌而欢呼。在大师的影响下，种姓制度完全从整个村庄中消失了。

之后的某一天，当他在大麻、大麻饮料和颂神歌的气氛中暗示村里的首席长老是个虔诚之人时，人们感到十分惊讶。一位饮酒者说，村里还没有首席长老，因为他们需要为该职位举行第一次选举，而大师表示神已经进行了选举。简而言之，在他们清醒之前，人们意识到老天爷已经选择了婆罗门候选人作为首席长老。凭着这点知识，几乎所有的村民在陶醉中都接受了这一结果。就这样，梵天的脚麻了，嘴巴却胜利了。

内瓦达法已被证明非常有用。在其他村子里，人们在经过修订

① 莱达斯（Raidas，约1450—1520），印度教虔诚派诗人。——译者注

之后使用，用它赢下了许多伟大的选举。

如果无法接触吸食大麻的大师，或者无法获得足够的大麻，他们通常会将任何可用之人变成大师，并安排女神崇拜。在这些地方，他们会献上山羊祭品，将酒作为神与人之间共享的礼物。这也能导致同样的结果——脚麻了，嘴巴胜利了。

在选举术语中，这种方式被称为内瓦达法。

马希帕普尔法是迄今为止最简单、最纯粹的科学方法。它的发展归功于选举官员的失误，后来这个失误得到承认并在其他地方重复出现。该失误与手表有关。

选举原定于中午12点举行。由于选举官员的表和城里的钟楼对时，城里钟楼的时间由市议会主席决定，因此快了1小时15分钟。选举官员不顾多位候选人的反对，决定在11点10分举行选举，届时无论选民和候选人是否在场，都将当场宣布结果。当剩下的选民和候选人赶到现场为他们的选举而战时，选举官员正在家里吃着下午1点15分的午餐。

有人提交了反对此次选举的请愿书，整个辩论都围绕着手表。这个案子非常注重科学性，法院有机会了解到大量关于手表的机械信息。最终案子持续了三年，既无法推翻也无法证明选举官员存在任何失误。那个被宣布当选首席长老的人总是把他的手表拨快1小时15分，并根据那个时间管理村庄。用小摔跤手的话来说，其他候选人像傻瓜一样坐在那里拿着时钟而非手表，希望能在下次选举赶上他。

马希帕普尔事件纯属偶然。导致万有引力原理被发现的苹果掉在了牛顿面前，这同样是偶然。后来，选举专家从马希帕普尔事件中发现了一条原理——所有的手表不会在同一时间显示相同的时间，所有的选民不会一起到达同一地点。

该原理确立后曾多次在村委会选举中以多种方式使用。以面前的马希帕普尔为例，选举官员的手表会稍微偏离，变得慢半小时或快半小时，而且由于手表是机械的，没有人会因为他们的行为而被定罪。获胜者通常是其手表与选举官员的手表显示时间相同的候选人。

就地理而言，马希帕普尔离希夫帕尔根杰比内瓦达更远，因此拉马丁对内瓦达法非常熟悉，善于使用这一方法。另一方面，支持萨尼查的维迪亚吉更多依赖历史而非地理。在考虑了所有过去的方法之后，他建议萨尼查一方采用马希帕普尔法。

结果，他们只花了一块便宜手表的钱就赢了，选举官员错误地把手表绑在手腕上带回家。

与此同时，内瓦达法的追随者被击败。在绝望和酒精的影响下，他们倒在了田野里。除了一些醉酒的经历，他们在实践中一无所获。

# 第二十五章

我的甜心、残酷的爱人：

我好想你，可月亮怎么知道有一只石鸡爱上了她。可怜的石鸡只能远远地望着，却不能发出声音。你不知道，你是我的殿堂，你是我的崇拜，你是我的神，你是我的神。对你的思念剥夺了我的睡眠，使我整夜辗转反侧。

现在，我已经到了不能忍受的地步，不能再这样生活下去了。你有没有看到，我的心扭曲得多么厉害——看到你它就改变了。你就在那里，时而飞走，时而转身，可是，亲爱的，请让我知道你内心的秘密。你有着把爱隐藏起来的坏习惯，令我心中不满。某处点着一盏灯，某处点着一颗心，快来扑火吧，飞蛾！

当我们见面时，我有很多话想对你说。我可以向谁呈现这些阴郁的情绪？我想挥霍我的爱，可无辜的爱人不知道我的心。这就是我那天来见你的原因。我去见了我的爱人。但我的月光已从我身上撕开，我的屋子倒塌于黑暗中。

我想告诉你，我对你一无所求。请善待我，让我在你睫毛的阴影下栖息。世界以古老的方式运行——让一些人堕落，另一些人毁灭。我来到屋顶，却是别人躺在你的床上。我羞愧而死，无奈地回来了。旋风啊，嘲笑我吧，嘲笑的爱。

我丢脸了，你沉默了。你要让我想念你多久？我渴望为你歌唱，我必须尽快见到你。你今天会不会来？如果今天没有你，我的心之殿堂一片荒凉。我很孤独，无论你在哪里，请来找我，拥抱我，谁知道这良宵好景是否会再次来临？这是我的愿望，在你家门口快要活不下去。唉！我仍然心怀希望，希望你不会伤我的心。

想你！

某个为爱而疯狂的人

一个用石头绑着的脏兮兮的包裹掉在屋顶房间外的阳台上，里面是一封用印地语电影歌词编成的情书。兰格纳特读了一遍又一遍，没过多久就意识到这封信是由那晚贴在他胸口、让他想起科纳克和克久拉霍的人所写。兰格纳特很清楚，这封情书并不是写给他的，而是写给另一个人。

那个人是谁呢？鲁潘吗？

所以，贝拉给鲁潘写过这封信吗？如果是这样，那晚屋顶的女孩不是别人，正是贝拉？

他把信放进口袋，离开屋子。今天是乔格纳特在城里举行庭审的日子，希夫帕尔根杰的相关人员都赶了过去。每当有起诉流氓的案子时，村民兄弟们就自发跑去城里的法庭，瞧瞧流氓是如何被羞辱的，并从中获得满足。想到村里有这么多人跑来支持他，这个流氓也会感到由衷的满足。

好几个人已经遵循这一传统来到城里，更多的人在路上。

兰格纳特看到摔跤手巴德里走了过来。他衣着平纹细布衬衣，里面没穿打底背心，这身打扮最大限度地凸显了他的魅力。尽管印历十二月很冷，他的身体却因汗水而闪闪发光。他的腰上系着腰布，令人惊讶的是，腰布的外面又套了一条围裙；脚上穿着一双锃亮的黑色靴子，精心打理且干净的头发上闪耀着芥子油，在他的上方——很远的上方——是蔚蓝的天空。

起初，兰格纳特以为自己会把情书交给鲁潘少爷，说几句“电影导致印度文明退步”之类的话，防止鲁潘爱上贝拉。兰格纳特知道与鲁潘交流这个话题很困难，可对他来讲，以一种缺乏想象力的方式对收到情书这样惊天动地的事件不屑一顾，似乎是不对的。但他一见到巴德里就改变了计划，就像我们偶然遇到一位美国专家就改变我们的经济计划一样。

摔跤手巴德里从远处检查了这封情书。为了方便他阅读，兰格纳特站在离他大约一英尺半的地方，双手举起信。巴德里慢慢地读着整封信。有一次，巴德里睁大眼睛使劲瞅着，为了让他看清楚，兰格纳特念道：“……谁知道这良宵美景是否会再次来临？”并补充道：“良宵美景，意思是美好的夜晚。”

巴德里打了个嗝，好像在说不用解释，因为他非常熟悉这些词汇。看完之后，他接过信，把它折好放进口袋。

兰格纳特说：“鲁潘少爷正走向一条非常危险的路。还有那个女孩！天知道她在那封信里写的什么垃圾！”

巴德里开心地大笑起来，他说：“一定是村里那个老社工写的。她是这儿唯一懂这种语言的人。”

“所以……鲁潘是落入了某个社工的魔爪吗？”

摔跤手像以前一样大笑，然后控制住自己说：“不，不，你搞错了。可怜的老太婆不做这种事，她只是帮人写信。”

巴德里准备离开，见兰格纳特一脸疑惑，他边走边说：“你不用担心这封信。我来处理。”

法院在城里，但几乎整个希夫帕尔根杰的人都聚集在那里。控方证人正在做证反对乔格纳特。

城里的气氛粗鲁且庸俗，市民像狗一样躺在走廊上。洒红节（印度传统节日）快到了，人们嘴里说着污言秽语，穿着肮脏但色彩鲜艳的衣服或破布。脏兮兮而没有刮胡子的原告、被告和证人，要么抽着手卷烟，要么用变色的牙齿嚼着烟草，进行着尖锐的谈话。一个女人躺在地板上，孩子正吮吸着她的乳房——在场的市民都对这一场景产生了极大兴趣。

一阵强风吹起灰尘和树叶，将它们吹散在整个走廊上。

两名身穿制服的光头警员，双腿裹着卡其布绑带，在走廊上徘徊。其中一名警员的鞋子都快掉根了，正在面前榕树下的鞋匠那里修鞋。另一名警员脱下鞋子，把它们放在法庭门口，新鞋有些打脚，他捏了捏自己的大脚趾。律师们在法庭门口进进出出，显得十分忙碌，尽管他们并没找到活儿。

法院记录员每隔十五分钟左右就伸着懒腰出来，走到对面的槟榔店，然后走回去向后面的诉讼当事人和其他相关人员解释说，今天他们有很多工作，并告诉诉讼当事人应该在后天过来。接着，记录员往嘴里塞满了槟榔和酸橙，像骆驼进入安全环境一样高高昂着脖子，溜回了法庭。

瘸子也坐在走廊的一角。

萨尼查作为首席长老必然出现在前来看热闹的人群中，并且今天小摔跤手将为警方做证指控乔格纳特。这是一个具有历史意义的事件，因为小摔跤手被认为是维迪亚吉的手下，而乔格纳特也是维迪亚吉的手下。同一阵营的两个人针锋相对，一个作为被告，另一个作为控方证人。正如鲁潘少爷以民间戏剧的口吻所调侃——并蒂莲花，反目成仇。

萨尼查和其他村民一起进入法庭。为了增添一些乐趣，萨尼查把走廊上的瘸子招呼到自己的三轮车上，让他向新来的听众讲述自己的遭遇。瘸子只有一条命，一种遭遇，此时此刻他正仔细地诉说：

“……过了这么久，已经一年零三个月了，事情快要尘埃落定了。现在复印申请中没有任何遗漏，文件也从总部返回到乡办公室。昨天我在乡办公室发现复印员手头有我的文件。他今天一定在打草稿，将它与原件进行比较。”

“现在只需要再等两三天。”

一位靠在柱子上抽烟的律师说：“你从一根柱子跑到另一根柱子用了这么久。如果你先来找我或别的律师，三天就能搞定。”

瘸子在那些天里学会露出甜美而神圣的笑容。这种笑容会让和他交谈的人显得幼稚，而瘸子出于自己圣徒一般的心态，只能保持忍耐。瘸子慷慨露出这种笑容，回答道：“先生，我不需要律师。这是为真理而战。只要我给办事员五卢比，就能在三小时内拿到复印件，而不是三天。但他不打算收钱，我也没准备给钱。”

律师问：“他为什么不收？你给了钱，他不要？”

瘸子累了，正准备躺下。他说：“先生，这是在为真理而战。你是律师，不会明白的。”

人们开始大笑，但瘸子只是躺下闭上眼睛，接着轻声呻吟起来。

有人问：“怎么了，瘸子？脸色有些不对？”

他仍然闭着眼睛，摇摇头，没有说话。坐在旁边的一个男人摸了摸他，说：“好像发烧了。”

一位老妇人静静地坐着，用她猫头鹰般的眼睛思辨地看待这个世界。她评论道：“这是一个糟糕的时代。我的两个儿子也发烧了。庄稼熟了没人割，老鼠正在啃。”

加亚丁正在名誉治安法庭上做证，交叉询问即将结束。突然，乔格纳特的律师问道："你有一个女儿？"

"是的。"

"她叫贝拉？"

"是的。"

"她二十岁？"

"没错。"

法官用怀疑的眼光盯着他，就像普通人看待二十岁女孩的父亲那样。

"你家还有别的女人吗？"

"有。我丧偶的姐姐。"

"但她并不总是和你住在一起？"

"不，她一直住在我家。"

律师怒吼道："你已经宣过誓，撒谎是要被起诉的。如果你姐姐没有常住在婆家，你女儿怎么会一个人在家？"

加亚丁一言不发。律师再次怒吼道："你为什么不说话？"

"我能说什么？你的脾气太差了，我说不出话来。"

律师用同样的声调说："我没发脾气。"

加亚丁什么也没说。接着律师轻声地说："你的答复是什么？"

"我丧偶的姐姐一直和我住在一起。"

"你女儿结婚了吗？"

"没有。"

"你打算什么时候安排她的婚事？"

"那得看神的意愿了。"

听到神的名字，法官抬起头来。在此之前，他一直在阅读其他与此案无关的文件。现在他告诉律师："这些问题与本案无关。"

"法官大人，我稍后再说明关联。"律师回答。

公诉人看到法官没能制止，也想着保护自己的证人，于是提出反对："法官大人，这些问题无关紧要。"

法官以严厉的目光回应了他的反对。

在另一边，乔格纳特的律师看到法官情绪的恶化，并没有追问与加亚丁女儿相关的任何问题。接着，下一位证人被传唤过来。

这位证人在警察搜查乔格纳特房子时出现过，他在搜查的下一秒就跑掉，并向警察保证可以随时让他出庭做证。他叫拜杰纳特，是希夫帕尔根杰的潘迪特·拉特拉尔的弟子——这位潘迪特·拉特拉尔在做假证上达到顶尖的专业知识水平，到目前为止，最伟大的律师也无法在交叉询问中推翻他的证词。正是这种无懈可击的撒谎能力，让他在全区的当事人和证人中获得前所未有的威望。然而最近，他迷上了东部邻近区县的女子，变得足不出户，无暇出庭做证，和此前相比几乎放弃了自己做伪证的事业。他像资深律师和医生一样不再经营一般业务，而是专注民事案件中与继承相关的案件。为了保持刑事法庭的伪证水平，他在过去几年培养了多名弟子，拜杰纳特便是其中的佼佼者。

拜杰纳特来自比赫马赫拉，但为了出庭做证，他可以出现在附近任何村庄。因此，他的声望不仅在比赫马赫拉，也在附近好几个村子牢牢树立起来。乔格纳特被捕的那天他恰好出现在希夫帕尔根杰，和提供的证词相比，他是否真的去过那里无关紧要。

拜杰纳特复述了整个事件。他说警察当着他的面搜查了乔格纳特的房子，并在他面前找回了被扣押的三件饰品；报告是在现场当着他的面写出来的，自己是当场在报告上签字确认，等等。

乔格纳特的律师开始交叉询问："你住在比赫马赫拉？"

"是的。"

"比赫马赫拉离希夫帕尔根杰有两英里？"

"我不清楚。"

“那距离有多远？”

“如果希夫帕尔根杰有戏剧表演，您在比赫马赫拉也能听到。”

“那是一英里？”

“我不确定。”

“半个科斯[①]？”

“不知道。”

“二十英里？”

“我不知道，从来没测量过。”

法官盯着证人说：“两个村子的距离是多少？”

“他们之间有一些田地。”

“多少块？”

“可能是十块，二十块，或许五十块。”

“给出一个适当的估计。应该是多少？”

“我不知道，我从来没有数过它们。”

法官将目光转向检察官。检察官说：“法官大人，证人是对的。他没有数过田地。但这两个村庄彼此靠近。他们相距一英里，在副督察的证词中提到了这一点。”

法官对乔格纳特的律师说：“有什么必要对距离进行交叉询问？你在质疑副督察的证词吗？”

“我不反对，法官大人，但我必须进行交叉询问。”

“为什么？”

“展示证人的智力水平。”

“是为了展示你自己的智力水平吧？”

听了法官的话，辩护律师的脸涨红起来，但此时法官开始放声大笑，证明他的评论不是侮辱，而是玩笑。他一笑出声，其他人意

① 科斯（kos），印度长度单位，1科斯约合3千米。——译者注

识到这是一个笑话，也都笑了起来。最后，乔格纳特的律师也加入了笑声。法院有一条不成文的规定，地方法官和律师偶尔会表现出与莫卧儿皇帝阿克巴和他的大臣比尔巴尔类似的幽默，并且相互交流。在完成这个不必要的仪式后，地方长官删除了所有关于比赫马赫拉和希夫帕尔根杰之间距离的问题，可问题的回答已经写在了纸上。

对拜杰纳特的交叉询问仍在继续。

“到现在为止，你为警察做过多少次证？”

“我不记得了。”

“我问你，到目前为止，你为警察做证的案件有多少？”

“你想说多少就是多少，我记不得了。”

“在此之前，你有没有以警方证人的身份出现过？”

“到底什么是‘警方证人’？”

“你不要用问题来回答问题。给出一个直接的答案。”

“请不要对我无礼。我可不是即兴表演。”

在被斥责之后，律师向法官提出了保护请求。法官说：“请以适当的方式回答问题。”

拜杰纳特鞠躬说：“啊，穷人的保护者，问题也应该以适当的方式提出！他问我做过多少次警方证人？我和警察有什么关系？我为真理做证。无论警察还是辩方找我，我都会毫不犹豫地说出自己所知道的。”

法官还没来得及回答，乔格纳特的律师就被激怒了。事实上，他是位因脾气暴躁而闻名的律师，常常把初次打官司的当事人带到法庭上，向他们展示自己的愤怒。

只有愤怒才是他的素质、他的智慧、他的法律知识、他的武器和盔甲，那是他的招牌、他的广告，他的父亲、母亲、帮手、神和朋友。当他发脾气时，不管别人发抖与否，他自己都会像树叶一样颤抖。聪明的法官们安静地做着自己的工作，不受愤怒的影响，也不发表任何意见，认为这是与咳嗽、打喷嚏一样的常见动作。如果某个地方法官确实想制止他的愤怒，这位律师会在律师协会上批评法官，并让协会通过一项决议。

这位法官很聪明，因此没有理睬律师的脾气。律师接着怒吼道："我问了一个简单的问题，不要对我耍小聪明。告诉我，到目前为止，您在政府发起的诉讼中提供过多少次证据？"

拜杰纳特回答说："我的问题也很简单，律师先生！你告诉我，到现在为止，你是如何为流氓和杀人犯做代理人的？"

律师见过别人因他的愤怒而感到恐惧或是情绪失控，却从未见过有人如此自信地粗暴回应。面对这样的回应，他怒火中烧，仰面躺下，在法官面前舞动着四肢。律师抬眼看向法官，说："法官大人，现在您可以亲眼看看这位证人的行为了。他的粗俗言论已经构成了藐视法庭罪。"

拜杰纳特狡猾地摇摇头，好像律师一直在躲闪，而自己正想办法从背后踹他。他说："律师先生，你提问倒是随心所欲，可我只是问了一句，你就去找法官投诉了。"

法官正忙着看一些急件，律师只好自己从坑里爬出来。他咬着牙说："你为了一点微不足道的报酬给警察做证，接着就转身交叉询问起我来！"

拜杰纳特自豪地四处张望，接着用鄙夷的眼神看着律师，用所有人都能听到的声音说："每个人都有自己的事情要做。"

法官完成了急件批阅，一脸无辜地说道："你们不能自说自话。律师先生，请继续交叉询问。"

律师说："法官大人，很难对这个证人进行交叉询问。他避免回答任何问题。请注意这个事实。"

法官用尖锐的目光瞥了拜杰纳特一眼。拜杰纳特看向检察官，检察官看着法官。

法官告诉律师："请继续。"

律师像鹤一样换腿站立，结束了本阶段的交叉询问，接着进入下一环节。

"根据第379条，您是公诉楚赖案的控方证人吗？"

"我不记得了。"

"你这个月才做证。"

拜杰纳特想了想，接着说："我这个月确实提供过一次证据。我正要离开自己的杧果园时，一个男人背着一捆包袱跑了过去……"

"你不必重复你在法庭上所说的话，只要说出你在过去一个月内是否提供过证据即可。"

"我确实提供了证据，但我不记得案件的名称。"

法官终于发脾气了，说："怎么可能？"

"大人，我是个农民，没有受过教育。"

律师说："法官大人，请记住这种前后矛盾。"

拜杰纳特说："大人能记多少？你自己记下来吧。告诉你的助手，他会为你记录一切。"

这次法官十分严厉地训斥了拜杰纳特。内容如此之多，以至于有段时间拜杰纳特真的感到害怕。他的脸色变得苍白，而他面前的地方法官脸色通红。当训斥进入第三分钟时，拜杰纳特恢复了精神。他回忆起自己的导师潘迪特·拉特拉尔曾向他解释说："孩子，律师或者法官有时候会在你做证的时候发脾气，不要为此感到不安。这些可怜虫每天都绞尽脑汁，他们肠胃不好，通常患有消化不良和痔疮，因此变得脾气暴躁。当他们辱骂你的时候，你不应该感到沮丧。你应该记住，他们骂的不是你，而是自己的消化功能。不仅如此，你还应该记住，他们都是大人物，都是受过教育的人，就是不能明白你在说什么。所以当他们生气时，保持清醒的头脑，想办法让他们的心情变得更好。”

最后，法官指示他用简单的“是”或“否”来回答问题。交叉询问的坦克开始在平原上隆隆作响。

“六个月前的今天，你在公诉比塞萨尔案中为控方提供证据了吗？”

“没有。”（这个回答是正确的，因为拜杰纳特已经在七个月前给出证据。）

“一年前，你在国家诉楚奴案中做证了吗？”

“没有。”（这个回答也是正确的——楚奴的案子早在十四个月前就已经审理过了。）

“……？”

“没有。”

“……？”

“没有。”

“……？”

“没有。”

“……？”

“是的。”

“……？”

“是的。”

“通过这种方式，到目前为止，您已经为许多公诉案件做过证了。”

“你只找出了两个案例。”

“在很多案件中，警方都发现你是证人。有什么特别的原因吗？”

拜杰纳特看向法官，用一种殉道者的语气说：“因为我是一个有活力的年轻人，”他挺起胸膛，“无论身在何处，我都不怕做证指控流氓。我无所畏惧，看不惯捣乱违法的人。因此，我毫不犹豫地公开陈述自己的所见所闻。”

律师试图打断他。地方法官挥了挥手，让证人从席上下来，但拜杰纳特的演讲并没有结束。他接着说：“我发誓，只有把所有的恶棍赶出本地区后，我才会休息。我的目标坚定不移。需要的话我很乐意为此献出生命。”

“你的名字？”

“小摔跤手。”

检察官修改了他的陈述，对法庭书记员说：“写乔特·拉尔。”

小摔跤手看着他，好像自己被贬低了一样，气得咽了口唾沫。第二个问题是：“父亲的名字？”

“库萨哈。”

检察官也对此进行了修改，写作“库萨哈·普拉萨德”。

这一次，小摔跤手又看着他，好像侮辱了自己的父亲一样。

“种姓？”

“婆罗门。”

“村庄？”

“我们是根杰人。”

“很好，但是你的村子叫什么名字？”

“根杰。”

“什么根杰？”

小摔跤手傲慢地说：“难不成有上百个根杰？”他停顿了一下，接着说：“希夫帕尔根杰。”

“对神发誓，你要说真话，只说真话。”

“就照你说的。”

“不，我们不能这样，这话应该从你的嘴里完整说出来。你会说真话，只说真话。”

“它确实是从我嘴里说出来的。”

谈判陷入了僵局，勤务转向法官。法官仔细观察了小摔跤手鼓起的脸颊，像公牛一样的脖子，用加亚丁的话说就是“一头没有鼻子的大象”。另一方面，地方法官也是一个知识分子，他吩咐勤务：“让证人出去，把嘴里的东西清空。”

“先出去，清空你的嘴。”

小摔跤手用毛巾假装擦了擦脸上的汗水，接着自信地靠在证人席的一侧，像在船的栏杆上观察海洋生物的人一样注视着外面。法官下令：“让证人去清空他的嘴。”

检察官告诉小摔跤手：“到外面去把槟榔吐了。”

小摔跤手确实正嚼着槟榔，而且十分沉着。在他看来，吐出槟榔好比让他脱个精光。他没有理会指示，而是慢慢吞下槟榔，再次用毛巾擦了擦脸。

法官随后指示：“请证人宣誓。”

勤务对这种妥协持怀疑态度，他告诉小摔跤手：“以神的名义发誓说真话，只说真话。”

这一次，小摔跤手环顾四周，毫不费力地宣誓：“我会说真话，只说真话。”

“向神发誓。”

“我向神发誓。”

检察官首先向小摔跤手询问对乔格纳特家的搜查情况。小摔跤手一直说到副督察和乔格纳特一起走进他家。

“那房子被搜查了吗？”

“是的。”

“发现了什么？”

“没有什么。”

检察官的眉毛扬了起来。他强调自己的话:“我问你发现了什么？”

“你认为他们发现了什么？锣？”

乔格纳特和他的律师都笑了。萨尼查在后面说道:“干得好！坚持下去，孩子！”

“谁说的？是谁不讲文明？”法官问，可萨尼查已经离开了法庭。

检察官说:“在搜查过程中发现了三件饰品，就摆在你的面前。”

乔格纳特的律师跳前面，对地方法官说:“法官大人，现在进行交叉询问。”

法官严肃地回答:“继续。”

乔格纳特的律师提出反对意见:“法官大人，请注意，检察官已经承认证人转向对立。”

“很好，继续交叉询问。”

检察官转向小摔跤手，重复他的问题:“这三件摆在你面前的饰品是不是搜查过程中在乔格纳特的房子里找到的？”

小摔跤手以不愿对任何无意义事情大呼小叫的神态对地方法官说:“我已经给出了我必须给出的任何证明。搜索过程中没有找到任何东西。”

检察官从他的档案中取出一张纸说:“这份没收物品清单是在你面前写好的吗？”

“我在场的时候只听到了各种咒骂。他们从来没有认真写过任何东西。”

“你在这份清单上签字了吗？请看着它回复。”

小摔跤手甚至没有看一眼清单，他傲慢地回答:“没有。”

检察官指着报纸上小摔跤手签名的地方说:“看看这个，好好看看。这些签名是你的。”

小摔跤手告诉法官："我已经完成陈述，大人，现在他为什么还要继续谈论同一个老问题？"

这一次，法官没有对他表示同情，而是警告说："看看清单然后回复。如果做出虚假陈述，你将被送进监狱。"

小摔跤手并未受此影响。他挺起胸膛说："法官大人，不过是坐牢的事情。当你踏上法庭时，你已经有一条腿在监狱里，一条腿在外面。我能在清单中看到什么？阅读和写作超出了我的能力范围，我与此事无关。"

检察官大声说道："那你怎么能签字？这不是你的签名吗？"

乔格纳特的律师突然开口，就像男人爱抚小牛一样，说："请温柔地向证人提问，一次问一个问题。别弄得像他准备逃跑一样。"

检察官没有理会他，继续问："那你怎么签字的？"

"谁签字了？我家祖上七代没人签署过任何东西，到我这代就得签字了？去瞧瞧，我有五百多份文件，每份上面都有一个拇指印，每份。"

小摔跤手自豪地环视法庭。检察官重复说："我是说，你已经在这份文件上签字了。"

"愿意的话你可以像鹧鸪一样继续尖叫，谁能阻止你？"

法官打断道："注意礼貌。"

小摔跤手快要暴怒了。他说："法官大人，每个人都有自己的礼貌观念。为什么我要受他的咆哮所迫，说出错误的话来？"

检察官收起自己的文件，说："我没有什么要问的了。"

小摔跤手吸了口气，正要离开了证人席。但乔格纳特的律师突然说："我有一些问题要问，法官大人！"

法官没有反对。律师问："你认识加亚丁的女儿贝拉吗？"

"谁不认识？"

"不要回避这个问题。请回答，你认识她吗？"

“我怎么可能不认识她？”

“那个女孩怎么样？”

“不道德。”

法官说：“这个问题与案件无关。”

“确实如此，法官大人！我现在就来说明。”律师一边回答一边打了个响指。他向小摔跤手提出尖锐的问题：“你怎么知道贝拉不道德？”

“我亲眼看到了。”

“你看到了什么？”

“她和乔格纳特有不道德的关系。这就是为什么加亚丁把乔格纳特卷进这个案子。”

之后，交叉询问又回到了熟悉的老套路。世界上并没有小偷这一道理已被无数次地证实。被当成小偷的人往往是屋主老婆、姐妹或者女儿的情人。他们在寂寞的夜晚被召唤到情人的床上，但屋主不会将他们称为兄弟、姐夫或女婿，而是诬告他们为小偷。“法官大人，结果就是……”

副督察已经不在希夫帕尔根杰了。他带着破旧的床架、奶牛和即将改宗的女儿来到城里，住在一所对他而言不容易找到的廉价出租屋里。他被赋予特殊任务，使他必须像普通公民一样生活。而对于政府官员来说，像普通公民一样生活是一种非常糟糕的状态，人们看他过上这样的日子会感到难受。

不过，由于参与调查了针对乔格纳特的抢劫案，他被迫出庭并再次与根杰人接触。听到小摔跤手的证词后，他立刻咕哝道：“哦，天哪，哦，天哪。”在引起地方法官注意之前，他抓住加亚丁的手，把他拉出了法庭。有那么一会儿，他俩都沉默了。

最后，副督察说：“这帮根杰人……不讲诚信也得有个限度。对贝拉说出这些话，他的舌头应该掉出来！”

加亚丁盯着地面。两块砖之间放着一根大头针。他似乎在犹豫要不要把它捡起来。

副督察用充满责难的语气说：“任何人都可以说他们喜欢任何人。没人考虑尊严的事情。”

接着加亚丁用他熟悉的厌世语气说道：“这是必然的，副督察老爷！你抓到乔格纳特的那天，我就意识到家里没人能保全自己的声誉。”

“我很抱歉。”

“没必要感到抱歉。这不是你的错。你想称他为小偷，并把他送进监狱，他必然会不遗余力地阻止你。”

“我气坏了。”

“不要为了我而生气，副督察老爷！这就是我们国家的运作方式。你见识过法庭的情形，就得忍受这一切。可以说，被迫来到这里的人都是命运不幸所致。副督察大人，为此生气又有什么意义呢？”

乔格纳特的律师像箭一样射了出去，跑到了另一个法庭。他对身后跑着的客户说：“不要着急。等着乔格纳特被放出来。接着我会处置所有相关人员——是的，哪怕是警察。”

副督察一惊，抬起头来，发现法庭上空无一人，只剩下自己。

# 第二十六章

校长大人正在和维迪亚吉商量学院的问题，换句话说，他正在谩骂卡纳老师。前一天，当他因为刑法第107条而登记的案件上法庭时，他发现情况发生了变化，因为卡纳老师的律师在辩论中发表了以下言论：

“法官大人，这是一个‘有产’对‘无产’的案例。一边是学院的理事长，他被称为维迪亚吉老爷，事实上，他不是普通的印医，而是一位真正的老爷。他的身后有数百名追随者和暴徒，其中包括学院的校长和十几位老师，他们要么是校长的亲戚，要么是校长亲戚的亲戚。他们都很有钱，如果他们没钱了，大学基金就会弥补他们缺乏的东西。法官大人，另一边是卡纳和他的十几位老师，他们很穷，不断受对手的阴谋压榨。这是双方斗争的根本原因。”

法官用英语说：“也就是说，这是物质利益的问题。”

律师对他的论点进行了编辑、更正、缩减和扩展，然后巧妙地回避了这个问题，说道：“不，法官大人，我不是这个意思。我只是说，分歧超出了原则。”

“这不是你说的。”

“我正要这样做，法官大人，”律师继续说，“卡纳和他志同道合的同事不能忍受公家的钱以这种方式被滥用。法官大人，他们都是年轻人，还没有以撒谎和欺骗妥协的习惯……”

法官笑着说：“那样的话，他们应该不怕吃官司或者坐牢。”

律师没有理会这条评论，继续争辩说：“这就是为什么他们以合乎宪法的方式针对学院的管理不善发出自己的声音。法官大人，学院直到最近才举行理事会选举，维迪亚吉用武力威胁的方式再次当选理事长。卡纳和他的同事反对这次选举，并且向教育局副局长提交检举信，并亲自拜见了副局长。现在，上面即将对整个事情进行调查。与此同时，维迪亚吉老爷担任董事长的合作社中也发生了侵吞公款的事件。这件事被压了六个月。卡纳和他的同伴会见了合作社协会的监察员，并已对此展开调查。如果需要的话，我可以唤来两位高级官员做证。

“法官大人，这起案子纯粹是为了压制卡纳和他的同伴，迫使他们在这些调查中闭嘴。从某种意义上说，这个案子也是一场阴谋，法官大人……”

校长的律师在法庭上说了什么并不重要。回到村里后，校长告诉维迪亚吉，上面即将对学院选举和合作社侵吞公款事件进行调查。

维迪亚吉的脸上没有一丝担忧。他向正法低头，说了句“这是神的旨意”后就沉默了。

可是今天，校长有了明确的计划，他非常兴奋地用阿沃特方言说：“老爷，我认为我们应该折断那个混蛋卡纳的四肢，把他扔进沟里。如果不起作用，我们就揪住他们的耳朵，把他们扔出学院，然后给他们每个人来上四棍。”

但维迪亚吉仍然无动于衷，他只是说“我不喜欢谈论暴力”，然后打了个嗝。校长想等他再说一遍“这是神的旨意”，他却什么也没说，或许只是默默地被非暴力、展示手枪、侵吞公款和国家利益等议题困扰。

距离酒铺约一百码的地方，长着一棵被鬼魂附体的菩提树。鬼魂已经很老了，经历了独立运动、土地改革、村委会成立、学院开办等数百起重大事件，却仍然没有死去。知道他存在的人都不敢在日落之后从那里经过。如果有人这么做了，他就会听到各种奇怪的声音，这些声音会让他发烧，甚至丢掉性命。如果他没出事，人们会说潘迪特·拉特拉尔在驱魔方面非常出色。

一天晚上，有个骑自行车的人来到树下。那棵树就在路边，因此他必须从树下经过。骑车人明白，如果不是前面有卡车缓缓驶过，他恐怕也没有勇气从那条路经过。他在卡车尾部红灯和西边夕阳余晖的指引下骑车经过了那棵树。

他松了一口气。印历十二月[①]的风吹过他的脸，他感到无比的愉悦。他变得更加亢奋，叫唤了两三遍"杀手杀手！"，模仿鹧鸪的叫声给想象中的听众，接着哼唱起《杀死猎人的他像老虎一样离去》，这歌出自一部关于阿马尔·辛格·拉托尔[②]的著名戏剧。渐渐地，他的声音越来越大。

突然，骑车的人跳了起来。他在路边听到了一种"咣咣咣"的声音。这不是人的声音，不说也能猜到，这是鬼魂的声音。他用上半身屏住呼吸，下半身排出了空气。看来，鬼魂能在不告知任何人的情况下改变自己的活动范围，也许已经离开菩提树，附身到旁边的黄葛树上。

他又听到了"咣咣咣"的声音，这次声音稍微大了一点，可以

① 相当于公历二至三月。——译者注

② 阿马尔·辛格·拉托尔（Amar Singh Rathore），17世纪莫卧儿帝国拉其普特贵族，其传奇故事常见于北印度民间戏剧。——译者注

分辨出两种声音。一个人大声笑了起来，另一个说："我告诉过你不要喝太多，可你不听！没事，孩子，再喝点！"

紧接着传来一个男人的歌声。他在旁人的笑声中唱起《土匪哈米德》里的歌："别大惊小怪，唧唧，我向大家低头……"

这会儿"咣咣咣"的噪声有了一些变化。首先有人做了一个介绍性的"咣咣"。接着，或是为了表现一些独创性，他发出了一声撕心裂肺的呼救声，并以同样的"咣咣咣"结束。但这一次，他的声音有气无力，像是在重复某种仪式。

与此同时，唱着《土匪哈米德》歌曲的歌手停止了自己的表演。也许是他在说话："我的孩子，别喝太多。除非酒不要钱。"接着传来同样的笑声，以及《土匪哈米德》里的同一首歌。

骑车人怕的是鬼魂，而不是人。在听到男人的声音后，他感觉对方可能遇到了麻烦，于是从自行车上跳下来说："你不要担心，摔跤手！我来了！小心，别碰他！"

黄葛树的另一边有片灌木丛。六名男子在暮色中围着它走动，灌木丛中发出了好几种的声音。

"咣咣咣！"

"救命啊！"

"别说那么多废话，我的孩子！我告诉过你不要喝太多。"

"别大惊小怪，唧唧，我向大家低头……"

骑自行车的人警惕地环顾四周，提高了嗓门，想要将一个未知的人从未知的危险中解救出来。突然，一个男人从灌木丛后面走出来，潇洒地来到骑自行车的人面前。他嘴里带着土酒的味道，威风凛凛地说："怎么了，士兵？你为何喊叫？你怎么了？"

骑自行车的人指着灌木说："那边有人在尖叫求救。"

"愚者皆喜酒妄言。不过你想要干吗？"

路上还有两个骑自行车的人，他们看见有两个人站在灌木丛旁边，于是放慢了速度，准备从车上下来。灌木丛里的声音变得更大了，但无法听清说的是什么。男人像军人一样对他们说：“你们不用停下。这是根杰人的事情。有几个混蛋喝醉了。你们接着上路吧。”

听到这番话，两个骑车人都加快了速度。第一个骑自行车的人继续前进，他的鼻孔因愤怒而收紧，临走时说了句话：“他们都是闲人。整个地区都散发着这群酒鬼的恶臭。”

像军人的男子说：“你说得很对，士兵！酒精是种诅咒。”

现在路上空无一人，那人站在原地，说：“走吧，孩子们，成双人队列！齐步——走！”

几个人用口齿不清的奇怪语言开始了对话。

“是的，兄弟，现在走吧。”

“我们应该接着堵住这个放臭屁的嘴，还是把它拿出来？”

“接着堵上。”

大约五个人从灌木丛的后面走到路上。没有一个人脚步蹒跚。他们全都保持沉默，从步态看来，像一排埋伏的军人，准备夺回被占据的边境领土。接近闹鬼的菩提树时，他们偏离了道路。这可能是出于对鬼魂的尊重，也可能是因为汽车开着耀眼的大灯驶向他们。他们从大路上下来，穿过一片被荆棘包围的田地。田里没有庄稼，荆棘只是为了保护土地。

一个男人发出一声压抑的尖叫，说：“哎哟，我的妈呀！荆棘！”

另一个人说：“是哪个混蛋把荆棘放在这里的？”

第一个人回答说：“拉姆·查纳。”

“什么时候？”

“在你被送进监狱之后。”

“那都多久了！好吧，现在我回来了……这块地是我的。他认为觉得这是他父亲的地，就可以在上面种植荆棘了吗？”

“别发脾气了。现在你回来了，一切照旧。”

“行吧。但他是从哪里弄到这些荆棘的？谁给的他……？”

这队人又从田地爬上马路，距离酒铺还有大约五十码。他们不再说着口齿不清的语言。一个人说：“拉姆·查纳自己没有种过荆棘。是不是从哪儿砍了一株放到这里？”

“谁知道从哪儿弄到的荆棘？”

“那就别告诉我了。反正我会自己查出来的。”

“如果你要自己找答案，为什么问我？”

“好知道你是什么样的人。”

第二个人笑了，对着大伙儿说：“乔格纳特在监狱里学会了交叉询问。”

“不用着急，你这个白痴，我会教训你的。”

他们消失在酒铺中。那里已经有六个人。其中一人热情地说：“乔格纳特！什么时候出狱的？”

“今天下午。”

“感觉怎么样？”男人更加热情地问道。

“很好。”

“在那里有没有遇到认识的人？”

“我认识他们每一个人。”

“比塞尔一定在里面，见到他了？”

“没，但那里所有人都是比塞尔的爹。”

“你得做苦工吗？”角落里一个沙哑的声音问。

乔格纳特怒斥道：“是哪个鸡巴佬在问？”

“是个顾客。”

“告诉他不要哔哔了。希夫帕尔根杰不欢迎他。”

“顾客你听到了吗？这位是乔格纳特。他刚出狱。他要你别哔哔了。”

“现在听好了，跟你说清楚，我可是顶级的流氓。安静地喝完你的酒，然后滚一边去。你要是再提做苦工的事情，我让你好看。”

“顾客你听到了吗？”

“谁听到了啊？角落里根本没有人。”

“啊，客人呢？他溜出去了吗？”

“太好啦，这顾客干得漂亮！”

乔格纳特拿出一张十卢比的钞票，塞到店主手里，说：“给每个人来杯酒，不要遗漏任何一个人；过了这么久，我终于回到了自己的地盘！”

“你赚了很多钱啊。”

“萨尼查当上了首席长老，他希望今天每个人都喝得尽兴。”

“可是萨尼查能从哪儿弄到钱？”

“如今的萨尼查不再是过去的萨尼查了。他是首席长老。你明白吗？”

每个人都端着一杯酒坐在酒铺的回廊里。回廊和公路之间隔着一道柳条栅栏，酒铺设在一个小房间里。回廊上点着一盏防风灯，透过灯光能依稀辨认出酒客的脸。房间里点着一盏小油灯，灯光弱到看不清人脸。两个男人坐在回廊的长凳上，乔格纳特也坐在那里。其他人坐在铺着地板的麻袋上，还有几个人坐在泥地上。酒铺表达了希夫帕尔根杰对海亚姆诗歌中酒壶、酒瓶和酒杯的回应。土酒的味道一直飘到了公路上，让远方的旅人知道这里有土酒出售。无论身处何地，土酒的香味儿就是自己的广告。这也是为什么你能在主流大报上看到洋酒的广告，却看不到土酒的，因为土酒不需要这样的宣传。

乔格纳特喝了两三口，环顾四周说：“已经兑水了。”

“什么？”

“水！酒被冲淡了。”

“我也这么觉得。”

“我也是。”

“我也是。我很早之前就这么觉得了。不过我已经习惯了它的味道，和没兑水的时候一样。”

店主从座位上站起来，来到乔格纳特面前。他冷冷地说：“喝你的酒吧。第一杯你就喝高了。如果你想把剩下的四分之一瓶酒带回家就跟我说一声，我会给你的。兑水这种骗人行为，我是不会干的。”

这话让乔格纳特来劲儿了。他从口袋里掏出几张五卢比的钞票说：“免费喝酒我肯定乐意。不过不要着急，瞧瞧这个！见过这么多票子吗？”

店主是个骨瘦如柴的人，但并不缺乏勇气。他从容退后，回答说：“对我来说辛苦赚钱的日子已经过去了。你怎么高兴怎么来。”

第二杯酒上了，一名男子问：“那你接下来打算做什么，乔格纳特？”

“我缺钱，”乔格纳特用一种令人难以置信的语气说，“现在我得找副督察算账。他调走了和我有什么关系？我不会放过他。我回来之前已经在城里对他提出索赔。接下来的十多场庭审能让他崩溃。”

“什么案子？”

“民事诉讼。你不知道他用虚假的抢劫案起诉我吗？我不得不在监狱里待两三个月。”

“维迪亚吉没有保释你吗？”

“他应该会，但是我已经下定决心。我说我会留在这里继续当副督察的囚犯。毕竟，我不用付房租就可以住在那里。”

“后来呢？”

“后来？我被羞辱，庄稼被毁了。拉姆·查纳夺走了我的一块地。对于这些损失，我已经提出八千卢比的索赔金额。等法庭的命令下来，副督察恐怕得倾家荡产。”

“可是诉讼费呢？民事案件很贵吧？”

“老天会赐予一切的。”

“嘿，乔格纳特兄弟，你出生在婆罗门家庭，请不要说大话了。谁来支付诉讼费？”

“我告诉过你——老天会支付的。”

“事情已经过去，不说了。那么你还打算起诉吗？”

“我已经提起诉讼了。”

“什么时候提交的？”

“今天。”

一个男人从灌木丛后面踉踉跄跄地出来，一边呻吟，一边沿着马路步行。他的话经过层层转述后传到酒铺里，大意是前段时间，他在闹鬼的菩提树后面被人打劫。他正打算去警察局报案，不放过任何一个劫匪。

过了一会儿，一伙人踉踉跄跄地走出酒铺。街上空无一人，只剩下几条骨瘦如柴的狗。

刚刚呻吟着被抢劫的男人从人群中穿行而过，没人注意到他。他的罪孽已被洗清，他对宗教的信仰更加坚定，因为在他到达警察局之前，一位知识渊博的绅士告诉他：“你报警能获得什么？事情发生了就过去了。过去的一年还会回来吗？

“告诉我，您是印度教徒还是穆斯林？如果您是印度教徒，那么您相信业力轮回，对吗？那四十五卢比没有写在你的业力里。这么折腾毫无用处，命中注定你要失去这笔钱……

“回家吧，你的命保住了，这就够了。去年在同一个地方，一个男的被人像山羊一样宰了。

“以罗摩的名义，回家请一位祭司念诵毗湿奴大神的光荣事迹。把你准备用在法庭上的钱花在宗教仪式上。

“喝点姜黄热牛奶，睡前翻个身。到明天早上你就会忘记这一切。”

# 第二十七章

曾经有段时间，哲学家为了证明神的存在而争执，现在他们为了小麦而争执。一组人认为印度有足够的小麦，但淘气的商人阻止它进入市场。另一组认为并不存在小麦这种东西，即便存在也绝无可能在印度出现。最近这种讨论也传到了希夫帕尔根杰，那里的人们开始表现出对牛奶、酸奶和酥油的怀疑。

摔跤场如何在普遍存在的饥荒中运行下去？几年前，当男孩们在运动和摔跤后筋疲力尽地回到家中时，至少可以靠浸泡过的鹰嘴豆和黄油牛奶充饥。可是现在，他们甚至连这些都吃不到。在这种情况下，村里的孩子们别无选择，只能成为游手好闲之徒。他们用破旧但色彩鲜艳的裤子或睡衣遮住瘦腿；不管他们的胸前有没有肉，他们的心都在膨胀，渴望能和赛拉·巴努同床共枕。他们漫无目的地游荡，把槟榔汁染红的唾液吐在小巷里。他们中的许多人偶尔也会去田野、作坊和监狱转一圈。犹豫不决的人会进入本地的学院接受乡村教育。这些学院通常在当地领导人的启发下以传播教育的名义建立，其更重要的作用是通过榨取教师和政府拨款，为下次全国大选或邦选举奠定民意基础。这些学院完全按上述方式运行，不存在任何远见或先见之明。可以肯定的是，在其中学习的孩子们永远不会摆脱奴役，更不会尝试维护自己的权益。因此，垄断政府和高级职务的权贵们不认为这些学院会对自己的地位构成丝毫威胁。

不过凡事皆有可能发生，在大家争抢食物的喧嚣声中，摔跤场濒临倒闭，村里年轻人的身体发育已经达到了与他们的智力发育相同的水平。从这个角度来看，希夫帕尔根杰有块摔跤场并且有几个男孩经常来参加的确值得称道。毋庸置疑，这都是摔跤手巴德里的功劳。几年来，他一直在摔跤场上练习，让自己的弟子们互相摔跤，抱摔他们，弄伤他们，使他们成为真正合格的摔跤手。经过数日的训练和摔打，徒弟们呻吟着回到家中，以此证明自己学有所成。

两个摔跤手摇摇晃晃地从摔跤场里走了出来。一个是巴德里，另一个是小摔跤手乔特。两人都剃了光头，身上沾满汗水和泥土，脖子后面有犀牛般的皮肤褶皱。两人的腰布前端如同象鼻一样垂下，布条的两侧露出他们睾丸的一部分。就像亨利·米勒和D. H.劳伦斯的猥亵行为能以艺术的名义被谅解，两位摔跤手都以体育的名义获得暴露自己身体的许可。

小摔跤手几年前参加过自己的结业典礼，现在也许已经获得类似研究生的学历，这也许能解释他的呻吟声为什么非常轻柔，断断续续。出于自尊，他没有发出过“噢”的声音，而是一声叹气和一声“哦”。摔跤手巴德里和他走在一起，似乎一切与自己毫无关系。

今天，巴德里用一招“洗衣式”放倒了小摔跤手。使用此招式的摔跤手必须像高级诗人一样，将摔跤场视为迷人的湖泊，将自己视为洗衣工，将对手视为衣服。接着，他抓住对方的手，将他们拉到身后——就像洗衣工在石板上把衣服摔打得干干净净一样——把对手从肩膀上扔到场地中央。当他投掷对方时，必须小心地使衣服正面朝上落下——也就是说，他的对手应该背朝地落下。完成之后，现场传出欢呼:“胜利！胜利！光荣的胜利！对手无言以对，目瞪口呆，屈膝低头……”

今天，摔跤手巴德里在摔倒小摔跤手的时候充满想象力。他想象摔跤场四周的矮墙是一块搓衣板。当小摔跤手后背着地时，火花似乎在他眼前飞舞。小摔跤手的下半身在摔跤场外，上半身在场内，只是因为自己走运，后背才没有被折断。

如果巴德里不是他的师父，小摔跤手此时会向他倾泻成千上万的诅咒，眼中含着泪光，口里吐着唾沫。但是出于对师父的尊重，他很安静，直到变得难以安静地走路时，他才发出了一声“哦”。

但他的痛苦不会就此结束。在他们继续前行时，巴德里问:“那么，那天你去为乔格纳特做了什么证？”

“什么鬼，为乔格纳特做证？我去给警察做证。”小摔跤手漫不经心地回答，压抑着背部的疼痛。

巴德里平静地说:“当你遇到直截了当的提问时，请给出直截了当的回答……你在证词中对贝拉有什么看法？”

“我还要说什么？我只是想到什么说什么。”

巴德里说话很温和。他抓住小摔跤手的手问:“她还和乔格纳特在一起吗？”

小摔跤手缓缓放开手。当你抓住一个人的手指时，你可以顺势抓住他的手腕，当你抓住他的手腕时，你可以用“洗衣式”把他摔出去——这都是他刚刚见识过的。为了避免这一情形，他说:“我怎么知道谁和谁在一起？村子周围都是豌豆田，你想要我去看看谁和谁抱在一起？”

巴德里以同样温和的语气接着说:“但你说你见过贝拉和乔格纳特在一起。”

“这样说并不意味着什么。”

巴德里突然停了下来。他用严厉的语气说:“为什么不承认？你是说过还是没说过？告诉我！”

小摔跤手变得焦虑起来。他声音中的自信消失了。就像最伟大和最有远见的作家在面对电台采访者时也会结结巴巴一样，小摔跤手突然被摔跤手巴德里吓坏了。

他带着歉意说：“为什么我不该这么说，师父？你可以说我说了太多，但这是在法庭上。我想到什么说什么，也不一定要说实话。”

摔跤手巴德里在黑暗中静静地站了一会儿。他正在做任何摔跤手都无法轻松做到的事情——思考。

小摔跤手现在更焦虑了。他迟疑着问道：“师父，你在想什么？思考是为骗子和捕鸟者准备的。告诉我你怎么了。”

巴德里慢吞吞地说：“我在思考是踢你还是揍你。你这个混蛋，狗都要对着你的崽子撒尿。我要朝你吐口水！”说着，他往地上吐了口痰。

小摔跤手目瞪口呆。他停顿了一会儿，说：“师父，别这么说！告诉我哪里做错了。”

“你怎么会明白，你这个混蛋！你在全世界面前玷污了一个好女孩的名声，而你却装作若无其事！”

原来如此！小摔跤手松了口气。他漫不经心地说：“师父，这些话都是我在法庭上宣誓后说出来的。人人都知道，永远不要相信法庭上所说的任何话。这又怎么会对人产生伤害呢？”

巴德里的沉默在某种程度上鼓舞了小摔跤手。他以自己的一贯风格——把全人类都当作蛆虫——完成了陈述：“师父，这就是你生我气的理由？棒极了！连你也会偶尔为事情大惊小怪！我只是想不出这是为什么。”

摔跤手巴德里用双手摩擦着自己的脖子，拍了两三下。他用这种方式打掉了粘在上面的泥土，抛开了一直困扰他的念头。然后他突然笑了起来：“你是个天生的傻瓜。看不到你周围发生了什么吗？

这个贝拉即将成为你的母亲。现在你可以称她为荡妇，或者任何你喜欢的称呼，但侮辱会反弹到你身上。”

“你说什么，师父？”

“说什么？一个月内，贝拉将与摔跤手巴德里结婚！到时候你会吹着唢呐！孩子，你明白了吗？”

马戏团小丑说着胡话表演着杂技。民间戏剧演出中的鼓手从他们的腋下取出一根棍子，敲打起不规则的节奏。摔跤场里两三个摔跤手像蝎子一样双手倒立，双腿向后弯曲。小牛晚上回家时会低下头，从一边跑到另一边，接着朝相反的方向冲去，跳进池塘里。萨尼查毫无征兆地突然叫喊：“我的妈呀！”

听了巴德里的话，小摔跤手觉得自己面前好像有一堆如此荒谬的东西，并且正好有人将他仰面朝天地摔在上面。他从嘴里吐出这些词：“你在说什么，师父？”

“你没听清我说什么吗？”摔跤手巴德里轻声回答，仿佛在开玩笑，“怎么了？你的耳朵里满是灰尘吗？又来了——我要娶贝拉。我已经答应她了。那天你在法庭上诽谤她，我身上的每一根汗毛都在燃烧。我想打你，把你的头塞进你的肚子里。但你是我的徒弟。作为我的养子，我原谅你。”

他深深地叹了口气，总结道：“不管怎样，事情已经发生了。从现在开始管住你的舌头。”

小摔跤手仍然觉得自己躺在一堆荒谬的事情上，无论摔跤手巴德里说什么都像是在做梦。他说：“师父，您是婆罗门，她是地主。在你说话之前三思而后行。如果维迪亚吉老爷反对，你的计划将会泡汤。”

摔跤手巴德里回答说：“大象走自己的路，狗只是不停地吠叫。”

“你在打谜语，”小摔跤手实际上是在恳求他，“但维迪亚吉绝无可能接受！”

摔跤手巴德里似乎因为透露自己内心的秘密而感到轻松。他没有回答，只是吹起口哨来。

过了一会儿，小摔跤手的大脑已经被这件事占满。坊间传言最近鲁潘少爷给贝拉写过信。某个女孩晚上来到维迪亚吉的屋顶，跑到兰格纳特那里又跑回来的故事也传到了小摔跤手的耳朵里。加亚丁家的屋顶与维迪亚吉家的屋顶是相通的。鲁潘少爷还告诉他，兰格纳特曾接触过某个女孩写的一封信，可兰格纳特对此只字未提。小摔跤手怀疑鲁潘少爷已经与贝拉约会过一段时间，现在已经得手了。在如此状况下，突然发现摔跤手巴德里与贝拉有关系且进展迅速，这让小摔跤手感到不安。

他问道："但是，师父，我听说鲁潘少爷给贝拉写了一些东西。"

"是的。他是个小屁孩，干些愚蠢的事情。"

"我听说他收到了回信？"

巴德里咆哮道："谁告诉你的？"

"没人，师父！"

"那你怎么知道？"

"我听说的，师父！"

"谁说的？"

"我不记得了，师父，但有人提到过这些传言。"

摔跤手巴德里沉默了。如果有人在谈话过程中露出专业证人宣誓后接受交叉询问时的表情，进一步询问他是没有意义的。

一阵沉默后，摔跤手巴德里清楚地说："是的，有一封信，是给我的。但这不是一封信——当代女孩们的恶作剧——都跟歌曲和音乐有关。"

小摔跤手恭维道："所以，师父，这件事一定已经持续了好几年了吧？在屋顶本身……"

巴德里回答说："这件重要的事情，你是第一个从我这儿知道的。

够了，不要去深究，不要告诉其他人。”

黄昏时分，小摔跤手撞上了某个平台的一角，按照当地习俗，这种平台是人们为了抢占土地而建。小摔跤手咒骂了一番，接着因为背部疼痛喊了声“哦”。他发誓说：“师父，我不会告诉任何人。”

“几天之后，消息无论如何都会传播开来，但现在暂时保密。”

“我已经答应过师父，不会告诉任何人的。”

过了一会儿，摔跤手巴德里笑了起来，说：“你做了个难以置信的对比，年轻的乔特！贝拉与乔格纳特有染！呸！这混蛋就像1拜沙的粗糖！贝拉握住他的手都能让他感激流涕，而你就是将他和贝拉搅在一起的那个人！你真是个彻头彻尾的白痴。”

小摔跤手突然感到后背一阵刺痛，仿佛在领教过“洗衣式”后，又被人摔倒了一次。

在他们分开之前，巴德里再次警告小摔跤手，不要向任何人提及他与贝拉的关系。小摔跤手忠实地宣誓保密，但他的誓言就像邦政府官员在邦长官邸所做的所有保密誓言一样。就在第二天，摔跤手巴德里遇到了几个用异样眼光看他的人。

# 第二十八章

村里有一个不开心的小伙子，他的名字叫鲁潘。几天前，他的影响力广为传播，地位很高，因为他父亲名叫维迪亚吉，加上他自己也小有名气。他在十年级学习了几年，是一名学生干部。乡长是他的同伴，副督察是他的朝臣，校长是他的下属。在家里，他是一头聪明、胆怯的小牛。可以肯定的是，他会像其他有能力的后代一样掌握在政治牧场上放牧的技术。待维迪亚吉去世后，他将用一年半载的时间在各种道路上徘徊，直到人们发现他在他父亲的故地上沉思。

五个月前，一个名叫兰格纳特的年轻人来到村里。人们认可他的伟大，因为他的叔叔名叫维迪亚吉，除此之外，他自己也很伟大，因为他拥有历史硕士的学位。他看上去是个善良而直率的人，但也能在需要时发表一些讽刺的言论。他和95%的知识分子一样，学识促使他们对其他人应该做什么和不应该做什么发表评论，并使他们远离庸俗的思想，他们也对所有未做的事情负有责任。

这位名叫鲁潘的年轻人变得悲伤，因为这几天他的个人喜好与自己的政治取向不一致。自己政治取向中的邪恶面此前从未被他所留意，如今却像足球一般垂在他的睫毛上。以前，鲁潘认为校长只是他父亲的奴隶，但现在在他看来，校长非常愚蠢和固执，对一些老师的敌意正将鲁潘的父亲卷入派系斗争中。过去有些老师在鲁潘看来是傻子和白痴，但最近他觉得，即使那些老师是白痴，也算不上流氓，应该受到保护。就在几天前，摔跤手巴德里看起来实力最强，鲁潘还为此感到自豪，但现在他注意到，附近地区的流氓有时会来希夫帕尔根杰与巴德里交谈，之后离开。换句话说，鲁潘的心已经开始感到不安，这种不安将一个人变成维毗沙那[1]、托洛茨基或苏巴斯·钱德拉·鲍斯[2]，让人渴望成就，走向绞刑架和监狱，或是信奉贾雅普拉卡什·纳拉扬[3]和阿奇尤特·帕特瓦尔丹[4]的禁欲主义。

第二个年轻人兰格纳特的情绪相当低落，因为在这五个月里，他看到人们起初只是在欢乐的游戏中摔断胳膊和腿，笑着让扬起的灰尘遮蔽自己的双眼。当萨尼查成为首席长老的动议出现时，或者当小摔跤手去做证指控乔格纳特时，一切看上去都像是玩笑。可是，当看到萨尼查真的变成了首席长老，小摔跤手出狱后笑着回来，兰格纳特有些震惊。萨尼查获胜的那天，兰格纳特心神不安。他想，天知道各邦的首府里有多少像萨尼查一样的人，他们排着队，形成无数个维迪亚吉、部长和首席部长。

兰格纳特心神不安的那天又发生了另一件事，但那件事与这种心神不安无关。很长时间以来，鲁潘都想要一个女朋友，在认识到

① 维毗沙那（Vibhishana），印度史诗《罗摩衍那》中的人物，为协助代表正义的罗摩与哈奴曼而背叛了自己的兄弟罗波那。——译者注

② 苏巴斯·钱德拉·鲍斯（Subhash Chandra Bose, 1897—1945），印度独立运动领导人，为反对英国殖民与纳粹德国和日本合作组建“印度国民军”。——译者注

③ 贾雅普拉卡什·纳拉扬（Jayaprakash Narayan，1902—1979），印度政治活动家。——译者注

④ 阿奇尤特·帕特瓦尔丹（Achyut Patwardhan，1905—1992），印度政治活动家。——译者注

这一事实的同时，他错误地以为自己只想要贝拉。他爱贝拉，并且由于未能掌握全部事实，他还想象贝拉一定也爱他。他给贝拉写过一封情书，贝拉没有回信，但他自己却一次又一次地写信。他在写信时一直咯咯地笑，但在心里却感到羞愧。当他从卡纳老师那里听说贝拉和巴德里在谈恋爱、巴德里准备娶她的消息时，心中升起强烈的不安，不知为什么，这种不安迫使他对校长、维迪亚吉、摔跤手巴德里和萨尼查产生了负面的想法，现实主义的哲学开始进入他的生活。

与此同时，兰格纳特意识到，仅仅通过死记硬背学习压迫和剥削的故事是远远不够的，让一头驴背上吠陀经、奥义书和往世书，或许能让它当上国际学者委员会的主席，却无法使它成人。身为人类，所要承受的不能只是知识的重负。

在告诉鲁潘少爷巴德里的爱情故事之前，卡纳老师还告诉了他一些别的事情。这次会议发生在洒红节后第三天的月升之时，地点位于路边的一个小涵洞——几天前，兰格纳特在同一个涵洞上告诉鲁潘自己独自睡在屋顶的经历。

卡纳老师还带着马拉维亚，他们都坐在涵洞上。洒红节期间连续饮用大麻饮料让鲁潘浑身无力。为了摆脱疲倦，他又喝起大麻饮料，接着和兰格纳特一起散步。见到有两个人坐在涵洞上，他顺口说道："谁在那儿？"

"谁啊？鲁潘少爷？晚上好，兰格纳特先生，我是卡纳。"

"你旁边的人是谁？"

"这位是马拉维亚。晚上好，鲁潘少爷，请过来坐下。

鲁潘少爷简短地回答了老师的问候，在涵洞上坐了下来。四方峰会开始了。

已经是晚上九点左右，可到处都没有安宁。乡办公室对面槟榔店里电池供电的收音机响个不停，不远处豺狼正在号叫。可最强大的噪声是卡车以每小时七十英里的速度向城里疾驰而去时产生的，它们的喇叭鸣响盖过了所有的声音。夜幕降临，城里一些廉价酒吧里的人们将朗姆酒一饮而尽。在路边的餐馆里，热腾腾的烤肉已经准备完毕。在某个地方，一定有个女孩在抽着手卷烟等我——这些想象足以激发从数百英里外赶来的卡车驾驶员，让他们尽可能用力地踩着油门。

因此，每隔五分钟就有一辆卡车呼啸而过。卡车经过时，坐在桥上的四巨头都会屏住呼吸。一旦卡车消失，他们会庆幸自己活了下来，把刚刚没讲话的话讲完。

尽管存在这些不便，交谈仍在进行。卡纳老师以委屈的语气向鲁潘和兰格纳特寻求帮助。他从口袋里拿出一张纸，对鲁潘说："请看这个。看看你的校长写了什么。"

鲁潘少爷回答说："我没法在黑暗中阅读。方便的话你就读出来。"

卡纳老师讲述了这张传单的大意，与马拉维亚有关。如果内容属实，人们将不得不接受马拉维亚爱他的学生，并且他对某些学生的爱纯粹是在生理层面。传单讲述马拉维亚带着一个男孩到城里看电影，和他一起过夜，在向他泄露数学试卷后，两人一道返回了希夫帕尔根杰。传单没有任何文学性，只是为了让公众了解这件事。因此，它的描述风格清晰、简单，甚至淫秽。传单呼吁校长和理事长将老师赶出学院。

说完传单的大意后，卡纳老师问鲁潘："你还想让我们对此保持沉默吗？对校长什么都不说？"

鲁潘少爷在大麻饮料的影响下问："那我们该怎么办？"

"我们有无可辩驳的证据。传单由校长散布。我们将对他提起诽谤诉讼。"

"这是一件可耻的事情，"兰格纳特说。

鲁潘少爷漫不经心地说："嘿，马拉维亚确实有这么回事。一个男孩亲自告诉我，马拉维亚要他和自己一起去看电影……"

一个奇怪的声音打断了他，是马拉维亚在使劲擤鼻涕。其他人这才意识到他就在旁边。

卡纳老师暴怒了，说："这简直是杀人诛心！让一个正派的人蒙羞！我们希望获得你的同情，让你去发表一些意见。"

鲁潘少爷不客气地回答："我只说我听到的。你们老师总是在做这种事情。即使抱怨是真的，也不是什么新鲜事。但我反对这类宣传活动。放心，我会公开反对的。"

卡纳更加愤怒了："鲁潘少爷，你一直在重复同样的事情。恕我不能赞同。这是针对马拉维亚的虚假宣传。这是辱没人格。每个人都能信口雌黄——可这合适吗？"他继续说，"瞧，人们也开始议论摔跤手巴德里了。天知道他们在说些什么乱七八糟的，反正我一点也不信。"

兰格纳特抢先问："他们说了什么巴德里兄弟的鬼话？"

接下来，在一段漫无边际的开场白之后，卡纳老师讲起巴德里的爱情故事。故事是他从一个学生那里听说的，这个学生是从摔跤场的摔跤手那里听到的，而摔跤手是从某个只有老天知道的人那里听来的。卡纳老师在向鲁潘和兰格纳特的陈述中还补充道，即便加亚丁不让女儿结婚，他也能在七八个月后当上爷爷，作为礼物，鲁潘少爷将获得一个侄子。

消息如此惊天动地，以至于鲁潘少爷几乎从涵洞上掉下来。为了掩盖这点，兰格纳特不得不将其归咎于大麻饮料的影响。但明显的是，鲁潘少爷震惊了。过了一会儿，他恢复了平静，许多以前从未注意到的事情突然变得重要起来。他记得最近巴德里在屋顶上训练的时间相当长，而且他在训练时会关上通往屋顶的门。去过兰格纳特床上的女孩的身份如今也浮出水面。

鲁潘少爷真切感受到了自己掌心的炙热，他开始不安地四处张望。同时，他也开始心疼这些老师，心疼自己，开始大肆辱骂校长。兰格纳特试图让他冷静下来，并像之前一样对老师们说，这没什么，只是因为大麻饮料。鲁潘少爷咆哮着让他闭嘴。

城里的一角有一幢宽敞的平房，四周是高墙，从外观上看似乎属于一个古老的地主家庭。土地改革后，它被租给了新时代的贵族。

平房的一角是县督学办公室，其余部分是他的住所。政府为他的住所支付全部租金，也将其作为办公场所。县督学个人承担了办公室的全部租金，将其作为自己的住所。这种人性化的安排使这栋房子与其被称为办公室，不如说是住所。

维迪亚吉、校长和鲁潘少爷从办公室——也就是角落的房间里出来。在外人看来，他们就像三个刚刚完成抢劫的小偷。走了十几步后，他们放慢速度开始四处张望，观察着草坪和美丽的花坛。鲁潘少爷抬头看着门廊说："督学的汽车快要报废了。"

校长看了一眼说："他的差旅补贴受到了限制。"

"这就说得通了！"鲁潘少爷环顾草坪、花园和建筑，接着说，"不管你说什么，这就是范儿！一切都是白给的！"一个勤务出现在门口，冲着校长使了个眼色。校长变换了表情，傻乎乎地摇了摇头，然后从口袋里掏出一枚8安那硬币递给勤务，说："兄弟，你每天都要小费吗？"

勤务用文明的语气说："我靠绅士们的施舍过日子。"

鲁潘少爷说："我们可以反驳吗？"

维迪亚吉用犀利的眼神瞥了他一眼，然后默默地向马路走去。这并没有影响鲁潘的好脾气，他淡淡地对校长说："这种时候给超过2安那就是不对的。这些钱足够你买两个锅了，付小费绰绰有余……"

城市的这一部分被英国人命名为“民用路”，是用来留给他们的继承人和精神后代的。这里车辆很少，偶尔会有时髦小汽车——要么政府出资、要么贷款购买或是免费赠送——飞驰而过，使行人缩在路旁庆幸自己没有被撞倒。偶尔会有一辆生锈的破旧汽车隆隆驶过——那是真正的私家车，由于缺乏足够的补助而显得憔悴和贫血。

到了下午四点，四级公务员①在街上踩着自行车，车上载满了高级官员的孩子。孩子们正从各自的英语学校返回家中，他们都要向家里传达或多或少的重要通知。两个孩子正在讨论：“如果你的妈咪不给你买新的速写本，明天你就等着受罚吧。”一个孩子坐在自行车的横梁上，另一个坐在托架上，他们之间的座位上是一名穿制服的勤务。

维迪亚吉终于开口了，他说话的声音很动情：“看看这些孩子所接受的教育！多么不同的世界！”

校长把双手塞进口袋，准备提出一个非常重要的观点。“我觉得无论如何，明年7月应该让我们学院的男孩也穿上校服。”

“这是一个崇高的想法。”维迪亚吉说。

鲁潘少爷的声音从校长身后传来：“你要引入哪种校服，像勤务一样的，还是像孩子们的？”

校长回答：“鲁潘少爷，我是一个坚定的社会主义者。我认为他们是平等的。”

他们默默地走着。校长对维迪亚吉说：“我们没有从督学大人的房间里把桶带回去。”

维迪亚吉严肃地走着路，想了想说：“至少有十千克。既然你给了这么多酥油，为什么还要担心桶呢？”

校长笑道：“好吧，就这样吧。牛都走了，为什么要为失去它的

① 指印度政府编制内从事体力劳动的勤杂人员。——译者注

绳索而后悔呢？”

“没错。”维迪亚吉变得更严肃，开始讲起故事，“当你放弃一头大象时，为什么要为驭象的刺棒争执？当罗摩任命维毗沙那为国王时，阎婆梵[1]说：‘大王，您可以给自己保留一座金色宫殿。’正义的化身、最优秀的罗摩大神这样回答：‘哦，阎婆梵，当你卖掉了一头大象，再去为刺棒争论是没有意义的。’”

校长的心里仿佛被拔掉了一根刺。他像一流的宿命论者一样点了点头，勇敢地说：“那就好，让这事过去。不过桶里究竟有什么？”

“可这是原则性错误，”鲁潘少爷反驳道，“他应该把桶还回来。我们每次得从哪儿弄到新桶？如果你不好意思开口就告诉我，我去把它要回来。”

但是没人告诉他。

他们走到了市场。即使在今天，印度城市也有两种类型的集市。一种是为有色人种或“土著”建造，另一种是为白人统治者建造。这个集市属于后一种。这里有放映英语电影的电影院、洋酒店、宾馆和金碧辉煌的商店，闪烁的霓虹灯广告宣传着香烟和酒精饮料。在这里，即使您在印度可能无法获得面包，但似乎有很多蛋糕可以吃；如果您因缺水而喉咙干燥，总可以喝点啤酒来提神。简而言之，在这里，如果你是劳苦大众中的一员，你的饮食和穿衣问题似乎只会持续；如果你想摆脱这些问题，那么你应该停止成为其中一员并想办法以某种方式进入上流阶级。

大约有六名身穿长衫、头戴甘地帽的绅士，一边在人行道上散步一边闲聊，都很自得其乐。偶尔为了获得过分的快乐，他们会在彼此脚边吐出长串槟榔汁。鲁潘少爷出生在“退出印度”的口号提出后，他非常坚定地说：“上帝正在给他的驴子喂食炸糖卷，白痴猫

---

① 阎婆梵（Jambavan），印度神话中的熊王，在《罗摩衍那》中协助罗摩与哈奴曼击败罗波那。——译者注

头鹰坐在每根枝丫上。”

这种表达方式非常流行，为大众所熟知。鲁潘少爷重复这句话并没有表现出任何独创性，但从说这句话的语气来看，他似乎变得严肃起来。校长把他叫了过来，接着对维迪亚吉说：“走吧，老爷，吃点零食喝点东西。这孩子有些情绪低落。”

一开始，他们以为自己会去找一家槟榔店。这对印度人来说并不是一项艰巨的任务。如果一个印度人而不是鲁滨孙在荒岛的海难上，他一定会发现槟榔小贩而不是星期五。事实上，如果一个人在哪儿都可以弄到槟榔，并找到小便的地方，那他就是真正的印度人。但是在这个集市上，没有必要寻找槟榔店，而是槟榔店自己来寻找客户，前后左右都是槟榔店。这三个人走到他们面前的槟榔店。维迪亚吉调整了头巾的角度，看着自己在大橱窗里的倒影；鲁潘少爷半闭着眼睛试图微笑；校长大人与槟榔小贩交谈起来。

他轻声说：“来三杯，浓一点的混合。”

维迪亚吉假装不知道，说：“那是什么？那是什么？”

校长回答说：“没什么，只是在晚饭前喝点水。”

槟榔小贩将大麻混合起来，并将其倒入三个玻璃杯中。校长说：“应该有少许黑胡椒和杏仁味。”

到处都是英语文化的美好景象。商店招牌只有英文。有衣领脏的办事员，衣着华服的商人子弟，像流浪汉一样四处游荡的政界痞子，还有吃饱喝足、扬着下巴的官员——个个都说着英语。穿西服的人来来往往，夸夸其谈。在一部英语电影的海报中，一位几乎赤身裸体的欧洲女人半仰卧在床上被人亲吻，几个黑皮肤、脏兮兮的孩子正站在附近打量它。一家留声机店里正在播放西方流行音乐的唱片，一些年轻的小伙子——他们没有注意到他们的国家不得不通过展现贫穷的麻风病才能从国外进口他们吃的小麦——全神贯注地扭动腰身跳着舞。鲁德亚德·吉卜林[1]扭过头来，东西方两种文化正大规模地相遇。

两个头发蓬松的女孩，穿着紧身的长衫和裤子，展示着各自的曼妙身材，一边走一边说着英语。

鲁潘少爷想到自己可能会扑向两人，接着把她们带走。但他只说了句："你看到了吗？她们看起来像是来自欧洲，都是从欧洲人的尿液中生出来的。"

校长没有加入这场社会学辩论。为了让维迪亚吉也能听到，他说："是那位卡纳老师的同伙对你产生了影响，鲁潘少爷！你也开始说脏话了！"

鲁潘少爷把杯子砸在柜台上，问："尿液是淫秽的吗？"

"这不是尿的问题，而是与卡纳老师混在一起的问题。"

鲁潘少爷对自己的父亲说："您能阻止这位校长在此提及卡纳老师的事情吗？我说得直白点，即便他坚持这么做，也没法从中脱身。"

维迪亚吉像众神为了和平与宽恕派来的天使一样扇动着自己的翅膀——意思是，他用手抹掉两鬓胡须上浸染的大麻饮料，说道："别把我卷进来，鲁潘！校长对你开始替卡纳说话而深感遗憾。你自己和他谈谈，把问题解决了。"

他们正朝着人力车站的方向走去。鲁潘听到这句话就僵住了。他把包放在人行道上，说："来吧，校长，让我们先解决卡纳老师的事情。"

校长转过身来，不加停顿地说："改天吧。"

鲁潘少爷生气了："那些把今天的工作推迟到明天的捕鸟骗子都去别处了，他们在这儿混不下去。这事现在就得解决。如果你放跑

---

① 鲁德亚德·吉卜林（Rudyard Kipling, 1865—1936），生于印度的英国作家、诗人，1907年获诺贝尔文学奖，被视为帝国主义文学代表。——译者注

了一只鸟，就没法把它找回来了。”

维迪亚吉注意到菩提树下有根湿婆林伽，周围建起了一座小神龛。看到湿婆林伽的那一刻，维迪亚吉的虔诚之心油然而生。这是白人统治者的集市，印度神的名字只能以偷偷摸摸的形式出现。可他并不在意这一点，而是走到菩提树下，开始背诵湿婆神的赞歌。

回到人行道上，校长大人和鲁潘少爷已经为明天的工作做好今天的准备。

维迪亚吉闭上眼睛。汽车从他身后驶过，说着英语的女孩的声音让空气悸动。

玩具店播放着某个女玩具店主在电影中演奏的曲子，制造出震耳欲聋的喧嚣。但是，就像一个真正的部长能将反对派的呼喊、尖叫、诅咒和辱骂视为幻觉，并继续沿着裙带关系的道路勇往直前，维迪亚吉也无视周围的所有噪声，开始向湿婆大神祈祷。

他磨碎了数千首赞美诗的药草，筛选出来的祈祷粉末如下：

“唵，湿婆，打倒我的敌人！

“你是愤怒的风之神楼陀罗，为整个世界注入毁灭的精神。在村子里，拉马丁·比赫马赫维在学院理事长的选举中落败。他已向教育局副局长发出请愿书，称选举是在枪口下赢得的。他还向地区警察局的督察投诉。唵，湿婆神！把你的大麻饮料和带刺的苹果装进这些官员腐烂的头脑中，让他们更腐朽一些。激励他们创作对我们有利的报告。唵，鬼神之主，打倒拉马丁·比赫马赫维！

“唵，湿婆，芬芳的主，创造能量之源，把我从死亡的陪伴中拉出来，就像黄瓜从茎上折断一样；但不要把我从不朽中撕裂。唵，湿婆，把我的敌人从不朽的藤蔓上扯下来，将他们推入死亡的盲井。请接受你仆人的业障作为你的业障。消除我的仆人萨尼查的业障，他也是你的仆人。他的敌人已经发起请愿，指责他通过不正当手段赢得首席长老的选举。让萨尼查在这场战斗中获胜吧。如果敌人不撤回请愿书，就将他们打倒。

“唵，雪山神女的配偶，世界的继承者，披蛇的湿婆神！我的敌人指出合作社主管拉姆·斯瓦鲁普的问题，谈论工会中的贪污腐败。他们尖叫着说我也参与其中。合作社监察员是个小流氓，却又老实不敢言。上次他和我单独会面，还试图恐吓我。打倒那个合作社监察员。

“唵，楼陀罗！在天上你的武器是雨，在太空你的武器是风，在地球上你的武器是食物。用闪电、旋风、霍乱或肠胃炎，用任何你喜欢的方式，击倒我的敌人！

“唵，湿婆，我在想你。你满天赐福，你的光辉照耀九天；你是不知疲倦的、不可言喻的、永恒的、元初的、无可匹敌的、心无杂念的。

“出于这个原因，湿婆，打倒我的敌人。”

维迪亚吉非常虔诚，在不到五分钟的时间里，他匍匐于路边的湿婆神像面前，谦卑程度甚至超过了数以百计的政府公务员。清晨他们会在礼拜室里谦卑地拜上五个小时，祈求神明保佑自己在这座大城市里升职加薪。

但是谦卑过头会导致其市场价值下跌，因此最谦卑的方式并未对湿婆大神产生丝毫影响。湿婆林伽和之前一样坚挺地竖立着。它甚至没有发出火花，连一个花环都没有从上面掉下来。

当维迪亚吉睁开眼睛时，他看到物质世界和他闭上眼睛之前一样。唯一不同的是，十码外的鲁潘正在对校长大喊大叫。

“你假装自己是个大英雄。你说我是卡纳的儿子？我不属于任何臭虫的派系。我只支持真理。校长，你明白吗？”

校长大人用一位年长政治家的笑声回答：“够了，鲁潘，现在请冷静下来。”

“目前为止什么事都没发生，校长大人！我告诉你，你根据第

107条提起的诉讼明天会在庭外和解。明天以后的庭审，你放心，所有的学生都会高喊革命口号，让你全部的政治伎俩失去效果。”

“鲁潘！”维迪亚吉一边走近一边呵斥，但学生领袖并没有被他的出现打断。鲁潘说：“父亲，卡纳老师和校长打起来的时候我也在场，可我当时没作声，并且还把他们隔开了。这个第107条的诉讼完全是虚构的，只为了困住卡纳老师。学生们绝对不会支持它。”

维迪亚吉冷冷地说：“没什么好生气的。我们会回家考虑。”

天知道校长这会儿是怎么想的，突然间他尖叫道：“老爷，您可以回去考虑，但鲁潘在集市上当众羞辱了我。天知道他是不是被什么卡纳引诱来反对我的！我现在该怎么告诉你卡纳的夫人是如何腐蚀他的思想的？我怎能在这里告诉你幕后发生的事情？”

维迪亚吉严肃地说：“不用告诉我，我什么都知道。”

他开始继续往前走，但鲁潘少爷阻止了他：“不，父亲，这事应该当场解决。告诉我，您知道什么？告诉我！说话啊！您为什么要把卡纳夫人扯进来？”

维迪亚吉停顿了一下，然后夸张地看着校长。校长被那一瞥击垮了。接着维迪亚吉将目光转向鲁潘。如果鲁潘是一个弱者，他会在这样的眼神面前崩溃，但此时此刻，他很了解自己的父亲。

鲁潘咄咄逼人地说：“说出来，您为什么不说了？”

维迪亚吉吸了口气回答：“鲁潘，我知道你为什么突然背叛你的老师，为什么你会与卡纳老师结盟。有一点很清楚——在我看来，你经常去他家拜访是不合适的。”

鲁潘少爷站了一会儿，一言不发。然后他收紧脖子上的围巾，一只手摆弄着自己的包，说：“我明白了。你在诋毁我的人品。我都明白了。”他抬起手指，摆出神谕般的姿势，“我知道，这位校长已经把您的耳朵塞满了，但听他的话绝没有好结果！”

他突然转过身来，说：“还有巴德里兄弟，全村人都在谴责他。

他要带贝拉来我们家坐坐。你连跟他说什么的勇气都没有吗？他的性格……”

校长意识到电闪雷鸣即将来临。维迪亚吉听到有人抱怨他大儿子的不端行为，还没来得及昏倒在人行道上，校长就赶紧打断鲁潘，说：“鲁潘少爷，你在说什么？醒醒吧。”

他对维迪亚吉说：“老爷，您别计较。鲁潘少爷还是个孩子。他一定是在什么地方听说了什么，准备四处宣扬。”

但是维迪亚吉不需要校长的庇护或安慰。他平静地承受着鲁潘的指责。除了一两缕胡须，他的脸上没有露出任何不安的表情。鲁潘少爷开始激烈谴责巴德里的恋情。他先是回顾了历史，然后就直接摆出了一些事实和数据，最后批评维迪亚吉视而不见的懦弱和参与派系斗争的恶习。鲁潘还试图证明维迪亚吉对自己和巴德里采取双重标准，违反了民主的基本原则。话音刚落，他的脸就红了，嘴唇被唾沫打湿，眼睛开始眯起来。

校长发现自己安慰的话没起到作用，像个被激怒的干果商人一样，把东西收拾起来放回自己的包里。

见维迪亚吉没有任何反应，鲁潘也沉默了，开始想办法溜走。维迪亚吉听完了整个演讲，仿佛不是鲁潘在疯狂地喋喋不休，而是有人在人行道上亲切地向他灌输《薄伽梵歌》超然哲学的精髓。他对校长说：“我们回车站吧。火车要到了。”

鲁潘少爷被父亲的平静所震撼，他吃惊地脱口而出：“我留在这里，坐夜车回去。”

他的话被无视了。为了缓和紧张情绪，校长试图就这个问题发表合理的评论：“关于摔跤手巴德里……”

维迪亚吉比了个手势让他闭嘴，然后简单地说：“没必要说什么。我已经下定决心了。”

鲁潘被自己的好奇心撕碎，但为了表现出冷漠，他站在不远处看着车流。维迪亚吉用响亮的声音说着即使是那些不感兴趣的人也能听到的话:“我没有那么保守，甘地支持跨种姓婚姻，我也是。巴德里与贝拉的婚姻在各方面都将被树立为模范。但我不知道加亚丁会有什么反应，届时会看到的。”

说到这里，他转向没有勇气看他眼睛的鲁潘少爷，喃喃地说:“我走了……”

校长没想到爱情故事就这么简单地结束了。他在沮丧中用阿沃特方言说:“老爷，我一开始就猜到您要说什么。像您这样伟大的改革家……”

他一边说着，一边招来一辆人力车。

# 第二十九章

维迪亚吉、鲁潘和校长从城里回来的第二天傍晚，除了维迪亚吉和摔跤手巴德里，阳台上没有其他人。房子的这部分专为男性保留，很少有女性进入。空气十分安静，鲁潘少爷静静地躺在走廊边的房间里。那天学院放假，前一天晚上他睡得很晚。这也是为什么他在充足的睡眠之后，仍然尝试继续入睡。就在这时，他听到了父亲祭司般的口吻："没想到你这么不自爱！"

听到这样的话，任何耳朵都会忍不住像狗尾巴一样竖起来。鲁潘竖起耳朵，缓缓地向门外窥视。维迪亚吉盘腿坐在一张长凳上，摔跤手巴德里则蹲在旁边的空地上。

两人未经宣战就以非正式的方式争吵起来。气氛如此和谐，要不是鲁潘少爷听到维迪亚吉的话，他会想象自己的哥哥和父亲正在就本社区的重要议题进行初步协商，例如在合作社继续侵吞公款的紧迫性和必要性。

然而鲁潘听到了维迪亚吉的话，接着他又听到维迪亚吉用同样的语气说了更多的话："你也是个傻瓜——我怎么也想不到。"

摔跤手巴德里漫不经心地打着哈欠说："在家里相互咒骂有什么意义？这不是什么好事。"

也许这种关于行为的评论影响到了维迪亚吉。他放弃夸张的语气，仿佛这是一次普通的谈话："你做的事情是好事吗？你知道结果会是什么吗？会给我带来多大的痛苦？你知道吗？"

或许摔跤手巴德里今天早上没有喝大麻。事实是，不习惯喝大麻的人会在喝大麻时打哈欠，而习惯喝大麻的人在没喝的时候也会打哈欠。于是，在他脸上出现了后一种哈欠。他轻轻地拍了一巴掌，想把自己肩上的蚊子赶走，但那只蚊子宁死也不愿离开。接着，他对维迪亚吉说："告诉我有什么好生气的？什么麻烦都会过去的。"

维迪亚吉压低声音问："你这么懂事，怎么会被加亚丁的女儿诱惑？"

摔跤手巴德里沉默地坐了一会儿，然后说道："和你说话没有意义。"他从挂钩上取下一件长衫搭在肩膀上，朝门口走去。维迪亚吉说："现在你要跑去哪儿？"

"谁在跑？有什么话你就说吧。如果大家在家里都开始胡说八道，我是不会留下来听的。"

维迪亚吉打断了他："但这件事必须在某个时候讨论。"

巴德里停下脚步，站在原地说："此时此刻你说出来的话很奇怪，这可不好。我们换个时间再谈。"

"什么时候？当我被人羞辱、割掉鼻子的时候？"

摔跤手巴德里被迫折返回来。他仍然把长衫搭在肩膀上，回到阳台蹲坐下来："不要谈论诸如割鼻子之类的事情了。先想想你的鼻子在哪里？在阿朱迪亚·普拉萨德的年代就被割掉了。"

维迪亚吉回答说："你还在诋毁。"

摔跤手巴德里开始来回摩擦自己的脚掌。他用厚重的声音说："如果是这样，就成全我吧。你说我被贝拉诱惑了。你是我父亲，我怎么能让你明白？诱惑是骗子和捕鸟者擅长的事情，在您的家族中，像您祖父阿朱迪亚·普拉萨德这样的伟大圣人也被清扫女工诱惑了。这就是你所说的诱惑！是的！如果不是，那你用什么词叙述？”他停顿了一下，接着飞快地说，“无论如何，这次谈话到此为止。”

维迪亚吉踩下了油门：“是你的家族！你的爷爷！能用这样的话吗？这个家族是我们的，不是你的吗？这些祖先不也是你的吗？”

巴德里的车像在十字路口遇到红灯一样猛地停了下来。他克制地说道：“类似的事情不是又发生了吗？说出家里的事实你会生气。无论如何，就这样吧。”

维迪亚吉用一种听起来像学车人同时踩下离合器和油门时汽车引擎发出的声音说：“不，巴德里，我不会让这事就这么过去。今天我不会让事情僵在这里。我们是婆罗门，她是吠舍。但这不仅仅是种姓问题，这是原则问题！一个道德水平如此的女孩……乔特在法庭上说了什么？”

摔跤手巴德里暴跳如雷：“够了！已经结案了！我还有一件事要说，说完我就闭嘴。我不会表现得像阿朱迪亚·普拉萨德一样。我做事一定恰到好处，不喜欢任何乱七八糟的东西。”

他朝门口走去。突然，维迪亚吉从长凳上站了起来。尽管没有乱蓬蓬的头发、胡须和乞讨的碗，他却摆出一个印度教苦行僧在施咒的姿势，像双动力汽车喇叭一样咆哮：“你这个畜生！那你也听听我要说的话……”

鲁潘少爷惊讶地听着这段对话。从维迪亚吉前一天在城里说过的话看来，他似乎会允许贝拉和巴德里结婚，如果有什么阻碍，也是来自加亚丁，可以通过商量解决。但从这次谈话中，鲁潘意识到斗争并未结束，而是刚刚开始。

鲁潘再也无法控制住自己，他敏捷地从房间里跳出来，扮演起和事佬的角色。

“父亲，”他说，“现在争吵能得到什么？为什么不把你昨天在校长面前说过的话明确说出来？我们不接受种姓制度。如果巴德里哥已经被贝拉迷住了，那么……”

鲁潘无法说完这句话，他的脖子快要断了。摔跤手巴德里每天都会例行公事，把手放在某人的脖子上，只不过今天被他抓住的是鲁潘。鲁潘的眼珠在一秒钟内看到庭院旋转了十圈，接着向上转动，直到只露出白色的部分。

巴德里咬牙切齿地说：“你想在这所房子里当领袖？说我被她迷住了？胆敢当着我的面！”

他猛地推了一把鲁潘的脖子，用一种不同寻常的方式将他推到院子的另一边。

在院子的另一边，摔跤手巴德里对维迪亚吉说：“这就是你所谓的真正领袖！他自己给她写了两页的信！天知道他写了什么屁话！被迷住的是他，好意思反过来说我被迷住了？”

鲁潘少爷在跌倒之前已经恢复了意识。他用被侵犯的口气说：“我还没有卑微到和你谈这件事。”他对维迪亚吉说：“父亲，现在对他说什么都没用。就遂了他的愿吧。”

但此时，维迪亚吉急于给予而不是接受建议。他用严厉的声音说：“无论如何，鲁潘，这不是你可以谈论的话题。我对你们俩都有意见。我很了解你自己的行为。”

鲁潘少爷彻底失去了脾气。“就这样吧！”他昂首挺胸回答道，“我也很了解您的行为。”

这是战斗的最后一幕。巴德里讽刺地对他父亲说：“看到了吗？”鲁潘少爷冲出屋子，维迪亚吉默默地站在木凳旁边。他甚至没有做出对自己的同行而言最容易的事——他甚至没有对神祈祷。

已经到了傍晚时分。店主坐在甜品店里，远远看去就像是卖点心的游商小贩。一位当地的政治领导人站在店旁的马路上，即便从很远的地方望去也像是一位领导人。那里还站着一个警察，他手握自行车的车把，远远看去就像个警察。店里陈列的糖果看起来很陈旧，而且是用掺假的原料制成的——的确如此——牛奶看上去很稀，而且掺了葛根粉。这是人间天堂的一角，所有的真相都清楚地展现在你眼前。没有什么是隐藏的，也没有必要隐藏什么。

店里出售炸糖卷、牛奶软糖、乳酪糖等印度甜点。它们旁边的小玻璃罐里放着一些干燥且有点像木头的东西，它们是按照欧洲传统配方、用本地材料烘焙出来的饼干、蛋糕和面包干。和城里一样，东方还是东方，西方还是西方，两者在希夫帕尔根杰的甜品店中相遇。

鲁潘少爷还在这里遇到了瘸子。

鲁潘少爷对待瘸子就像头等舱乘客对待涉嫌无票旅行的三等舱乘客一样。但是今天，鲁潘少爷的情绪如此低落，以至于他可以轻松地按照和平共处五项原则行事。于是他用柔和的语气问："你的复印件怎么样了？"

"今天是休息日，老爷！我也不知道。无论如何，现在复印件肯定已经制作好了。"他开始讲述最近几天取得的进展，"已经做好了，但我没法获取。我发烧了很长时间。那天我在地方法院摔倒，再也爬不起来了。然后我想，如果必须死，我也要死在自己的村子里。事实上，我村子里的一位地主来到了法庭。他把我带回去了。那里的人告诉我，我得的是伤寒。

"但有一天，有些人开着汽车来到村子里。天知道他们用赭石在整个村子的墙上用英语写了什么。老爷，后来他们取了我的血，倒进机器里看了看。瞧瞧这个，老爷，争斗时期时代[1]是多么令人惊

① 争斗时期（Kali Yug），印度教世界历史四个时期的最后一个时期。——译者注

奇——我一个印度人，在这里感染了一种英国病。车上来的人说：‘瘸子出名了，他得了疟疾。’

“老爷，我该怎么说呢？在那之后，汽车上来的人在村里做了很多事情。他们中有两三个人，每人带着一台机器，绕着水井、池塘和沟渠走来走去，发出‘咯咯咯’的声音。两个男人走遍每座房子，用赭石色的英文字母在每座房子上写下对疟疾女神的祷词。老爷，就是这些字母把蚊子赶走了。我也遭了整整一个月的罪，才有幸再次站起来见到您。”

政治领导人说：“瘸子这个老家伙，可真是个传奇。”

他们写下了英文字母，瞧，

疟疾文字离我们而去。

卖点心的人夸赞领导人说：“好诗！来块炸糖卷吧。”

领导人熟悉地挥开苍蝇，从盘子里拿出四五个炸糖卷吃了起来。

对面的警察对瘸子说：“可以说你是从死亡的边缘被救回来的。”

“确实是这样，但我知道我不会死。神的法庭上不可能有这样的不公正。除非我从乡办公室拿到复印件，否则我不能死。”

领导人提议：“去那里搭个棚屋，能节省很多跑来跑去的时间。”

鲁潘少爷坐在长凳上，伸了伸腿，然后对卖甜品的小贩说：“给我一碗牛奶。”思索片刻，他补充道，“也给瘸子来一碗。”

鲁潘少爷喝完牛奶，正要起身，领导人说：“怎么样，瘸子？我们要把你的棚屋建在乡办公室前面吗？”

瘸子用自己圣洁的笑声证明领导人是个傻子，而他自己却很温顺。

领导人说：“过几天绝食抗议吧，那会管用。你的名字将出现在报纸上。无论是否能获得复印件，你都会出名。思考一下，瘸子老家伙。”

瘸子这一次的笑声，不仅仅是毗湿奴派圣徒那种温和自得的笑声。它显然带有格比尔派、甘地主义和社会主义的印记，也受本地勒克瑙风格的影响。面对这样的情况，一个人唯一的反应可能是咧嘴轻笑。领导人正是如此，同时拍了拍手说："干得好，瘸子老家伙！"

鲁潘少爷的情绪使他无法赞同领导的笑话。突然间，他觉得自己在取笑瘸子，称他为"瘸子老家伙"。"我们也叫他瘸子，"他想，"但那是什么名字——瘸子？他的真名是什么？"

想到这里，他心中的闸门就打开了。突然间，他想起了好几个这样的名字。一个瘸腿的人被称为"瘸子"；曾经有一个盲人来到他们家门口，人们习惯称他为"瞎子"；任何因摔跤过多而耳朵被粉碎的人都会被授予光荣的头衔——"折耳"。

有一位长者，人人都尊称他为"聋子"爷爷。一个脸上有天花疤痕的人在希夫帕尔根杰被称为"麻子"普拉萨德。而"六指"拉姆自然得有六根手指。

这就是我们传统上对残障人士表达爱意的方式。鲁潘少爷这样想，自言自语地说："如果这个人再叫他'瘸子老家伙'，我就揍他一顿。"他愤怒地大声说："喂，斜眼普拉萨德，你为什么叫他瘸子？"

鲁潘少爷原以为领导人会因为被称为斜眼普拉萨德而心烦意乱。然而这个绰号对他没有任何影响，因为在他自己的村里，他就被直呼为"斜眼"。领导人很高兴从鲁潘少爷那里得到"普拉萨德"的祝福。就像一个叫"傻鸟"的卑微员工在泥土和灰尘中工作了一天，受尽诅咒和虐待，在即将出庭时听到自己被称为"傻鸟先生"，他一定倍感欣慰。

领导人对鲁潘少爷说："我还能叫他什么？他腿瘸了，所以叫他'瘸子'。"

鲁潘少爷像人们在商店喝完牛奶后所做的那样，将陶碗扔到面前的马路中央。数以千万计的苍蝇急切地降落在它上面，却没有适当的语言来感谢鲁潘少爷。两个行人为了避开碎碗而跳到路边，却没有勇气辱骂鲁潘或批评他的行为。鲁潘没有理会，他对斜眼普拉萨德说：“你不应该用绰号来嘲笑任何人。你应该用他的真名称呼他。”

领导人问瘸子：“你的真名是什么？”

“大人，现在大家都叫我瘸子，”瘸子想了想说，“但我父母给我的真名是兰加尔·普拉萨德[①]。”

鲁潘沿着田野的边缘来到村子的尽头，这里被称为查姆拉希。维迪亚吉或是其家族任何成员经过查姆拉希都会被视作一件大事。曾几何时，如果有婆罗门或地主经过，那里的人会匆忙将水烟或者烟斗扔在一旁，站在门口。男人会手拉着手呼喊口号：“老爷，向您行触脚礼！”女人会把孩子的手从脖子上拉开，甚至在混乱中不小心让孩子的后背淋雨。老爷们会向四面八方施以祝福，并注意谁的女儿在过去四个月里变得更有女人味，哪个女孩从她的婆家回来，然后将她们带上自己的战车飞向天空，正如罗摩所处的三分时期[②]那样。

废除柴明达尔制度并没有使查姆拉希和村子的其他地方融合，也没有建起任何实用的水井和房屋，但至少可以确定的是，来访的婆罗门不再像以前那样获得仪仗礼遇。因此，为了摆脱对过去美好时光的怀念和遗憾，婆罗门——尤其是维迪亚吉——尽可能地放弃了这条路线。

鲁潘少爷只是在听到一两次“向您行触脚礼”的时候才意识到自己在查姆拉希。

一个男人在自家门外的阳台上悠闲地坐着，就像全印度各地随

---

① 兰加尔（Langar），意为瘸子。——译者注

② 三分时期（Treta Yug），印度教世界历史四个时期的第二个时期。——译者注

处可见的那样。他一看到鲁潘少爷就站了起来。鲁潘说："坐下吧，小楚赖，都是过去的日子了。"

小楚赖的真名是楚赖，无意义的名字中隐藏着美丽，他回答道："向您行触脚礼，鲁潘少爷。"

"现在没有人碰任何人的脚了。这世道已经到了用棍子打人的地步。"

一个男孩——一团灰尘、油烟、唾液、泥土和痰——站在楚赖面前。楚赖推了他一把——就像罗睺罗被佛陀灌顶一样——接着说："去啊，小家伙，摸一下鲁潘兄弟的脚。"

鲁潘少爷祝福了他："这男孩叫什么名字？"

"钱德·普拉卡什。"在标准印地语中的意思是月光。

鲁潘少爷笑了："钱德·普拉卡什，查马人楚赖的儿子。你起了个很有分量的名字啊。"

他接着往前走。楚赖说："鲁潘少爷，您今天怎么跑到这里来了？"

"有规定不让从这儿走？"

"村委会选举已经结束了，兄弟。接下来还要举行什么选举？"

鲁潘少爷有那么几秒钟对楚赖的无礼感到惊讶。接着他露出了当天的第一次笑容，说："混蛋，敢在我面前装！"他穿过一条小巷，这条小巷虽然没有被规划成一套综合发展计划，但已成为我们综合发展计划的一部分。它是一条小巷，同时也是一条排水沟，在狭小的水沟里汇聚数千条水流。它还是一座仓库，排水沟里的污物腐烂成了肥料。除此，由于附近没有路灯，天黑后这里也成了求爱情侣的社区聚会场所。总而言之，什么都不做都能让这里成为一个不错的村庄改造方案。

鲁潘少爷没有捏住自己的鼻孔就从小巷的尽头走了出来。穿过小巷之后是一片开阔的田野，乡办公室和警察局映入眼帘。再往前走一点，就可以看到昌格玛尔中级学院的茅草屋顶。一个男人正在小巷的一角向一位老妇人买鸡。老妇人说："我祈求帕坦·巴巴赐予我恩惠，这只鸡养好了我要献给他。"

买鸡的人急得不得了，准备应对各种障碍。他向老妇人解释，帕坦·巴巴唯一关心的是他能获得一只鸡，而且不介意是不是这只鸡。他还解释说，有两种卖鸡的方法——一种直截了当，另一种是被人在后背踹上一脚。

他非常仁慈地给予老妇人选择出售鸡肉方式的自由。他还说，他不仅要买鸡，还要给她钱。

鲁潘少爷顺便说一句："是有什么官员要来吗？"

作为回应，这个人用十几个不同的脏话粗暴地辱骂了某人，并在其中讲述了自己的遭遇。他从清晨开始就一直在寻找一只鸡，从地理上，他观察到希夫帕尔根杰绝对是个骑马就能抵达的村庄，而这里的人们说话时会让你感觉到处都能买到鸡，但如果你想只买一只，这些鸡就会消失在鸡舍里。

得知该男子的上级即将从城里来，鲁潘少爷边走边说："你已经把鸡搞定了，但是其他的呢？"

"还有什么？"

鲁潘少爷做了一个手势，对这个人来说就像抽象艺术，他还没准备好理解它。他把头偏到一边，问："还有什么？"

鲁潘少爷回答说："拉姆·查纳的女儿去了她的婆家。现在你会怎么做？"

"天啊，作为婆罗门，你怎么能提出这样的建议？"那人斥责道。

一名警员坐在警察局外，穿着背心和内裤，一只耳朵上挂着圣线，看上去十分健康。村里的看守躺在树下，像狗一样趴在地上。

他们周围都是破烂的陶碗，脏兮兮的蕉叶盘子里有苍蝇嗡嗡作响。甜品店和茶店里摆满了冒着烟的小油灯，凳子上都是油。醉酒司机开着凶猛的卡车，车队呼啸而过。小税吏的文件像一堆草一样装在他们的自行车上。乡长的勤务骂着脏话。潘迪特·拉姆·加尔的放荡儿子喝多了酒，在理发店和本地的邮递员打了起来，后者喝了更多的酒，一周七天都在用鞋打人。学生们像合唱团一样唱着歌从学院里走出来，双手搭在彼此的腰上。

鲁潘在这条路上遇到了校长和兰格纳特。

校长说："你知道卡纳老师现在想出什么了吗，鲁潘少爷？"

鲁潘回答说："我不想听到任何反对卡纳老师的事情。如果你想说，找我父亲去吧。"

校长还没来得及多说，鲁潘就问兰格纳特："兄弟，你愿意跟我一起去吗？老萨尼查还在庆祝胜利，邀请人们在这里欢度美好时光。如果你想免费看电影，我们可以过去。"

鲁潘少爷因为冷落了校长而心情轻松。

兰格纳特说："我要回家了。"

"行，你走吧。我要去看电影。"

# 第三十章

距离维迪亚吉客厅大约一百码的地方有块小空地，上面有几棵印楝树，栖息着数百只尖叫的长尾小鹦鹉，下面有数百只狗在玩耍。最近，一位热情的小学老师开始在那里召集男孩，训练他们并让他们玩卡巴迪。维迪亚吉认为这背后有一些政治因素。但由于老师属于拉马丁・比赫马赫维的派系，维迪亚吉只是在自己的客厅里提过一嘴。当地的集市每周举行一次，那里能买到菠菜等各类蔬菜，偶尔还可以看到稀有的小麦，像个怪胎婴儿一样敞开出售。

成为首席长老后，萨尼查在广场的一角搭起木屋，开了一家杂货店。他没有说为什么在成为首席长老之前无法做到这一点。

萨尼查根据自己的喜好，把店铺装修得很不错。木墙的一侧是治疗女性背痛的草药糖果广告，另一侧贴着一张已经提到过的“多种粮食”的海报。剩下的位置用某位老妇人发明的油黑颜料写着治疗牛皮癣、咳嗽、哮喘等疾病的药物，还有某种特殊电池和植物酥油等的广告。所宣传的商品大多不在店内打折，在店内打折的商品一般不打广告。

店里备有从槟榔、手卷烟到面粉、扁豆、大米和香料的所有东西。所有这些都可以在光天化日之下购买和消费，这点被写进了竞选宣言中的政治部分。接着是党内会议秘密磋商中透露的部分，只有通过可靠的消息来源才能掌握。用商店的话术来说，这包括不能公开购买但可以消费的商品。这类商品包括大量来自本地医院储藏室的抗生素药物，以及来自本地小学的美国奶粉罐头。此类商品还有一些只能在柜台购买并且秘密消费，其中包括大麻叶子、大麻饮料和大麻树脂。萨尼查没有表现出对鸦片的热情，因为拉马丁·比赫马赫维垄断了村里的地下鸦片市场。

随着洒红节的临近，萨尼查的商店获得了官方的认可，开始出售白糖——众所周知，白糖只有在获得了政府配给的许可证之后才能出售。然而，获得政府许可证的办法并不为人所知。

洒红节当天，萨尼查也开始在店里出售土酒。和政府许可商店里出售的酒有所不同，他家的酒没有兑水。

这家店建在一个木制平台上，里面的空间刚好可以让萨尼查坐下。为了提高自身地位，店的上方还刻着“请不要进人”的字样。这句话是从当地邮局门口的招牌上借来的。为了抗议在希夫帕尔根杰有这样一个非原创的标志，一些小男孩篡改了招牌，把“请”改成了“小便”。

如果说有人反对开设这家商店，那人就是兰格纳特。就在它开张的那天，兰格纳特对坐在柜台前的萨尼查说：“看起来不太好。”

“您等着瞧吧，兰格纳特少爷。几天后它会开始看起来不错。过去的日子属于王公、婆罗门老爷和大地主。现在您看到了，店主将占据主导，他们已经实现了这一点。”

兰格纳特没有参与这场经济辩论，他回答说：“我指的是城里的事情。在希夫帕尔根杰一带你觉得自己很聪明，但在我这个外人看来你像个傻瓜。你不知道坐办公室的人自己是不干活的吗？他们都让兄弟和侄子做生意。他们面无表情，继续工作。他们不会在政治游戏上浪费时间。坐办公室的人与他们保持距离，安静地照看自己的位置。即便如此，可怜的侄子和兄弟也有敌人。有人会说，办公室里的那个人拿到了他们公司那么多的合同，而他的侄子从里面赚了那么多钱。如果你读报纸，会发现这类故事散发着恶臭。接着办公室里的人摆出架子说：'我怎么知道？跟我有什么关系？一定有人在某个地方做了手脚。我只是默默地为国家服务。如果你们这些人想对任何人采取行动，为什么要打扰我？'"

兰格纳特接着说："我只是告诉你我在报纸上看到的内容。这就是为什么我试图说服你不要自己坐在商店里，而是在这里安排一些侄子，让他们经营。到时候你仍然可以说这与你无关。"

萨尼查想了想，说："我没有兄弟侄儿，你们是我的全部。"

"那么你当首席长老的目的是什么？像过去那样也能填饱肚子。"

"哪个混蛋是自己要当首席长老的？"萨尼查使劲插话，"我只接受维迪亚吉为首席长老。这家店是他的，我只是坐在里面。把我当作租客就好。"

他非常虔诚地说出最后一句话，兰格纳特确信他说的是真话。这是我们的传统，婆罗多[①]崇拜罗摩的鞋子，并以他的名义统治了十四年。兰格纳特建议："城里的租户会在租下一个地方后把这个房子转租出去。如果你想安居乐业，当一个二房东吧。"

"到处都是调皮捣蛋的男孩，他们把你逼上墙，让你晚上睡不着。瞧瞧您的村子，看看有多少男孩躺在泥土里尖叫。他们扬起的尘埃足以毁灭世界。他们都很肮脏，都眯着眼睛，得了沙眼。他们的肋骨都露出来了。他们唯一在生长的部分是肚子，因为他们的肝

---

① 婆罗多（Bharat），《罗摩衍那》中罗摩同父异母的弟弟。——译者注

脏肿胀了。他们都在发牢骚，当您听到他们的声音的那一刻，就想扇他们耳光。

“好好想想吧，首席长老大人！哪个国家能教育这么多男孩？让他们保持健康？把他们变成男人？

“他们会得到多久的妥善照顾？为他们做好事能到什么程度？做了这么久！您怎么看？做得还不够吗？已经做了很多，但是问题依然存在——所见之处都是男孩。还能做些什么？

“这就是任何经济计划都行不通、每项计划都失败的原因。如果您做了明年1000万人的规划，到了明年，会有1500万人的大军等着吃掉计划。

“怎么办才好？

“这才是应该做的——切断恶性循环的根源。没有竹子，就没有竹笛可以吹奏，孩子的烦恼将一扫而光。即使您想要孩子，也只需生出您需要的数量即可。有几种方法可以控制男孩的出生……”

一个二十四五岁、腼腆的年轻人已经在萨尼查的店里坐了大约一个小时，发表一些演讲。四五个人正好奇地听着他的话，鲁潘少爷就是其中之一。这位年轻人的演讲非常文明且理性，但以上只概述了听众对它的理解。

通情达理的人可以毫不费力地认为男孩是焦虑和麻烦的来源，为了解释这一点，年轻人举了一个例子——如果家里生产四分之一千克的酥油，并且只有一个男人和他的妻子食用，那么每个人能得到八分之一千克。如果他们有一个儿子，他们仍然可以得到将近100克的重量。如果有五个儿子，那么数量会从100克左右下降到只有30克，没法制作足够的甜品享用……

鲁潘少爷问：“兄弟，我没有儿子，也不知道有儿子是什么感觉。但是请告诉我，我承认你不应该有五个儿子，两三个就足够了。但为什么只生产四分之一千克的酥油？为什么不生产1千克？”

年轻人犹豫了一下，然后说："有多少人能买得起1千克的酥油？"

"那就谈谈怎么改善他们的财务状况。你为什么拿棍子追赶他们的孩子？"

萨尼查举起手，以首席长老的权威说："阉割一个人并没有什么坏处。但是我可以讲讲应该怎么做吗？几年前，我们在希夫帕尔根杰遇到了猴患。整个收成都毁了。有很多猴子，比现在的男孩还多。每天早上，根杰人都会带着网子出发，在田里大喊'来啊！来啊！嘘！'，把猴子赶进一间房子。但他们仍然无法拯救庄稼。然后我们从西部的县叫来一些人，他们是专业的猴子捕手。短短几天内，所有的猴子都被抓住并带走。

"你应该做同样的事，抓住尽可能多的男孩并让他们闭嘴。没有必要杀死他们或者干别的事情。我听说猴子被送到了美国。可以把孩子们放在一条船上也送到那里。他们可以在那里生活并养家糊口。"

鲁潘少爷站在一旁建议道："把他们送到美国不会花费任何费用。我听说国外的船满载小麦来到这里。当他们回去时，可以带走一大堆男孩。整个事情无须成本。"

腼腆的年轻人想了想这些建议，片刻后红着脸道："啊，不！你们在拖我的后腿。"他站起身来，在此时代表民主的萨尼查面前双手合十说："明天我会再来向您介绍自己。"

萨尼查用首席长老的口气说："不要误会我们，兄弟，这些是根杰人的处事方式。如果你明天过来，我们会在维迪亚吉家门口开会。只要每个人都同意，我们将开始执行输精管切除术。我是个单身汉，没有妻子或家人，但如果你提出要求，我也会去找一个，接着我就可以自由地做任何想做的事情。"

村民们高兴地向这个年轻人道别，但他却带着沉重的心情离开了。

下午三点钟了，道路和门口空无一人。庄稼正在收割，大部分的居民正在农田和打谷场。一个年轻人化作弥赛亚，在瘟疫荒芜的土地上行走，目视前方，步态笔直，继续前行。他穿着一件闪闪发光的涤纶衬衣和政府官员的标志——西裤。离村子不远的地方，他突然感到有一条狗被他的丛林衬衫所吸引，那条狗叫着朝自己的脚踝冲过来。青年跑向对面的一栋房子，站在铁皮屋顶下的回廊。他捡起一株豌豆杆，站直了身体，就像激昂[1]提着自己战车的破轮，面对着由野狗组成的车轮阵。

天知道扑过来的狗吠声里有什么魔力，一转眼，年轻人就被四面八方的狗包围了。它们几乎都在吠叫，而那些没有叫的则兴奋地摇着尾巴，弓着身体。无数幼犬发出尖厉的叫声，刺破苍穹。

房子的门打开了。加亚丁走了出来，他平静地说："阵仗挺大。"

看到城里来的人在他的门口挥舞着一根细细的豌豆杆，加亚丁开始斥责这些狗。一个热情的小男孩从隔壁的房子里走出来，用土块砸向狗群。敌人被连根拔起，开始逐渐散去，狗叫声回响着，逐渐散去。

加亚丁问害羞的年轻人："你是谁，兄弟？"

每个印度人对这个问题只有一个简单的答案，那就是迅速说出自己的种姓的名字，因此他说："我是阿加瓦尔。"

加亚丁把靠墙竖起的竹床放了下来，请年轻人坐下，问他靠什么谋生。

年轻人坐在竹床上，擦了擦脸上的汗水。出汗并非因为天热，而是被狗叫声所惊吓。他回答道："我在政府工作。"

加亚丁仔细观察他的脸。他看起来很腼腆，但总的来说很帅。

---

① 激昂（Abhimanyu），《摩诃婆罗多》中的英雄人物，阿周那之子，死于对手布下的车轮阵（Chakravyuha）。——译者注

加亚丁问："你是怎么来这里的？"

年轻人在回答中断断续续地谈起农村天天都在生孩子的事情。过了一会儿，加亚丁突然意识到人们在不断地生孩子，而这个年轻人的工作就是阻止他们。他询问年轻人的工资，得知以后他惊呆了，任何人只要宣传节育就能谋生。

加亚丁突然问："你有几个孩子？"

"一个也没有。我未婚。"

现在，加亚丁饶有兴趣地上下打量着这个年轻人，问："你是吠舍阿加瓦尔？"

年轻人点点头，确认了这个光荣的信息。

加亚丁身体前倾，高兴地在竹床上挨着他。他询问年轻人的地址，得知其他就住在附近的城里；接着又问他父亲的名字，原来是他认识的一个有名的商人。他打听过年轻人的父亲，发现他和许多其他小商人一样成为地方领导人，因此他的儿子被派到离家不远的地方——实际上离家只有十五英里。接着，当加亚丁问起这个年轻人的兄弟姐妹时，发现他的妹妹嫁给了一个富有的商人，一个加尔各答的上等人，他的弟弟跟着姐夫在那边做生意。经过一番询问，加亚丁发现这位富商已经结过三次婚了。然后，当加亚丁迂回地问这个年轻人是否要结婚时，对方回答说，自己的父亲决定让他今年结婚。

最终，加亚丁点出了关键："兄弟，你是一个受过良好教育的人，可能想娶拥有文学学士或者硕士学位的女孩。"

小伙子和国内的普通青年一样，与跟他一起读书的姑娘坠入爱河，但与自己父亲为了收嫁妆而带来的姑娘结婚。他说："我不知道。我会听从父亲的吩咐。"

听完这话，没等年轻人从竹床上站起来，加亚丁就说："你和我们同一个种姓，来过我家，所以走之前一定要喝杯果子露。如果不喝果子露，那就喝牛奶。好吧，如果你也不喜欢牛奶，那就喝点茶吧。”

说着，他把贝拉叫了过来。

萨尼查坐在田埂上，一边农田里的庄稼已经收割，正在用运河里的水灌溉。另一边的田里种着小麦，它们并不会受到鸟儿的威胁，因为还没结穗。

农夫在一位进步人士的建议下播种了这片土地，因此这些植物彼此等距，完全笔直地生长。当幼苗发芽时，这片田地就受到高度评价，并作为先进耕作的典范，供那些不仅知道如何用脚在地上行走，而且还知道如何沿着田界山脊行走的官员们进行检查。当田间的幼苗都长到大腿高时，整个场景变得无比迷人和充满诗意，让前来检查的官员着迷。他们在最近两三个月里定期过来，像鸟一样凝视着一排排的小麦。然而，由于种子的质量、肥料的数量和灌溉安排不是一眼就能看出来的，农民、农业顾问和检查官员从来没有考虑过这些。等庄稼成熟的时候，农田仅剩的重要特征就是让植物排成队。

排队，希夫帕尔根杰的人们被教导，排队意味着进步。真正的进步是按部就班地做所有事情。成排种树，让它们成排死去；排队买公共汽车票，公共汽车来来往往，接着又排队十个小时一边等待下一辆车，一边赶着苍蝇；让你家牛拴成一排，把你家的垃圾堆成一排；在公共集会上竖起一排旗帜，让男孩们排队唱歌欢迎，排队向领导人的脖子上戴花环。

排队做所有的事情，因为它们是可见的，而进步是肉眼可以感知的。你没有必要越界观察或思考，因为这是其他人的事。

一个男人从不远处走来，斜对着萨尼查。起初，这个人沿着田埂行走。也许是因为他学过几何学，知道三角形的两条边加起来比

第三条边长，所以他从田埂上爬下来，越过一小块甘蔗地，走上了赶乌鸦的人才会走的路线，朝着萨尼查直奔而来。一次，他停下来向右看去，一条小毛巾从肩头掉到地上。他果断地往前走了七八步，转身才发现田里的毛巾，决定还是接着往前走。他大声喊道："掉啦，掉啦，掉啦……"一个一百五十码外的牧民，拿着一根像山一样重的手杖，响应了这个号召。男人说："我的毛巾掉了，捡起来给我。一会儿我就到萨尼查的旁边。"

这时萨尼查意识到，朝他走来的是小摔跤手。

小摔跤手一走到就说："你坐在这儿干什么？赶紧回去，维迪亚吉已经等你整整一个小时了。"

萨尼查打着哈欠说："凭什么告诉你我在干什么？首席长老的事情对我来说就是在浪费时间。我从一大早就开始就从一根柱子跑到另一根柱子。"

萨尼查的声明并没有给小摔跤手留下深刻印象。但正如一些官僚养成重复自己诚实故事的习惯，他们丝毫不关心自己的话有什么影响，而萨尼查也继续描述自己作为首席长老的历练和磨难。

小摔跤手突然打断他："我们走吧，你已经添油加醋了不少。现在直接去维迪亚吉家门口，在那里考考你的演技。"

萨尼查有些迟疑地说："我正在这里用运河的水灌溉我的田地。我还要种甘蔗，打算过一会儿再去。"

事实上，这片土地属于维迪亚吉，他在今年把它交给萨尼查耕种。

小摔跤手抬起头，试图将注意力集中在不远的某处。他说："今天轮不到你取水，昨晚它正在灌溉楚赖的农田。"

萨尼查说："摔跤手，你会让我——一个首席长老排队等候吗？至少让我在需要的时候给我的田地浇水。"接着他自信地决定，"我要浇水，也会让楚赖的田地浇上水。等一天死不了人。"

小摔跤手在田埂上坐了下来，他用一只手推萨尼查的后背，让首席长老急忙跳了起来。他说：“现在直接小跑到维迪亚吉家。如果你想取运河的水，就不要抢在楚赖前面。如果你是个男子汉，就在拉马丁灌溉农田的日子里取水。”

萨尼查边走边说：“我会这样做的。走着瞧吧，到时候看看！”

“什么都不会发生。拉马丁已经浇过他的田。”小摔跤手不客气地说，“萨尼查，你别太狂妄了。你在这里需要被棍子敲打，而不是被选举敲打。靠你自己的力量，连一根萝卜也拔不出来。”

今天希夫帕尔根杰传出消息，因为惹怒维迪亚吉而被调职的前副督察来向乔格纳特道歉，出现在了维迪亚吉的客厅里。这则传言在很大程度上是确切的。

他确实在维迪亚吉的客厅里，穿着涤纶衬衣，戴着金边眼镜，翘着小胡子。

鲁潘少爷现在已经成为校长的公开对手，他通常待在卡纳老师的家里。兰格纳特已经开始谈论每隔一天回城里的事情，偶尔也会去卡纳老师家。三天前，摔跤手巴德里去了附近地区，简单来说，他的两三个弟子因为抢劫和盗窃被捕。此时只有维迪亚吉、副督察、乔格纳特和库萨哈·普拉萨德在场。

从希夫帕尔根杰警察局调走后，副督察遭遇到了好几次麻烦。一是新的副督察对他进行了多次调查。询问是个痛苦的过程，就像没有麻醉的手术，即使最终不会产生任何结果——就像咖啡馆里的讨论一样。第二件麻烦与他的牛有关。他到了城里才发现，哥哥工作的军用农场正在开展反腐活动，他不敢承担照顾的重任。副督察蜗居在小巷的房子里，每天都得想着怎么照顾牛。第三个麻烦是由乔格纳特的起诉引起。

乔格纳特在民事法庭上提出8000卢比的损害赔偿要求，起诉书的最后一段这样写道：“被告错误地指控原告犯有抢劫罪，并意图造成对他的伤害，因此对他进行了虚假诉讼。他被关押了大约两个月，这使他在社会上彻底蒙羞，使他的工作陷入停顿。这一切造成了数十万卢比的损失，但被告没有能力支付这么多钱。因此，针对他的只是8000卢比的象征性赔偿。”

副督察并没有因为乔格纳特贬低自己以及赔偿金的数量而感到不安，是公众对整个事件的兴趣困扰着他。大约有六份印地语和乌尔都语、被称为周报的小报在这座城里出版。一些自称记者、记者称他们为流氓并且受过教育的人经营着这些小报。它们通常用于发布法庭通知和交通事故报告。同时，每一份小报都会记载某位官员生活中的一个事件，官员本人是其中一个角色，另一个角色可能是一瓶酒、一个女孩、一捆钞票、一场牌局或者一个皮条客。在法律和官僚世界中，人们怀着极大的兴趣阅读这些小报，并在圈子中以此证明印地语和乌尔都语新闻带来的危害。

有时小报也会突然发表一篇否认官员事迹的报道，从中得知编辑亲自调查了某某日期的小报中描述的事件，发现并非事实，他后悔发布了这个消息，并对他的特约记者感到愤怒，后者现在被解雇并沦为卖花生的小贩。这种否认的主角官员会对他的同事微笑着说：“原来是你！”而同事们会在他的背后说，编辑老爷如果没有先榨取他的钱财，是不会这么做的。文学通过这种方式与官僚建立了密切联系。

同样地，一份小报将乔格纳特指控副督察的消息放到头版，其他小报则以多种方式多次发表了这个故事，并且添加了一些有趣的内容，以便使新闻看起来不陈旧。副督察来到城里的同时也成了名人。

到目前为止，这个案子甚至还没有举行第一次庭审，但副督察看到自己部门的人像记者一样对他充满了兴趣。他去俱乐部的时候，同事们正发表演讲，结论是时代不好，毫无价值的人物正在成为大英雄。当下不再是为政府服务的时候；作为一个这么懂事的家伙，怎么会卷入这个行业？他从同事那里获得了如此多的同情，以至于走在街上都变得困难。当同事们开始齐声高呼“别担心，我们会团结一致，把案子打到最高法院，经典上都写着‘唯有真理得胜’”时，他的心开始沉沦。

一天，一位年迈的好心人提醒他，说他是个奇怪的人，背着案子到处游荡。为什么不动脑筋把事情处理了？

于是，副督察来到维迪亚吉家中避难。

他们静静地坐着，该做的可能已经做完了。副督察仍然端坐着，为了打破沉默，他对库萨哈·普拉萨德说：“那么，你和乔特还会打架吗？”

库萨哈·普拉萨德回答说：“不，督察大人，现在我已经老了，没有摔跤手的力气了。”

“所以你是在默默忍受你儿子的殴打吗？”

“我说了，我已经打不过他了，”库萨哈·普拉萨德对维迪亚吉说，“无论如何您都得知道。他在洒红节前虐待了我，我用拐杖打了他。接着他所做的就是把我举起来摇晃我，好像要背着我，把我扔进院子里。但天知道为什么，他让我失望了。我只是倒在了竹床上。中午时分，他对我说：‘看，你的身体很虚弱，已经没有摔跤手的力气了。当我把你抱起背摔的时候，就像举稻草一样。所以我没有把你扔进院子里。’从那天起，我们就不再互相取笑了。乔特说：‘如果你想死，就自己死吧，不要指望我帮你。我与你的生死无关。’”

维迪亚吉听完了整个故事，说：“别在我面前提那个罪人的名字。卑鄙的家伙将毒手伸向自己的父亲！”

作为长者对另一位长者讲话，库萨哈毫不犹豫地说：“干得好，老爷！一直以来，您听故事的时候什么也不说。在您了解情况后，您就告诉我，不许提乔特的名字。做得好！您是一个真正的领袖。”

维迪亚吉笑得如此厉害，以至于副督察觉得库萨哈·普拉萨德可能有权侮辱他。他笑着看向乔格纳特，乔格纳特发现维迪亚吉的胡须末端在笑，而不是他的眼睛。他清了清嗓子说：“呃，潘迪特·库萨哈·普拉萨德，即使乔特不再打你，你也得管住你的嘴。对维迪亚吉说话客气点。如果你四处发表那些歪曲的言论，有人会让你付出更多的代价。”

维迪亚吉继续以同样的方式笑，清楚地表明库萨哈在他的允许下也受到了侮辱。库萨哈·普拉萨德说：“你从监狱中学到了很多东西，但只能用来和同龄人打交道。这是我和维迪亚吉之间的事情，你为什么要管闲事？”

突然，副督察说：“维迪亚吉，我的公共汽车快到了。”

“我会照你说的做，”维迪亚吉说，“你是被告，乔格纳特是原告，此刻你们面对面。这件事只有相互交谈才能解决。我怎么能干涉年轻人的事情呢？”

乔格纳特回答说：“老爷，这不是个人问题，这是希夫帕尔根杰的荣誉问题。这就是村委会出钱支付我的律师费的原因，只有村委会提出解决方案，才能找到解决办法。发生这种情况时，我比副督察地位低，现在我也比他卑微。官员总归是官员。但我无话可说，无论你决定什么都是最终决定。”

副督察像日落时的马齿苋花一样软弱无力。他感到自己的小胡子在下垂，但蜡油阻止了它随着情绪上下起伏。他什么也没说。

维迪亚吉对乔格纳特说：“那就交给村委会吧，和萨尼查谈谈。这么重要的长官从城里赶到这里，这件事应该得到解决。”

副督察皱眉：“萨尼查？那是谁？”

“你不认识他。他的名字是曼加尔·普拉萨德。他是我们的首席长老。那边是他的店。去和他谈谈。”维迪亚吉恭敬地说。

库萨哈说："昨天刚当上瑜伽士，头发就垂到屁股上了。瞧瞧萨尼查，没多久就变成了'曼加尔·普拉萨德'。老爷干得漂亮！如果您想让他们和好，为什么不把萨尼查叫来呢？"

维迪亚吉严肃地说："要维护机构的尊严。看看甘地如何尊重就任总理后的尼赫鲁！我们的个人关系是另一回事，但在公共场合必须保持机构的尊严。"

为了鼓励副督察，他重复说："请到他的商店去。首席长老一定在那儿。"

萨尼查坐在商店小屋里等着副督察和乔格纳特。他从田地回来时通过根杰人发现，乔格纳特的指控已经击倒了副督察；他来这里是为了祈求和平；应该给他一点教训，人们才会知道即便是最高阶的警官也会在希夫帕尔根杰遭遇挫折——这样的结果会在未来发挥作用。萨尼查在等待副督察时已经卖出了四五包大麻。他把一包免费送给了一位路人，这人是村委会的委员。委员问："我该怎么处理这个？"

"收下。副督察要来求饶了。等他这么做的时候，我们饮下大麻一起庆祝。大麻在我身上，你来提供杏仁、开心果、糖和牛奶。"

委员把包裹塞进兜里，笑着说："首席长老，你倒是说得爽快。1安那的大麻才值多少钱？真正的成本在杏仁和开心果。"

萨尼查拉着脸，似乎强烈反对这种对他慷慨的指控。他说："这包东西能把你吃了吗？等着副督察来求饶，要是来不及准备，我会用村委会的钱举办一场大麻盛宴。"

委员说："那我们要花掉25卢比。"

"花呗。"

"秘书会对支出提出异议。"

萨尼查试着发脾气，他成功了："近十年来，这里的合作社每天晚上都在搞大麻宴会，没有哪个妓女的儿子出来反对。谁又会反对村委会呢？”

委员偏离了理性原则，选择了直白且不合逻辑的道路：“但这是不对的，我处理不了。”

萨尼查歪头看着他说：“你们都是白痴，对外面的世界知道多少？大的委员会花费上千卢比举办宴会。你以为我在胡说八道？去问问兰格纳特少爷，接着你就会明白官方活动需要花费多少。村委会第一次办大麻宴会你就软了。当一朵紫荆花落在松鼠的头上时，它觉得天塌了。”

看到副督察和乔格纳特正在走近，萨尼查先是拿起自己的衬衫穿上。他在选举后缝补了衬衣，在维迪亚吉的指示下只在特定场合才穿。接着不知什么原因，他把衬衣放在一筐米上。他抚摸自己赤裸的躯干，把长长的发髻散开，将内裤提到大腿的最上方，准备像半裸的苦行僧一样去见副督察，并开始在一对秤上假装给顾客称货。

乔格纳特一到就说：“首席长老，副督察来了。”

萨尼查瞥了一眼副督察的头顶，问：“他在哪里？”

“这位就是。”

萨尼查指了指对面的长凳，冷冷地说：“坐吧，副督察，你没穿制服。很难认出来。”

副督察觉得掸灰不太礼貌，于是直接坐在了长凳上。乔格纳特在他身边坐了下来。

副督察说，希夫帕尔根杰在萨尼查这样的人手中会取得很大的进步。他对在这里任职期间未能结识他表示遗憾。他说：“乔格纳特有些误会，这就是他提出索赔的原因……”

萨尼查打断道：“误会！在这里说这些是什么意思？忘了英语吧，用本地语言说话。我是个土鳖，说些让我能听懂的话。”

副督察的尊严被自己胡须末端的蜡保存了。在卷曲胡须的保护下，他用无比甜蜜的语气解释道：“乔格纳特误会了……”

萨尼查说：“如果他有错误的想法，通过这个官司会弄清楚的。在四次庭审之后，我们来看看谁有错误的想法。”

副督察在长凳上没有表现出内心冲突。他看了看表说：“看，首席长老，你可以认为我是那个有错误想法的人。这是我的错误。在没有查看全部证据的情况下，我不应该接手这个案子。现在我准备和解。你说什么我都照办。”

乔格纳特笑了，但萨尼查严肃地问：“你想说什么，乔格纳特？”

“我有什么好说的？那时我是个流氓，现在我还是个流氓。说话和倾听是你的工作。但是，如果你想知道我的意见，那就是副督察应该把他刚才说的话写下来，事情就这么结了。”

副督察没有发表评论。萨尼查想了想，接着提议：“副督察，我们去找维迪亚吉谈谈吧。”

副督察回答说：“我已经和他谈过了。他说这件事由村委会决定，村委会正在帮助乔格纳特打官司。他说你来决定是否撤回。维迪亚吉甚至都不是村委会的委员。”

“没错，是这样的。”萨尼查自负地承认，但又停顿了一下，补充道，“但我们还是应该和他谈谈。”

他把衬衫重重地拍在盛米的筐上。尘土飞扬，副督察连鼻孔都没捏。萨尼查穿上衬衫，说：“我们出发吧。那才是我们必须去的地方。”

傍晚时分，村委会举办了一场盛宴。几块磨石在甘地广场上整齐地发出咔嗒声，大麻在尘土和混乱中被碾碎。为了降低不喝醉的可能性，里面还添加了一些刺苹果种子。杏仁、开心果、黑胡椒、豆蔻等十几种认不出来的东西也被碾碎加入进去。混合物溶解在牛奶和水中，几个大桶在人们的眼前开始起泡。萨尼查像猴子一样跳跃，先端起一杯大麻饮料，倒在附近一棵树下的湿婆林伽上，并且背诵了数百个与大麻有关的格言和祷词。人们开始点头表示感谢，即使是老派的未受过教育的人也比今天受过教育的人了解得多。接着他们开始分发大麻。

天知道有多少男孩聚集在甘地广场周围。泥浆从他们的眼中流出，泡沫从他们的嘴里滴落。几乎所有人的胃都变大了，这或许证明他们家不缺食物。他们的声音有些嘶哑——甚至沙哑——更异样的是他们脸上洋溢着幸福。大麻首先被分配给这些男孩。就算不知道牛奶是什么味道，他们也熟悉大麻的味道，开始用“非常好”“一流”之类的词语来形容，开心地喝了下去。

同一天晚上，乔格纳特邀请选定的人享用酒精饮料。主宾几天前回来了，他在附近村庄的谋杀案中被判无罪。在他面前，气氛一开始是平静的，但后来，当一个男人用军人的口吻说：“士兵，像宰羊一样趁人睡着的时候杀死他，不是什么值得骄傲的事情。这是屠夫行为。”平静的氛围把自己的尾巴夹在两腿之间，溜进洞里。

“你宰过羊吗？”主宾问。

“我不是屠夫。”

“我问一个直截了当的问题，”主宾重复道，“你宰过羊吗？”

他说话的语气很轻，很直白，眼睛盯着自己的瓶子。当他重复问题时，人们开始感到紧张并溜到他面前。有人摸了摸他的手说：“算了吧。”

主宾猛地甩开他的手，第三次问：“你有没有？”

“算了吧，算了吧，兄弟。”他们继续哄着。但这个说话像军人的人也开始想象周围每个物体都是稻草，每个人都是蛆虫。他在向公众发表讲话中说：“这名士兵已经喝酒上头了。让他躺在角落里，给他倒些冷水。”

这只是开始。没过多久，各种瓶子被打碎。喝酒的人到街上交换了一段时间的诅咒。到了一点钟，他们开始沉浸于拳打脚踢和舞枪弄棍。

隔壁房子里的人都醒着，警察局里的人都睡着了。

兰格纳特躺在屋顶房间的阳台上。他静静地躺了一会儿，听着从村子角落传来的尖叫和号叫。他对鲁潘说："我讨厌这里。明天我自己回去。"

鲁潘少爷没有参加当天的宴会，但大麻饮料已送到家里供他饮用。他睡眼惺忪地说："兄弟，这有什么意义？那里也有这种混蛋。"

兰格纳特激动地说："我也讨厌那里。"

鲁潘少爷翻了个身，打了个哈欠，说："你凭什么讨厌别人？你和他们有什么不同吗？"

说着，他坐到自己竹床上，接着说："你这几天一直在说这种话。好像你来自英国，而我们其他人都是在露天拉屎的有色人种。如果你想睡觉，请保持安静并睡觉。如果不想，那就坐起来彻夜恨人。"

# 第三十一章

摔跤手巴德里回到家的那一刻，看到维迪亚吉很困扰。当他心烦意乱的时候，头巾变得有些松散，胡子显得凌乱，每隔三句话他就会评论说：“我能说什么？做任何你认为最好的事。”

巴德里的一位朋友因非法持有武器而在邻近地区被判刑。在这位朋友的家里发现了一把斯登枪、一些手榴弹、一支步枪和一把猎枪，并且已经证实这个军械库属于他。在法庭上，他表示房子和军械库都不是他的，房子实际上属于他的妻子。但据说法官看到这么多武器就吓坏了，他一有机会就判处巴德里的朋友两年监禁。

摔跤手巴德里对枪支没有兴趣，但他认为有必要去表达他的慰问。那时，他的朋友已向高等法院提出上诉，而自己也已被保释。他一再告诉巴德里，如果他在高等法院输了，他会去最高法院；这一切会花很多钱，但他必须自行承担，因为现在没人会管别人了。巴德里认为，这意味着法律费用必须由日落后冒险进入当地道路的旅行者承担。由于他对公路抢劫不屑一顾，他向他的朋友保证，他不用担心钱，老天爷会提供任何所缺之物的。

但他的朋友笑了，解释说他已经拥有的一切都是老天爷赐予的，然后他从茅草堆中取出了一个布包，里面是一沓折叠的钞票。朋友拿出2000卢比，坚持要交给巴德里，并指示他随身携带。它们究竟对他意味着什么呢？行者徒步，河水流淌。他一只脚在监狱里，另一只脚在外面。如果他的上诉被高等法院驳回，他的保释就会被取消。那时这些卢比将被用作最高法院的上诉。如果在此期间老天爷再给他两三千卢比，他也会把它送到巴德里那儿。他正在经历艰难时期，只有老天爷和巴德里可以依靠……

以这种方式完成关于老天爷的讨论后，巴德里带着朋友因信任托付的2000卢比回到家中。一到家，他就将朋友的苦难告诉了维迪亚吉，并解释说，他们可能不得不将案件提交到最高法院。如果发生这种情况，他将有很多事情要做。维迪亚吉用柔和的声音说："我能说什么？做任何你认为……"

巴德里开始细细观察他的父亲。他没有戴头巾，但胡子很乱。巴德里开始担心了。他意识到维迪亚吉很困扰。他把这几天发生的事情梳理了个遍，想弄清楚父亲不开心的原因，于是发现有好几个人干了很多坏事。

校长已经到了城里，把学院委员会的年度报告给教育局副局长看了。该报告称，维迪亚吉是"男性中的狮子"，并清楚地证明了他通过一致投票而幸福地当选理事长。不过，报告里没有提到一些委员会成员在学院外受枪口威胁而不被允许进入的事。即使在有了这份书面证据之后，副局长仍打算调查拉马丁·比赫马赫维关于理事长选举是在手枪营造的恐怖气氛中举行的指控。他已通知校长，自己将亲自进行调查，并确定了调查日期。

卡纳老师提出了投诉，在几项指控中，他强调了教师被要求为了双倍于实际工资的金额签名。其实，70%的学校都是这样的，副局长本不该在意，但还是答应调查。世界各地都有一条硬性规定，即收据上写的金额就是实际到手的金额。可尽管有收据的书面证明，副局长仍准备进行调查。

有人印了一张匿名传单，反对马拉维亚的不良行为。无论指控是否属实，匿名投诉都是懦弱的。猥亵儿童也是一种懦弱的举动，如果他这样做了，就应该公开受到谴责。维迪亚吉听说卡纳老师设法让一些男孩提供证据，证明这张匿名传单是由可怜的老校长印制的。鲁潘没有说什么，但维迪亚吉听说他帮助卡纳得到了证明。几名学生被怂恿投诉说，学院里除了教育，什么事都在发生。他们声称，可怜的莫提拉姆老师教的是如何经营面粉厂而不是科学。没有书面证据证明这些指控，但仍将对其进行调查。

如果这还不够的话，兰格纳特已经开始时不时地与卡纳进行交谈。一方面，他的健康状况有所好转；但另一方面，他的思想却被污染了。

合作社监察员也试图在正义上超越坚战[1]。他提交了一份报告，说主管拉姆·斯瓦鲁普侵吞了超过2000卢比，而维迪亚吉对此心知肚明。他还曾提议向维迪亚吉收回这笔钱。尽管这些都是板上钉钉的事，但维迪亚吉以合作社董事长的名义提交的针对监察员的报告没有产生任何结果，尽管不断地努力，他仍无法让监察员调职。而且，维迪亚吉汇报了监察员有喝酒的行为，但到目前为止，这甚至没有引起合作社协会的震动，更不用说火山爆发了。

摔跤手巴德里把一只脚放在父亲躺着的木床边，将肘部放在膝盖上，下巴放在手上。

维迪亚吉总结完了，他问："就这些吗？"

维迪亚吉回答："你说就这些？这就是我为自己服务获得的奖励吗？"

---

① 坚战（Yudhisthira），《摩诃婆罗多》中的英雄人物，以坚持正义闻名。——译者注

摔跤手巴德里无视父亲关于奖励的言论，说："这些麻烦可以在十分钟内解决。用一只鞋把合作社监察员打十次，他就会老实。如果教育局副局长不听话过来调查，我们也会给他一个热烈的欢迎。为了解决卡纳老师，我们将命令他和他的人从明天起不许踏入学院。我们将记录他们为缺勤，并在十五天后解雇他们……"

维迪亚吉打断了他："可我们怎么能那样做？

"校长会的。去年我们是如何摆脱特里帕蒂老师的？他是不是缺勤了一个月啊？"

摔跤手巴德里从维迪亚吉的表情中瞥见了一点信心，继续说道："你只要让事情保持原样，校长会纠正错误的。小摔跤手在这里培养了几个弟子。我们会让他们在学院外值班。如果卡纳试图进入学院，他会遭到他们的殴打。

"为什么要担心兰格纳特会胡说八道呢？他是个城里人——就像猪屎一样，不适合抹地板或燃烧。甚至不用费心看他的去向，他只会生气并逃跑。

"至于鲁潘，我得揍他一顿。只要你发话，我就揍他一顿。"

维迪亚吉听完巴德里的防御策略后，平静地坐了一会儿。突然他说："拉姆达亚尔·蒂瓦里的上诉怎么样了？高等法院是否确定了日期？"

巴德里更加坚定地把脚踩在木床上，说："这件事我们也会谈的。但首先，我们得处理这里发生的事情，让我们解决它。告诉我，还有什么需要担心的吗？"

维迪亚吉想了想，说："这里的事情会解决的，但是上面的政治有很大的问题。这就是为什么这些小官员如此趾高气扬。我甚至无法调动合作社监察员，这背后有一些非常高层的政治因素。这是我们必须担心的。"

摔跤手巴德里有些恼火地说："政治是你的事，我有我的话要说。

监察员应该被鞋子打十次——一次不多，一次不少。”

接着像是发生了什么事，他修改了自己的陈述：“如果他继续休假，我就没法保证自己会这么干了。我会放过他。”

维迪亚吉深吸了一口气。他的身体放松了，他的手摸到了自己的头上，但由于此时他没有戴头巾，所以他无法把头绑紧，而是拍起自己的头皮，仿佛在自己的头上倾倒祝福。

然后他问：“你会对拉姆达亚尔·蒂瓦里做什么？”

摔跤手巴德里用同样的语气回答：“先把这些事情解决。”

他从长衫口袋里掏出钱来递给维迪亚吉，说：“这是1300卢比。我听说副督察也留下了一些和解钱。把它们加在一起，就可以凑整整2000卢比。如果合作社给你施加压力，就立即去存钱。

维迪亚吉沉声说道：“副督察留下的一点现金已经给了乔格纳特。还剩四五百卢比，那属于人民。”

“合作社也是人民的。”

维迪亚吉把钱还给了巴德里，说：“所以暂时保管好它，我们看看会发生什么。”

在这之后，巴德里没有讨论他朋友的案子。他转身看向正在进屋的父亲，用一种奇怪的声音说：“巴布，也和加亚丁谈谈吧。”

摔跤手巴德里已经有好几年没有叫过父亲的名字了。小时候，他叫他巴布或者爸爸，但当他长大并开始摔跤时，他就放弃了这种幼稚的习惯。维迪亚吉听到巴德里的话，不知为何闭上了眼睛。

希夫帕尔根杰的每个孩子都知道一条自然法则，那就是聪明的乌鸦只会把嘴伸进垃圾堆里。维迪亚吉和腐败官员也是如此。

合作社监察员给他们造成了很大的困扰。老监察员曾经以民主的方式工作。也就是说，在安排合作磨大麻饮料的时候，他会比其他成员到得更早——在第一块磨石击中石板的那一刻——以普通人的身份参与其中。新监察员坚决反对大麻饮料，根据维迪亚吉获得的信息，以及维迪亚吉写给上级监察员的信，他喜欢喝酒。喝酒上瘾的同时，他也对诚实上瘾，不仅不与合作社的成员合作，还开始反对他们。起初，维迪亚吉确信监察员会被调走，但几天后，他的信没有任何回复，他开始担心起来。询问后他发现，整件事就是一场政治游戏，正如公务员可以通过政治调动一样，高层政治也可以停止这种人员调动。

然后他意识到，监察员手里不仅拿着一个酒瓶和一支笔，他还握着权力的弦。

一天，维迪亚吉独自出去执行一项友谊任务。当他一大早到城里的时候，他围着几十栋小屋转了转。除了少数几个在外面等一个小时左右还不算丢人的地方外，他受到了热烈的欢迎，而他受伤的自信再次在他身上飘扬起来。在许多屋子里，人们都对他的壮阳药礼物感到兴奋。此外，他还告诉许多人，自己最近遇到了一位地位很高的占星家，如果“先生”愿意提供星座，他可以重新解释它。为了激起一些人的热情，药丸和占星家的介绍是不够的。他不得不告诉他们，瑞诗凯诗的某位圣人将于某个日子进城——是的，这位圣人的祝福表明对某个警察的所有指控都是假的，最重要的是，这位警官将立即得到晋升——晚上十点以后见这位圣人最方便，如果“先生”们愿意，维迪亚吉也会在那天亲自前去引荐。

就这样拿下了几位高级政客和官僚后，维迪亚吉终于来到了下达保护合作社监察员命令的小屋。在那里，他发现合作社运动中出现了一种新思想，它将裙带关系、种姓主义、社会主义和其他崇高的原则结合在一起，成为未来官员的灵感来源。当时的想法是这样的：如果你掌握了权力，就不要以明显的方式使用它来巩固你的地位。要用它来创造新的相互冲突的力量，并给予它们足够的强度来继续相互战斗。这样，你自己的力量将是安全而至高无上的。如果你只是不断地增加自己的力量，而不去控制其他相互对立的力量的产生、保存和毁灭，过不了多久，一些力量会从一个意想不到的方向上升，攻击你，破坏你的力量。

这种思想的结果是，在这个小屋里，来自对立派系和自己派系的请求都会得到满足。既然阻止合作社监察员调动的请求来自另一个阵营的领袖，又因为那个阵营领袖的力量可以用来骚扰第三个阵营的领袖，那么即便维迪亚吉已经决定为此绝食至死，调动也是不可能的。

没有人告诉维迪亚吉这些事情，但是这种小屋里的很多东西只能通过视觉和嗅觉来感知，所以他一到那里就什么都明白了。尽管如此，维迪亚吉没有失去勇气。他极力劝说，但事情却越来越麻烦。维迪亚吉说，没有发生名副其实的侵吞公款，即使发生了，做这件事的人也失踪了，而且由于当局的无能，这人还没有被逮捕。维迪亚吉本人与这场争论无关，如果有证据证明他与这件事有关，他会捐出任何金额给合作社。但在此之前，监察员应该被调走。他准备做任何要求他做的事情，但唯一的条件是……

然后维迪亚吉被告知，他们必须为社区树立一个好榜样。如果他们不这样做，那么公共行为就会退化。如果发生这种情况，那么现在和未来都会变得更糟。罗摩做了什么？他不是放弃悉多了吗？这就是他们仍然记得罗摩盛世的原因。一个人应该在放弃中找到自己的乐趣，这才是我们的典范。《奥义书》中也说过这样的话。直到今天，所有著名的领导人都是这样做的。他们享受权力的果实，然后享受放弃的果实。

某个财长做了什么？他是不是辞职了？那个铁路部长也做了同样的事情，某个信息部长也是。目前，国家、邦、县、合作社，都需要这样的放弃。为了对这些指控进行公开调查，最好是维迪亚吉为人民树立个榜样。在树立榜样的那一刻，所有的指控都将被粉碎。

因此，维迪亚吉应辞去董事长一职。这才是针对投诉的报复。如果愿意，他可以以辞职抗议某件事——要么是因为同事的低劣品格，要么是为了捍卫某些原则。如果他准备辞职，他完全可以自由选择辞职的理由。但辞职不应该犹豫不决，它应该是无条件的。否则就根本不应该辞职。如果它是有条件的，那么也可能发生很多事情，这肯定会让维迪亚吉非常不愉快。

在维迪亚吉看来，他身上似乎有一些高层人士难以接受的东西。

他做出了决定。他说："我要辞职。可能这将被视为我的弱点。尽管如此，根据您的建议，我将以辞职来抗议这种毫无根据的指控。但是，当出现国家合作社协会候选人的选拔问题时……"

他确信，他可以像所有伟人一样，在有机会为人民树立榜样时，怀着同样的信心递交辞呈。人才都是稀缺的，但是人才从不缺少任何东西。他们从一个方向离开，又从另一个方向被带回来。

今天，除了强效药丸、有关占星师的信息和广播以及与圣人的冥想，维迪亚吉还提出了第四个主题。在离开小屋之前，他也提出了这个问题："您会愉快地得知，我正在考虑为我的大儿子安排跨种姓的婚姻。婚礼尚未确定，但我希望早点向您送请柬。如蒙出席，不胜感激。届时我可能无法亲自来请您，所以我现在通知您。在这样的模范婚姻中，您的合作和祝福绝对是必要的。您会高兴地得知……"

他很高兴地获知，他肯定会出席。

"在农村环境中，这也会遭来非议，但是……"

不管维迪亚吉说什么，他一定会很开心，而且他会一直觉得开心。

合作社的年会非常顺利，因为今年的糖果是从城里订购的。彩旗挂在合作社大楼外，花环堆积如山。刚刚为合作农场揭幕的官员被要求参加年会。他很早以前就喜欢上了公开演讲和花环，一闻到它们的味道，他就拉上裤子，叫了一辆当地商人的车，然后大摇大摆地参会。

虽然没有人阅读，但年度报告被视为已阅。今年是盈利的一年，合作社成员们将收到他们的股息。他们在没有分到钱的情况下收到了股息，很多事情没发生却发生了。最后，注定要发生的一件事发生了，演讲开始了。

演讲的实质在于给予，而不是接受。因此，演讲者一直发言，而听众一直相互讨论其他问题。例如，城里的官员说维迪亚吉就是合作社的典型，人们开始说摔跤手巴德里被加亚丁家的女孩迷住了。

然后这位官员说，在每个村庄都出现这样的典型之前，合作社运动很难取得进展。然后人们说，不管怎么掩盖，这件事情都不会平息，所以他要娶她。尽管有这么多耳语，但没有人敢大声说出这些话。如果任何地方都有绝对统治，那么在合作社中，绝对的统治者就是维迪亚吉。

尽管如此，即使在罗摩大神统治期间，也会有洗衣工站出来发表痛苦的评论，而这里也有一个人站起来，非常热情地说他想发表讲话。

坐在旁边的人们抓住他的头巾开始拉扯。他们想让他重新坐下，不弄坏他的衣服。这个人属于拉马丁·比赫马赫维的派系，并且已经准备好按照指示做所有的事情，所以他并不理会被拽下去的头巾。事实上，这使他的热情加倍。他曾在其他演讲中发表过强有力的演说，而现在他即将发言。

他的喊叫与通常喊叫的效果相同。反对派开始安静下来。城里的官员说："请继续，当然可以发言。谁要阻止你？"

为了保持他的热情，他没有用"尊敬的主席"或"兄弟姐妹"开始。他的开场白是："在这份报告里不会提到——那家伙叫什么来着——拉姆·斯瓦鲁普。那个混蛋——那家伙叫什么来着——造假了，他带着两车小麦到城里，然后跑了。他是个酒鬼，也习惯于嫖娼。他曾与维迪亚吉密谈。一天晚上，两辆——它们叫什么来着——卡车满载而归。没有人知道怎么了。那家伙叫什么来着——那个混蛋，说话很甜美。他远远地看到我的那一刻，那家伙叫什么来着的人会说：'我向您行触脚礼。'他与维迪亚吉处得很好。现在不要误会我，不管我有没有说出来，全世界都知道这事。他——那家伙叫什么来着——带着2000卢比逃跑了。那么谁该为此负责？维迪亚吉是合作社的一个很好的典型，所以我们应该推着他到处转转。从来没有人问过维迪亚吉某个人在做什么。吃甜食，喝点水，然后回家。但这对——它叫什么来着——国家的提升没有任何帮助。在我国，关税应该适用；但是，发生了侵吞公款，就应该进行调查。我没有受过教育，所以不要介意我说的话。酒红节到了！”

男人的热情越来越高涨，当他喊出“酒红节到了”时，很显然正要举手背诵诗歌。如果热情和诗歌在希夫帕尔根杰结合，它们可能会引发史诗般的战斗。这就是为什么人们试图用“是的，是的，声音轻点儿，冷静下来”阻止演讲的原因。但演讲正在全速进行。就算有人追赶，也不会停下。就在这时，维迪亚吉站了起来走到前面。一看到他，演讲者的声音就从原地跳了几下，摇着尾巴开始嗅地板。

维迪亚吉站了一会儿，微笑着，好像已经证明他与侵吞公款没有关系。然后他以圣人的方式说：“侵吞公款如何发生，值得关注。如果你有1000卢比，你不能挪用它们，它们是你的。你可以不当使用，但不能挪用。唯一能侵吞它的人，就是非财产所有人。

“在合作社中，没有私人财产，只有公有财产。几个人的财产集中在一个地方，由一个非财产所有人保护。先生们，请注意，如果你错误地使用自己的财产，这不是侵吞公款；如果别人这样做，那就是。侵吞公款是所有合作社财产的宿命。没有必要对此感到惊讶。看到‘侵吞公款’一词与合作财产联系在一起，也不应该感到难过。

“有时侵吞公款会被隐瞒。一个人不应该隐瞒自己的过错，否则过错就会生根发芽。这是我遵循的原则。一个人应该对任何未发现侵吞公款的合作社表示怀疑。一般情况下，侵吞公款都是用数字来伪装的，而这里，什么都没有隐藏。这儿有最好的管理。到年底，合作社没有亏损——事实上，它还宣布有盈利。无论是1拜沙还是1000万卢比，利润就是利润。

“在这种情况下，侵吞公款的话题就毫无意义。在这里提出这个问题就是侮辱合作社——侮辱合作社运动。

“但是，有人对我个人提出了指控。这种有针对性的指控是不对的，针对个人的就更不对了。没有人能在这样的氛围中工作，正派的人更不能。我反对这类指控，但请注意，我反对这些指控，而不是反对提出指控的人。提出指控的拉姆·查兰先生，我尊重他，我在心里深深地敬仰他。

“但我反对他的指控，我强烈反对。为了抗议，我辞去董事长的职务。”

说完这些话，维迪亚吉平静地坐在他的位置上。

然后事情开始迅速发酵。先是出现了一个可怕的喧闹，好像邦立法会的一名议员被拖出议会。然后喧嚣开始平息，可以听到城里官员的严肃语气：“维迪亚吉坚持自己的决定，所以我的建议是接受他的辞职。事实上，今天将举行来年的选举。辞职意味着维迪亚吉不希望将来再担任董事长。”

维迪亚吉坐在他的位置上说：“我甚至不想继续在合作社干了，我已经完成了我的职责。现在年轻人应该进来，他们应该领导这场运动。”

城里来的官员劝道：“我认为你不应该完全收手，否则合作社就会垮掉。你说的年轻人，现在他们在哪儿？”

但是维迪亚吉不听，他固执地坚持自己的观点——即使是现在，也一定有年轻人在某个地方领导这场运动。最后，官员说：“那么，开始选举新的董事长吧……”

说到这里，他开始说话了，没有给任何人先开口的机会。他从传统开始：“兄弟们，这个合作社的传统是这里所有的选举都是一致通过的。我不仅希望，也完全有信心，今天的任务也将按照这一传统完成。你们选择一个人……”

突然，小摔跤手裹着腰布站了起来。他打断了官员，说：“选举都有什么？这个合作社是个小机构，你却想在里面搞选战？”

说完，他嘟囔了一句，一旁的不少人听后都笑了起来。这位官员发现小摔跤手对他发表了一些淫秽的评论。他激动地说：“摔跤手，你误会了……”

小摔跤手挑衅地插嘴说：“我当然无法理解。您，老爷，您是穿西裤的人。您是会正确理解的人。

官员几乎是在恳求地说：“请理解，摔跤手！我说的是反对选举，我是说这里没有举行选举的传统。在这里，每一个决定都是以协商一致的方式做出的，而选举……”

小摔跤手的胸膛膨胀起来，挑衅地说：“你又在进行一场选举，没有必要搞这个。如果维迪亚吉不想留下，那么他就没有必要留下。仅仅因为没有鸡叫就意味着这天不会来吗？”

应该是下午四点，大风扬起了尘土。小摔跤手站着摇晃身体，用手揉眼睛抵抗灰尘，然后开始狂热地大喊大叫。这种叫喊和情绪没有明显的原因，但他越来越兴奋，声音也越来越大。观众相应地变得更加兴奋，而官员也更加激动。最后，小摔跤手想象着一排士兵冲进战场的场面，喊道：“维迪亚吉已经下台了！不用担心！我们马上换掉他！我们将看到如何进行选举！你觉得你能控制局面吗？这种骗局在城里还能搞一搞，在这里行不通！在这里，我们可以将我们选择的任何人放在维迪亚吉的座位上。巴德里师父，站起来！如果维迪亚吉不当，那么你坐在他的位置上！起来，起来，交给你！”

在一片混乱中出现了巨大的呼喊声：“说‘印度母亲万岁！’”然后是相同的旧话：“贾瓦哈拉尔·尼赫鲁！维迪亚吉老爷！摔跤手巴德里！伊德里斯大人！”

伊德里斯就是从城里来的官员，他目瞪口呆，星星在他的眼前飞舞。等回过神来，他看到维迪亚吉已经消失在某个地方，有人正拽着他的对手拉姆·查兰的手臂走出大门，而摔跤手巴德里则坐在他旁边的平台上，戴着花环，脸上泛着董事长的光芒。

# 第三十二章

那一年，希夫帕尔根杰冬季的收成很好。在寒冷的天气里下过雨。把公共草坪、垃圾和民主视为瘟疫的高级运河官员已经调离，而接替他的官员把运河水当作普通的水，并试图让每个人都能分到自己的份额。风筝节的西风吹得并不猛，没有鼠灾或蝗灾。两个著名的暴徒曾经挥舞着棍子，说服人们让他们在庄稼还未成熟的地里放牧自己的牲畜。其中一人被卡车碾死了，另一个被警察关押。没有人用放火烧庄稼地来解决世仇。

一些班贾拉人来到村子附近的灌木丛中定居。他们的女孩年轻而迷人，他们酿造土酒并以低价出售。她们会抓住任何经过那条路的年轻人，把他们像公羊一样拴在小屋里。当年轻人需要在田里锄地时，他们就在小屋里咩咩叫。今年，警察掺和进来，先是干预女孩的行动，再干预土酒，最后干预班贾拉人的整个生活方式，将他们赶出这块地区。于是，除了在杧果园里赌博，年轻人和农田之间没有其他障碍，他们都在努力工作。

收成很好，但这并不是像一些人想象的那样是突然发生的。这些情况，或者更确切地说是缺乏这些情况，是其背后的原因。

农民们很少关注丰收，因为他们甚至不会注意歉收。但是，许多其他人开始拍手叫好，载歌载舞。领导们说，这是他们那些演讲的功劳；发展官员在统计数据的帮助下开始说，这一切都归功于他们的努力。在官场，人们开始互相祝贺。

丰收的另一个结果是，加亚丁从诉讼中获得了一些救济。他提出了一些要求收回贷款的索赔，而这些案件中的被告现在带着钱来找他，并与他庭外和解。许多农民开始给他带来钱，尽管结婚季节临近，但还款额增加了，现金流出减少了。

一天，他正忙着记账，周围围着七八个农民。他看见维迪亚吉正朝他家走来。

加亚丁就像一位伟人迎接另一位伟人一样非常欢迎维迪亚吉的到来，他们走到一边，与其他人分开坐下。维迪亚吉说："我来和你谈一件非常重要的事情。"

加亚丁什么也没说，他知道，即使他保持沉默，维迪亚吉也会说出他要说的话。沉默片刻后，维迪亚吉说："你对种姓制度有什么看法？"

加亚丁的脸上浮现出一丝疑惑。他回答说："这是天赐的礼物。他让你成为婆罗门，让我成为巴尼亚。"

"我不同意，"维迪亚吉微笑着说，"正是由于种姓制度，我们的国家才处于如此糟糕的状态。这就是为什么我想为我的儿子安排跨种姓的婚姻，也必须有人朝那个方向前进。圣雄常说……"

加亚丁举起手，阻止他继续说下去，并说道："维迪亚吉，如果你想给你的儿子们在自己种姓之外选妻子，那就请这样做！但作为一个聪明人，不要把圣雄牵扯到所有这些女孩和男孩中。"

维迪亚吉犹豫了一下，然后说："我是在说明一个观点。"

"我也是。"加亚丁回答。

一时间两人都没有说话。在他们对面，一头拴在地里木桩上的水牛正绕着圈子走来走去，发出各种声音，它迫切需要一头伴侣。如果有人能听懂这种动物的语言，他就会从水牛的吼叫中感受到一种渴望，这种渴望就像在印地语电影歌曲中，女主角在集市中心对自己英雄的思念吟唱。

过了一段时间，维迪亚吉说："那么，你对跨种姓婚姻有什么看法？"

加亚丁低头坐着。说到这里，他缓缓抬起头，冷漠地看了一会儿不安分的水牛。他仍然朝它的方向看着并回答说："老爷，这些是婆罗门和塔库尔的家务事。我们巴尼亚和商人怎么能为你提供建议呢？"

维迪亚吉微笑着说："你在说什么，加亚丁？这是我们两个家庭的问题。如果你不谈，那么谁会谈呢？"

加亚丁现在慢慢地将脸转向维迪亚吉。当维迪亚吉的脸成为焦点时，他将阴郁而沮丧的目光集中在那儿，没有表现出任何要达成交易的感觉。他问道："老爷，这和我的家人有什么关系？"

维迪亚吉惊讶地扬起眉毛："所以你什么都不知道？"

加亚丁不为所动。他的沉默表明他一无所知。

维迪亚吉现在开始以极快的速度说话："这是让巴德里高兴的事情。当儿子长到十六岁时，你就必须像对待朋友一样对待他。这就是为什么我没有反对这桩婚事，而他自然也了解女孩的感受，所以现在，你也不应该有任何异议。"

这一次，水牛跳得如此之高，几乎把木桩从地上拉了起来，飞向天空。加亚丁皱起眉头，不以为然地看着周围。但他没有表达自己的烦恼，而是说："我为什么要反对？你的儿子可以在他们喜欢的任何地方结婚。老爷您为什么要把我牵扯进来？"

维迪亚吉觉得这很乏味，他说："我不会把你牵扯进来的。但这个女孩是你的女儿。这就是我和你谈话的原因，可你故意装作一无所知。一个熟睡的人可以被叫醒，但如果有人装睡，他怎么会……”

加亚丁举手打断，但维迪亚吉继续说：“当巴德里已经下定决心，而消息传遍全村时，你就有责任优雅地接受这个提议。这将被视为模范婚姻。他们都会幸福地生活。我正在将巴德里拉入政界，我已经让他担任合作社的董事长。一段时间后，我还会让女孩参与一些社会工作。有妇女委员会，我会让她明白这一点。她会得到一辆车和一个可以陪她的办公室小职员。稍后，我还会搞到一张邦议员的门票。丈夫和妻子将心满意足地为国家服务。这还不够吗？”

在自己热情的包围下，维迪亚吉并没有注意到他的听众看起来好像已经要哭了。

加亚丁双手合十恳求他：“老爷，不要破坏我的计划。事实上，我的女儿真是太不幸了！她的母亲在她还是个孩子的时候就去世了。我想方设法地把她抚养成人。城里有一户阿加瓦尔吠舍人家，他们准备接纳她。那家的男孩受过教育，在政府工作。距离他们的结婚日期只有十五天了。与此同时，如果你们这些大人物开始散布谎言，抹黑她的名声，她会怎么样，老爷？考虑一下。如果你让我女儿丢脸，那么无论你是多大的领导，都会像虫子一样被拖下地狱。不要强迫我再说下去了。”

维迪亚吉惊呆了。加亚丁接着说：“你的那些公牛——叫什么来着，乔特、鲁潘、萨尼查还是什么查的，散布了天知道多少关于我女儿的谣言。即使是像你这样的聪明人，也开始像这些男孩和流浪汉那样说话。老爷，我只是求你闭上你自己的嘴，把你那些年轻的公牛叫走。请你们保持安静，直到婚礼结束。这个时代属于你，每个人都在你的脚下打滚，但不要如此得意忘形。让正派的人继续住在希夫帕尔根杰吧。”

维迪亚吉静静地坐着听，但即使是一个人能冷静地观看一头跳跃的水牛，时间也是有限度的。到了这个极限，他站起身来，看着这头水牛做一次新的尝试，但未成功跃入大空。临走时，他说："照你的意思嫁你的女儿，如果我能对你有什么帮助，请告诉我。忘了我说的话。我被误导了，我很后悔。"

但他并不后悔听到有关贝拉的未来。他带着轻松的心情愉快地回来了。

维迪亚吉离开后，加亚丁保持原样坐了一段时间。他的脸看起来不像个聪明人。乍一看，他似乎对发情的水牛感到困惑和担心。但历史证明，迄今为止，水牛从未对人类造成大的麻烦。加亚丁此时的困惑不是因为水牛，而是因为贝拉的未来。

他告诉了维迪亚吉一个半真半假的事实——贝拉的婚姻尚未确定。加亚丁曾考虑最近来希夫帕尔根杰宣传节育好处的年轻人作为女婿。在遇到年轻人的第二天，他就去城里看望年轻人的父亲，他的父亲有一家窗帘店，经营得很好，但由于一位旁遮普店主的到来，两年来这家店一直在走下坡路。

在向加亚丁详细解释自家生意下滑的原因后，男孩的父亲得出了结论："这个男孩是你的，随你意安排他的婚事，但现在我正处于艰难时期，所以我不准备轻易与他分开。"

加亚丁对男孩父亲的观点表示同情，并表示当他准备买女婿时，他会给出一个好价钱。至此，婚事顺利达成，只剩下男孩的价格待定。他的父亲计算着从旁遮普人到来之日到现在的损失，向加亚丁索要15000卢比。加亚丁称赞他的种姓，回答说，这个要求是合理的，因为即使是一头大象的粪便也重达100公斤，即使是破产的店主也有理由以15000卢比评估他儿子的价值。他总结说，自己的地位比男孩的父亲低得多，没法给超过7000卢比。

在此之后，对话以同样的方式继续进行，类似的对话之前已经有数千万次了。年轻人的父亲说，7000太少了，因为在加亚丁来之前，价格就已经定在14000了。加亚丁说他没有能力支付这么多钱，只是在解释他有能力支付什么。然后年轻人的父亲说他要和男孩的叔叔商量，他是某某地方的助理税务官；还有男孩的叔叔的表妹的妻子的姐姐的丈夫，是某某地方的地区法官，他爱这个男孩就像爱自己的儿子；还有他表弟的姐夫，在加尔各答做着五金生意；还有男孩的母亲、姑姑、祖母和曾祖母。

他向加亚丁保证，他会与所有这些人商量，并在十天内给他关于男孩身价的最终数字，如果上天愿意的话，他们很快就会结成亲家。他拒绝追问贝拉的情况，只是评论说，如果这个女孩受过教育，那很好，如果没有，那就更好了，因为他不想把她变成一个女学生；如果这个女孩漂亮，很好，如果不是，那就更好了，因为他不打算把她当作妓女。

所以当维迪亚吉开始讨论跨种姓婚姻的美好时，加亚丁的第一反应就是起身，跑到城里，把15000卢比打在年轻人父亲的手里。维迪亚吉一走，他就准备动身进城。

过了一会儿，当他从屋里出来时，他看到了卡纳老师、马拉维亚和兰格纳特向他走来。这些人不可能在一小时内被送走，他想。然后他想起进城的公共汽车在两个小时内都不会发车。

在提到几条当地的新闻后，卡纳老师注意到了水牛。它在挂钩上绕圈跳，好像在和一些想象中的公牛玩卡巴迪。它不断地咆哮，让自己的尿液流淌。

卡纳老师展现出自己居家男人的一面，说："水牛发情了。给它做一些安排。"

"我能做些什么安排？该地区所有的公水牛都被阉割了。我已经派人去看拉姆贾尼·戈西的水牛了。他走了两个小时，还没回来……”

卡纳老师打断说：“让他AI啊，给他AI，如果你有任何问题可以问我，兽医是我的朋友。我的父亲和他的父亲是……”

兰格纳特打断向他询问AI的意思。卡纳很高兴，找到了一些他知道而兰格纳特不知道的东西。他说：“Artificial Insemination，人工授精。瞧，你用印地语怎么称呼它？这是件非常简单的事情。水牛发情时你把它带到AI中心，让他AI。”

兰格纳特看向加亚丁，希望能从他那儿理解AI的意思，但加亚丁一脸担忧地盯着水牛。这一次，水牛来回移动，像是在展示摇滚乐，似乎他们最好派猫王而不是公水牛过来。加亚丁说：“我已经把这头水牛送到中心两次了。但天知道他们用的是什么注射器。它不会怀孕。”

卡纳老师说：“谁知道那里没有仿品和杂货。我会和兽医谈谈这件事。”

加亚丁反对，摇了摇头：“不，不是产品的错，是我的运气。如果对三头水牛进行注射，总有一头不起作用。问题是，那头水牛永远是我的。”

通过这次谈话，兰格纳特明白了人工授精的含义，他的脸红了起来。为了克服这一点，他插话说：“你总是说得像自己完全无助一样。”

“在村子里除了无助，你还能得到什么？”加亚丁闷闷不乐地说。他缓缓坐下，竹床吱吱作响，可今天他毫不在意。他咳嗽着说：“兰格纳特少爷，你是城里人。在城里，一切都有答案。假设有人被撞倒，他会被送往医院。如果医院里的医生是恶棍，就会被人投诉。如果听到投诉的人不采取任何行动，就会有十几个游手好闲的人来游行。如果警察对他们提出指控，就会展开调查。因此，一切都很容易被反制。这就是为什么在那里，你不会感到无助和压迫。如果有人这样做，那么还有一个结果。他很容易上吊，第二天他的名字就上了报纸。人们知道他觉得自己别无选择，只能自杀，然后有几篇报道写了他为什么有必要这样做。你看，这也是对无助的回应。”

加亚丁富有同情心地看着兰格纳特说：“我对城市了如指掌，年轻时住在加尔各答。”

卡纳老师张嘴想说点什么，但加亚丁插嘴：“村里会发生什么？如果有人被撞倒，司机就会消失。被碾过的人像狗一样躺着，如果附近有医院，他会在三四天后死去。如果医院里真的有医生，他所做的只是把一瓶水放在病人手里，让他喝下去，然后向罗摩大神祈祷。医生们肯定会念罗摩的名号，因为他们没有任何药物。即使他们有药，也会被偷走或放在一边出售。这就是为什么人们说，在城里所有的困难都有办法解决，而在村里处处是困难。”

兰格纳特说：“城里也有很多困难，但告诉你没有意义。”

一个男人光着身子走了过来，身上只被一小块布盖住，以此证明他是个男的。他带来了消息，说拉姆贾尼·戈西准备以2卢比的价格让他的水牛交配。加亚丁叹了口气说：“每只狗都有得意的时候。”他对着男人点了点头。

那人收到信号，就把水牛从木桩上解了下来。就在他们注视的时候，水牛的吼叫声像广播的声音一样消失了。光身子的男人带着他的腰布和水牛离开了他们的视线。

水牛一走，气氛就变得不那么热闹了。因吼叫而不得不提高嗓门的加亚丁，恢复了原本毫无生气的语气。他说：“这件事可能看起来很粗俗，但如果这头水牛怀孕了，我就可以放松了。拉姆贾尼准备让他的水牛交配，可如果我的动物拒绝呢？”

对此，他笑了。这是一件大事。希夫帕尔根杰从来没有人见过他微笑。兰格纳特意识到他必须微笑才能阻止自己哭泣。

卡纳老师突然问：“贝拉怎么样？我听说她身体不舒服。”

马拉维亚盯着他。兰格纳特想，老师们就是这样，一走出教室就说蠢话。

加亚丁对这个问题没有任何反应。他只是将直接而无辜的目光转向卡纳老师，并默默地盯着他一分钟。那一分钟似乎是一个世纪，卡纳老师不知道该往哪里看。然后加亚丁问：“老师，告诉我你怎么样了。第107条的案子有下文了吗？”

“我们正要来告诉你。现在只有你能拯救我们。我们在各个方面都遇到了麻烦。校长要打我们，在法庭上，甚至在完整的案件审理之前，地方法官就对我们很生气。”

加亚丁转向兰格纳特，他什么也没说。马拉维亚解释说：“在这件事上，兰格纳特先生站在我们这边。我们可以在他面前自由交谈。”

每个知识分子都因被公开指责属于某个派系而感到不安，即便他确实属于某个派系。兰格纳特摇着头说：“我不站任何一方。我在这个问题上支持他们，因为他们遭遇不公，这才是我同情他们的原因。”

加亚丁说：“那你为什么说自己不站在他们这边呢？”

马拉维亚继续说：“校长煽动小摔跤手反对我们。前天我走在路上时，小摔跤手对我说：‘老师，您还没遭遇任何事情，赶紧悄悄地离开希夫帕尔根杰；如果您不这样做，不幸发生了，您的家人将受苦。’其他人也给出了类似的建议。也许校长想让我们挨打。我们不知道该怎么做。”

“你能做什么？安静地被打。你毕竟是老师，挨打的威胁能忍受多久？”加亚丁看着地面，轻轻地问道。

卡纳老师怒火中烧：“我们不是那种被动挨打的人。我们会用石头回复砖块。”

加亚丁没有发表评论，因此卡纳继续说：“现在不是纳瓦布的时代，任何人都可以去殴打他想殴打的人。”

“不，事情比这更糟，”加亚丁说，“我观察这些事情已经四五年了。兰格普尔的校长不是被谋杀了吗？发生了什么？凶手仍然带着他们的长矛自由地四处游荡，摸着自己的小胡子。”他安慰地点点头，“不，老师，你不要用石头回应砖头，你会丧命的。天知道每年有多少老师在考试的时候被学生打，他们能怎么办？他们揉着头骨，慢慢地回家，喝着妻子给他们端来的水。有的去警察局报案，然后再挨一顿打。这就是现在的情况，作为老师你不应该担心被殴打。”

卡纳老师的脾气已经没了。他问：“那我该怎么办？”

“照他们说的做。要么解决第107条的案子，要么逃离希夫帕尔根杰。”

“这就是我哭的原因，”卡纳皱着脸说，好像要哭了，“我已经给校长传过话。他说只有在我离开希夫帕尔根杰之后才会这样做。不管发生什么事，他说我都必须离开。告诉我，在这之后我该怎么办？”

加亚丁想了想。他想了半天，抚平眉头的纹路证明自己想好了，说：“老师，之后你能做什么？在你面前展开一张印度地图，然后看着它。也许你会在希夫帕尔根杰之外找到其他地方。”

他们沮丧地沉默了片刻，就像一条在湿泥中扭动的蠕虫，在湿泥中创造和擦除线条，卡纳老师开始详细描述案件的最后庭审。

第107条案件中出庭的第一组人——警察警告过脾气暴躁的人——卡纳老师、马拉维亚和三位新老师，他们被认为是反对校长的派系，因为他们不属于校长的派系。第二组是卡纳在法官面前预测会危及他的生命和财产的人。一位律师甚至开玩笑地问老师有什么财产，他的生命值多少钱。但法官对此置若罔闻，也对第二组发出了传票。除了校长，这群人当中还包括校长的四个侄子。三年来，他们一直在学院任教，但人们已经习惯将他们视为校长的侄子，不承认他们是老师。

卡纳老师在法庭上不得不面对一个很大的困难。警察局的所有研究人员、历史学家和创意艺术家都想方设法证明，卡纳老师和他的团队即将引起麻烦。另一方面，由于缺乏来自希夫帕尔根杰的适当证据，他本人未能编造出任何令人信服的故事。所以，当卡纳老师的律师在少量事实和夸张观点的支持下强力反击校长时，法官转过头来，严厉地看着卡纳老师问：“你们是老师？”

“是的。”

“不为自己感到羞耻吗？”

他们一贯以做老师为耻，但此刻马拉维亚对于承认这点有些犹豫。他说：“法官大人，有什么可耻的？”

“尽管你们是老师，却像流氓一样打架。连第107条的案子都牵扯进来了，你们不觉得丢人吗？”

卡纳的律师对法官说：“法官大人，你也应该对另一群人这么说。”

法官已经生气了。他自然而然地用英语咆哮：“我当然会。但是我还是要对这些人说，你们作为老师打这样的官司不丢人吗？我很惭愧听到这些。我想知道这对学生有什么影响。”

最终，卡纳的律师不得不说，原则上他承认他们应该为自己感到羞耻，但双方都应该感到同样的羞耻。

然后法官开始痛骂校长。他演讲的主旨是校长应该为他管理学院的方式感到羞耻：“如果我是校长，我一天都不会容忍大学里有这样的老师。如果教师之间发生争吵，为什么要涉及警察局和法院？一个聪明的校长一开始是绝对不会让这些人进入学院的，如果他们真的进来了，也不会浪费一分钟就把他们赶出去。学生的未来岌岌可危。不能有任何妥协。可是看看光鲜的校长们，在我们的时代……”

现在校长大人的律师不得不说，原则上他承认校长对老师表现出软弱，直到现在都还没有对他们采取任何强硬的行动，他应该为自己没有这样做而感到羞耻。

这时，法官告诉卡纳老师，他们已经表演够了，要么解决争端，要么离开学院。如果他们不这样做，法官将被迫在下一次庭审上做出判决。

对此，副督察就法官的宽宏大量发表了简短的讲话，呼吁他不要做出判决，因为这对老师来说是灾难性的。不管他怎么说，毕竟他们只是可怜的老师，他们是被煽动的。如果法官大人进行判决，他们将陷入灾难，警告他们就足够了。他把这件事解释得很透彻，他们一定能理解。副督察现在确信他们会达成和解，如果下次开庭之前给他们时间，他们一定会达成和解，法官大人就不必宣判了。

兰格纳特说："所以这意味着……"

卡纳老师说："这意味着校长从庭上回来的那一刻，就让莫提拉姆老师来找我们。莫提拉姆直到现在都保持沉默，教科学课，照看他的面粉厂。他从前天开始告诉我们，开面粉厂比教书更赚钱。当他谈到利润时，也提到了锯木厂的话题。昨天晚上，他告诉马拉维亚开一家槟榔店的好处。你告诉我，这一切是为了什么？"

加亚丁打了个哈欠："解决问题。"

"但这意味着……"

"老师，你已经说过那是什么意思了。如果和解意味着你必须离开希夫帕尔根杰，那就去吧。夜以继日地讥讽有什么意义。无论如何，你都会失去工作，失业并不是一件坏事，数以千万计的人失业。真正的问题是发牢骚，你应该避免。"

兰格纳特在希夫帕尔根杰已经六个月了，他的健康有所改善，但他的舌头却变得更糟了。他已经开始养成在该说话的时候保持安静，在错误的时候表现出兴奋的坏习惯。被排除在当前冲突之外的感觉已经让他产生自卑感。他也自然而然地对这种情况感到愤怒，但就像大多数印度人的愤怒一样，他的愤怒消耗在争论和讨论中，之后剩下的任何事情都被一顿美餐所压制。但今天，天知道是什么控制了他，他的自卑感和愤怒使他明白闹事的后果。他以怒斥开场和结束，他的论点主旨是应该大力反对目前的情况。“卡纳老师不应该退缩，他不应该向不公正妥协。”他说着话，就像一个受过英语教育的印度人断断续续地背诵印度教经文，接着陷入了沉默。

老师们说：“我们无能为力。”

兰格纳特问：“你呢，加亚丁老爷？”

作为回答，加亚丁开始结结巴巴地讲起故事：“很久以前，我们地区有一个人叫马塔·帕沙德。他是本地区的第一位领袖。人们以极大的热情聆听他的讲话。必要的时候他也会进监狱，然后人们会更加深情地记住他。当他从监狱回来时，人们通常会以一种让他兴奋并让他再次回到监狱的方式与他交谈。一次，他有几年时间没有进监狱，结果人们开始对他的讲话感到厌烦。废除柴明达尔制、妇女教育、抵制洋货和酒——人们对他的这些话题已经熟悉，当他站起来讲话，甚至在他开口之前，学生们都能背诵其中的片段，让他无话可说。当他前来募捐时，人们认为他是在乞讨。他曾经高喊‘印度母亲万岁’，在人们看来是在提高自己的出身。当他谈到废除柴明达尔制时，他们意识到他想在不缴纳土地税的情况下度过这一年。

“我的意思是，马塔·帕沙德当领袖的五年还不错，但在他看来情况已经不好了。我不得不告诉他：‘马塔·帕沙德兄弟，你没有领袖的素质。一个领袖需要了解他人民身上的每一根血管，但人民不应该知道任何关于领袖的事情。这里的一切都弄错了，你自己不知道人民的情况，人民却反过来了解你，这就是为什么你不再适合做这片地方的领袖了。要么去另一个地方，要么再进监狱。’马塔·帕沙德接受了我的建议，接着进了监狱。整整一年之后，你的舅舅维迪亚吉来了。没人知道他的事，他们只知道他有黑胡子和强壮的身体，他的药丸是一个奇迹。他创办了合作社，在这里开了一所中学，还有自己的阿育吠陀药房。当人们弄清楚他的目的时，他已经成为本地领袖。

“马塔·帕沙德带着政府养老金从监狱出来，开始在城里照顾他的胃。而在这里，兰格纳特少爷，整个地区只有一个高个子男人，那就是你的舅舅。

“兰格纳特少爷，领导力是一粒种子，只能在远离故土的土壤中生根发芽。这就是为什么我不能成为这里的领导者。人们太了解我了。他们不会追随我。如果我试图表现出来，他们只会说：‘看看加亚丁，他正在努力成为领袖。’

“而且无论如何，我都不会试图成为这位卡纳老师的领导。一个没有理智的人，你能保护到什么程度？

“和这样的孩子交朋友就是自找麻烦。”

兰格纳特平静地听着演讲，然后问道：“但是，加亚丁先生，你很了解我的舅舅，你是唯一能影响他的人，你不得不帮助卡纳。”

加亚丁对他们的厚颜无耻感到惊讶。几个月来，他一直告诉他们不要依赖他。他们会烦躁地走开，然后又回来。法官是对的——他们应该为自己感到羞耻。

他说：“我不能帮助卡纳老师，但你可以。你现在已经公开反对自己的舅舅了。你已经没有任何犹豫，你也是外人，人们并不真正了解你，而你和卡纳老师很像。现在你得表现出一些领导力。”

兰格纳特生气地说：“行吧。你在说什么？”

“和这样的孩子交朋友就是自找麻烦。”加亚丁说，但只是对他自己。他一脸冷漠地看着他们匆匆离去。他突然想到是时候坐公共汽车去城里了。15000卢比是一笔不小的数目，但对贝拉来说，那一刻根本不算什么。水牛还没有回来，现在住在村里已经成了一件丢脸的事。

# 第三十三章

在我们古老的逻辑学经典中，有烟就有火。对此应该补充一点，哪里有公交车站，哪里就有污秽。

希夫帕尔根杰公共汽车站的垃圾经过精心策划。一些促进污秽传播计划的天然方法早已存在。公共汽车站后面是个小池塘，它在早晚为人们提供了露天活动空间，被用作露天厕所。破晓时分，你可以看到人们谦虚地躲在那里生长的每一片草叶背后，遵循“扫帚的柳条足以为有德之人提供庇护”的原则。希夫帕尔根杰所有的家猪都会在早上前往那里，吸收人类的污秽并将其散布在周围。微风拂过池塘吹向村中心，迫使坐在公交车站的乘客用布遮住鼻子。坐在城里研究乡村振兴的知名学者在乡村厕所的问题上深谋远虑。实际上他们一直在思考，自1947年至今也只是在思考。在公共汽车站，鼻子上裹着纱布的乘客看上去像是皈依了耆那教[①]；他们有时会听到猪的咕噜声，好像迷失在毗湿奴大神的野猪化身中。空气中充满了

① 耆那教严格奉行非暴力不杀生原则，白衣派修行者以纱布遮住嘴巴避免吸入飞虫。——译者注

恶臭与宗教的气息。

猪群走上街头时会模仿人。可以看到它们迅速地走到车辆的前面，也不观察左右，甚至比学生更擅长相互推搡。公共汽车站周围的墙壁有一处破损，猪群趁这个机会直接从马路溜进汽车站，向池塘边走去。它们在那里的狂欢给人留下猪野餐或是青年节的印象。

在建造汽车站时，污秽传播计划必须考虑到这些天然的便利设施。事实上，其他污物供应机构也早已存在。车站的一侧是座寺庙，那里油腻的台阶使它成为一个巨大的苍蝇繁殖中心。散落的凋零花朵、盛放糖果的叶杯、四处散落的破碎陶碗也引来了蚂蚁。另一边是印度教静修所，人们总怀疑它的后面是一片干涸的尿液海洋。

在各种方案充分协调配合的情况下，其他方案也被引入，用于弥补任何微小的不足。其中最主要的是口水，人们认为应该将其作为国家象征，因为它是如此普遍。正如我们计划书中最重要的元素是纸一样，污秽中最重要的元素是口水。一两打槟榔店——有些是固定的，有些是流动的——像政府批准的私营公司一样从事口水生产。口水的产量很高，几个痰盂为了收集口水而沉入地下，人们一看到就会朝任意方向吐痰——除了向上——而且吐得非常漂亮，以至于口水全都落在了痰盂外面。于是，四英尺高的墙壁和地面上到处都流淌着口水，就像我们常听说的酥油和牛奶河一样。

之后是一瘸一拐、呜呜叫的乞丐，虽然人数不多，但他们坚持不懈，总是同时出现在四面八方。茶店里满是旧茶叶和脏水汇成的污水。进出的公共汽车上满是灰尘。生病的狗在一旁休憩。还有全印度连锁机构——甜品油饼店，伙同大肚子的甜品师傅和穿着脏兮兮衣服的童工，一起为污秽传播计划提供全力支持。

教育局副局长来学院调查问题，距离他的来访只剩四天了。鲁潘少爷和兰格纳特准备去趟卡纳老师的家，询问他准备得如何。他们沿着寺庙和汽车站之间的小路出发，看到了这番景象。

一个人从汽车站另一边的墙上伸出头来，身体被遮住，下巴搁在墙上，脑袋一动不动地盯着寺庙。他的脸上挂着宽大但不自然的笑容。远远看去，就好像有人咧嘴笑的时候突然被斩首，脑袋被挂在了墙上。

鲁潘指了指，让兰格纳特注意那边的人头。他们站在原地凝视了一会儿。突然，他们意识到这是瘸子。

鲁潘少爷喊了一声，瘸子露出脖子来。他俩走到瘸子跟前，隔着墙开始说话。鲁潘问："你在汽车站附近闲逛做什么？" 瘸子的笑容消失了，看起来很平静。他回答说："人们在这里做什么，老爷？只有必须去某个地方的人才会来这里。"

"你要回去吗？这意味着你得到了复印件。什么时候拿到的？"

他用左拳像锤子一样在额头上敲了四五下。两个年轻人默默地看着他。

"上次我们在店里见面时，老爷您对我很好。第二天，我不得不回到自己的村子。有消息说我的同乡有人过世了。我刚到村子，结果又发烧了。

"我在床上躺了整整十五天，昨天才回来。老爷，当我去乡办公室询问时，发现鸟儿已经把田地啄干净了。

"他们告诉我，我的复印件几天前就准备好了，相关信息已经张贴在布告栏上，但是十五天内无人领取。结果他们把它撕下来扔掉了。

"复印完成后他们会保留十五天。如果没有人领取，他们就会把它撕掉。这我不知道。"

他说到这里时想笑，但鲁潘和兰格纳特看到他在哭。

兰格纳特解释说："瞧，瘸子，这与你不了解规则和规定无关。要知道的是，你是公众的一员，公众不会那么容易获胜。"

瘸子停止了哭泣，下巴一如既往地靠在墙上，目不转睛地看着他们。

“输了也没关系。回你的村子做些农活。一段时间后，这些伤口会自行愈合。”

“老爷，我怎么种地？整个案子都是关于我的土地。”

“那就去抢劫偷窃吧。”鲁潘突然严厉地说。

瘸子垂头丧气地沉默了片刻，好像之前已经想好了一样，说：“我应该再去申请一份复印件吗？”

兰格纳特重重地叹了口气：“去吧。但这次得请律师。不行贿的话你还有退路，但是如果你准备打官司，不请律师就没有退路了。”

他们回到小路上。鲁潘少爷踢了一只躺在地上挡路的狗。狗睁开了眼睛，却没有理会他。鲁潘说：“瘸子最好离开希夫帕尔根杰。他在这里以错误的方式刺激了你。看到他，你会忍不住扇他一巴掌。”

“那你为什么不这么做呢？”兰格纳特咆哮道。他心想：“今天是我第一次咆哮。”

# 第三十四章

他们坐在卡纳老师的房子里，那是一栋老房子里的房间，后面有庭院、阳台和壁橱。做饭的地方在阳台上。庭院里有条排水沟，供人们在旁边蹲着洗澡，需要时也可当作小便池。与希夫帕尔根杰95%的房屋一样，这里没有浴室或厕所。

屋里坐着卡纳老师、马拉维亚、他们派系的另外两位老师和兰格纳特。除此，还有两个以先打后问而在本地闻名的男孩，一有心思就来学院学习。大家讨论了两个主题：

1.针对马拉维亚发布的淫秽传单，以及上周校长虐待卡纳老师的情况。

2.即将开始的教育局副局长问询的准备工作。

还有第三个问题：校长的鼻子是应该被砍掉，还是应该被打掉。不过由于兰格纳特的出席，这项没有被列入议程。

这些天学生们正在进行期末考试，卡纳发现其中一个人抄袭。这个男孩拒捕，理由是他受到了伤害，因为他同情校长，并且卡纳老师让几个他喜欢的男孩随便抄袭。此时马拉维亚已经赶到现场，还没来得及为卡纳老师辩解，男孩就说：“呃，老师，为什么你们都闷闷不乐？你让跟你一起去城里看电影的男孩抄了整本试卷，而我在这里只是抄了一两行，你却抓住我不放。”说到这里，马拉维亚红着脸沉默了，但卡纳开始发出威胁。接着男孩非常严肃地说：“我不想让你丢脸，所以请安静地去另一个房间。如果你不这样做，我会把你扔出窗外，如果你的腿和胳膊摔断了，我不会承担任何责任。”

卡纳去向校长报告了这件事。校长说：“无论这个卡纳出现在哪儿，都会发生这样那样的灾难。”他拒绝接受这份报告。

战斗就此打响。四五个卡纳派系的老师来到校长办公室。在他们离开的考场里，男孩们开始随意抄袭。在校长的办公室里，侮辱是唯一的武器，老师们开始辱骂起来。校长大吵大闹，命令卡纳离开学院，在考试结束前不许接近学院，如果他敢靠近，接待他的不是辱骂，而是一顿暴打。卡纳老师对此表示反对。校长用鞋子代替文字回应，开始殴打卡纳老师。卡纳老师的抗议更加激烈，尽管在国际政治上的争论可能会阻止炸弹投下，但没有任何争论可以阻止被鞋子打。

一位老师报了警。他都不必走太远，期末考试与治安密切相关，警察就在门口值班。他们一接到电话就到了。那里并没有发生什么凶杀案，也没有什么好色之徒，一想到这些警察就立刻赶到现场，甚至还没到事件结束。他们决定按照校长的吩咐，让卡纳立即离开。

卡纳老师离开了学院。当他离开时，他听到了校长的最后通牒。他用阿沃特方言尖叫：“再让我看到你一眼，我会打爆你的脑袋！老师，你最好清楚这点！你应该知道我是个什么样的人。对好人而言我是好人，对暴徒而言，我是个该死的恶棍。”

男孩们并没有受到太大影响。他们悄悄地继续考试，以通常的方式继续抄袭。

这件事被描述为虐待卡纳老师，并且正在会议上讨论。卡纳老师告诉兰格纳特："去年他们对特里帕蒂做了同样的事情。他们告诉他：'行啊，明天就别来学院了。'第二天他去了，在门口被三四个摔跤手巴德里的弟子包围。可怜的老特里帕蒂设法逃走，保全了自尊。等到他到处抱怨的时候，他们以他缺勤了这么多天为由将他停职，然后他就被赶了出去。他提起了诉讼，官司还在继续。他支付自己的诉讼费，而学院支付校长的费用。校长并不害怕诉讼。"

兰格纳特说："那你最好赶紧做点什么。"

"这正是我们考虑的。"

他们坐在那里绞尽脑汁。两个男孩翻阅了一些属于卡纳老师的廉价小说。他们知道自己在这部剧中的角色不包括思考。

马拉维亚说："向警方报案，当你去学院时他们围住了你，挡住了你的去路。"

卡纳老师轻蔑地笑了笑，仿佛在问他怎么能用这样的大脑来经营一个团伙。他说："有什么证据表明他们会围住我，挡住我的去路？谁知道呢，他们可能让我进学院，然后突然羞辱我。在我起诉之前，我会受到侵害。"

马拉维亚认真理解了这套说辞，接着他给出了自己的解释："所以这意味着你害怕去那里。"

卡纳老师叛逆地说："是的。没错，我很害怕。你有什么异议吗？"

马拉维亚解释说："这不是异议，但是在你去学院以及他们将你停职之前，你怎样才能投诉他们呢？"

兰格纳特说："用英语起草一份一流的投诉信，副局长来查问的时候摆在他面前。我们的校长会气得冒烟。"

卡纳笑了很久："兰格纳特，你也……我能说什么？我对这些副局长没有信心。任何时候只要瞧瞧别人的尾巴，你就会发现他们都是婊子。"

一位老师轻声笑了起来。听到“婊子”这个词，男孩们停止了阅读小说。他们开始聚精会神地看着封面上的女性照片，饶有兴致地听着谈话。马拉维亚说：“反正这个副局长是新来的，我们可以有一点儿希望。听说他很强硬，甚至不给大领导让座。一旦有人提出错误的建议，他就威胁要把他们赶出办公室。”

“你一直在听这样的话，马拉维亚，但我知道得更多，”卡纳沮丧地说，“他只对对立派系的领导严厉。他是一个非常圆滑的角色——一半是领导，一半是官员。为了达到自己的目的，他总是围着一些领导转，他晚上去向他们摇尾巴，白天在其他人的支持下对他们强硬。”

马拉维亚说：“不管你说什么，他都比上一任副局长好一千倍。”他告诉兰格纳特，“第一任副局长温顺如牛，因此而出名。我们两三个老师去见他，把一切都解释清楚了。他听得很专心，说话的时候听起来就像加亚丁老爷一样。

“他说：‘你们的学院很好。你说那里只有派系斗争，孩子们没有受过任何适当的教育，账目被篡改，考试作弊，校长虐待你——这有什么可抱怨的？兄弟，每一所学院都在发生这样的事。如果男孩没有接受适当的教育怎么办？如果男孩自己不想学习，你能怎么办？在我年轻时男孩上大学，专心工作。现在扫地的和查马人的孩子都来读书了，还能接受什么样的教育呢？兄弟，你告诉我吧！说实话，你们学院很有思想。维迪亚吉是理事长，他是一个有道德的人。他连洋葱都不吃，更别说肉和鱼了。你看，你们学院没有办学亏本，你们每个月都发工资。那里从来没有侵吞公款，也没有罢课。从来没有人放火烧过大楼。从来没有盗窃或谋杀。一切都在和平中进行，堪称模范学院。’

“兰格纳特少爷，副局长一直在和我们谈论和平与秩序，好像他是一位警督，而不是督学。

“当我们离开时，他告诉我们：‘这种抱怨是不合适的。如果你有任何问题，直接去告诉维迪亚吉，他会解决所有问题的。’

“兰格纳特少爷，我们想告诉他：‘你这个混蛋，你这该死的大奶牛，应该被拴在奶牛场吃草产奶。为什么要在这里？’”

听众大笑起来，尤其是男孩们，接着他们再次全神贯注于女性照片。马拉维亚总结：“但我对现任副局长很满意。这次我们跟他抱怨完要走的时候，他说：‘你回去静静地工作吧，我会亲自过来调查的。’”

卡纳老师绝望地摇摇头：“呃，我不满意。今年是选举年。我听说他们要把学院的预算增加一倍。今年每个人都可以自由地做自己喜欢的事。后天会进行调查，但不会有任何结果。到时候怎么办？”

男孩们直到现在什么也没说，现在他们中的一人开口说话了。他穿着希夫帕尔根杰的校服——条纹睡裤和不带背心的薄长衫。他的头被剃光了，看起来像个流氓，一开口就知道他的身份与外貌相符。他说：“老师，任何调查都不会有结果。唯一的办法是：你下个命令，等某天夜幕降临，我们就在这里给校长来个王室待遇。”

第二个男孩解释说：“我们就砍掉他的鼻子，没必要杀了他。”

兰格纳特感觉很糟。一段时间以来，他一直都在关心卡纳的苦恼，对这一派系的老师们感到同情。他特别生气，因为卡纳被阻止进入学院，不是因为什么书面命令，而是武力威胁。当校长和维迪亚吉看到兰格纳特和老师们一起四处走动时，他们笑了起来。兰格纳特试图让他们明白，听取卡纳的意见可以换来和平。维迪亚吉听了他的话，但什么也没说。

现在，男孩们满怀信心讨论切断校长的鼻子作为“王室待遇”，令兰格纳特感到沮丧。他记得婆罗多在《罗摩衍那》中对自己哥哥罗摩的王室礼遇，并且认为，如果校长在这次王室礼遇之后加冕，就像史诗中发生的那样，那么他自己可能会在两三天内被送进监狱。

这些男孩和老师将面临谋杀指控。尽管希夫帕尔根杰的气候很健康，但它的监狱情况却并非如此。

他站起身来，还没等走开，外面就传来了脚步声。鲁潘少爷打开门走了进来。今天他全副武装，头巾的末端恰到好处地搭在一个肩膀上，一条丝巾围在他的脖子上，一绺头发在他的额头上飘扬，他的脸因为沐浴的余味和从头发上渗出的油而发亮，槟榔汁从他的嘴唇上滴下。他一进门就说："别走。我还有很多事要做，我不会停下来。"

他像老虎一样环顾四周，但在其他人看来却一点也不像。他是一个天真而瘦削的英俊青年，眼睛有些湿润，嘴唇显得比平时更柔软。

兰格纳特说："坐下，鲁潘，我一会儿再走。"

"兄弟，我一刻也停不下来。我只是想说，我已经搞定附近所有的村子，让整个地区的人下决心说出学院的真相，大家都会支持我们。"

他很兴奋："这是父亲想要的，也是他应得的。他会看到'真理永远不会被错误的原则所掩盖'。"

卡纳老师打断了这场诗歌朗诵会："坐下，鲁潘少爷。告诉我们你干了什么。"

"试想一下，"鲁潘说，"明天整个事情就会变得明了。就在这里，在希夫帕尔根杰，副局长将在五百人面前用一只鞋敲打校长一百下。如果他没这样做，你可以打我一百下。"

他提高了音调继续说："现在你可以安心睡觉，把事情交给明天。走吧，兰格纳特兄弟，让老师休息一下。"他抬起手来像是在祝福，仿佛在帕尼帕特[1]战役中鼓舞了一支军队，说："继续战斗吧，

① 帕尼帕特（Panipat），位于印度西北部哈里亚纳邦，在历史上此地曾发生多场大规模战役。——译者注

孩子们！”

他们离开了房间，兰格纳特紧随鲁潘身后。两人默默地走了一会儿。兰格纳特一上路就拍了拍鲁潘的肩膀。鲁潘看着他，接着转过身去。

兰格纳特把手搭在鲁潘的肩上，轻声问：“鲁潘，你喝酒了？”

鲁潘走路时好像喝醉了一样，但并没有跌跌撞撞。他继续朝相反的方向看去，回答说：“你觉得是就是，你觉得没有就没有。”

“说实话。”

“这鸟叫的是他妈什么真理？它住在什么窝里？它是在哪片丛林中被发现的？”鲁潘放声大笑，“兄弟，这里是希夫帕尔根杰。在这里很难分辨什么是真的，什么不是。”

兰格纳特改变了方向，他们不回家了。他挽住鲁潘，引导他前进：“我们往这边走，这边也行。我们坐下来，在前面的涵洞里透透气。”

他们慢慢地沿着道路走向空旷的土地。过了一会儿，鲁潘自己说：“你迟早得找个地方生活。如果你要住在希夫帕尔根杰，你必须这样生活。”他无缘无故地生气，有些迟疑地继续说道，“想当圣雄甘地是不能来这里的。”

他们坐在路边的一座小桥上。他们坐得很近，除了亲热地把手放在兰格纳特的肩膀上之外，鲁潘的行为没有什么新意，也没有什么醉意。兰格纳特打断他，用学长的语气说：“鲁潘，别胡说八道。因为希夫帕尔根杰而降低标准并不是一件好事。地球上不止有希夫帕尔根杰。整个国家对你我都是敞开的。”

鲁潘愁眉苦脸地坐着，抱怨道：“在我看来，希夫帕尔根杰已经传染了整个国家。”

校长不得不忍受许多痛苦。教育局副局长后天就要来，他必须在办公室里安排好一切。校长站在门口对文书发号施令，文书坐在椅子上喝着用未成熟的杧果制成的果子露。听完校长的话，他说：“这些鸟人总来这里。能指望我给他们跑多少腿？”校长以友好的方式告诉文书，如果副局长高兴的话，可能不会为他们做任何事情，可他要是不高兴，会给他们带来巨大的伤害。

校长就这个话题的简短谈话对文书没有任何影响。他悄悄地喝光一杯果子露，心满意足地打了一个响亮的嗝——这背后是多年的安逸生活和消化不良——接着说：“只要叔叔在，就没人能伤害我们。”

“叔叔”就是维迪亚吉。校长意识到，今天文书已经下定决心，如果自己强迫他工作，他只会躺在长凳上抱怨自己的老胃痛。在那种状态下，他第二天也不会工作。“是的，我们依靠的是他。”校长带着几句对维迪亚吉不必要的恭维离开了。他在外面呼唤一位信任的老师帮忙，却发现那位老师带着一个男孩进城看电影了。“到目前为止，我们只有一个马拉维亚。现在他也走上了同样的道路。”校长有些生气地说。考虑到第二天的安排该托付给谁，他开始用阿沃特方言自由地诅咒一些无名之人和未知情况。说到这里，他那抹着檀香的勤务从身边走过，给了他一个嫌弃的眼神，并用他的木凉鞋发出了恼人的咔嗒声。

校长在去维迪亚吉家的路上被今年的第一场暴风雨追上了。灰尘填满了他的眼睛。路边槟榔店的茅草飞了出去，打在他的肩膀上，掉在了马路上。在尘土和风中，他踩到了牛粪。校长诅咒卡纳老师，接着，在雷电交加中冰雹开始落下。他又骂了一句卡纳老师，推开两三个人，踩着狗尾巴，溜进了一家茶铺。

狂风和冰雹停止后，他慢慢地向维迪亚吉的房子走去。过路的农民议论说没从打谷场带回的庄稼都会被毁，但校长并没有特别在意。对他来说，世界上最大的不幸是他的脚上沾满牛粪。他每遇见一个农民，都以为对方会嘲笑自己的脚，可没有一个人这样做。校长来到了维迪亚吉的家。

客厅的门关着，也许是为了挡住外面的灰尘。校长用门锁链撞门，好让自己进屋。门一打开，他就看到维迪亚吉、摔跤手巴德里、萨尼查和小摔跤手乔特坐在木床上。他们看起来很严肃。维迪亚吉示意校长进来。校长用他熟悉的意气风发的语气回应道："请给我一壶水，我想进来之前先洗脚，因为我的脚踩到了母牛的杰作。"

没人因为他的笑话而笑。萨尼查起身，默默地递给他一壶水。校长进来，尴尬地咧嘴一笑，摸了摸维迪亚吉的脚，在他身边坐下。

摔跤手巴德里问道："你的情况怎么样，校长？"

"有我在，事情总能搞定，"校长说，并勇敢地开起了第二个玩笑，"你近来可好？我们什么时候加入婚礼游行？"

作为回应，巴德里疑惑地看着他，好像他不知道"结婚游行"的意思。维迪亚吉说："校长，谁的婚礼游行？"

"我们的新董事长。即便只是从村庄的一头走到另一头，又有什么关系呢？婚礼游行就是婚礼游行。我刚刚给自己定做了丝绸长衫。你将为之买单，不是吗，董事长？"他笑着问巴德里。在经历了如此多的愤怒和烦恼之后，他突然变得轻松起来。

巴德里开始和小摔跤手讨论其他事情，他认为没有必要听校长说话。维迪亚吉说："巴德里今年不会结婚。你在说谁的婚事？"

"为什么？加亚丁……"

维迪亚吉举手阻止校长说完这句话，他说："连你也被我们的敌人收买，真是太可惜了。"

校长大吃一惊。全村人都在谈论巴德里和贝拉的婚事……

"我们的敌人散布这些谣言，只是为了让加亚丁的女儿名誉扫地。你自己知道贝拉是美德的化身，而巴德里性格坚毅。那天，我从城里回来打听这件事，发现这是我们敌人的阴谋。我说过，现在这个女孩的幸福在于忘记整件事。可怜的加亚丁为了躲避流言而逃到了城里，正安排他女儿和那里的某个人结婚。”

“天哪！这村子真是个神奇的地方！”

摔跤手巴德里起身走了出去。小摔跤手开始用右手揉着自己张开的大腿，说：“老爷，如果我现在说话，您会不高兴的。”

“你是个傻瓜，只有闭嘴才会给人留下深刻印象。”维迪亚吉严厉地说，“你是那个行为幼稚且散布这些不负责的谣言的人，让加亚丁蒙羞。现在闭上你的嘴，让他的女儿有一个幸福的婚姻。不许再提这件事了。”说完，他像刚刚流放了一些奴隶的莫卧儿皇帝一样靠在垫子上，不想再听到这件事。

客厅里的寂静越来越不自然。一向意气风发的校长认为自己有责任在这里履行职责。他仿佛什么事都没发生过，把刚才说的都撇到一边，转身对着萨尼查说：“首席长老大人，你怎么样？”

“不好，”他回答说，“你来之前我们正在讨论。乔格纳特昨天进城了。我们听说警察根据印度刑法第109条把他关了起来。那个可怜的人喝醉了，躺在车站的长凳上。他们在报告中写了一大堆指控。我们收到消息的那一刻，我和巴德里就赶到了那里。这就是当首席长老的烦恼，连着两天都没有机会打理店铺。

“今天是假日，所以我们回来了。明天我们必须再去一次。我在想，如果我每天都必须这样，还不如把商店关了。”

校长注意到萨尼查反复提到自己的商店。他故意无视这些，对维迪亚吉说：“如果巴德里明天去城里，请他在晚上回来。对卡纳事件的调查就在后天。”

维迪亚吉点点头说：“我已经告诉他了。”

# 第三十五章

在白人统治印度的日子里，乡间小屋会建在河岸、山谷、森林和杧果树丛中——也就是阅读华兹华斯、罗宾德罗纳特·泰戈尔或苏米德拉南登·本德的诗歌时会自然联想到地方。在那里，尘埃和喧嚣、霍乱、天花和瘟疫、饥饿和贫穷、丑陋、不礼貌和不愉快的事物难以靠近。两个种族的老爷——白种人和棕色人种——在旅行时都会在那里驻足。

那时候，住在小屋很容易就能把正式的旅游变成野餐，就像现在的野餐很容易变成正式旅游一样。老爷们会坐在那里展开深入研究：有时研究树木和植物、动物、鸟类、蠕虫、昆虫和蛆；有时对当地牧女的身体健康感到惊奇；有时会让当地放荡的女人相信，尽管服饰和剪裁有些不同，但东西方的男人之间并没有真正的区别；有时会打开苏格兰威士忌的礼篮；有时欢笑，有时愤怒，有时沉默，有时表现得像一座山、一片沙漠、一堆牛粪、一条河流，或是一座人民与政府之间的桥梁。这就是以前的情况。

现在农村对城市的影响很大。村里有小学和议会大楼，瘟疫已经不复存在。对于受过教育的人（懂英语的人）来说，从城镇进入乡村不再被认为是一种自暴自弃的行为。

类似的实验已经进行过数百次。棕色皮肤的老爷们从城里搬到乡下，在村子里待了几天，喝了当地的水，然后平安回来，没有感染疾病。在经过这些实验之后，人们对这个国家的看法发生了改变，尽管他们仍然很难对水质做出最终判断，然而借助吉普车不分昼夜地掀起尘土——至少有件事可以确定：迄今为止只处于城市的印度，如今正在向乡村蔓延。

尽管苏格兰威士忌的篮子早就空了，在院子里放牧的山羊被吃掉了，牧女也变老了，但仍然有些稀有的棕皮肤老爷痴迷于乡间小屋。

即将前往昌格玛尔中级学院调查的教育局副局长就是这样的人。他想住在某间小屋里，这样他虔诚的妻子就能走下后面的台阶，在恒河中沐浴；或者撰写关于拉纳·普拉塔普·辛格[①]的史诗，将其编入中学课文；或者在另一个地方学习《薄伽梵歌》，减缓自己错失良机的记忆所造成的痛苦；或者……

他想逃到希夫帕尔根杰的小屋，逃离城市生活的喧嚣和冲突，啃甘蔗、吃荸荠、嚼玉米棒，一天审阅五百份文件。

小摔跤手站在小屋外面雷鸣般地喊道："英国人已经回到了英格兰，把他们的后代留在这里。如果他直接来村里，事情就解决了。可是他的马要先在小屋停放。全村的人步行两英里赶了过来，坐下来干等着。

"我们早上9点就过来了，现在已经中午1点。一百多人无事可做。结果他晚上开着车大摇大摆地过来说：'嘻嘻嘻，兄弟们，我迟

---

① 拉纳·普拉塔普·辛格（Rana Pratap Singh，1545？—1597），印度梅瓦尔土邦统治者，以英勇善战闻名。——译者注

到了。’你们这些人太不要脸了，只会对他咧嘴笑笑。

“一想到这些，我身上的每一根汗毛都在燃烧。”

小屋的前面是一片绿意盎然的草坪。即使邻近农田的小麦因缺水而枯萎，这里的草地仍然保持着绿色。围墙的四面是一排杧果树，它们的果实被园丁、看门人、三四个当地的流氓和住在城里的工程师吃掉了。但人们有权使用这些树投下的树荫，就像他们有权利使用空气一样，因此双方的村民都在充分享用。

小屋两边靠近树荫的地方竖起两个波斯式的天幕帐篷，地上铺着地毯。一个帐篷属于校长和他的同伴，另一个属于卡纳老师的派系。此刻，校长的帐篷里除了校长本人和摔跤手巴德里，另有大约六十人。小摔跤手也在其中，他优雅地靠在树干上，发表对副局长行为的评论。另一边的帐篷下是卡纳老师、鲁潘少爷、他们一伙的老师以及拉马丁的一些弟子和追随者。正如预想的那样，拉马丁本人没有出席，尽管他答应出席。

音乐在小摔跤手嘹亮的吼声中流淌，在喋喋不休，吃喝睡觉，打哈欠，嚼烟草，抽烟斗、手卷烟和香烟中流淌。

音乐始于晶体管收音机。两个阵营里都有些花花公子，他们肩上披着布，一只耳朵后面挂着石灰球，背后绑着步枪，一只手拿着一笼鹧鸪，另一只手拿着收音机。不一会儿，两个阵营的收音机开始从商业电台里大声播放歌曲，充满了诸如“亲爱的”“叛徒”“说谎”“骗子”之类的词。到了11点，一台搭配唱片和扩音器的留声机不知从哪里运来。到了11点15分，它已经把关于“说谎”和“骗子”的歌曲都放了个遍，同时开始播放关于和谐共存与大爱的音乐——“拥抱我吧，路途上的伙伴！”

很明显，这首歌的歌词里充满了和平鸽飞来，橄榄枝招手。但是在校长的营地里，它被当作战争的召唤。几分钟后，对方也弄出一台带着唱片和扩音器的留声机，开始大声播放这首歌——“哦哦哦哦，抱紧我！”

就像在乡村婚礼上发生的那样，双方的电影歌曲发生了冲突。

在这样的气氛下，谁会生气？没有人，除了小摔跤手。但某种程度上，小摔跤手的愤怒是正当的。事实上，有些人8点就来了，因为副局长计划9点抵达。即使是最牛的官员也只会迟到两三个小时。经过5个小时的等待，小摔跤手的愤怒是非常有道理的。

“他能做什么？他日夜都在开会。他准备好去任何地方的那一刻，一些会议或其他会议就会向他扑来。”校长幽默地说。

下午2点了，天气变得很热。人们开始怀疑是不是同一张唱片一遍又一遍地在留声机上播放。他们不停地起身，匆匆忙忙消失在灌木丛后面。双方的领导人开始害怕他们会大发雷霆。小摔跤手此时已经从树下溜进帐篷，讨论起鲁潘少爷。

“鲁潘已经离开并加入了敌人。除了自己的父亲，他找不到任何可以反对的人。我曾痛打自己的父亲，可我也乐意看到外人对他动手动脚。混蛋卡纳也在这里殴打自己的父亲，还跟在后面狂吠。

“昨天，维迪亚吉开始为鲁潘的行为感到自责。我用自己的棍子打了父亲数百次，也从未见过他如此垂头丧气。鲁潘真是个没用儿子的典范……”

巴德里独占了帐篷的一角。没等小摔跤手说完，他就意识到小摔跤手是想让鲁潘显得比他小。他用师父高贵的语气说：“够了，够了……管住你的嘴。”

小摔跤手闭上了嘴，接着他突然生气地说：“这个捕鸟人看起来像是要到半夜才出现。”

这就是人们所说的诽谤。副局长从来没有伤害过一只蚂蚁，更别说是一只鸟了。

大约4点，维迪亚吉和萨尼查一起走近小屋的大门。城里的留声机大佬们播放了一首电影歌曲来配合这个场合，第一句是："我的眼睛盯着你的小屋，拉贾！"音乐一播，小摔跤手就发出了尖锐的斥责，让留声机停了下来。一些人有条不紊地坐下，一些人站了起来。

摔跤手巴德里一个人躺在角落里，就像一根倒下的树干。维迪亚吉走过来，从容地坐在地毯上。一个垫子从他身后滑落，萨尼查和校长大人站在一边，好像要用牦牛尾巴的拂尘给他扇风。维迪亚吉坐下时，仿佛整个世界的皇帝都在登基。相比之下，对面阵营中的卡纳老师、鲁潘少爷和其他人看起来就像是彻头彻尾的闲杂人员。维迪亚吉问校长："有什么消息？"

校长大人兴致勃勃地开始介绍："我们所有人都在这里。对方一直在尿裤子。"

萨尼查津津有味地说："你怎么看？要不要把鲁潘少爷叫过来？如果他觉得不舒服，我们可以从老爷的药房拿些巴豆，给他们每人送上一个。"

维迪亚吉脸上快乐的表情消失了。他说："不要在我面前提那个卑贱的家伙的名字。"他顿了顿，回过神来，"还没有副局长的踪迹？离日落不远了。"

也许是希望他的话能传到官员的耳朵里，校长像条狗一样摇着尾巴说："他是个如此重要的官员，一定是被某个会议困住了。他现在应该来了。"

"你应该派人去看看。"

"我派了，"校长告诉他，"莫提拉姆老师早上去了那里。他不属于任何阵营，只关心自己的面粉厂。这就是为什么我对他说：'莫提拉姆老师，你过去看看，你是位长者。到时候坐副局长大人的车回来。没人会认为你是代表我们去给副局长吹风。"

为了娱乐大家，维迪亚吉讲起了故事：

“当时潘特[1]在我们联合省[2]执政，国民政府刚刚组建。有一个选举会议，潘特原定10点到。县长、警司……他们都带着各自的公职徽章站立等候。结果10点、1点、2点，时间就这么过去了……”

萨尼查打断说：“老爷，一定是在3点。”

维迪亚吉宽宏大量地接受了这条信息，他说：“事情就是这样。3点30分，潘特的汽车突然开到会场。如此重要的领导人在场，可所有的地方官员都不见了，原来他们是去吃午饭了……”

故事还在继续，已经快5点了。校长这会儿才发现，自己阵营里的人也开始起身跑到灌木丛中，并且内急变得如此严重，以至于他们中的一些人还没有回来。他对小摔跤手说：“这可不好。”

小摔跤手已经厌烦了，他说：“那我该怎么办？不让人撒尿、拉屎？”

留声机里的歌几乎播完了，人们开始分成小组聊天。太阳落山的时候到了。校长正盯着离小屋不远的路边的一棵杧果树。他凝视的那棵树上有一根干枯的树枝，树枝上夹着一把镰刀，镰刀上系着一根拐杖，拐杖的下端在一个女孩的手中。这个女孩大约20岁，她的纱丽脏兮兮的，可背心很干净，脖子下面的部分被她的身体崩开。如前所述，校长只是在看树枝。突然，他猛地一惊，朝对面的马路望去，问：“那辆公共汽车怎么开得这么慢？”

人们开始冲向大门。一辆公共汽车开了过来，停在小屋门前。

莫提拉姆老师背着一个大袋子爬了下来。人们围着他。过了一会儿，他走到维迪亚吉面前说：“副局长今天不来了。”

这个事实已经被非正式地宣布，因为四周一片哗然，甚至那些没有内急的人也开始向四面八方散去。校长问：“那么他说会在哪一

① 潘特（Govind Ballabh Pant，1887—1961），印度政治家，曾任北方邦首任首席部长。——译者注

② 今印度北方邦前身。——译者注

天来？”

“我不知道。他今天甚至不在城里。他已经出去三四天了，还没有回来。”

“他什么时候回来？”

“我怎么知道？没有人知道任何事情。一个人告诉我他会在四天后回来，另一个人告诉我五天。我认为他要一周左右才会回来。”

维迪亚吉闭上眼睛缓解疲劳。他问：“那你为什么上午不回来？人们在这里受苦受累。”

莫提拉姆老师谦卑地低下头。他谦虚地说：“老爷，我怎么回来？我必须买这个。”他指了指那个袋子，“这是一座古老的磨坊，零件不停地坏。天知道我找了多久，竟然在废品市场找到了……”

兰格纳特也在听莫提拉姆说话的人群中。也许他从敌方赶来，目的是为了发现事情的全部细节。当他试图溜走时，维迪亚吉叫住了他，兰格纳特走过来，在他身边坐下。

维迪亚吉对他微笑，一直微笑。兰格纳特吃了一惊，然后他恢复了勇气，说：“舅舅，我能为您做什么？”

“没什么，”维迪亚吉甜甜地回答，“这是一场对与错的战争。你觉得这几位老师走在正确的道路上，所以你对他们表现出善意。但迟早你会知道什么是美德之道，什么不是。当你知道的时候，你就会找回初心。”

他深吸了一口气，继续说：“你受过教育，聪明伶俐，我不担心你。我很担心鲁潘。”

为了让谈话变得轻松一些，校长大笑着说：“不，老爷，您不了解兰格纳特少爷，他是个大政治家。对方的情况他已经了解了，不用跟他解释了。”

维迪亚吉也笑了：“这是一场正义的战斗，需要信仰，而不是理解。当你确信我们有错时，不要担心，努力与我们战斗。告诉我你需要夺走我性命的那天，我会像毗湿摩[①]一样为自己设定死亡之日。”

兰格纳特无法回答。他说：“您误会我了。”

维迪亚吉脸一红，斩钉截铁地说：“不，是那些人误会我了。我以民主的方式工作。我给每个人表达想法的自由。这就是为什么这些老师——他们是我的奴隶——四处游荡反对我。但这也得有个限度，是不是，校长大人？”

校长垂下眼帘说：“我怎么敢在您面前说话？但我要强调一件事，如果不是因为您，我早就辞职离开了。”

“你为什么要走？不行。是时候结束这一章了。稍等，我现在就做决定。”

他向小摔跤手喊道：“乔特，去另一个帐篷把卡纳老师和马拉维亚叫来，也带上鲁潘。如果他们不来，我们就去找他们。让其他人回家休息。校长，你去那里谢谢他们。”

不一会儿，两个帐篷几乎都被遗弃了。卡纳老师的帐篷早些时候就已经空了，因为在他身边没有像巴德里和小摔跤手这样的人物防止人们出现泌尿问题，而当副局长让他们失望的消息传来时，很多人消失了。现在，营地周围剩下的少数人主要是那些负责照看留声机唱片或处理陶碗的人。在维迪亚吉的帐篷中有摔跤手巴德里、小摔跤手、萨尼查、校长、维迪亚吉、两三个受人尊敬的人和几个来自巴德里摔跤场的流氓。

收到维迪亚吉的通知后，卡纳、马拉维亚、他们派系的两位老师和鲁潘少爷闲聊着走了过来，在维迪亚吉的面前坐下。卡纳老师说：“您还记得我们吗？”

天色渐暗。在最后一道沉没的光线中，这片由花园组成的森林、帐篷、地毯——所有这些都营造出神奇的氛围。就好像某个德里皇

---

① 毗湿摩（Bhishma），《摩诃婆罗多》中的英雄人物，故意告诉阿周那杀死自己的方法。——译者注

帝已经到达了德干，黄昏时分在山顶上与他的朝臣商议，此时一些被俘的叛军贵族出现在他面前。

接着维迪亚吉的演讲开始了："卡纳老师和马拉维亚老师，我把你们叫到这里是考虑到你们是我的亲人。你和校长之间的对立加剧了。法庭案件正在审理中。在公共场合相互辱骂和侮辱，为暴力对抗做准备，我不怪你。责任可以是任何人的。我自己也有罪，该如何分摊罪责？但我确实知道一件事，那就是情况令人不快。事情应该解决。"

卡纳说："请给我机会，让我也发表意见。"

"不，"维迪亚吉郑重地摇头回答，"不！不！不！你已经在不同的地方多次表达了你的意见。到目前为止，只有一个人没有说过话，那个人就是我。今天只有我发言。

"我建立了这所学院，我用我的血浇灌了它。你们两个派别都由工薪阶层组成。如果不在这里，你会去别的地方当老师，你可以在任何地方成为老师，并获得丰厚的薪水，但我会留在这里。如果这所学院办得成功，我会认为自己成功，如果它被派系斗争摧毁，我会认为自己被摧毁。我很困扰，非常困扰，深深地苦恼。你们无法理解我的痛苦。"

他停了下来，帐篷陷入了沉默。然后他继续说："我现在只看到一条前进的路。我已经决定，接受我的决定是我谦卑的请求。这是对你开放的唯一路径，你将不得不遵循。

"卡纳老师和马拉维亚老师，我不是对任何人都这么说，而是针对你们——你们必须辞职。"

卡纳打断说："但是……"

"不，"维迪亚吉和蔼但坚定地重复道，"不，我已经告诉过你了——今天只有我说话。所以，我是说，你必须辞职。今天，现在，就在此时此地，你必须辞职！我说这话不是出于愤怒，而是经过深思熟虑。我这样说是为了你的利益，为了学院的利益，为了整个社会的利益。这是我谦卑的恳求，不要拒绝我的恳求。此刻交出你的辞呈，之后，你将拥有完全的自由，可以随心所欲地做事。如果你愿意，你可以说你的辞职是被强行逼迫的。你仍然可以根据这些理由对我们提起诉讼。但我的要求是，在这个时候，作为学院里的好心人，你们按照自己的自由意志，悄悄地递交辞呈。

“你向我要过很多东西，你都已经收到了。我从来没有向你要过任何东西。今天，为了学院，我要求你辞职。我要求……”

鲁潘少爷已经跳了起来，他的声音在颤抖。他激动得一个词接一个词地说：“这不可能。你不能强迫他们写辞职信。他们不会辞职。”

维迪亚吉没理他，他对校长说：“你的文件已经打好了，不是吗？你有吧？带他们过去。乔特，你把卡纳老师和马拉维亚老师带到那边。他们很明智，会明白一切。去吧，巴德里，你也去。”

接着维迪亚吉爆发了。爆发来得突然异常，巴德里向他扑了过来，其他人也跑了过来。他怒吼道：“还有这个鲁潘！这个笨蛋！低能儿！畜生！堕落！叛徒！”

他继续以这种方式说话，通过自己庞大的词汇量证明梵语在骂人方面根本不是一种弱势语言。他雷鸣般的声音中的某种东西，梵文中的某种愤怒，使听众在敬畏中默默聆听。今天是人们第一次看到维迪亚吉如此愤怒。

他坐在地毯上，膝盖像钢制活塞一样上下摆动，喉咙颤抖尖叫着：“你想成为领袖！你想通过反对我成为领袖？我现在就让你瞧瞧！”

他的声音开始更加颤抖。他说：“我曾希望能安详地度过晚年。我已经结束了村委会的斗争。合作社我已经给了巴德里。我曾想过把这所学院的重担交给你。我现在还有什么可以给你的？但是你这个低等生物！你当了叛徒！滚！现在你什么也得不到了。”

他的声音有些奇怪。他宣布：“滚吧！我断了你的继承权。让大家都听到。我去世后，只有巴德里能成为学院的理事长，这是我的最终决定，鲁潘将一无所获。”

说到这里他哽咽了，愤怒和沮丧的泪水充满了他的眼眶。兰格纳特觉得每个人都在看着他。他垂下了眼帘。

鲁潘少爷走向大门时，人们恢复了理智。维迪亚吉擦了擦眼泪，人们突然又动了起来，四散而去。小屋的阳台上点着一盏灯，马拉维亚开始大声说话。小摔跤手对他喊道：“放轻松，老师！”

校长握住卡纳的手说：“来吧，老师，我们去那边。我们的战斗结束了。从今天起，我们又是朋友了。”

虽然失去希望，但即便如此，夜晚过去还是会有早晨。

兰格纳特一直无法入睡，也无法好好思考。但醒来的那一刻，他确实想到过自己。几个月前，在长期患病之后，他来这里只是为了恢复健康。如今他突然意识到，自己已经康复了。

他的旁边是鲁潘少爷的竹床，如今空无一人。他不知道鲁潘在哪里过夜。在某些方面他对鲁潘充满信心。兰格纳特知道，当鲁潘看起来很愚蠢时，是因为他乐意如此，而不是被迫变得愚蠢；他享受这种感觉，甚至成为某种自我放纵的理由。因此兰格纳特有信心，维迪亚吉的爆发不会让鲁潘跑去酒馆。他也不会去庙里，因为他看起来不像是一个在困难时期会去求神的人。

那么他去哪儿了？他是要去召集追随者在学院罢课吗？他准备组织革命党烧毁大楼、殴打校长，或是毫无目的地抢劫集市吗？或者，他要按照名师职业模式，在其他村子里任命卡纳老师为校长，并为他设立一所与昌格玛尔中级学院匹敌的新学校？兰格纳特想：“他一定准备干这些事，因为在维迪亚吉展现愤怒令他出走的时候，鲁潘很生气，但没有被驯服。”

维迪亚吉过去常常会在早上散步到很远的地方，现在还没回来。兰格纳特知道现在很难从容地和他交谈，他也不打算不从容地交谈。他暗示自己，初次尝试反抗就已经让自己崩溃，是时候看清自己的本来面目了。他应该在舅舅回来之前就离开这个地方。

正如歌里所唱：“不要在这里停留，这是一片陌生的土地。”

萨尼查的商店继续营业，有两个人在店门口闹得很厉害。这场斗争是口头的、合乎逻辑的，而且到目前为止是非暴力的。其中一个人将另一人田里的运河水引到了自己的田里。他们来到村委会主席面前解决争端，在问题解决之前先进行一番辩论。

在过去的几个月里，兰格纳特一直在日常生活中徘徊，他已经深入其中，却仍然是个局外人。在他看来，这是一种耻辱。他的灵魂之弦——假设灵魂是萨伦吉琴的形状——开始回荡起逃避现实的音乐。

他站在门口静静地看着。小摔跤手像往常一样抓挠自己的癣，没有看兰格纳特。街上传来一阵响亮的隆隆声，这是城里合作社的奶牛车来收集牛奶。一个手上提着罐子的男人正走向萨尼查的商店。兰格纳特意识到，这就是那个从城里的机械压榨机买油，然后将其当作传统牛拉压榨纯的芥末油在村里出售的商人。一个穿着内裤和背心、有军人气质的男人买完肉回来，和往常一样向他打招呼：“印度万岁，先生！”

他挥舞着那捆肉离开了。兰格纳特想拥抱他并说：“不错，至少出于某种原因，有人在这里提到了印度。”

远处传来魔术师的鼓声。萨尼查商店门前的谩骂声进入了新高潮。兰格纳特感到恶心和疲倦，他的灵魂充斥着逃避现实的旋律。

## 逃避现实之声

你是一个普通人，陷入了人性的泥潭。你被泥土层层包围。

不要夸大泥土，不要幻想莲花从中而生。只有泥土才能在泥土中繁盛，泥撒泥，泥吐泥。

从泥泞中拯救自己。离开这个地方，逃脱。

去吧，躲在你在《展望》和《生活》杂志的彩色照片里见过的地方，躲在花冠、吉他和女孩不断召唤你的灵魂去探索的地方。那里空气稀薄，在那里你会找到永远梦幻的拉维·香卡的音乐和玛哈里希·优济[①]的冥想。

逃离这里。离开。

像年轻的医生、工程师和科学家一样逃离，像渴望国际名声的思想家一样逃离，他们不断感叹，这里并非所有的人都能让他们快乐。不要被困在这里的嘈杂中。

如果你不幸被迫留在这里，那就为自己创造一个独立虚构的世界。许多知识分子在那个世界里闭眼躺平。去住在酒店和俱乐部、酒吧和茶馆里，住在昌迪加尔、博帕尔和班加罗尔的新建筑里，住在山居静修所里，那儿举行着无穷无尽的研讨会。在外国出资援助的全新研究机构里，印度知识分子的形象正在被塑造。在雪茄烟雾中，书本的封面闪闪发亮，大学笼罩在不正确但必修的英语迷雾中。待在里面，坚持下去。

如果你做不到，那就躲在过去，在迦那陀[②]、波颠阇利[③]和乔答摩[④]的哲学中，在阿旃陀、埃洛拉、科纳克和克久拉霍的神庙里，在

---

① 玛哈里希·优济（Maharishi Mahesh Yogi，1918—2008），印度瑜伽导师，以创立超自然冥想（Transcendental Meditation）而闻名。——译者注

② 迦那陀（Kaṇāda），古印度胜论派哲学创始人。——译者注

③ 波颠阇利（Patañjali），古印度瑜伽派哲学创始人。——译者注

④ 乔答摩（Gautama），古印度正理派哲学创始人。——译者注

药叉女和飞天雕像沉重的乳房中，在祈祷和咒语中，在圣人、占星家和看相师那里——只要你能找到一个地方，就躲起来。

跑，跑，跑！你被现实所追赶。

兰格纳特正要起身，就看到校长从学院方向走来。今天他脚穿皮鞋袜子，衣着衬衫和短裤，手里拿着他一直拿着的手杖。他远远地笑着，双手合十打招呼。不一会儿，他走到阳台上，在那儿的椅子上坐下，确信自己是现场唯一缺失的东西。他一边询问“老爷还没散步回来？”，一边脱掉鞋和袜子，以便坐得更舒服。

过了一会儿，他像青蛙一样坐在椅子上说：“昨天老爷很受伤，但是，现在这件事已经结束了。”

他变得更热情了：“我告诉他，你只是在后面看热闹，从来没有真正反对我们。你之前经常去找他们，看看发生了什么事。我已经说服老爷接受了这点。”

两人沉默地坐了一会儿。魔术师的鼓声越来越近。校长说：“你的身体恢复得很不错。”

“不错？”

“是的，你看上去很健康。”

兰格纳特非常客气地说：“多亏您的祝福。”

“那你现在打算怎么办？”

“我要回去了。这么久没做研究，今年夏天就要完成。”

校长说了几句荒谬的话，意思是说兰格纳特是一位伟大的历史学者，但人们都是蠢驴，大学不比马厩强，大教授也只是职业写手。兰格纳特对这些评论没有兴趣，因此校长问：“你有什么机会？今年有当上老师的希望吗？”

“到目前为止还没考虑过。”

校长把椅子往前拉了两英寸说：“你知道卡纳老师已经辞职了。

我们学院历史老师的职位空缺。你为什么不去拿下？你可以在你舅舅的家里像国王一样生活，在学院里每天教几个小时，然后把剩下的时间用在研究上。”

兰格纳特感觉全身的血液都涌到了他的额头上，像眼镜蛇的兜帽一样膨胀起来。他厉声说：“你想让我为你工作？取代卡纳？”

校长的脸上没有一丝皱眉。他说：“我已经和维迪亚吉老爷谈过了。”

兰格纳特接着说：“我亲眼所见，知道卡纳是怎么从这里被赶出去的……”

校长伤心地说：“我还能说什么？连你都会重复这样的事情。这有点派系斗争的味道。”

一个穿着破烂腰布和肮脏黑色长衫的男人敲着小手鼓，走到萨尼查的店里。他带着一公一母俩猴子，它们穿着盛装跳舞，身后传来几个小男孩的笑声。人群中还有几条狗，为了吓唬它们，那人突然把鼓压在它们头上，发出“砰”的一声。

受鼓声影响，校长不得不提高音量接着说：“这个职位与卡纳的离开或是马拉维亚的死有什么关系？这是你自己的杧果园，尽管吃果子，为什么要数树？”

发现兰格纳特没有回应，校长的语气温柔起来。他对兰格纳特的称谓从印地语最正式的敬语“您”下降到更亲密的“你”。“我对你这么说是因为我把你当作自己的亲人看待。你想做什么？你必须在某个地方找工作，不是吗？在这里，卡纳自愿辞职了。在另一个地方，你怎么知道其他的卡纳是否真的被人揪起耳朵掀翻在地？

“你能逃避这个事实多久，兰格纳特少爷？无论你走到哪里，你都会取代一些卡纳的位置。”

说到这里，校长对离阳台不远的魔术师喊话，并用自己有力的手势建议他下地狱。

兰格纳特脸红了，他提高了音量，仿佛在高举真理的大旗，他说：“校长，我对你所说的话感到恶心。请闭嘴。”

校长惊讶地听完，接着沮丧地说：“兰格纳特少爷，你的想法很崇高。但总而言之，这只能证明你是个蠢蛋。”

对话自此中断。魔术师并没有下地狱，而是在他站立的地方用最大的声音唱歌，并在他的鼓上敲打不同的节奏。两只狗在不远处弓着背狂吠。男孩们围了上来。两只猴子都鼓着腮帮子坐在魔术师面前，他们站立的样子像极了婆罗多舞。